Marie Ulfers

Ein Mädchen vom Deich

Roman um eine Friesin

Den tapferen Frauen meiner Heimat!
Ostfriesland, September 1941.

Förderkreis Deutsches Sielhafenmuseum in Carolinensiel e.V.

ISBN: 978-3-938172-16-2
Nachdruck der zweiten Ausgabe, Richard Hermes Verlag, Hamburg 1946
Copyright: 2018, Förderkreis Deutsches Sielhafenmuseum in Carolinensiel e.V.
Das Werk einschließlich aller seiner Teile ist urheberrechtlich geschützt.
Jede Verwertung außerhalb der engen Grenzen des Urheberrechtsgesetzes ist ohne
Zustimmung des Herausgebers unzulässig und strafbar.
Das gilt insbesondere für Vervielfältigungen, Übersetzungen, Mikroverfilmungen
und die Einspeicherung und Verarbeitung in elektronischen Systemen.
Einbandgrafik: Undine Damus-Holtmann, ZEITseeing,
„Mühle in Ülkegatt" von Arthur Eden-Sillenstede
Gesamtherstellung: Brandenburgische Universitätsdruckerei Potsdam
Printed in Germany

Vorwort

Ernst, etwas scheu und verträumt wächst Imma Onken um die Wende zum letzten Jahrhundert in einer verarmten ostfriesischen Familie heran. Umgeben von Erwachsenen, die den eigenen Ansprüchen nicht mehr genügen können, flüchtet sie sich in eine Fantasiewelt aus Büchern, die sie ihr karges Leben ertragen lässt. Obwohl Imma schon früh die gesellschaftlichen Risse spürt und ihr Gerechtigkeitssinn ständig an seine Grenzen stößt, lassen Pflichtbewusstsein und das Klima engstirniger Moralvorstellungen sie einen steinigen Weg gehen. Um der provinziellen Enge zu entfliehen durchläuft Imma zahlreiche Stationen als Dienstmädchen, Wirtschafterin und Hausdame. Erst mit über 30 Jahren bricht sie aus den Konventionen aus und setzt ihren lange gewachsenen Traum in die Tat um.

Marie Ulfers' erster, 1941 erschienener Roman ist in weiten Zügen autobiografisch und schildert ihre Erlebnisse und Eindrücke als Mädchen und junge Frau bis in die beginnenden 1930er Jahre.

Namen und Orte im Roman sind weitgehend Fiktion oder bleiben ungenannt. Ereignisse wie die Aushilfstätigkeit auf der Insel und der Tod des Bruders beziehen sich auf wahre Begebenheiten. Tatsächlich hat sie zunächst bei ihren Eltern in Carolinensiel gelebt. Im Zeitraum um 1913 bis 1918 war sie in Bremen als Haushaltshilfe tätig. 1922 starb ihr Vater, im selben Jahr ging sie nach Amsterdam, wo sie bis 1927 als Hausdame bei verschiedenen jüdischen Familien in Stellung war. Vermutlich arbeitete sie danach noch als Hausdame in Bremen, bevor sie sich auch über Kontakte in Worpswede vermutlich im Kunsthandel dort selbständig machte.

Zu Beginn der 1930er Jahre gelang Marie Ulfers auch der Durchbruch als Schriftstellerin. Engagiert sorgte sie sich um den kulturellen Austausch zwischen den Niederlanden und Ostfriesland, was ihr bereits früh Ärger mit dem nationalsozialistischen Regime einbrachte. 1939 trat sie eine Stellung als Bibliothekarin bei der Bezirksbücherei in Aurich an, wo sie bis zu ihrem Tod 1960 lebte und wirkte.

Marie Ulfers schrieb neben „Ein Mädchen vom Deich" den späteren Roman „Windiger Siel" sowie zahlreiche Kurzgeschichten und Aufsätze für Zeitungen, Bühnenstücke und Gedichte. Für ihr Lebenswerk erhielt sie das Bundesverdienstkreuz.

Dr. Wulf Holtmann

Kind am Zaun.

„Nein, Imma — so heißt das!" Magda Hartmann macht den Mund klein, reißt die hellblauen Augen auf und sagt mit vornehm hoher Stimme: „A—me—rie—ka!"

„A—me—rie—ka?" wiederholt Imma besinnlich. Dann versuchen die kleinen Freundinnen aufs neue, einen Begriff mit dem merkwürdigen Ding zu verbinden, das dort, von Linien kreuz und quer durchzogen, in dem neuen Bilderbuch steht. Oben auf jeder Seite ist ein Buchstabe, und darunter sind schöne, bunte Bilder, die leider furchtbar komische Namen haben. A—me—rie—ka! — was ist das nun? Bei B gab es z.B. einen Mann mit einem schwarzen Bart, der hatte ein weißes Tuch um den Kopf, und auch einen langen, weißen Mantel an, und dabei stand: „Beduine"; und unter N stand bei einem Ding, das aussah wie eine Feige: „Nautilus"! Aber bei D, da war ein Dromedar abgebildet, und das kannten sie — war es nicht neulich durch den Ort gezogen, und hatten nicht Hans und Hermann, die bösen Hartmannsjungens, zwischen seinen Höckern gesessen? Ja, die Mutter war sehr ängstlich gewesen, aber der Vater, der hat gelacht!

Wie mag es aber jetzt Rosalinde gehen? man muss wirklich einmal nach ihr, die auf ihrem mit Sägemehl gefüllten Leib einen Porzellankopf mit sehr schwarz gepinseltem Haar und sehr roten Backen trägt, sehen. Großer Gott, das arme Kind hat hohes Fieber, und sicher Scharlach, am ganzen Körper sind rote Flecke; der Berberitzensaft hat doch fein gefärbt!

„Das Kind muss umgebettet werden!" bestimmt Magda, nachdem sie mit einer Stopfnadel Fieber gemessen hat. Doch kaum hat sie es Imma auf den Arm gegeben, als ihr einfällt, dass sie furchtbar schnell mal „auf Scheune" muss, und sie hat es dabei so eilig, dass die Tür spaltbreit offen bleibt. Sonst geht man diesen Weg stets gemeinsam, aber man kann das kranke Kind doch nicht alleine lassen! Imma setzt sich einstweilen mit ihm auf den niedrigen Schemel, der vor dem tiefgezogenen Fenster steht, von dem man weit ins Land sieht.

In diesem etwas kahlen Mansardenzimmer sind die Kinder, die seit einem Jahr zur Schule gehn, Alleinherrscher. Es gibt darin einen Wandschrank, in dem die Spiele aufgehoben werden, und zwei leere Bettgestelle. In dem einen steht ein kleiner Tisch, auf dem jetzt das Bilderbuch, und eine Menge halb ausgeschnittener Papierpuppen liegt, und in dem anderen hausen die größeren Puppen.

Während sie Rosalinde leise hin und her wiegt, raunt Imma dieser halblaute, zärtliche Worte zu, und zwischendurch schweifen ihre Blicke in die Weite. Wenn man scharf hinsieht, kann man drüben auf der Weide die Kühe erkennen — dort steht Korn in Hocken, und auf dem Fluss, zu dem hinab sich tief dunkle Obstgärten ziehn, gleitet ein Segel. Auf dem Hof drüben, dessen rotes Dach durch die Linden schimmert, wohnt ihr Schulfreund Peter Peters; er sieht gerade so aus wie der Menschenfresser im Bilderbuch, mit eben solch roten Backen und großen Zähnen, und besonders die glitzernden Stulpenstiefel sind sprechend ähnlich.

Dicke Wolken schieben sich vor die Sonne und beschatten die Erde — jetzt kommt eine schwefelgelbe Wand hoch, gegen die schwarzzackig das Laub des großen Ahorn steht. Eigentlich ist es zum Bangewerden; wie gut, dass Marie gegenüber das Fremdenzimmer reinmacht, sie poltert so tröstlich, Imma kann sie gerade durch die Türspalte sehn. Nun geht auch ein rascher Schritt über den Flur, sie erkennt ihn — das ist Magdas Vater, der stolze G. H. Hartmann, oder, wie er allgemein genannt wird: „Gerhard Heinrich!"

Imma sieht wieder nach draußen, wo die Wand wächst

und wächst — es wird doch nicht gleich donnern?

Weshalb schimpft Onkel Hartmann nur so? — war Marie ungezogen? Jetzt weint sie sogar ganz schrecklich, als ob ihr etwas sehr weh tut, und eine höhnische, kalte, zerrende Männerstimme sagt: „So weine doch noch etwas lauter! — ach, wie schön du weinen kannst! — du weißt doch, wie gern ich das höre!" Das Kind beugt sich vor und sieht gerade, wie das große kräftige Mädchen, dem die dunklen Haare wirr um das gerötete Gesicht hängen, mit dumpfem Aufschrei nach dem Mann schlägt — der fängt die geballte Faust auf, hält sie mit eisernem Griff. — So stehen sie Aug' in Aug', messen sich, zwei Feinde auf Leben und Tod.

Dann lässt er brüsk, mit spöttischem Lachen, die Hand fallen, dreht sich um — sieht gerade in die Augen des regungslosen Kindes.

Pfeifend geht er weiter, stößt auf der Treppe auf Magda, und das Schäkern der beiden klingt durch den ganzen Flur.

Dann spielen die Kinder wie zuvor.

*

Das stattliche Hartmannshaus sieht mit seinem dunklen Treppengiebel und den vielen weiß gestrichenen Fenstern, von denen die unteren sehr hoch und die oberen sehr niedrig sind, auf das Flüsschen, das sich um die kleine Stadt windet, und auf die Brücke. Durch viele Geschlechter ausgetretene Sandsteinstufen, von fein ziseliertem Eisengitter gekrönt, führen zu der schweren Eichentür, die sich auf einen großen dunklen Flur mit vielen Türen öffnet. Rechts neben der Haustür, wo ein buntes Glasfenster mattes Licht hineinwirft, steht ein Kugellorbeer, und unter der Garderobe eine schwere Eichentruhe. Hier ist das schönste Versteck aller Hartmannskinder, denn außer Magda und den zwölfjährigen Zwillingen, denen man am besten aus dem Wege geht, krabbelt auch noch eine süße Mausi im Haus herum, und Annemarie, die fast schon eine Dame ist, wäre schrecklich gern wieder einmal die Squaw, wenn die Indianerspiele durchs Haus toben. Aber das geht nur, wenn der Vater nicht da ist!

Die Mutter all dieser lebensvollen Geschöpfe, Immas geliebte Tante, ist ein zartes Wesen mit einem lieben runden Gesicht und sanften Grauaugen unter dem dunklen Scheitel. Sehen diese manchmal traurig aus? Sicher bildet Imma sich das nur ein, denn Tante trägt sogar am Alltag seidene Kleider mit weißen Krägelchen, was doch entsetzlich vornehm ist.

Frau Harmine Onken, Immas Mutter, trägt solche nur zu ganz besonderen Gelegenheiten. Für gewöhnlich wirtschaftet sie im hellkarierten Waschkleid, das Spitzenhäubchen mit Samtschleifen auf dem dicken Blondhaar, bis in den Nachmittag in dem hübschen Haus mit den grünen Fensterläden herum. Sie hat nämlich keine Marie zur Hilfe, und ist so energisch in ihrem Tun, dass Imma, deren große Brüder auswärts in der Lehre sind, sich oft sehr überflüssig vorkommt. Am liebsten ist sie bei Hartmanns oder daheim im Giebelzimmer wo sie sich Trost aus alten Modeheften holt.

Und sie hat manchmal Trost nötig — sollte der liebe Gott etwa nur deshalb so schönes Wetter machen, damit die roten Plüschmöbel nach draußen gebracht werden können? und dann darf man auf diesen nicht einmal herum klettern, weil sie geklopft und gebürstet werden müssen!

Bei diesen und ähnlichen Gelegenheiten wird eine ältere Frau zur Hilfe genommen. Sie sieht nach Frau Onkens Aussage schon seit Jahren keine Spinngewebe mehr, aber trotzdem greift man immer zu ihr, und sie gehört ein wenig zur Familie.

Eines Tages nun — es ist ein strahlender Herbsttag mit stark blauem Himmel und rostrotem Laub — kommt Imma mit dem Obstkorb aus dem Garten und findet außer den Eltern auch Tante Eden beim Teetrinken. Die Sonne liegt an der rotgewürfelten Tischdecke und den blauen Tassen, und die Erwachsenen sind so in ihr Gespräch vertieft, dass sie gar nicht auf das Kind achten. Imma turnt deshalb solange an ihres Vaters Stuhl herum — er ist Geschäftsreisender und oft wochenlang von Hause —, bis der bärtige Mann sein geliebtes Nachgeborenes auf den Schoß nimmt.

Während die gut geformte und sanfte Hand durch die lichtbraunen Ringellocken fährt und Imma aus Vaters Tasse trinken darf, was eine große Ehre ist, geht das Gespräch seinen Gang.

Ja, ja, sagt Tante Eden, sie hat es selbst gesehn, wie sie Albrecht Janßen, der „der Bär" heißt, aus dem Tief zogen; auf dem Gesicht lag er, und sein dickes braunes Haar schwamm auf dem Wasser. Och, das wurde ja schon lange gesagt, dass es schlecht mit dem Hof stand, aber die Sache mit Gerhard Heinrich hat ihm den Druck getan, das sagen auch alle. Dann sprechen sie so was Komisches, das klingt wie Wechsel, und falsch, und Imma scheint, als ob das etwas Unrechtes ist. Vater schüttelt den Kopf, dass sein Bart furchtbar kitzelt, und meint nachdenklich: „Wenn sie ihm das über den Kopf kriegen, kann er sitzen! — und das ein Hartmann!"

Die Geschichte der angesehenen Familie, verwandt und verschwägert mit allen großen Leuten, die seit Generationen einen ausgedehnten Handel mit Landesprodukten treibt und deren große Packhäuser ein Wahrzeichen der kleinen Stadt sind, wird lebendig. Stammen doch Onkens ganz aus der Nähe, und Tante Eden erst!

„Ja, man aber", sagt sie, wobei die verwaschenen Augen gegen das Licht blinzeln, und die runzligen Finger, die Immas Ideal sind, die Tasse fester umklammern — „ochwacht ins, das muss diesen sein Urgroßvater sein — das war auch kein Guter. Das war die'n Schlüngel, wenn das um Geld ging! — Was mein Opa war, der hat der ja Jahrende bei gearbeitet, der konnt einen der was von erzählen. Kinners, sagt er denn — das glaubt man ja, was den alten Gerhard Heinrich war, der hatt' lang keine reinen Papiere! — Tja — was brauchten sie den Jungen der auch noch wohl nach nennen? der kann der niks an tun. Der schlägt nach 'n Namen!"

„Ist mir egal" — Mutter macht mit der kräftigen Hand eine wegwerfende Bewegung und greift dann energisch nach dem Teetopf — „ich mag ihn nun einmal nicht! — ewig zu lachen!"

Und schon sehen alle wie mit einem Zauberschlag den schönen Gerhard Heinrich vor sich, wie er den Frauen und Mädchen lächelnd Dinge sagt, über die sie erröten und worüber die Männer halb zornig, halb geschmeichelt sind. Die schmale Hand mit dem Brillantring streicht über das dichte, blonde Haar, die starrblauen Augen glitzern und der vorgeschobene Unterkiefer gibt dem Gesicht etwas spöttisch Überlegenes.

„Die arme Frau!" Mutter sagt das so erbarmend, als spräche sie mit der Katze, worauf die alte Frau etwas von Marie sagt, was Imma aber nur noch halb hört, denn Mutter drückt ihr den Obstkorb in die Hand mit der Weisung, die Tür ja recht fest hinter sich zu schließen!

*

Alles Herbstgold ist von dichten Novembernebeln verschluckt, die schon seit Tagen hängen. Manchmal fährt ein Windstoß ums Haus, aber sie weichen trotzdem nicht, und Hanne muss die Petroleumlampe, die über dem Küchentisch hängt, heute schon um vier Uhr anzünden. Seit einigen Monaten ist sie wieder bei Hartmanns, wo sie früher längere Jahre diente. Sie ist nicht mehr ganz jung, aber blond und frisch und etwas behäbig, was sie aber nicht daran hindert, manchmal ganz wunderbar mit den Kindern zu spielen. Gibt es etwas Schöneres, als wenn sie mit ihnen im

Takt über die roten Sandsteinfluren der stets etwas kalten Küche marschiert und dazu singt:

„Komm ich abends spät na—hach Hause,
Und die Tür'n verschlo—hossen find, —hossen find,
Ei, so nehm ich meine Pfeif' und rauche,
bis die Tür'n, bis die Tür'n geöffnet sind, —öffnet sind!"

Magda und Imma bestürmen sie auch heute darum, aber sie mag nicht und stopft mit eigentümlich bedrücktem Gesicht an ihren Strümpfen. Es ist aber wirklich nicht warm in der hohen Küche mit den Deckenbalken, trotzdem der große Kochherd in der blau weiß gekachelten Nische voller Torf ist, und so versuchen die Kinder ein neues Spiel, wobei sie von einem Stein auf den anderen hüpfen.

Inzwischen kommt der alte Buchhalter Janßen einmal herein, den die Kinder Onkel Bernhard nennen. Aber auch er hat heute gar keine Zeit für seine Lieblinge, sondern flüstert mit Hanne, und Imma hört gerade wie sie sagt: „Das arme Menschenkind! — nun sitzt sie den ganzen Tag vorm Fenster und sieht aus!" Dann geht der Alte mit traurigem Kopfschütteln fort, und Hanne schraubt die Lampe niedriger, denn es ist Zeit zum Milchholen, und die Kinder dürfen mit, was stets aufs Neue ein von Wonnegrausen erfülltes Abenteuer ist.

Man geht dazu aus der Hintertür und dann zwischen den Packhäusern, wo es schreck—lich dunkel ist, und nur gut, dass Hanne ihre blankgeputzte Laterne — das Schienfatt — mitnahm, und dass man sich ganz fest bei ihr einhängen kann. Dann führt der Weg ein Stückchen den Fluss entlang, den man nur an den gespenstischen kahlen Bäumen erkennt, die am Ufer stehn, und an einem dumpfen Plätschern. Darauf stolpert man einige Stufen hinauf und steht in einem halbdunklen Raum. Hanne ruft: „Kundschaft!"

Plötzlich — man weiß nicht, woher — ist hinter der Theke mit der getrockneten Schlange darüber, an der die grauen Tüten hängen, eine ältliche, steile Person in einem eng anschließenden braunen Kleid. Sie trägt eine Haube über dem faltigen Gesicht, aus dem die Augen leise schielend hervorquellen, und aus dem aufgeworfenen Mund ragt ein riesiger Zahn, nach dem man wie gebannt starren muss. Sie misst die Milch in das bereitgehaltene Gefäß, und Hanne passt scharf auf, dass sie auch ihr Recht bekommt. Die gierigen knotigen Hände strecken sich nach dem Geld aus, doch Hanne sagt heute kurz: „Bezahlen Sonnabend!" worauf eine blecherne Stimme giftig murrt: „Wenn das auch man wahr is!" — Schon sind sie in der Haustür, als sie ihnen nachruft: „Is er der schon wieder? na, sollen ihn da wohl gleich halten!"

Irgendwo rollt ein Wagen, jetzt muss er auf der Brücke sein, und kaum sind sie zurück, da klingelt die Haustür. Unruhe entsteht, Hanne öffnet die Küchentür spaltbreit und Magda schlüpft rasch nach vorn. Zu den beiden Zurückgebliebenen klingt das krampfhafte Aufschluchzen der Frau, darauf überlegen, beschwichtigend, ein wenig prahlerisch die sonore Männerstimme: „Meine liebe Antonie! — wie konntest du zweifeln!"

Die Kinder setzen dann ihr Spiel fort, aber bald werden sie ins Wohnzimmer gerufen. Das ist ein großer, vierfenstriger Raum links neben der Haustür; es stehen große, dunkle Plüschmöbel darin und ein weißer Kachelofen, und an den Wänden hängt dicht an dicht eine ganze Ahnengalerie. Merkwürdig schmale Schultern haben diese Leute und seltsam dicke Köpfe, aber sie scheinen alles zu hören und zu sehen, was um sie herum geschieht. — Hans und Hermann sind von irgendwoher aufgetaucht und betragen sich merkwürdig manierlich, Tante sitzt in der Sofaecke und hat klein Mausi an sich gedrückt. Onkel, im Sessel neben ihr, ist mit einem Paket beschäftigt, und Annemarie schenkt Tee ein. Sie ist dabei etwas ungeschickt, was ihrem Vater ein: „Wie bürgerlich! — Du weißt, ich liebe so etwas nicht, mein Kind!" entlockt, woraufhin das feine Gesicht mit den sanften Augen der Mutter und dem Mund des Vaters, um das sich hellblonde Löckchen ringeln, tief errötet.

Gerhard Heinrich hat nun, von den Kindern mit großer Anteilnahme beobachtet, sein Paket vollends ausgepackt — und was ist darin? eine riesengroße und dicke Mettwurst! Nun nimmt er ein scharfes Messer, legt die Wurst säuberlich auf ein Holzbrett, und schneidet fingerdicke Scheiben davon ab, die er an die Kinder teilt. Das ist ein vergnügtes Schmausen! Alle sind so fröhlich, dass selbst Tante lächeln muss.

Doch nun ist die Wurst restlos verzehrt, Bello bekam den letzten Zipfel, und Hanne muss Imma rasch nach Hause bringen, jawohl, ganz bis vor die Tür. Das Schienfatt kommt auch mit, Mutter war auch schon ganz unruhig.

Imma erzählt freudestrahlend ihr Erlebnis, oh, es war doch so fein! — Weshalb wird Vater nur so böse? Er schlägt sogar mit der Faust aus den Tisch und ruft: „Unerhört! — und kommt von der Gerichtsverhandlung?!" Auch Mutter ist ganz aufgeregt: „Er sollte sich tot schämen! — oder sollte er so sicher sein?" Dann sprechen die Eltern noch viele Dinge, die Imma nicht versteht, sie aber plötzlich schrecklich müde machen, und sie ist froh, als sie in ihrem Bettchen liegt.

*

Seefeld ist eine kleine, verschlafene Stadt, und besonders in der Mittagsstunde sieht man kaum je einen Menschen auf der Straße. Ein Stoßwind fährt um die Ecken, Regenschauer gehen nieder, und es ist sehr schmutzig, als Imma einige Wochen später gleich nach dem Mittagessen zu Magda stürzt. Schon ist sie auf den Treppenstufen, als die schwere Haustür sich öffnet und Onkel Hartmann, der einen Mantel mit Pelz und eine Krimmermütze trägt, zwischen zwei Gewehre tragenden Gendarmen herauskommt. Sie tritt zurück, knixt, lächelt zutraulich verlegen die Männer an, die sie alle kennt — Herr Hansen, der rechts geht, ist doch ihr Nachbar —, doch nur Gerhard Heinrich gibt das Lächeln zurück, verzerrt, gewohnheitsmäßig, wie er jedes weibliche Wesen anlächelt. Toternst die Beamten. Imma sieht mit unbewusstem Erstaunen, wie der kleine Trupp den Weg nicht über die Brücke nimmt, die zur Stadt führt, sondern an den Packhäusern entlang, am Fluss hin, über den später ein schmaler Steg zur Chaussee führt.

In dem totenstillen Haus sucht sie vergebens nach Menschen, doch selbst Hanne ist nirgends zu finden. In der Küche steht alles durcheinander, und im Esszimmer ist noch das kalt gewordene Essen auf dem Tisch. Endlich findet sie Magda in der Mansarde, eifrig mit ihren Puppen beschäftigt, Rosalinde ist schon wieder einmal krank! — solch zartes Kind auch, es ist schrecklich! — Aber weshalb man sie wohl gar nicht zum Essen ruft?

Bald sind sie so in ihr Spiel vertieft, dass sie alles darüber vergessen und es gar nicht zu ihnen durchdringt, wie irgendwo in dem großen Haus ein bitterliches Weinen aufschluchzt.

*

Nikolaus brachte Imma ein winziges steinernes Badepüppchen, dem sie nun wunderschöne Kleider aus buntem Wollgarn häkelt, und seither legt sie jeden Abend ein frisches Kohlblatt aufs Fensterbrett, damit der Weihnachtsmann etwas zum Fressen für sein Pferd findet, und oft sind am Morgen einige Stücke Christzeug an die Fensterscheibe gelehnt. Magda tut das auch, aber bei Hartmanns lässt er sich nicht sehen, und sie hörte doch einmal sein Pferd ganz in der Nähe wiehern. Das kommt sicher, weil die Jungens immer so ungezogen sind; solche Lümmel aber auch, die Lehrer kommen sich beklagen; und Tante muss viel weinen.

Am Weihnachtsmorgen schneit es immerzu, und Imma sieht sehnsüchtig nach draußen, ob es denn nicht endlich aufhören will. Sie ist ein wenig müde, denn in der Nacht hat sie kaum schlafen können vor Erwartung. Bei Onkens ist die Bescherung nämlich nach altem Brauch erst am Frühmorgen des ersten Feiertags.

Die ganze Nacht war ein Raunen und Huschen im Haus, dass man ganz tief unter die Decke kriechen musste, und als am Morgen, als es noch ganz dunkel war und die Glocken läuteten, die Mutter ihr kleines Mädchen festlich ankleidete, waren plötzlich auch die großen Brüder da. Es riecht wunderschön nach Kaffee, und nun nimmt Vater seinen Liebling bei der Hand, die Mutter folgt mit Eduard und Martin, und dann geht es in die Weihnachtsstube — die roten Plüschmöbel sind im Glanz des Weihnachtsbaumes so verändert, dass man sie kaum wiedererkennt. Imma muss sich erst etwas besinnen, ehe sie ihre Sachen ansehen kann, und es ist nur gut, dass erst einige Lieder gesungen werden, Vaters Bass geht immer ein bisschen vorbei.

Sie muss wohl sehr lieb gewesen sein, denn außer der süßen blondlockigen Puppe, die sie so sehr in der Weihnachtsausstellung von Frau Janßen bewunderte, steht sogar ein Kochherd da! Man kann mit Spiritus darauf kochen, was so wunderschön ist, dass selbst die großen Jungens Lust dazu bekommen, aber Mutter sagt, damit müssen sie ihr heute aber nicht anfangen. Die Brüder haben für Imma eine Negerpuppe, die Dolly heißt, aber vorläufig fürchtet sie sich so davor, dass sie laut weint, wenn sie ihr nahekommt. Jetzt baut Eduard — er ist der Älteste, und sie hat ihn sehr lieb — ihr ein herrliches Haus mit dem Steinbaukasten, und Martin isst allen Gummizucker vom Baum.

Imma mag den zwar nicht, aber das darf er doch nicht.

Gegen zwei Uhr wird es heller, und Imma darf endlich, endlich! zu Hartmanns. Noch steht eine steife Luft, blaugrau, am Horizont, von den Dächern hängen lange Eiszapfen, und die kleinen Füße sinken bis über die Stiefel in den Schnee.

Die Eltern sitzen noch beim Tee, als die Haustür klingelt, und ein kleines „Ich bins!" ertönt. Nach einer Weile kommt Imma ins Zimmer — das neue grüne Kleid macht das Kind doch auch so blass, denkt Frau Onken —, setzt sich auf den Schemel unter den Weihnachtsbaum und hantiert lautlos mit ihren Sachen. „Wie war's denn?" forscht Mutter.

Ein zögerndes „Och" — „Och?" verweist Mutter, „Och ist keine Antwort!" und sie lässt nicht locker, bis sie alles erfährt.

Nein, einen Baum hatten sie nicht bei Hartmanns. Und gekriegt hatte auch keiner was; bloß alle so'n bunten Teller, Nüsse und so was. Obenauf lag eine Kuchenhand, wie Bäcker Rolfs sie backt. Tante? och, die saß am Fenster und guckte auf die Brücke; ja, sie hatte 'ne Zeitung, da hatte sie die Hände über gefaltet. Annemarie saß auch da; weinen? ja, vielleicht weinte sie. Und Mausi war bei Hanne. — Nein, sie hatten gar nicht schön gespielt. Und die Jungens haben sie mit Schneebällen geworfen — es war — hier zerbricht das Stimmchen, und aus den großen Blauaugen rollen so dicke Tränen, dass Vater, der wieder einmal vor dem Bild von seines Vaters Schiff steht, rasch sein Kleines auf den Schoß nimmt, wo es sich wunderbar geborgen fühlt.

„Das schreit ja zu Gott!" Mutter faltet die Zeitung heftig zusammen — „ausgerechnet heute muss es drin stehn! Zweieinhalb Jahr hat er gekriegt." — Vater spricht ganz sorgenvoll. „Verdient hat er es, nicht allein wegen Albrecht Janßen, aber die arme Familie!"

Die Eltern sprechen noch einiges, aus dem Imma entnimmt, dass Onkel Hartmann etwas Böses getan hat und nun ins Loch kommt. Ins Loch? Der Gedanke fällt ihr so entsetzensvoll aufs Herz, dass sie mit dem besten Willen nichts von all den guten Dingen essen kann. Mutter sagt, das kommt von allen Süßigkeiten, und bringt sie früh ins Bett.

Sie liegt gekrümmt, ein Fäustchen an den Mund gepresst und versucht einzuschlafen, aber die Gedanken wirbeln nur so. Es ist auch so still im Haus, und der Mond steigt durch die Ausschnitte in den grünen Fensterläden, dass zitternde Herzen auf der Bettdecke tanzen.

Ob Onkel Hartmann nun wohl wirklich ins Loch kommt? ins Loch, von dem die Jungens erzählen, dass dort die Ratten und Mäuse herumtanzen und dass es dort nur schmutziges Spülwasser und verschimmeltes Brot gibt? — Onkel Hartmann? — Nein, nein, nein, das darf nicht sein! — Und wo bleiben Tante — und Magda und Mausi und Annemarie? Nun müssen die auch sicher hin? — Nur an die Jungens denkt sie nicht.

Ihr kleines liebendes Herz erahnt für all diese Menschen, an denen es so sehr hängt, ein furchtbares Unheil, und in ihrer grenzenlosen Angst betet, nein, fleht sie zum lieben Gott, ihnen doch zu helfen. Die Tränen strömen ihr übers Gesicht, während sie mit der ganzen Kraft ihres kindlichen Herzens im Gebet ringt. —

Aber da ist weder Stimme noch Antwort. Nur der Wind geht ums Haus, und die zitternden Herzen tanzen noch stets auf der Bettdecke.

In seiner unverstandenen Lebensangst fühlt das Kind etwas Ungeheuerliches näher und näher kommen — ein Vorhang rauscht, etwas Dunkles rührt es an — —.

Ein so entsetzensvoller Aufschrei gellt durchs Haus, dass die Eltern erschreckt herbeieilen und Mühe haben, das zitternde Kind zu beruhigen.

Kinder können Dinge miterleben, Worte hören, die ein ganzes Leben unvergessen bleiben, und doch gleiten sie im Augenblick unverstanden und spurlos an ihnen vorbei.

Zuweilen aber zerreißt der Vorhang, und sie erkennen blitzartig und mit wahrer Hellsehergabe das Kommende viel stärker als ein Erwachsener, und meist trägt das junge Gemüt viel zu schwer an diesem Wissen.

Und doch wird die böseste Nacht von den Fluten der kommenden Tage überspült, und in ihnen versinkt auch das Kinderleid so tief, dass es nur zuweilen und jäh aus den Wassern des Vergessens emportaucht.

*

Imma ist wieder das Kind, das redet wie ein Kind und klug ist wie ein Kind und kindische Anschläge hat.

Aber die zahlreichen Tanten mögen sie trotzdem nicht gerne. Nicht, dass sie nicht freundlich und immer bescheiden ist — Harmine Onken sollte ihre Kinder wohl erziehen, wie sich das gehört. Aber man kann das malle Kind mit nichts erfreuen, weder mit Obst, noch mit Süßigkeiten, was doch jedes Kind mag. Die Eltern sollten sie man nicht so viel zu Hartmanns gehen lassen, da lernt sie auch nicht viel Gutes, was davon alles erzählt wird — und denn ja nichts als Großartigkeiten. Das kann für solch junges Kind doch nicht gut sein!

Aber Onno, ihr Vater, war ja genau so, gar kein rechter Junge, darum hat der alte Onken ihn auch nicht an Bord genommen, sondern Kaufmann werden lassen. Schiffer müssen ganze Kerle sein und sich durchsetzen können, nun es mit der Segelschifffahrt aus ist, mehr denn je. Das Schlimmste ist man, dass er für sein jetziges Geschäft auch nicht recht passt und immer sagt, warum sie ihn nicht auch haben zur See gehen lassen. Wenn der die tüchtige Harmine Harms nicht gekriegt hätte, wo wäre der wohl geblieben! Die ist so recht auf dem Posten, wie die Frauen aus Schifferfamilien werden, die immer alles alleine machen mussten; die lässt nichts anbrennen!

Der Älteste von ihnen ist ja ein solch guter Junge, das Herz wird einem warm, wenn er einen mit seinen blauen Augen anlacht, und die schönen blonden Locken, die er hat. An den werden sie bestimmt früh 'ne Stütze haben! — Man der Martin — mit dem kriegen sie noch mal was, ganz und gar ist der Junge doch wie Onnos Bruder Marten, der damals ausriss — einfach weggelaufen von Bord. Natürlich wegen allerlei Dummheiten. Da haben sie nie wieder was von gehört. — Und denn noch wohl den Jungen danach zu nennen! — das hätten sie man lieber lassen sollen. — Und die Kleine, die Imma, hätten sie ja nicht mehr haben müssen, scheint doch auch ein schwächliches Kind zu sein. — Das soll sie wundern, wie das mit Onkens noch mal geht!

Aber das ahnen die Kinder nicht. Gerhard Heinrichs Fortsein wird von ihnen, die an seine häufigen Reisen gewöhnt sind, wenig und dann nur als Lockerung vom Zwang empfunden. Tante ist machtlos und kann auch nicht verhindern, dass die Kinder jetzt häufiger auf dem Hausboden kramen, was eigentlich verboten ist. Er birgt dass Strandgut von Generationen und ist stets aufs neue voll unerhörter Wunder.

Für die Freundinnen hat der Bücherwinkel eine besondere Anziehungskraft, und stundenlang können sie in dem Bretterverschlag hocken. Neben schrecklich komischen Büchern, die man nicht begreift und deshalb gleich zur Seite legt, gibt es dicke schwarz eingebundene, auf denen steht in Gold: „Pfennigmagazin" und 1842-43. Außer der rührenden Geschichte von Claude Genoux, dem Savoyardenknaben, der auch mit seiner Marmotte abgebildet ist, liest man darin viel von Eingeborenen, von denen es auch Bilder gibt, auf denen sie nichts als einen Lendenschurz tragen — wie könnte man sich nun je Eingeborene, mögen sie leben wo sie wollen, anders vorstellen?

Und erst die Negerkönigin Anna Zinga — was hat sie wenig an! — das gehört sich doch eigentlich nicht. Ob ihre Mutter wohl tüchtig schilt? — und dass sie nicht kalt wird!

Auch steht darin sehr viel über Amerika — oh, die Kinder wissen jetzt längst, wie das Wort ausgesprochen wird und dass es ein großes Land ist, zu dem man mit dem Schiff fahren muss. Henni Dirks sagt, hundert Tage lang, ihre Schwester ist hingefahren. Es wohnen dort auch rote Menschen, die Indianer heißen, die sind schrecklich böse und reißen den Leuten das ganze Haar vom Kopf ab. Was tut das wohl weh! — Einmal, da überfielen sie Leute, Farmer hießen die, und die Oma war gerade allein mit den Kindern — das war so gruselig, dass man lieber etwas überschlug, aber später war da eine Stelle, da stand gerade, wie die Köpfe von der Treppe rollten.

Sie schlagen das Buch eilig zu — Magdas blonder Zopf fällt über Immas Schulter, und ihre Backen sind rot und heiß. Kaum wagen sie sich in der Dämmerung die Stiege hinunter, und sie atmen dann auf, wie nach bestandener Gefahr.

Zuweilen kommen auch die wilden Brüder, wozu man sich gar nicht freut; immer quälen und necken sie einen oder sie fechten mit den großen Säbeln, die in der Ecke liegen. Hans sagt, die sind noch von 1813 und waren mit an der Beresina und sie wollen auch bald dahin. Einmal schleppen sie auch im Triumph ein altes Pulverhorn mit sich. Abends machen sie auf der Weide hinter dem großen Garten ein Feuer und schütten etwas von dem Inhalt hinein. — Junge, das wird aber fein knallen! Weil das nun aber nicht so rasch geht, denn das Pulver ist feucht geworden, stochert Hermann etwas mit dem Stock darin — eine Flamme schießt hoch und ihm ins Gesicht! Er tanzt jetzt mit solch echtem

Indianergeheul ums Feuer, dass Hans sich beinahe wälzt vor Lachen, das ihm aber vergeht, als er merkt, dass sein Spießgesell sich das ganze Gesicht verbrannt hat, und als beste Medizin gießt er ihm rasch einen Eimer Wasser über den Kopf.

Heulend, rußgeschwärzt wie Teufel, erscheinen die beiden Unholde vor ihrer Mutter, die mit sanften Scheltworten, Leinöl und Kalkwasser die Schmerzen lindert. Als Hermann nach Tagen wieder zur Schule geht, das Gesicht noch in dickem Watteverband, ist es seine härteste Strafe, als der seelenkundige Lehrer ihn bedauert, dass er nun wohl bartlos durchs Leben gehen muss, denn seine Bartdrüsen sind gänzlich verbrannt!

Kurz darauf erscheint im Hartmannshaus ein Herr mit dunklem Fußsackbart und großem Hut, den die Kinder „Onkel Pastor" nennen. Er redet mit erhobener Stimme viel von Gottes Zorn und Strafe, wobei er sich das Essen recht gut schmecken lässt. Tante hört ihm schweigend zu; zuweilen öffnet sie den Mund, als wolle sie etwas sagen, schließt ihn dann aber ganz fest. Als er geht, nimmt er die Brüder mit, was die Mädchen nicht bedauern.

*

Der Frühling ist kalt und regnerisch, aber um Ostern scheint die Sonne doch so warm, dass die Kinder Eier trüllen können auf der großen, noch recht kahlen Weide hinter den Packhäusern. Bei Onkens haben sie wunderschöne Eier gefärbt — zuerst zeichnet Vater etwas mit Tinte darauf, etwa ein Schiff oder ein Haus, dann werden sie in zartes Grün gehüllt, das die Kinder am Wegrand suchten und das sich später wie Farnblätter auf dem Ei abzeichnet, und darauf kocht Mutter sie mit Zwiebelschalen. Wenn sie dann noch mit Speckschwarte eingerieben werden, glänzen sie wunderhübsch goldbraun — was sind dagegen die roten und gelben Eier der andern Kinder?

Sie gehen jetzt in eine andere Schulklasse, und sie tun es doppelt gerne, weil jetzt der lange, freundliche Herr Jakobi ihr Lehrer ist. Noch stets sitzen sie nebeneinander, und miteinander, eng umschlungen gehen sie jeden Morgen zur Schule. Ihr Weg führt sie dabei über die stets schmutzige Brücke — die einmal schrubben dürfen, das müsste etwas Herrliches sein!

Häufig gesellt sich auch Peter Peters, der kleine Menschenfresser, zu ihnen, in dessen apfelrundem roten Gesicht der Mund immer breiter und die Zähne immer größer zu werden scheinen. Er wird etwas überlegen behandelt, doch tut das der Freundschaft weiter keinen Abbruch. Nur einmal erleidet sie einen bösen Stoß, als nämlich er und Magda sich um einen Federhalter zanken und sie mit ihrem Papa droht.

„Päh", sagt er: „Kann er ja gar nicht, sitzt ja ins Loch!"
„Ischa nich wahr, du! — wo er doch in 'merika is!" ganz wütend ist Magda.

„Un er is der doch in! — Jä — hä!" Dabei steckt er die Zunge aus, schlägt mit dem Fuß, dass die Stulpenstiefel in der Sonne glitzern und rennt davon, die Mädchen mit schwingenden Schultaschen und lautem: „Menschenfresser! — Menschenfresser!" hinter ihm her.

Magda will es gleich an ihre Mutter nachsagen, und Imma verspürt einen jähen Stich im Herzen.

*

Im Mai hat Hanne mit vielen Tränen und Küssen Abschied genommen, und nun machen Frau Hartmann und Annemarie alle Arbeit allein. Tante trägt schon längst keine seidenen Kleider mehr, aber sie weint nicht mehr so viel und sieht viel frischer aus. Annemarie, die immer schöner wird, hat sich so starr von ihren Freundinnen zurückgezogen, dass zuletzt selbst die treue Else Meiners fortbleibt. Am liebsten beschäftigt sie sich mit Mausi, die groß und wild wird, und das ist auch nur gut. Hat sie nicht neulich der armen Rosalinde ein Loch in den Kopf geschlagen und auch alle Sandkuchen kaputt gemacht, welche die Unzertrennlichen gerade mit so viel Mühe aus dem weißen Seesand geformt hatten!

Es ist ein Sommer ohnegleichen, mit Sonne und Regen und Wind zur rechten Zeit, und nicht einmal die Bauern klagen über das Wetter. Vom Mansardenfenster sieht man in ein uferloses Meer von Grün und Gold, und die roten Dächer der Höfe sind ertrunken in dunklem Laub. Selbst bis in die Stadt hinein duftet es nach frischem Heu und reifendem Korn, und auf dem Markt ist ein betäubender Wohlgeruch von Linden und Akazien. Darüber spannt sich ein lavendelfarbener Himmel, um Mittag zittert die Luft zwischen den Häusern, doch die Abende sind wundersam erquickend. Nur ganz langsam wird es dunkel, auf den Straßen schlendern gemächlich Menschen, die hier und dort stehen bleiben und Schwätzchen halten, und vor den Häusern sitzen singende Mädchen.

Minna Schulz nebenan z.B. singt besonders gern: „Spinn, spinn, spinn Tochter mein", was sehr schön ist; aber weshalb sie wohl so laut wird, wenn es heißt: „niemals kam der Freiersmann"? Auch klingt es: „Du, du liegst mir im Herzen" und „Still ruht der See". Am aller schönsten finden sie aber ein Lied, das heißt:

„Mein Alexander, mein Alexander,
Wie ist es doch so schön,
So miteinander, so miteinander
Durchs Leben hinzugehn.
Es war auf einer Landpartie,
Das Wetter war so schön wie nie,
Wir beide gingen Arm in Arm,
Das Wetter war so schön und warm."

Ja, Imma hört, wie selbst Annemarie das einmal vor sich her summt, aber das war im Garten, wo jeder fröhlich wird, denn etwas Schöneres als diesen gibt es überhaupt nicht. Er fängt gleich hinter den Packhäusern an und zieht sich, sanft abfallend bis zum Fluss, der das Tief heißt, wie alle Flüsse hierzulande, und ist von ihm durch ein hohes Gitter getrennt, das den Blick frei lässt. Hinten sind Gemüsebeete, und von der dichten Geißblattlaube führt eine Allee verschnittener Schattenlinden bis zur Pforte, die im Winter zwar recht gespenstisch wirken, jetzt aber einen herrlich kühlen Bogengang bilden. Zu beiden Seiten laufen Rabatten mit Königskronen und zitternden Herzen, mit Brautschleier, Klatschrosen und Rittersporn und auf und neben den weiten Rasenflächen ist von Frühlingsanfang bis tief in den Herbst hinein ein unaufhörliches Blühen. Vögel singen den ganzen Tag, und es ist wunderbar, mit der Schaukel in die blaue Luft zu fliegen, in Blüten und Vogelsang. Kein Mensch weit und breit zu hören noch zu sehen, es ist, als lebe man auf einer Insel des Friedens.

Kein Wunder, dass Hartmanns, so viel es geht, im Garten leben; am Nachmittag kommt auch Onkel Bernhard, der alte Buchhalter, zum Teetrinken herüber, Mausi kollert mit Bello über den Rasen, und das glückselige Kinderlachen der drei — Imma ist stets dabei — klingt durch die warme Luft.

Dann entspannen sich wohl die ernsten Züge der Erwachsenen, und auch sie geben sich dem Glück des Augenblicks hin.

Häufig aber sind die Kinder sich selbst überlassen, und dann geschieht manches, was die Erwachsenen nicht wissen dürfen. Z.B. saust Imma einmal so heftig aus der Schaukel, dass sie ganz blau im Gesicht auf dem Rücken liegen bleibt und erst gar nichts sagen kann.

Oder sie klettern über die verschlossene Pforte und setzen sich ans Tief, was streng verboten ist. Es hat hier eine kleine Bucht, in der das Wasser ganz rötlich aussieht, genau wie das Rote Meer, finden sie. In der biblischen Geschichte lernen sie nämlich gerade den Durchzug der Kinder Israels durch dieses, und eigentlich müssten sie einmal ausprobieren, ob das Wasser auch vor ihnen zurückweicht. Aber es zeigt sich dabei, dass sie nicht zu diesen gehören, denn plötzlich liegen sie beide im Wasser, können sich aber rasch an Land retten, wo sie zu ihrer unsäglichen Erleichterung feststellen, dass nur Schuhe und Strümpfe und die rosa Schürzen nass wurden. Man trocknet alles in der Sonne, denn wenn Mutter das erführe — na!

*

Ob Onkel Bernhard sie auch wohl eingeladen hätte, wenn er das wüsste? — Ihrem ein wenig schlechten Gewissen ist dieser Ausflug eine herrliche Überraschung.

Unmöglich, mittags etwas zu essen! Aufgeregt flattern die steif gestärkten weißen Kleidchen, das Mäntelchen wird immer wieder anders über den Arm gelegt, und die kleinen weißen Handschuhe, die doch dabei auf keinen Fall fehlen dürfen, wandern ruhelos von einer Hand in die andere.

Endlich fährt der leichte Einspänner vor, der Alte hilft seinen kleinen Freundinnen auf den Hintersitz, klettert selbst schwerfällig auf den Wagen, und „Hüh!" Der Schimmel zieht an, die Zurückbleibenden winken den strahlenden Kindern zu, und fort geht es durch die mittagsstillen Straßen. Von der Zichorienfabrik steigt ein süßlich fader Geruch auf, müde liegt die Sonne auf dem dunkelnden Laub; dunstig warm hängt die Luft über dem weiten Land, als sie die letzten niedrigen Häuser, bei denen blühende Geranien die kleinen Fenster von innen ganz verdecken, hinter sich gelassen haben. Gleichförmig, ordentlich, ein wenig nüchtern ist das Land, durch das die wenig belebte Straße geht. Weiden mit schwarzbuntem Vieh wechseln mit Kornfeldern, die immer üppiger werden. Das Tief schlängelt sich hindurch, große Bauernhöfe liegen scheinbar regellos und doch dem Lauf der Deiche folgend, darin verstreut, und immer wieder fährt man über eine Brücke. Endlos, gerade, dehnt sich die Straße, ein Kirchturm taucht auf, der nicht näher kommen will, und überall Mühlen und Mühlen, die Kinder werden nicht müde, sie zu zählen. Aber jetzt sehen sie einen freundlichen Ort am Horizont, zwei Mühlen stehen auf einem Deich, eine kleine Kirche mit freistehendem Glockenturm daneben. Sie kommen aber nicht daran vorbei, sondern rollen über eine Brücke — da ist ein Hafen, Schiffe liegen darin, und es herrscht dort ein munteres Treiben mit Laden und Löschen.

An der äußersten Ecke des Deiches, der den Hafen umgibt, wird ausgespannt. Dort steht ein altes niedriges Haus: „Zur blühenden Schifffahrt" heißt es, und in der blau weiß gekachelten Gaststube schenkt ihnen ein alter Mann in dunklem Flanellhemd rote Brause ein.

„Ah, ah — hat Bernhard Janßen sich auf seine alten Tage noch kleine Kinder zugelegt?" — Nein, nein — sieh, das ist Gerhard Heinrich seine, und der kleine Lockenkopf gehört Onno Onken, die kennt er doch beide. Wie könnt's wohl anders sein! — Dann zeigt der Alte ihnen ein Schiff, das in einer Flasche sitzt, und sie müssen auch seine Schildkröten sehen, die Uki und Jürnohm heißen. Hundert Jahre sollen die sein! — Dafür sind sie doch 'n bisschen klein, finden die Kinder.

Als sie zurückkommen, steht Onkel Bernhard fertig, um seinen Geschäften nachzugehen.

Also, sie können hier den Deich entlanggehen und sich dort hinsetzen, die Kühe tun ihnen nichts. — Die Mäntel kraus über dem Arm, die Handschuhe in der Hand, so ziehen sie auf Entdeckungen aus. Was gibt es hier aber auch alles zu sehen! Schafe, Pferde und Kühe weiden auf dem

Deich und lassen sich gar nicht stören, ebenso wenig wie die lustig badenden Kinder im Flutgraben.

Es ist ganz still geworden, drückend schwül. Langsam, lautlos, mit sinkenden Segeln gleiten Boote herein, unhörbar, blinkend wie flüssiges Blei, steigt die Flut. Die Kinder klettern, schweigsam geworden, über ein Heck und dann über noch eins. An der Deichecke, wo neben der stacheligen Hauhechel gelbroter Ginster, zart weißer Klee und die reizende rosa Strandnelke wächst, lassen sie sich nieder.

Es kommt eine Verzauberung über sie — wie still ist das alles, wie seltsam! Noch stets steigt die Flut, leise, unmerklich — jetzt ist sie schon am Fuß des Deiches, und über der ungeheuren bleiernen Wasserfläche, auf der schattenhaft am Horizont die Inseln liegen, und wie die Schwingen eines großen Vogels die Segel eines fernen Schiffes stehen, lastet ein amethystner Himmel. Wie leblos, umrissen von einem schweflichen Schein der Dampfer drüben am Anleger, die Männer, die mit gespenstischen Bewegungen ihre Lasten über den Laufsteg an Bord schleppen. Ein Zug steht dort, Menschen steigen aus — schemenhaft alles. — Wie eingehüllt von einer großen Glocke das ganze Leben — plötzlich dumpf, schrill, wie von Ertrinkenden, Möwengeschrei —.

Längst haben die Kinder sich aneinander gekauert, erfüllt von dumpfer Angst. Etwas Furchtbares, Unfaßliches drängt auf sie ein — ist es eine Ahnung des Ungeheuren, Unentrinnbaren, das Leben heißt? Oder spüren sie das Klagen der Tausende und aber Tausende, welche die See zu sich nahm, die rangen mit Tod und Verzweiflung?

Mit entsetztem Aufschrei, wie gejagt, rennen die Mädchen Hand in Hand zurück.

Gutmütig scheltend nimmt der Alte sie in Empfang — wer wird denn so laufen?

Es ist gut, dass er sie noch mit zu seiner Schwester nimmt, die Schifferwitwe ist und hier auf dem Deich wohnt. Sie bekommen ein Glas Persiko und kleine Kuchen mit Korinthen, was herrlich schmeckt, und bald müssen sie in einer albernen Verlegenheit ganz furchtbar kichern, woran der ungewohnte Likör wohl nicht ganz schuldlos ist. Als der Wagen beim Abendläuten bei Hartmanns hält, findet man die Kinder, ermüdet von der Seeluft und allen Eindrücken, fest eingeschlafen.

*

Ein Tag reicht dem andern die Hand, und ehe man es sich versieht, trägt die große Esche hinter dem Haus dicke Samenbüschel, und unter den Linden am Markt liegt eine dicke Lage goldgelber Blätter, in denen man herrlich wühlen kann.

Bei Hartmanns ist jetzt ein stetes Gehen und Kommen — würdige Herren mit langen Bärten und goldenen Brillen tauchen auf, stattliche Damen in rauschenden Kleidern mit dicken goldenen Ketten und großen Broschen, und alle reden sie von Geld. Tante hat viel Arbeit, sie alle zu bewirten, sie trinken schrecklich viel Tee und lassen sich alles gut schmecken, aber wenn Frau Hartmann und Annemarie nicht im Zimmer sind, reden sie von Verschwendung — ja, man hat es stets kommen sehen, das konnte ja nicht gut gehen! Tante Klara, die einen mächtigen falschen Zopf und eine hängende Unterlippe hat, sagt zu Tante Liesbeth, die klein und mickerig ist: „Ist Tonis eigene Schuld! — Sie wollte den alten Windhund, den Gerhard Heinrich, ja absolut. — Ließ den guten Adolf Gerdes darum laufen! — Was könnt sie da nun sitzen, wie die Perle im Gold!"

Zu Magda sagen sie: „Armes Kind!", wobei sie ihr herablassend über's Haar streichen, und über Imma gleiten ihre Blicke hinweg. Das Beste an ihnen ist das Mitgebrachte, und man verzehrt es oben im Stübchen, wenn man mit den Puppen „Besuch" spielt. Das ist zu fein, Rosalinde kann schon genau wie Tante Klara: „Wie sagtest du noch, liebe Toni?" sagen, und nimmt sich auch so viel Kuchen.

Es kommt jetzt auch oft ein Herr ins Haus, der Buch und Bleistift in der Hand hat und mit Tante und Onkel Bernhard durch alle Räume geht.

Die Kinder nennen ihn — nein, er ist für sie der „Rattenfänger", nach dem Lied, das von allen Seiten auf sie eindringt, obwohl es eigentlich gar nicht auf ihn passt, denn Herr Rechtsanwalt Ulrich Steffens ist nicht etwa von niemand, sondern von allen gekannt und wird allseitig ehrerbietig gegrüßt, und er ist schrecklich alt, sicher schon vierzig! — Er zieht ein wenig mit dem rechten Fuß, hat ein bräunliches Gesicht mit einem dunklen Spitzbart und eine so wohlklingende Stimme, dass man unwillkürlich immer danach horchen muss. Gewiss findet das auch Annemarie, denn sie steht immer zu lauschen, wenn er da ist, aber wenn er kommt, läuft sie fort.

*

Immer weiter vergleitet die Zeit, Weihnachten und Neujahr sind gewesen, und heute ist der erste Schultag im neuen Jahr.

Magda weiß eine herrliche Neuigkeit: sie gehen alle nach Amerika! Das ist eine Aufregung zwischen den kleinen Mädchen! Jede weiß etwas davon zu erzählen, denn wer hätte dort nicht einen Onkel oder eine Tante oder sogar einen Bruder oder eine Schwester, und Luise Mammen spricht wichtig von „drüben". Nur die dicke Betti Meier sagt hämisch was vom „Loch", aber nur Imma achtet darauf, und wieder sticht es im Herzen.

Sie kann sich auch gar nicht so mitfreuen und steht ein wenig verlassen herum. Seit gestern weiß sie von der bevorstehenden Reise. Tante hat es ihr selbst erzählt. Sie hat dort einen Bruder wohnen, sagt sie, und dort werden sie alle zusammen sein, auch Hans und Hermann, die jetzt sehr brav sind, was schwer zu glauben ist. Ja — und dabei glänzten die sanften Augen, und das liebe Gesicht verklärte sich — auch Onkel wird zu ihnen kommen, wenn er von seiner Reise zurück ist, nie nennt sie seine Abwesenheit anders.

Herr Jakobi weiß gar nicht, was in seine kleine Schar gefahren ist, doch als er den Grund erfährt, gibt er kurz entschlossen die Rechenstunde auf und erzählt dafür von dem großen weiten Land. Er zeigt ihnen auf der Landkarte, wo es liegt, und fragt die Kinder, was sie davon wissen. Als die Reihe an Imma kommt, sagt ein kleines gebrochenes Stimmchen nur: „Indianer!", und die Kinderaugen sehen den Lehrer so krank und traurig an, dass er denkt, dem Kind muss etwas fehlen, und er schickt es früher nach Hause.

Ob Indianer auch Menschenfresser sind? — Dieser Gedanke macht es Imma unmöglich, ihre „frische Suppe" zu essen, und Mutter ist wieder einmal sehr ungehalten über das malle Kind.

*

Wie nur die Schokoladenhunde auf Magdas Bett kamen? Sie kann das gar nicht begreifen, Imma muss sie unbedingt heute Mittag sehen. Sie stürmen so rasch von der Schule und ins Haus, dass Tante, die gerade im Flur ist, heftig zusammenschrickt und eine blaue Schiffermütze fallen lässt, die sie gerade in der Hand hat. Eben geht Onkel Bernhard in das blaue Zimmer, das sonst nie benutzt wird — klingt dort eine bekannte Stimme?

Die Kinder stutzen, doch im Augenblick sind die Schokoladenhunde das Wichtigste für sie. Eigentlich schmecken sie gar nicht gut — mehlig, verlegen —, und noch nach Jahren hat Imma in schlechten Träumen den Geschmack auf der Zunge.

Kurz darauf geht es wie ein Lauffeuer durch Seefeld:

steht mit gesenktem Kopf ganz still, reißt sich dann aber plötzlich los und sitzt hinten in einer Ecke und weint. Er wird sie doch nicht ausgescholten haben?

Als die Freundinnen eines Tages aus der Schule kommen, ist die Auktion schon in vollem Gange. Es ist ein Gejohl und Gelächter, denn vom kleinsten Straßenjungen bis zu dem riesenhaften Fuhrmann Eilers trägt alles die seltsamen Hüte. Imma gönnt sich mittags kaum Zeit zum Essen, denn sie muss doch helfen, und solche Auktion ist ein ganz herrliches Fest!

Die kleinen Mädchen schleppen mit Wonne alles herbei, dessen sie habhaft werden können, Fußbänke, die mit kleinen Hunden bestickt sind, Klingelschnüre aus dicken Perlen, Kuchenteller mit dicken Goldrändern und wunderhübschen Blumensträußen, zerbrochenes Küchengeschirr, einen seidenen Pompadour — Meta Meier sagt: Pumpelbüdl' — in den sie rasch noch Mausis Bälle stopfen. Nicht einmal vor dem geliebten Pfennigmagazin und den Spielsachen machen sie halt, und wäre nicht Rosalinde auf geheimnisvolle Art unsichtbar, so wäre wohl selbst sie unter den Hammer des Auktionators gekommen.

„Zum ersten! — zum zweiten! — zum dritten!" Man hört es durchs ganze Haus, Zahlen werden genannt, zögernd, Schlag auf Schlag, wie es gerade kommt. Von jenseits des Tiefs bietet der Nachbar mit Stentorstimme aus alles, was er sehen und nicht sehen kann.

Ein scharfer, trockener Wind fegt um die Ecken, wirbelt Papierfetzen und Strohhalme auf, und der dunkle Himmel hängt so tief, dass er die zart grünen Spitzen der Linden zu berühren scheint.

Als es dunkelt, ist der schöne alte Hausrat in alle Winde zerstreut.

Todmüde, glückselig erzählt Imma den Eltern von ihrem Erleben. Doch Mutter sagt erbarmend: „Die armen, armen Menschen — kein Heim mehr zu haben — ich möcht's mir nicht denken!" Und Vater streicht seiner Kleinen übers Haar: „Kinder, ach, ihr Kindervolk!" — Dann zu Mutter: „Hast du's schon gehört? — Es heißt, von Gerhard Heinrich ist Nachricht aus Amerika!"

Dem Kinde wird das Herz plötzlich dick und schwer, und weshalb kommen ihm plötzlich die Schokoladenhunde in den Sinn? — Ahnt es einen Zusammenhang zwischen diesen und dem Flüchtling?

*

Immer häufiger fällt das Wort „Abreise", und es wird viel von „Zwischendeck" gesprochen, was etwas wenig Schönes zu sein scheint. Einmal sieht Imma zu, als Tante Kleider einpackt; sie fügt eine Emailleschale hinzu und auch Seife, wobei sie seufzt: „Nicht einmal das hat man an Bord!", was dem Kinde schwer aufs Herz fällt. Man kann auch gar nicht mehr so schön spielen, und unheimlich hallen die Schritte in dem jetzt so leeren Haus.

Magda möchte so furchtbar gerne einmal bei Onkens schlafen, in Immas Bett! Wie herrlich lässt es sich vorm Einschlafen zu zweit spielen — oft ist das Bett der Zug, zuweilen auch das Schiff, in dem sie in eine herrliche Welt fahren, tausend Abenteuern entgegen. Eng umschlungen schlafen sie ein, träumen sorglos, unbekümmert dem Morgen entgegen.

In Magdas Bett schlafen? — Nein, das möchte Imma eigentlich nicht so gerne, aber Mutter sagt: „Wenn jemand ganz weggeht, muss man ihm jeden Wunsch erfüllen!" So muss es denn sein, und tapfer, das Nachtzeugbündel unter dem Arm, zieht sie eines Abends los.

Trotzdem sie alle Spiele durchprobieren, will heute Abend keines so recht gelingen. So sprechen sie denn schließlich ihr Abendgebet, und wieder liegen sie zärtlich umschlungen. Magda schläft sofort ein, aber ihr Zopf kitzelt so, Imma kann gar keinen Schlaf finden. Ein warmer Mairegen schlägt gegen das Fenster, und auch die jungen Triebe des Ahorn klopfen dagegen. Es ist noch so hell im Zimmer, dass sie sehen kann, wie sich die Gardine leise bewegt, die vor der Glastür zum blauen Zimmer hängt, es sind einige Scheiben darin zerbrochen.

Nebenan im Esszimmer, zwischen dessen wenigen Möbelstücken die Familie jetzt lebt, wird gesprochen. — Imma hat sich vorsichtig losgemacht, und als sie sich auf die andere Seite legt, erkennt sie deutlich Tantes Stimme, kann aber nicht verstehen, was sie sagt. — Ist dort nicht auch der Rattenfänger? — Ja, so weich spricht nur er — aber wie komisch klingt das, was er sagt, und immer wieder: „Annemarie!"

Dann klappt die Zimmertür, und sie hört Tante durch das leere Haus gehen, was sehr beängstigend ist. — Stöhnt nicht etwas hinter der Glastür? — Im Esszimmer schleifen ruhelos ungleiche Schritte, immer wieder auf und ab. — Imma kriecht ganz unter die Bettdecke und wagt erst wieder hervorzukommen, als sie im blauen Zimmer sprechen hört.

„Kind, Kind", sagt Tante, „hier muss ich dich finden?" — Annemarie — sie muss es sein — schluchzt etwas Unverstehbares. „Kannst du ihn denn gar nicht leiden?" fragt die Frau.

„Ich weiß es nicht. — Ich weiß es nicht — ich weiß es nicht!" Hilflos, unglücklich, fast schreiend stößt das Mädchen es hervor. „Und du, Mutter? — ich kann dich nicht alleine gehen lassen!"

Schweigen. — Dann tropft eine Stimme, in der Tränen schwingen. „Gutes Kind! — sorg dich nicht! Wenn du selbst erst Mann und Kinder hast, wirst du alles besser verstehen. Ich weiß, was ich tue, und ich weiß, was auf mich wartet. — Aber du, mein Kind, weißt es nicht." — Leises

Schluchzen. Nach einer Weile: „Ich wüsste dich so gerne gut aufgehoben!" Weinen sie jetzt alle beide?

Stets noch schleifen im Esszimmer die ungleichen Schritte. — Hellwach, unbeweglich, wie eingeschlossen in einen unentrinnbaren Kreis, liegt das Kind. Nebenan verstummt das Gemurmel, zögernd, gleichmäßig hallen die Schritte der Frauen im Flur. Jäh hält der ungleiche Schritt inne — die Tür wird aufgerissen, und „Annemarie" klingt es auf, so herzerschütternd, dass Imma sich ganz in sich verkriecht.

Wieder hebt sich der Vorhang — — Ahnungsflügel berühren das zitternde Kind, und in unverstandener Angst bricht es in solch bitteres Schluchzen aus, dass Frau Hartmann erschreckt nach ihm sieht.

Bringt der Rattenfänger sie heim — gibt er ihr sogar einen Kuss? — Das überwache und doch schlaftrunkene Kind hat die Empfindung von etwas gruselig Schönem, als es in seinem Bettchen liegt. Die erfreuten, ein wenig ängstlichen Gesichter der Eltern über sich, ein halbgesprochenes Nachtgebet auf den Lippen, so lächelt es sich in den Traum. –

*

Nun ist alles überstanden. Frau Hartmann nimmt den großen kunstvoll gearbeiteten Schlüssel aus der Haustür und übergibt ihn dem alten Bernhard, der ihn stumm, mit festem Händedruck an sich nimmt, und dann schweigend fortgeht. Ganz alleine will sie zur Bahn gehen, nur Magda und Imma sollen bei ihr sein. Deshalb ist auch Annemarie mit ihrem Verlobten und Mausi zu dessen Mutter gefahren und wird ihr die anderen Kinder an den Dampfer bringen.

Noch einmal umfasst ihr Blick das stattliche Haus, ehe sie in die Elende zieht. — In die Elende? — Ist Heimat nicht überall dort, wo man mit seinen liebsten Menschen zusammen ist?

Nicht zornig und bitter, sondern tapfer und mit klarem

Blick geht die zarte Frau von allem, was ihre Welt war.

Schwül hängt der Mittag. Goldregen und Flieder blühen an allen Hecken, als sie zwischen den lustig plaudernden Kindern zur Bahn geht. — Schon kommt der Zug angerollt. — Während sie Imma umarmt, sagt sie: „Nun müsst ihr euch zum Abschied auch einen Kuss geben!" und scheu, verlegen, tun die Kinder, wie sie ihnen heißt.

Die Räder rollen, ein letztes Winken. —

Es floss keine Träne, und gleichmütig, ein wenig unlustig, geht Imma allein zurück und spielt gleich darauf mit ihren Papierpuppen.

Nur, dass sie eine sonderbare Leere verspürt — eine Leere, die nie mehr voll wird.

*

Rastlos vergleiten die Jahre, und aus der kleinen Imma ist ungemerkt ein großes Schulmädchen geworden. Sie lernt leicht und gut, und ihre Sehnsucht ist, auch zur Privatschule zu gehen; aber davon kann ja gar keine Rede sein, woher soll man das Geld wohl nehmen? Und was muss ein Mädchen auch so viel lernen, wenn sie nur den Haushalt gründlich versteht, das ist die Hauptsache.

Es ist ein ungemütlich kalter Märztag und der scharfe Südost wirbelt vereinzelte Schneeflocken an den Fenstern der ersten Schulklasse vorbei, hinter denen die großen Kinder in der Deutschstunde zittern.

Der lange, hagere Herr Behrens steigt aufgebracht in dem Gang umher, der die Mädchen- von den Jungensbänken trennt, und donnert einmal über das andere: „Ihr Dummköpfe! — ihr Deutschverderber!" Es ist wirklich eine fast übermenschliche Aufgabe, den zumeist plattdeutsch sprechenden Kindern ein möglichst reines Hochdeutsch beibringen zu wollen, aber er wird alles daran setzen, sie durchzuführen. Diese widerspenstige Gesellschaft wird es ihm später noch einmal danken!

Vorläufig sind die Unglücklichen weit davon entfernt; bei den Jungens sieht er verstockte Gesichter und bei den Mädchen Tränen, vor lauter Angst machen sie, noch mehr Fehler als sonst. „Imma Onken, sag du es!"

Die hat gerade versunken nach den Flocken gesehen, es ist ja alles so leicht! In Gedanken ist sie ganz bei dem „Tell", den sie gleich vorlesen muss. Ganze Stellen weiß sie auswendig: „Auf diese Bank von Stein will ich mich setzen —"

Nun schrickt sie auf, erhebt sich zögernd — was hat Herr Behrens gefragt? — Sie zupft verlegen an den schwarzen Samtärmeln, die Mutter ihr in das grüne Kleid nähte und die recht ausgewachsen sind — was soll sie sagen?

„Wenn du es nicht einmal weißt, wen soll ich dann noch fragen! — Die ganze Klasse nachsitzen!"

Ein betretenes Schweigen legt sich über die Kinder. Dann stößt die dicke Betti Meier Henni Eilers an, die den Puff an Grete Borchers weitergibt, und dann kichern die drei aufreizend — das alberne Ding, das tut ihr gut, dass sie auch einmal nachsitzen muss, braucht sich gar nicht einbilden, dass sie was Besseres ist! Immer zieht Herr Behrens sonst Imma Onken vor, und dabei will sie die andern nicht einmal abgucken lassen!

Imma hört das Getuschel hinter sich, sie weiß, dass die drei, die sie peinigen und quälen, wo sie nur können, nun wieder über sie herziehen, und ein richtiger Hass steigt in ihr hoch. Bald, in wenigen Wochen, wird das zum Glück ein Ende haben, Mitte April werden sie konfirmiert. Sie seufzt erleichtert bei dem Gedanken und schiebt sich im Schwarm der anderen Kinder mit nach draußen, „vor Tür", zwischen den Stunden gibt es eine kurze Pause. Sie steht ein wenig frierend allein vor der offenen Schultür und sieht mechanisch nach den Lehrern, die fröstelnd in dem scharfen Wind auf und ab gehen, nach den sich balgenden Kindern und dem Seiler, der jenseits der kahlen Hecke seinem Gewerbe nachgeht. Eilig trippelt das kurzbeinige Männchen hin und her, es zupft dabei Werg aus seiner Schürze, was Imma noch immer etwas gruselig findet, denn als sie kleiner war, glaubte sie, er zöge das aus seinem Bauch.

Sie ist als Erste wieder in der Klasse und hockt ganz versunken mit aufgestützten Armen über ihrem Buch, als die andern Kinder herein lärmen und die Klasse mit Getöse erfüllen. Keiner kümmert sich weiter um sie. Eine Freundin hat sie nicht wiedergefunden, sie schließt sich schwer an, und überhaupt —

Nun sitzt Herr Behrens vor seinem Pult. Er hat in seiner Wohnung Tee getrunken und ist jetzt viel friedlicher, zumal da mit dem Ankauf der billigen Klassikerausgabe, die er seinen großen Schülern diesen Winter zum ersten Mal nahebringen will, ein langgehegter Wunsch in Erfüllung ging. Für die Rolle des „Tell" kam ja einzig die kleine Onken in Frage, den Geßler hat er Peter Peters übertragen, der macht seine Sache ganz nett. Imma freut sich insgeheim schon, ihm mit grässlicher Stimme zuzurufen: „Mit diesem Pfeil durchschoss ich Euch —", denn sie mag „Menschenfresser", wie sie ihn bei sich noch immer nennt, — gar nicht leiden, obwohl die andern sagen, dass er ihr Bräutigam ist. Neulich hat er sie auch mit einem ganz harten Schneeball geworfen, und er ist so laut und groß; Mutter sagt auch, er ist ein rechter Flegel geworden.

Inzwischen geht die Stunde weiter, und Herr Behrens hört mit dem wohlwollenden Kopfnicken zu, als Imma an der Reihe ist:

„Auf diese Bank von Stein will ich mich setzen,
Dem Wanderer zur kurzen Ruh bereitet.
Denn hier ist keine Heimat.
Jeder treibt sich an dem andern fremd und fern vorüber

Und fraget nicht nach seinem Schmerz" —

Ein wenig langsam, dem Sinn der Worte unbewusst nachgehend kommt es heraus, dabei sehen die großen blauen Augen nachdenklich zu dem Lehrer auf, in dessen Zügen sie Zustimmung liest. — Schade, schade! Das Kind müsste unbedingt weiterlernen, aber Onkens werden das jetzt kaum ermöglichen können.

„Gut! — gut gelernt!" lobt er. „Aber wisst ihr auch, was ‚Heimat' heißt?" — Er wartet keine Antwort ab, und fährt in leicht belehrendem Ton fort: „Heimat ist nicht immer der Platz, an dem der Mensch zufällig geboren ist, sondern sie ist dort, wo er mit allen Fasern seines Seins in Menschen und Landschaft wurzelt, wo er sich deshalb ‚heimisch' fühlt —" er bricht jäh ab, streicht sich über die Stirn. Fühlt er sich vielleicht in Seefeld nicht heimisch, hindern ihn die verständnislosen Kinderaugen?

Unlustig schlendernd geht Imma nach Hause. Es gibt Erbsensuppe, die sie nicht gerne isst, und sicher wird Mutter ungehalten sein, dass sie so spät kommt. — Eigentlich ist Mutter jetzt immer ungehalten, schießt es ihr durch den Sinn, man kann ihr gar nichts mehr recht machen. — Sie starrt gedankenverloren auf das in eiligen Wirbeln unter der Brücke dahin schießende dunkle Wasser. Hier, in der Nähe des Hartmannshauses, verhält sie fast immer den Schritt, aber seit die jetzige, Eindruck erweckend stark geschnürte und mit einem mächtigen grauen Flechtenaufbau geschmückte Besitzerin herablassend zu ihr sagte: „Hier dürfen aber keine Kinder spielen", nur, weil sie über das Treppengeländer strich, meidet sie es, allzu nahe heranzugehen. Anfangs hat Annemarie, die aussieht wie ein Engel und ein ganz süßes dunkelhaariges Kindchen hat, ihr wohl Grüße von Magda bestellt, wenn sie sich einmal sahen. Aber das ist jetzt schon lange her; wie es heißt, ist Frau

Rechtsanwalt Steffens schwer leidend, und neulich erzählte Besuch, dass sie schon lange in Davos ist und wohl kaum noch lange lebt.

Hinter Imma kichert es hämisch, ein wie unbeabsichtigt gegebener Stoß streift sie, und als sie sich umdreht, sieht sie sich ihren Peinigerinnen gegenüber: „Päh, darfst wohl nicht nach Hause, altes albernes Ding!" Betti Meier führt, wie immer, das Wort. Beim Anblick des dicken, gewöhnlichen Gesichts steigt eine besinnungslose Wut in Imma auf, sie spuckt vor den Mädchen aus, und ihr entfährt ein heftiges: „Ich will nichts mit euch zu tun haben! — Wenn ich groß bin, sehe ich euch überhaupt nicht mehr an!" Verblüfft schweigen die Mädchen einen Augenblick, dann zieht Betti die andern fort, ruft im Weggehen aber spöttisch: „Bild' du dir man was ein! — Mein Papa sagt, ihr seid jetzt ärmer as 'n Arbeiter!"

Imma ist, als fiele ihr Herz ganz tief in das eilige Wasser, das es rasch und schmerzhaft zerreißt. Jäh muss sie an das Gespräch der Eltern denken, das sie neulich abends gehört hat. Man kann doch nicht immer gleich schlafen, wenn man ins Bett gesteckt wird!

„Dass du aber auch Bürge sagen musstest für Johann Bartels!" sagte Mutter. „Der ist ja richtig darauf ausgegangen, dass du für ihn Bluten musstest. — Aber du bist immer viel zu gutmütig, und an deine eigene Familie denkst du zuletzt!"

„Mutter!", müde und gequält klingt es: „Du weißt ja nicht, was du sagst! Konnte Johann wissen, dass er binnen drei Tagen gesund und tot sein würde? — und er war doch mein bester Freund!"

„Ja, ja — aber nun verkaufen sie uns alles, was wir haben, und uns bleibt kein Dach über dem Kopf."

Wie entsetzlich! Mutter, die nie erlaubt, dass man wehleidig, und die auch gegen sich selbst so hart ist, weint.

Das Kind kriecht ganz unter die Decke, um dies bittere, klagende Weinen nur nicht mehr zu hören, und deshalb weiß sie auch nicht, dass Vater die Weinende tröstend umfasst: „Komm, Mutter — das wird sich alles schon helfen. Wir sind ja gesund und die Kinder sind jetzt groß. — Wer weiß, vielleicht krieg ich ja Hilfe, ich hab doch auch Freunde!"

Als Imma sich unter der Decke hervorwagt, ist es im Nebenzimmer ganz still. In der Lautlosigkeit der Nacht ist es, als senkten sich schwere Flügel auf das trauliche Dach, das Menschen, die bestrebt waren, in allem das Rechte zu tun, Schirm und Heimat war.

Sie streifen das heranwachsende Kind, das ihr Rauschen bewusster vernimmt, und eine so namenlose Angst erfüllt sein Herz, dass es sein Nachtgebet vergisst.

Aber vielleicht hat Imma nur geträumt? — Als sie am andern Morgen aufsteht, ist Vater schon fort; auf Tour, sagt Mutter, und er wird einige Tage fortbleiben. Sie ist auch viel sanfter als sonst und zerrt nicht so an dem Haar. Diese Woche hat sie ganz schrecklich viel zu tun, erzählt sie dem Kind, das nur mit halbem Ohr zuhört, und heute Nachmittag wollen sie zusammen zu Fräulein Janßen, die das Konfirmationskleid nähen soll. "Ganz, ganz lang?" Imma ist plötzlich hellwach. Dann wird sie endlich auch erwachsen sein, und es wird sie keiner mehr auslachen, dass sie nur so klein ist. — Mutter sieht sie kopfschüttelnd an — dass das Kind sich doch auch so gar nicht herauswächst! Sie sieht immer aus, als kriegte sie nicht satt, aber daran liegt es wirklich nicht. Jeden Tag kann sie die Schulbrote den Hühnern geben, alles Schelten hilft nichts. Die Augen stehen so groß in dem kantig gewordenen Gesicht, die Nase zu groß, der Mund zu groß, nur die Locken sind schön lang geworden, rasch fährt sie mit dem Kamm noch einmal scharf dadurch. Neulich fand sie die Kleine weinend vor dem Spiegel — Betti Meier hatte gesagt, sie sei die aller, aller hässlichste in der ganzen Schule, — und — und — nun wollte sie sehen, ob das wirklich wahr ist!

„Unsinn!" Mutter nimmt ihr Kleines in den Arm. „Und außerdem kommt es nicht auf das Äußere, sondern aufs Herz an. — Aber du liest viel zu viel, das ist es!"

Aber Imma weiß gar nicht, ob ihr Herz so viel besser ist als ihr Äußeres. Jeder und jeder sagt doch, dass viel Lesen ein großer Fehler ist, und dabei gibt es für sie nichts Schöneres, außer vielleicht noch das Spiel mit den Papierpuppen, was man aber auch nicht laut sagen darf. Sie haben ihr Heim in einem großen, alten Buch, auf dessen rotem Schild „Saldo" steht und das auf dem Kindertischchen liegt, an dem sie noch immer gerne sitzt. Diese Puppen schneidet man aus Katalogen oder, wenn man einige Pfennige besitzt, kauft man wunderschöne, bunte Bogen bei Frau Janßen, bei der man auch das bunte Glanzpapier bekommt, aus dem Gärten und Möbel geschnitten werden. Alle Puppen haben wundervolle Namen, und sie erleben in halblauten Gesprächen die großartigsten Abenteuer. „Geh doch an die frische Luft!" sagt Frau Onken dann wohl ärgerlich, aber sie lässt das Kind doch gewähren. Es ist zu schade, dass es keine Freundin hat; es ist nur gut, dass ihre Verwandte Katrine Becker, die in Wilhelmshaven so schlecht mit ihrem Mann lebt, nach Seefeld ziehen will, Herma ist von Immas Alter.

Das alles wirbelt durch Immas Sinn, als sie mit schweren Füßen nach Hause geht.

Aber Mutter scheint gar nicht zu bemerken, dass sie heute später kommt, sie fragt nur, ob der Briefträger ihr begegnet ist — ja, er bog gerade in die Mühlenstraße ein!

Während Imma ihr: „Danket dem Herrn, denn er ist freundlich, und seine Güte währet ewiglich. Amen!" herunter rasselt, starrt Frau Onken mit dem Ausdruck tiefster Mutlosigkeit vor sich hin. Dann löffeln sie schweigend, jeder mit seinen Gedanken beschäftigt, ihre kalt gewordene Suppe, es fällt nicht einmal auf, dass Imma den Teller nicht leer isst, was sonst nicht Vorkommen darf. Gleich darauf wirtschaftet die Frau schon wieder wie besessen im Haus herum.

Imma muss dann zur Handarbeitsstunde, wie jeden Mittwoch und Sonnabend. Es gehört sich nun einmal, dass jeder, der es irgend kann, seine Töchter neben dem Unterricht in der Schule auch noch zu Fräulein Hinrichs schickt, bei der man feine Handarbeiten lernt. Da sie sehr geschickte Hände hat, geht sie gerne hin, zumal ihre Feindinnen nicht zu diesem Kreis großer, wilder Mädchen gehören, die zumeist an alle möglichen Streiche denken. Sie werden nur noch wilder und lauter, wenn das ältliche Fräulein Etta mit dem Ellstock auf den Tisch schlägt: „Ihr — ihr sollt schweigen — ehhh!"

Sie setzen sich auf ihren Lieblingshund Ami und sagen, sie hätten ihn für ein Kissen gehalten, sie begießen ihn mit der kleinen Gießkanne, die auf dem Fensterbrett neben den Blumentöpfen steht, sie zwacken ihn, bis er wütend nach ihnen schnappt. Aber sie sind mucksmäuschenstill, wenn Fräulein Henni, die andere Schwester, ins Zimmer tritt und ihre scharfen Augen über sie gehen lässt, der Fleiß ist plötzlich ganz ungeheuer.

Die lebensfrohen Kinder ahnen nicht, welch hartes Brot die verarmten Töchter aus guter Familie haben, deren schöne, alte Sächelchen sie so gerne bewundern.

Imma arbeitet meist schweigend weiter; so schrecklich gerne möchte sie auch einmal so lustig sein wie die andern, aber sie kann das nie so, obwohl sie den fetten Ami auch nicht liebt, er ist längst nicht so lieb wie ihre Katze Wanda. Aber wenige Wochen nur, dann sind auch diese Stunden vorüber. Sie rollt den Tüllvolant zusammen, den sie für ihren Konfirmationsunterrock gestickt hat, gewiss wird Mutter schelten, dass sie den schon wieder fertig hat und nun eine neue Handarbeit haben muss; man kann nicht dagegen kriegen, sagt sie immer.

*

Aber diese Besorgnis ist unnötig.

Am Sonnabend, als sie sich gerade für Fräulein Hinrichs fertig macht und Mutter nochmals alle Türklinken putzt, steht Vater plötzlich vor ihnen.

Frau Onken eilt ihm entgegen, sieht dem blassen Mann forschend in die Augen: „Onno!" schreit sie. — Das sagt Mutter doch nie?

Der geht langsam, ohne abzulegen, an ihnen vorbei ins Wohnzimmer, wo er sich schwer in den Lehnstuhl fallen lässt: „Nichts!", sagt er mit hängenden Armen.

„Nichts!" wiederholt Mutter tonlos, die ihm gefolgt ist, und aschgrau, um Jahre gealtert, forscht einer im Gesicht des andern.

„Ich will dir nur erst Tee holen", sagt Mutter schließlich, als sei das die einzige Lösung.

„Lass nur! — Mein Magen!" Mit schmerzverzerrtem Gesicht lehnt er sich hintenüber.

„Ach du lieber Gott! — auch das noch!" Frau Onken hilft ihm beim Ablegen seiner Sachen, bettet ihn aufs Sofa und eilt, ihm warme Umschläge zu machen.

Diesen Augenblick benutzt Imma, die, ohne begreifen zu können, alles beobachtet hat: „Ich gehe jetzt weg, Mutter!" „Bleib heute nur zuhause! — du musst erst Vaters Pillen holen!"

Als sich Onno Onken neulich auf seine Gesundheit berief, war das für seine Frau ein sehr schwacher Trost, denn diese heftigen Beschwerden bereiten ihr mehr Sorge, als sie ihm zeigen mag. Sie muss überhaupt vieles alleine tragen und ist nicht ohne Grund ein wenig herrisch geworden. Ihr guter, allzu guter Mann lässt gerne die Dinge gehen wie sie wollen und sich von allen ausbeuten. Man darf nicht immer Ja sagen, das geht nun einmal nicht!

Bestimmt hat auch Johann Bartels ihn hereinlegen wollen, seine Familie steht jetzt makellos da, während sie — —.

Ein trockenes Schluchzen würgt sie noch, als sie Imma die Medizin abnimmt: „Zieh dich nur aus. — Du kannst nicht wieder zu Fräulein Hinrichs. — Wir sind jetzt ganz arm. — Gott mag wissen, wie es uns noch gehen soll. — Und nun nimm deine Handarbeit!"

„Ja!" sagt Imma klein.

Während sie um ihren Mann bemüht ist, setzt das Mädchen sich mit ihrer Häkelei an das Küchenfenster. Blendend liegt die Frühjahrssonne über dem noch sehr kahlen Garten, nur über die Stachelbeersträucher läuft ein erster zart grüner Schein. Ein heftiger scharfer Wind beugt die blätterlosen Zweige, das Fenster erklirrt unter seinen Stößen, und unbewusst empfindet Imma wohltuend die behagliche Wärme des freundlichen Raumes.

Sie versucht zu arbeiten, aber immer wieder ruht die für Vater bestimmte Schlummerrolle. Sie hat nur eins recht begriffen — hier, aus dem geliebten Haus sollen sie fort? — Das ist unmöglich, das kann doch einfach nicht sein! — Dann werden die andern Kinder noch hässlicher zu ihr — das geht doch nicht, das ist ja schrecklich! — Aber nein, das kann ja nicht angehen.

Als Mutter noch immer nicht wiederkommt, sucht sie verstohlen ihr Lieblingsbuch. Es stammt noch aus dem Hartmannsshaus, und die bösen Jungens haben sämtliche Bilder heraus geschnitten. Aber das schadet gar nichts, sie weiß so genau, wie es geht. Wieder einmal vergisst sie, wie alle sehnsüchtigen kleinen und großen Kinder aller Länder, über diesem Buch die ganze Welt. Aufs neue zieht sie mit dem kleinen Remi und seinem treuen Freund Matteo durch ganz Frankreich, sie erleidet mit ihnen Hunger und Kummer und seufzt unter der Knechtschaft des erbarmungslosen Patrons, sie erlebt den furchtbaren Schneesturm mit dem guten Vitalis und seinen klugen Tieren, und gerade ist sie im Begriff, an einem Fluss, der Garonne heißt, auf einem prächtigen, von Pferden gezogenen Hausboot in einem sicheren Hafen zu landen, als Mutter in die Küche kommt und Imma das Buch mit oft geübter Geschwindigkeit spurlos verschwinden lässt. Es heißt „Heimatlos".

*

Wieder ist es Herbst, wieder fallen die Blätter, und die Sonne scheint müde und blass über die abgeernteten Felder und Gärten.

Frau Onken holt die letzten Bohnen von ihren Mietäckern, die etwas außerhalb des Ortes liegen. Sie gibt Imma, die ihr hilft, kurze, scharfe Anweisungen, und ist sehr ungehalten, wenn sie nicht gleich begreift, um was es geht. Seit sie im Frühjahr das trauliche Haus mit den grünen Fensterläden verlassen mussten und die alte, enge Wohnung inmitten der Stadt bezogen, ist überhaupt schlecht mit ihr umzugehen.

Alles haben sie verloren, das Haus, ihr bescheidenes Vermögen, nur die Möbel sind ihnen geblieben. Aber die Plüschmöbel stehen jetzt auf dem Boden, wie alle guten Stücke. Erstlich haben sie hier keinen Platz dafür, und dann passt sich das auch nicht für arme Leute, sagt Mutter. Und wer kommt auch schon zu ihnen? Freunde in der Not, das kennt man wohl. Sie sollen auch gerne wegbleiben, es braucht kein Mensch ihre Verhältnisse ausspionieren und sich an ihrem Unglück weiden.

So stößt die vollkommen verbitterte Frau auch manchen zurück, der es gut meinte, denn jedem Rechtdenkenden hat das Unglück der geachteten Familie leid getan, wenngleich es Böswillige genug gibt, die sich freuen, wenn es anderen schlecht geht. Wohl hat Onno Onken seine Tätigkeit behalten, doch will es ihm augenblicklich gar nicht damit glücken, denn es ist wohl einmal so, dass der Erfolg zumeist dem Fröhlichen lacht. Der zutiefst bedrückte und leidende Mann wird durch die jungen tatkräftigen Kollegen von der Konkurrenz einfach überrannt, und manchen alten treuen Kunden hat er so verloren, die Firma hat ihm schon ernstliche Vorwürfe gemacht.

So ist es nicht unbegründet, dass Frau Onken das Geld immer fester hält, dass sie anfängt, aufs Kleinlichste zu knausern. Oft gibt es deshalb böse Auftritte, wenn Imma nach ihrer Meinung beim Einholen zu viel Geld ausgegeben hat — das geht doch nicht! Sie hat sich betrügen lassen, die Waren können doch unmöglich schon wieder teurer geworden sein!

Das junge Ding, das der Mutter im Haushalt helfen muss und in keiner Weise geschont wird, hat es nicht so leicht mit ihr. Sie bekommt sehr viel Schelte, weil sie noch nicht so wie ein Erwachsener arbeiten kann, und ist nach Mutters Aussage ganz furchtbar dumm und ungeschickt. Nur Handarbeiten kann sie tüchtig, das ist wahr, aber die Zutaten sind ja nicht zu erschwingen. Das Beste ist, sie lässt die alten Beinlängen auflaufen und strickt davon neue Füße an die alten Strümpfe, dann hat sie wenigstens was zu tun.

So sitzt Imma manche Stunde über dieser langweiligen Arbeit, bei der man die Gedanken aber herrlich schweifen lassen kann. Aus dem Buch, das Annemarie Steffens ihr zur Konfirmation geschenkt hat, kennt sie alle Gedichte auswendig, leise sagt sie die vor sich her:

„Wie rafft ich mich auf in der Nacht, in der Nacht,
Und wie fühlt ich mich fürder gezogen,
Durchwandelt die Straßen, vom Wächter bewacht,
Und das Tor mit dem gotischen Bogen."

Ja, und nun ist Annemarie tot. Neulich hat sie den „Rattenfänger", wie sie den Rechtsanwalt Steffens noch immer nennt, einmal mit der Kleinen gesehen, er sah aus, als ob er der Großvater war.

Sonst war die Konfirmation aber gar nicht schön. Sie hat vorher schrecklich Angst gehabt, denn hieß es nicht: „Es ist dir besser, du gelobest nicht, als dass du es gelobest, und haltest es nicht!" Und wie soll man vorher wissen, ob man das Versprochene auch halten kann.

Auch das Kleid war eine rechte Enttäuschung; es war wohl lang, sie hat probiert, ja, es stieß richtig auf die Erde, wie es ihr Traum war, aber Mutter zupfte so unwillig an dem großen Kragen mit dem Schmelz, der das Kind noch mehr verkürzte, und war sichtlich unzufrieden. Auch sollte sie das neue Mäntelchen und den Hut, die längst gekauft waren, nicht anhaben, aber Vater hat schließlich gesagt: „Die Sachen sind längst bezahlt, nun lass es auch gewähren, das Kind wächst sonst ja heraus!"

Mutter hat nur einen kleinen Kuchen gebacken, sonst war nichts los, es hat sie auch keiner besucht. Eduard, der eben in Süddeutschland seine Militärzeit abdient, war erst Weihnachten da auf Urlaub, das ging ja noch nicht wieder. Wie sah er prächtig aus mit dem wallenden Helmbusch, jeder sah dem strahlend fröhlichen Menschen mit Vergnügen nach, und die Eltern waren sehr stolz auf ihren hübschen, guten Jungen, der ihnen noch nie Kummer bereitete. Und wie hat er sein Schwesterchen in den Arm genommen: „Du sollst es aber gut haben, wenn ich wieder da bin — pass mal auf, was du dann alles lernst!"

Imma ist dabei, als Vater sagt: „Mutter, wir wollen es dem Jungen lieber nicht so genau hinschreiben, wie es mit uns steht. Er ist so weit weg, und zum Herbst kommt er doch frei, dann ist es für uns alle leichter!"

Mutter ist einverstanden. Vaters Chef hat auch in Aussicht gestellt, dass er dann bei der Firma eintreten kann, wenn sie dann miteinander arbeiten, wird es sich wohl finden. Er ist ja solch ein guter Junge!

Ostern kam dann Martin auf Urlaub, der nun auch schon „junger Mann" ist. Er hat wie gewöhnlich nichts als Dummheiten im Kopf, und seine Angehörigen sehen ihn eigentlich nur bei den Mahlzeiten. Als er aber frisch-fröhlich um einen Zuschuss fragt, weil er abends zu Ball will, sehen die Eltern sich genötigt, ihm reinen Wein einzuschenken und ihn über die veränderte Lage aufzuklären.

„Ich dachte, wir wären reich!" meint er ganz entgeistert, spielt aber gleich schon wieder mit der Katze Wanda und hört kaum zu, als Mutter ihn ernstlich ermahnt, mit seinem Geld hauszuhalten.

Als sie ihn abends noch etwas fragen will und an sein Bett kommt, ist dieses leer. Heimlich ist er durchs Fenster gestiegen, er hatte sich doch mit Liessie Meinen verabredet, wie sah das nun aus, wenn er nicht kam. Fidi Jürgens leiht ihm das Geld ja gerne!

An all diese Dinge denken Mutter und Tochter, als sie das letzte Kartoffel- und Bohnenlaub verbrennen, der scharfe Rauch treibt ihnen das Wasser in die Augen.

Man hätte den Jungen doch nicht nach dem verschollenen Schwager nennen sollen, denkt die Frau, aber ihr Mann wollte es ja durchaus. Marten war solcher Leichtfuß, nicht schlecht, Gott bewahre, und Martin hat so viel von ihm. Man kann ihm auch nicht böse sein.

Sie stochert ein wenig im Feuer, auf das Imma den letzten Rest wirft. Und es wäre doch sicher besser gewesen, wenn sie Eduard von der großen Veränderung alles gesagt hätten. Dann wäre der Junge doch kaum auf den Gedanken gekommen, und geht mit seinem Hauptmann und der ganzen Kompanie nach Südwestafrika, wo die Wilden so unruhig sind. Von Bord aus hat er es ihnen freudestrahlend mitgeteilt, überglücklich in dem Gedanken an die weite Welt, in die er nun hineinfuhr, und an bevorstehende Abenteuer. Es war ihnen nicht möglich, noch irgendwelchen Einspruch zu erheben, und so mussten sie sich darin schicken.

Das war im Mai, und beladen, wie sie von den Sorgen dieser Zeit sind, dringt die ganze Tragweite dieses Entschlusses gar nicht recht zu ihnen durch. Wie jeder, der ihn nicht am eigenen Leib erlebte, können sie sich auch gar nicht recht vorstellen, was eigentlich Krieg bedeutet; dazu kommen sie beide aus Seemannsfamilien, und es ist deshalb für sie selbstverständlich, dass stets irgendein Familienglied in Gefahr ist. So gewöhnen sie sich nach dem ersten, heftigen Schmerz an den Gedanken, dass der gute Junge nun weit fort ist und wohl kaum zum Herbst zurückkommen wird. Er schreibt so begeisterte Briefe: Ja, natürlich ist es sehr schwierig in dem heißen Sand des fremden Landes, aber in der Schlacht bei Waterberg ist er für sein tapferes Verhalten zum Unteroffizier ernannt. Und wenn Mutter ihm ein Paket schicken will — er schreibt genau, was darin sein muss, und mit aller Liebe wird es eingepackt, Mutter stöhnt nicht einmal über das viele Geld.

Nun ist das Feuer ganz herunter gebrannt, Frau Onken sieht noch einmal über das Land, während sie und Imma den Bohnenkorb zwischen sich nehmen. — Im nächsten Jahr will sie sehen, dass sie doppelt so viel Acker bekommt, sie hat doch allerhand geerntet. Es ist ja nicht so angenehm, so zwischen all den einfachen Leuten, aber sie sind soweit ganz ordentlich zu ihr, und im Freien vergisst man am ersten seine Sorgen. — Womit soll man sonst auch etwas verdienen? Das große Mädchen muss doch auch Arbeit haben!

Auf der Weide nebenan wiehert ein Pferd — einmal — zweimal — dreimal. Es klingt seltsam gespenstisch durch den dämmernden Abend, und Frau Onken geht rasch in Gedanken alle durch, die es betreffen kann, das bedeutet einen Todesfall, heißt es.

Als sie hinten herum nach Hause kommen, ist Vater schon da, er sitzt hinter seinen Geschäftsbüchern und streicht seinem Liebling nur abwesend übers Haar, als sie ihn mit einem Kuss begrüßt.

Während Mutter sich säubert und das Teewasser aufsetzt, klingelt die Haustür, Imma läuft, ein wenig verwundert, wer da wohl kommt, rasch hin. — Der Bürgermeister? — und Herr Pastor? — sie sehen so ernst aus und tun, als dürften sie nicht hereinkommen, oder sieht das in dem kleinen dunklen Flur nur so aus?

„Mutter!" ruft sie etwas ängstlich. Aber die steht, auch ein wenig erstaunt über den ungewohnten Besuch, schon hinter ihr, das Handtuch noch in der Hand.

Was mögen die doch wollen? — Ein wenig überrascht bittet sie die Herren ins Wohnzimmer, räumt rasch noch die Papiere von Vater weg, der ihnen verwundert entgegenkommt, während Imma zurückbleibt.

Man sitzt in einem merkwürdig peinvollen Schweigen, bis Mutter es mit einer energischen Frage nach dem Zweck des Besuches bricht.

Der redliche Bürgermeister atmet schwer, sieht hilfesuchend auf seinen geistlichen Nachbarn, leise nickt dieser.

Dann teilt eine belegte Stimme den geschlagenen Eltern mit, dass ihr Sohn Eduard in Südwest auf dem Felde der Ehre fiel.

*

Ein leidverhangenes Jahr rollte schwer, aber unablässig vorbei. Imma steht am Fenster des einfachen Wohnzimmers, über dem doch ein gewisses Behagen liegt, und sieht in den Abendhimmel, wo eine sehr kalte Sonne versinkt — schön ist das, denkt sie, rostrot mit zartgrauen Nebeln darüber, die Farben stehen aber fein zueinander! — Dann seufzt sie abgrundtief. Nun machen die andern Mädchen sich fertig für den Ball, Herma darf das schöne hellblaue Organdykleid von ihrer Schwester anziehen, die hat es extra geschickt. Wie sie wohl darin aussieht, gewiss ist es viel zu groß, aber sie wird ihr alles erzählen!

Es ist in der Zeit, wo die Tage länger und kälter werden und wo im ganzen Reich Kaisers Geburtstag gefeiert wird. Die Mädchen in der Nähstunde, die auch Imma besucht, sprechen seit Wochen von nichts anderem, es ist fast für alle ihr erster Ball. Durchweg kommen sie aus guten und gesicherten Verhältnissen; es gehört mit zum guten Ton, bei Frau Müller das Nähen zu erlernen. Sie genießen die Vorfreude mit der ganzen Unbefangenheit ihrer Jahre, und die neuen Ballkleider geben einen unerschöpflichen Gesprächsstoff. Man denke, Toni Ehlers bekommt sogar ein hellblau Seidenes!

Imma darf natürlich nicht hin. Das Trauerjahr ist zwar vorbei, aber was braucht ein so junges Ding schon zu Ball — und überhaupt! Danach steht Mutter der Sinn wirklich nicht. Es ist schon schwer genug, das Geld für den Nähkursus aufzubringen, aber das hilft nichts, wenn Frau Müller auch viel Geld nimmt, die Mädchen lernen was Ordentliches bei ihr, und man muss doch richtig weißnähen können!

Imma sieht ihre Mutter schon in der Straße ankommen und setzt rasch das Teewasser auf, sieht auch noch rasch überall nach dem Rechten, Mutter ist so eigen!

Wer Frau Onken früher kannte, die jetzt durch die unverschlossene Tür ins Haus kommt und mit müdem: „Ich bin's!" ins Wohnzimmer geht, wird nicht für möglich halten, dass dies die blühend frische Frau von einst ist. Sie steht einen Augenblick vor dem rot scheinenden Ofen, gibt dann Imma Mantel und Hut: „Du hast wieder viel zu viel eingelegt! — Ja, mach nur Licht. — Vater wird auch wohl gleich kommen. Na, wenn er auch nicht mehr Aufträge hat als ich?! — Hier haben die Leute ja nur den alten Ball im Kopf!" Nun ist sie wieder die alte, energische Mutter von früher, und das ist gut so.

Es hat Zeiten gegeben, wo die tätige Frau stundenlang stumm am Fenster saß und sich weder um den sonst so sorgsam betreuten Haushalt, noch um die Ihren bekümmerte. Anstatt dass das Unglück die engverbundene Familie noch fester zusammenfügte, war es, als sei dadurch ein unheilbarer Riss entstanden.

Seit Frau Onken im ersten fassungslosen Schmerz ihren Mann anklagte: „Wären dir Fremde nicht näher gewesen, als deine eigene Familie, dann hätten wir unseren Jungen noch! — Warum haben wir es ihm nicht früh genug hingeschrieben!" hat der stille Mann sich ganz in sich selbst zurückgezogen. Er ist sehr viel fort, denn er hat eine neue Vertretung dazubekommen, und wenn er nach Hause kommt, kann er kaum gehen vor Müdigkeit und Beschwerden. Er legt sich meist zeitig ins Bett, und Imma muss ihm oft Pillen besorgen.

Auch Mutter hat die Gewohnheit angenommen, früh schlafen zu gehen; dann liegen die unglücklichen Menschen schweigend und starren hoffnungslos ins Dunkel. — Worüber sollen sie reden, es ist doch einerlei. Man ist einmal da und muss weiterleben. Das ist alles.

Martin kam gleich nach der Unglücksbotschaft angefahren, fassungslos vor Schmerz; unter bittern Tränen gelobt er seinen Eltern, ihnen niemals wieder Kummer zu machen.

„Ja, ja!" — Und er soll die Wäsche nicht wieder so schmutzig tragen, Imma soll ihm die reine mitgeben.

Wie selbstverständlich liegt die Last des bescheidenen Haushalts jetzt zumeist auf Immas jungen Schultern. Wenn die Eltern schlafen gehen, kann sie natürlich nicht aufbleiben und unnütz Licht und Feuer verbrennen, aber das ist auch nicht so schlimm, denn sie ist abends auch meist sehr müde. Um die Wahrheit zu sagen, ist es sogar ihr schönster Augenblick am Tag, wenn sie in ihrem sehr bescheidenen Dachzimmer ins Bett kriecht.

Der schöne weiß-graue Kater, den sie nach Wandas Tod aufgezogen hat, wartet dann schon auf sie, und mit ihrem Liebling Otto im Arm — er heißt so nach dem Baron von Schwanenkroon aus dem Zeitungsroman, ein Holländer, der zwar etwas verwachsen, aber unsagbar edel ist — spinnt das vereinsamte junge Ding sich ein in eine Traumwelt, die nichts mit den Nöten ihres jetzigen Daseins gemein hat.

Der Tod des geliebten Bruders hat auch ihr ans Herz gegriffen. Aber da er schon lange von Hause ist und das tägliche Entbehren fehlt, sie auch noch nicht erlebte, was Tod und Sterben in Wirklichkeit bedeutet, dringt das schmerzliche Geschehen nicht ganz zu ihr durch, und immer ist ihr, als könne er jeden Tag von der Reise zurückkommen.

Aber immer stärker beginnt sie sich aus der bedrückenden Umwelt daheim herauszusehen, und sie betäubt diese Sehnsucht mit Büchern, die sie wahllos verschlingt. Fräulein Gerken, eine alte Verwandte, von der die Eltern sagen, dass sie schrecklich lügen kann, weshalb Imma eigentlich nicht hin darf, schenkt ihr zuweilen alte zerlesene Zeitschriften, durch die sie sich begeistert frisst. Ach, erwachsen sein, in die Welt gehen, Herrliches erleben — vielleicht sogar — die Liebe?

Immer noch sitzt sie gerne an ihrem Kindertischchen, das jetzt in ihrem Kämmerchen steht, und starrt mit aufgestützten Armen übers Land. Am liebsten ist ihr der Blick auf das Tief, auf dem wohl Segel ziehen — weit, weit fort. —

Eines Tages gibt es für alle ein jähes Erwachen. Ein Wagen fährt vor, doch achten weder Frau Onken, die teilnahmslos am Fenster sitzt, noch Imma, die den Flur scheuert, weiter darauf. Sie sieht sich erst erstaunt um, als die Haustür geöffnet wird, und — aber was ist das? — Schwester Anna und Dr. Hellmann — — „Vater!" schreit sie auf, was auch Mutter aus ihrer Starrheit weckt.

Totenbleich steht sie plötzlich hinter der kleinen Gruppe; „ein Unglück?", stößt sie hervor, doch da lächelt ihr Mann, den die Schwester sorgsam führt, ihr beruhigend zu: „Nur eine dumme Ohnmacht!" „Ihr Mann legt sich am besten gleich hin!" — Dr. Hellmann spricht sehr bestimmt: „Imma, geh du mal mit Schwester Anna und deinem Vater!"

Dann hat er eine ernste Unterredung mit Frau Onken. Ihr Mann ist im Geschäft von König totohnmächtig geworden. Er muss sich viel mehr schonen — totale Nervenüberreizung, und dann muss er auch viel mehr auf sein Übel achten. — Ob er sich wohl innerlich mit irgendwelchen Dingen quält? — Gewiss, er weiß, sie haben viel Schweres erlebt, das bleibt den Menschen nicht in den Kleidern hängen. — Aber ach, es wird schon wieder gut werden! — Vorerst vollkommene Ruhe, sie muss sich auf längere Wochen gefasst machen und ihn möglichst ablenken, er darf sich auf keinen Fall mit Sorgen quälen. „Nur nicht selbst den Mut verlieren!" sagt der gütige Mann, der seit ihrer Heirat Hausarzt bei ihnen ist. „Sie sollen sehen, es kommt alles wieder zurecht!"

Die Frau steht eine Weile mit hängenden Armen, schluchzt trocken auf. Dann atmet sie tief auf, die Starrheit ihrer Züge löst sich, und mit festem Schritt geht sie ins Krankenzimmer, wo Schwester Anna sich gerade zum Gehen wendet.

„Unser Patient ist für heute versorgt, ich komme morgen wieder!" Imma, die gerade Vaters Sachen weghängt, wird aus dem Zimmer geschickt, dann beugt die Frau sich über das Bett des Mannes: „Wie geht es dir jetzt, Vater?"

Der von Selbstvorwürfen zerfleischte Mann hebt müde die Lider: „Ich konnte wirklich nichts dazu, Mutter!" Es ist, als sitzen Tränen in der Stimme.

„Ach, Vater!" sie streicht ihm sanft ums Gesicht, über das ein ungläubiger Glücksschein läuft. „Nun schlaf nur schön, ich bleib bei dir!"

Seine Hand in der ihren, die er krampfhaft festhält, fällt der Kranke in einen unruhigen Schlaf, schreckt nach kurzer Zeit wieder auf: „Mutter! — ich kann ja nicht liegen bleiben! — Ich muss morgen ja zu meinen Kunden — weißt du, die neue Margarinevertretung!"

„Da denk nun nur nicht dran, Vater! — Wenns nicht anders ist, gehe ich hin!" beruhigt die Frau.

„Ja, das tu nur. — Sie springen ja sonst gleich wieder ab!" Als er fest eingeschlafen ist und sie leise in die Küche geht, sieht Imma ihr angstvoll entgegen, die Hände über der Zeitung gefaltet. „Ja, Kind!" Mutter streicht ihr zum ersten Mal seit langer Zeit übers Haar. „Der arme Vater! — Aber wenn er nur wieder besser wird! — Wir müssen sehen, dass wir uns durchschlagen!" setzt sie aufseufzend hinzu.

Der Kranke wird in den folgenden Tagen förmlich von Wahnvorstellungen gepeinigt, dass er seine Kunden und damit auch seine Existenz verliert: „Du wolltest doch hin, Mutter!" mahnt er immer wieder flehend, bis sie sich seufzend fertig macht und schweren Herzens geht, ihr gar nicht ernst gemeintes Wort einzulösen.

Der verschlossenen Frau wird dies Heraustreten in die Öffentlichkeit maßlos schwer. Vor dem überreichlich entgegengebrachten Mitleid, das immer billig ist und außerdem den Menschen vor sich selbst erhebt, obwohl viel ehrliches Mitfühlen dabei war, hat sie sich immer mehr in sich selbst verkrochen; und nun soll sie selbst Fremde aufsuchen, werben, Geschäfte abschließen, die sie kaum versteht?

Verwundert empfängt der Inhaber des großen Geschäfts

die achtunggebietende Frau, die er seit Jahren kennt, höflich führt er sie in sein Kontor, in welchem bei dem reichen Mann aber nur ein mageres Tannenstehpult und einige einfache Stühle stehen. "Sso, sso! — krank ist Ihr Mann! Ah was! Tja, nu hab ich den Auftrag grad an 'ne andere Firma gegeben — och kuck, die Karte is ja noch gar nich weg! Noch, denn kann ich's ja auch bei Ihnen bestellen; die Ware war so schlecht nich!"

Er gibt ihr sogar für Imma, die manchmal bei ihm einholt, eine Tüte von den Nüssen mit, die noch von Weihnachten stammen, das kleine Frollein mag die sicher wohl — is sonst tüchtig groß geworden! — rasch nimmt er noch wieder einige Nüsse heraus, diese genügen auch.

Ist Imma wirklich groß geworden? — Ihre Mutter denkt flüchtig darüber nach, während sie das Haus eines anderen Kunden aufsucht.

Hat man dem müden Mann manchen Auftrag vorenthalten, so bringt man dies gegenüber der von einer natürlichen Würde umgebenen Frau in Trauer nicht so recht fertig. Als sie gegen Abend durch den von erstem Frühlingsahnen durchwehten Februartag nach Hause geht, eine stattliche Anzahl Aufträge in der Tasche, kommt ihr ein Ahnen, welch wohltätige Ablenkung diese so sehr gefürchtete Arbeit für sie sein wird.

Daheim findet sie Imma, den geliebten Otto auf dem Schoß, umringt von Büchern, vor Vaters Bett. „Er hat gar nicht recht zugehört!" sagt sie etwas vorwurfsvoll, den zusammengehefteten Roman von Otto von Schwanenkroon in der Hand — den musste Vater doch als Erstes hören!

Der sucht angstvoll im Gesicht seiner Frau zu lesen, die ihm ermutigend zunickt: „Alles in Ordnung!" Dann zeigt sie ihm die Aufträge. „Du hast mehr Erfolg als ich!", meint er erst mutlos. Aber doch ist er seiner tapferen Frau sehr dankbar, er nimmt ihre Hand und legt sie an sein Gesicht.

Imma hat inzwischen Tee gemacht, und nach den einsamen, trostlosen Wochen ist die kleine Familie zum ersten Male wieder in Liebe vereint. Mutter hat sogar einige billige Keks mitgebracht; aber die Nüsse sind alle ölig!

Nicht immer macht Frau Onken so glatte Geschäfte, oft und oft sind ihre Wege vergeblich, und sie bittet ihrem Mann im Stillen manches ab. Auch in die übrigen Vertretungen hat sie sich einarbeiten müssen, sie müssen ja davon leben. Wenngleich sie die Kundschaft nicht besuchen kann, so heißt es doch die Verbindung aufrecht erhalten; wer weiß, wann Vater wieder arbeiten kann, die Krankheit zieht sich so lange hin.

Es ist nur gut, dass Imma schon ganz nett mit dem Haushalt fertig wird und auch den Kranken versorgen kann, der sonst sehr geduldig ist und meist still hin liegt. Wenn sie irgend Zeit hat, sitzt das Kind bei ihm und liest ihm vor, aber Vater ist so komisch — immer, wenn von einer Abreise die Rede ist, sagt er: „Wie konnte der Junge uns das doch wohl antun!", oder wenn ein Kind nicht gehorchen will: „Sie hätten es ihm auch verbieten sollen!" und so ist immer was. Das Beste ist noch immer die Geschichte von dem edlen Baron Otto. Neulich musste Vater sogar etwas dabei lachen, und es war doch so wunder-, wunderschön, als er zu dem nicht ganz ebenbürtigen Fräulein sagte: „Ich werde dir folgen bis ans Ende der Welt!" „Das glaub man lieber nicht!" hat er sogar zu Imma gesagt. Sie hat ihm deshalb auch lieber nicht vorgelesen, was dann noch kam, da haben sie sich nämlich — geküsst. — Oh, es war einzig!

Als Vater zum ersten Mal in der Frühlingssonne vorm offenen Fenster sitzt, kommt Dr. Hellmann. Mit dem Patienten ist er soweit ganz zufrieden, das wird schon wieder werden. — Aber das kleine Fräulein da — er zieht sie an der Hand näher — wie blass und müde das Mädel aussieht! Sie ist tüchtig gewachsen, und das abgewaschene Kattunkleid ist allenthalben zu kurz und zu eng. Die Locken sind straff hintenüber gekämmt, mit einem Zopfband fest an den Kopf gebunden und können dem sonst etwas voller gewordenen Gesicht auch keine Weichheit verleihen, das doch mit dem sehnsüchtigen Mund und den fragenden Blauaugen von eigenartigem Reiz ist.

„Die beiden müssten mal gründlich Luftveränderung haben!" meint er, nachdem er Imma dies und jenes gefragt und sie auch hier und da beklopft hat.

„Ach, Luftveränderung —" daran ist nach Lage der Dinge gar nicht zu denken. Weder Frau Onken noch ihr Mann haben nahe Verwandte, die dafür in Frage kämen, und alles, was Geld kostet, scheidet von selbst aus.

Eines Tages, als sie gerade ihr bescheidenes Mahl einnehmen und Vater, der wieder mit am Tisch isst, unlustig seine Krankensuppe löffelt, steht plötzlich Besuch vor ihnen — Eibo Eiben! — Nein, das ist aber eine große Freude — wo kommt denn plötzlich Vaters alter Schulkollege her?

„Hatte hier auf dem Amt zu tun, die dummen Papiere vom Haus waren ja nicht in Ordnung, Taternkram ist das ja; nun muss ich doch eben sehn, wie es meinem alten Freund Onno geht?" — Ja, und sein Kutter liegt in dem nächsten Hafen, und er war hier gerade in der Nähe.

Eiben war Kapitän und ist jetzt staatlicher Fischmeister. Er hat auch eine schöne Uniform, aber jetzt sein Seitengewehr aus irgendwelchem Grund mit einem Strick gegürtet, und sein dicker Seehundsschnurrbart hängt ihm über den Mund. Vater lebt förmlich auf, und auch Imma freut sich recht zu dem guten Onkel Eiben, den sie noch von früher kennt. Nur Mutter ist etwas beklommen, ob auch das Essen reichen wird, und wirft heimlich einen Blick in die Teedose, ob es noch wohl zu einer Extraration langt — so arm, dass es nicht einmal dazu reicht, möchte sie sich doch wirklich nicht zeigen.

Der Fischmeister plaudert unbefangen, er hat allerlei drastische Schnäcke, und so merkt man gar nicht recht, dass das Essen doch recht knapp ist. Aber als Vater sich hingelegt hat, und er mit Frau Onken allein beim Tee sitzt, schlägt sein Ton um: „Mein armer Freund!" Tränen stehen in seinen Augen, er schnäuzt sich heftig: "Onno müsste ja aus allem heraus! — Könnte ich euch doch helfen! — Aber ihr seid ja noch so reich!" liebkosend streicht er dabei Imma übers Haar. Wieder muss er sich schnäuzen, denn der Gedanke an sein einziges, blödes Kind ist ein immer nagender Kummer für ihn. — Nachdem er Imma noch heimlich ein Geldstück in die Hand gedrückt hat schwingt er sich, merkwürdig gewandt, aufs Rad und fährt der nahen Küste zu.

Frau Onken hat nicht viel Zeit, darüber nachzudenken, ob sie mit Imma reich sind oder nicht. Auch nicht, dass es doch eigentlich besser wäre, wenn das begabte und sehr geschickte Kind einen Beruf erlernte. Was soll man wohl in Seefeld lernen? — Und auswärts, das kommt doch überhaupt nicht in Frage.

Wenn ein Mädchen den Haushalt nur gründlich versteht, das übrige findet sich wohl. Weiter gehen die Gedanken der von den Sorgen und Nöten des Lebens vollkommen ausgefüllten Eltern nicht.

Denn wenn Onno Onken seine Arbeit auch wieder aufgenommen hat, so muss seine Frau doch kräftig mithelfen, wenn sie leben wollen. Trotz aller Mühe hat die Konkurrenz ihm während seines Krankseins doch viel fortgenommen. Dazu hat Mutter draußen die langen Äcker, die viel Arbeit mit sich bringen, wenn man etwas davon ernten will — da kann ihr das große Mädchen tüchtig helfen, das ist ebenso gut wie Luftveränderung!

Es ist nur gut, dass Frau Katrine Becker, die als Mädchen Tini hieß und sich nun Käte nennt, von Wilhelmshaven nach Seefeld zog. Sie selbst ist zwar nicht so angenehm, findet Imma, so erhaben, und nichts ist ihr gut genug, aber Herma ist nett! Sie holt Imma auch ab zum Spazierengehen, was Mutter eigentlich Zeitverschwendung findet, und erzählt ihr dann viele Dinge, von denen sie noch nie hörte. Innerlich und äußerlich ziemlich robust und von jener Selbstsicherheit, die im Leben sehr viel schwerer wiegt als Schönheit und Klugheit, wird sie spielend mit all den Dingen fertig, die einem Menschen aus anderem Stoff leicht das Leben für immer überschatten.

Ach, ihr Vater? — Ihre Mutter tut immer, als ob sie Witwe ist, aber das ist gar nicht wahr. Der wohnt jetzt in einer anderen Stadt, wo, weiß sie auch nicht genau, und schickt jeden Monat Geld. Mutter schimpft immer und sagt, das ist längst nicht genug, das kann die andere Frau wohl alles auf. „Welche Frau?" fragt Imma naiv. „Och, so eine, weißt wohl, wo er nun mit zusammenlebt!" Herma spricht längst von etwas anderem, als Immas Gedanken noch immer bei „der Frau" sind.

Wie erschrickt sie, als plötzlich Betti Meier und Konsorten dicht vor ihr auf dem Bürgersteig auftauchen — sie ist ihnen lange nicht mehr begegnet, denn als diese ihr in der ersten Trauerzeit „Alter Nachtrabe!" nachriefen, weicht sie ihnen aus wo sie kann.

„Was hast du?" Herma, die städtisch gekleidete kecke Herma, hakt Imma fester ein. „Die dummen Gänse! — phhh!" Und als Betti die beiden vom Bürgersteig drängen will, bekommt sie von der kräftigen Herma seinen Rippenstoß, dass sie zurück taumelt. „Oh, Pardon!" sagt diese ganz vornehm, und dann werden sie im Angesicht des Kleeblatts sehr höflich von einem baumlangen gut gekleideten Jüngling gegrüßt. Franz Meinen! — Eigentlich kennt er nur Imma, er ist nämlich entfernt mit Onkens verwandt und hat sie neulich aufgesucht, aber Herma blinzelt ihn so kokett an, dass er sich nach ihr umsieht, was ihre harmlose

Freundin gar nicht bemerkt.

„Das tat den alten Ziegen gut!" Herma triumphiert und lässt sich bei diesem Bummel durch Seefelds Hauptstraße, auf dem die ganze dortige Jugend sich ein Stelldichein gibt, sehr viel von dem langen Jungen erzählen, den Imma wenig nett findet, er erinnert sie so an die Hartmannszwillinge. Als er gestern Grüße von seinen Eltern brachte, denn er ist als Posteleve nach hier versetzt, ist sie weggelaufen; sie wollte ihm die Hand nicht geben, son alberner Junge.

Herma freut sich insgeheim, dass sie auch sonst oft zu Onkens kommt — fein, dass sie so nahe bei der Post wohnen! — Solch entzückender Mensch — ganz ihr Geschmack! — Wenn sie Imma zum Nähen abholt, schwärmt sie ihr in allen Tönen von ihm vor.

Die sonst gutherzige Herma hat eine rechte Zuneigung zu der stillen Imma gefasst, bei der man so wundervoll alles loswerden kann, was man auf dem Herzen hat. Sie hat auch Frau Onken so lange in den Ohren gelegen und ihr klar gemacht, dass Imma unbedingt den Weißnähkursus mitmachen muss, dass diese schließlich fest davon überzeugt ist, dem Kind diese Gelegenheit, etwas Tüchtiges zu erlernen, auf keinen Fall vorenthalten zu dürfen.

Die wortgewandte Städterin, die bald den Ton angibt, sorgt auch dafür, dass keiner der stillen und fleißigen Imma etwas tut. Die Mädchen sind nicht böse, aber jung und unbedacht und wägen ihre Worte nicht. Oft toben sie so laut, dass die Witwe Müller sich immer wieder mit dem großen weißen Taschentuch über die Stirn fährt; gewiss hat sie Kopfweh, denkt Imma, und mag es nur den Mädchen nicht sagen. Denn wenn sie es ihnen verbietet, kommen sie einfach nicht wieder, und wovon soll Frau Müller dann leben?

Unwillkürlich gleiten die Augen des noch so kindlichen und doch schon lebenserfahrenen Mädchens über die wenigen alten, liebevoll gepflegten Möbel, die vielfach gestopften Gardinen, sie fangen im stockfleckigen Goldspiegel den angstvoll horchenden Blick der Frau auf — rief nicht jemand nebenan? — Da wieder, flehend: „Mutter!", und die Witwe huscht, von den andern angesehen, ins Nebenzimmer, um der gelähmten Tochter zu helfen. Laut klingt das Lachen zu ihnen herüber, von Hermas Triller übertönt, dann bettet die Mutter aufs Neue das blasse Mädchen, das sie scheu vor den andern verbirgt.

*

Und nun sind alle zu Ball!

Die Eltern sitzen gemeinsam bei den Geschäftspapieren, und als Mutter sieht, dass Imma nur auf die Buchseiten starrt, ohne zu lesen, schickt sie sie ins Bett: „Du hast ja wieder solch weiße Nase — — was bist du doch auch piepelig!"

Nun steht sie mit dem heftig schnurrenden Otto, denn er freut sich, dass er gleich schön warm in Immas Arm liegen wird, vor ihrem Dachfenster — ob sie die Musik wohl hören kann? — — Sie öffnet es spaltbreit, ein eisiger Windhauch trägt lockende Walzerklänge herüber, die ihr einen tiefen Seufzer entlocken. — Dann wirft sie noch einen Blick auf die kleine Villa von Rechtsanwalt Onken, schließt das Fenster aber beruhigt, als sie dort Licht sieht — er ist nicht hin! — — oh, sie weiß, er ist ihr treu!

Seit sie dem dicken, gemütlichen Junggesellen neulich einen Brief hinbringen musste, der versehentlich an Vater gekommen war, und dieser sich mit einem Händedruck bedankt — — er riss ihn gleich auf, und es schien etwas sehr Wichtiges zu sein, es war auch ein wunderschöner Elfenbeinumschlag, ganz dick — und ihr auch noch einen Veilchenstrauß schenkt, der auf seinem mächtigen Schreibtisch steht, liebt sie ihn. Er gleicht zwar in keiner Weise ihrem Ideal, dem Baron Otto, aber bestimmt ist er ebenso edel.

Den zärtlich maunzenden vierbeinigen Otto fest an sich

gedrückt, gibt sie sich so sehr den Träumen hin, die sie ihren freudlosen Alltag vergessen machen, dass nichts davon für den Traum, den der Schlaf mit sich bringt, übrigbleibt.

Plötzlich ist sie allein in einem kleinen Boot, eine mächtige Welle trägt sie hoch, reißt sie in Abgründe, auf und ab, auf und ab geht es, und sie muss sehr achtgeben, damit sie nicht in dem eisigen Wasser ertrinkt. Bis eine blau leuchtende Bucht sich öffnet und darüber steht ein so klares Licht, dass Imma vor Glück aufwacht.

Ihr Herz klopft heftig, noch spürt sie das leise Knirschen der Steine, die das Boot streifte; sie kann sich gar nicht besinnen, wo sie ist, drohende Dunkelheit und Stille umgibt sie. — Da regt Otto sich, beglückt drückt sie das Tier an sich, das ihr den Boden unter den Füßen zurückgibt, den sicheren Grund, von dem sie noch nicht ahnt, dass es das Elternhaus ist. Mit tiefem Seufzer schläft sie beruhigt ein, bis Mutter sie energisch weckt.

Den ganzen Tag wartet sie sehnsüchtig auf Herma, aber die lässt sich heute gar nicht sehen. Imma hat schon alle Hoffnung aufgegeben, dass sie noch kommen wird, und blättert unlustig in den Zeitschriften — die Geschichten kennt sie auch alle auswendig, so langweilig sind die! Da geht die Haustür, und lebhafte Stimmen werden im kleinen Flur laut — „Beckers?" sagt Mutter: „Nun noch?" Aber während Imma den Besuch begrüßt, und ihm beim Ablegen hilft, legt sie doch lieber rasch die Plüschdecke auf, obwohl sie eigentlich zu schade ist, aber sie kennt Tini ja wohl!

Imma wird beauftragt, Tee zu machen, und während sie von Herma begleitet in die Küche geht und Mutter neben den guten Tassen auch noch zögernd die Makronen auf den Tisch setzt, die eigentlich für Vaters Geburtstag bestimmt sind — sie nimmt sogar das schöne, alte Kuchenkörbchen dafür —, schilt die frühere Tini Schmidt, die jetzt Käte heißt, in allen Tonarten auf ihren Mann, der wieder nicht genug Geld geschickt hat. Aber sie weiß wohl, wo es bleibt, die alte, schlechte Person kann alles auf, doch sie müssen nicht denken, dass sie sich scheiden lässt — da können die beiden lange drauf warten! — Und wovon soll sie etwa leben? — Es ist wahrhaftig genug, dass sie ihr junges Leben in diesem elenden Nest vertrauert. Dabei zupft sie an der viel zu bunten Bluse und den vielen gebrannten gelben Löckchen über dem zerknitterten Gesicht, ihre Stimme schrillt so, dass das Gekicher in der Küche jäh abbricht.

„Tini, die Kinder!" mahnt Vater, der mit unglücklichem Gesicht zuhört, und Mutter setzt hinzu: „Lass die doch bloß so was nicht hören!"

„Ach was, Herma ist groß genug, die soll einmal nicht so dumm sein wie ich!" Und gerade sucht sie nach einem Taschentuch als die beiden Mädchen mit dem Tee kommen. Imma setzt mit scheuen Blicken von einem zum andern die Kanne aufs Lichtchen, Herma, keck wie immer, trägt Zucker und Milch.

„Willst du einmal sehen, Tante Mine, wie ich gestern mit Franz Meinen getanzt habe?" Das kurze, stramme Mädchen macht ihnen drastisch vor, wie sie und der lange Franz erst gar nicht in Takt kommen konnten, sie haben sich immer wieder verloren, oh, es war so lustig! — Fein war es gestern, oh, wonnig einfach! — und sie bringt so viel Munterkeit in das stille Zimmer, dass alles herzlich lachen muss.

Als sie aber ungeniert eine Makrone aus dem Körbchen nimmt — man denke, in einem fremden Haus! — lässt Mutter die Brille auf die Nasenspitze sinken und sieht mit einem Ausdruck, den Imma nur zu gut versteht, von Mutter zu Tochter. — Sie hat bislang stillvergnügt und mit uneingestandenem Neidgefühl, denn sie könnte nie so sein, die Freundin beobachtet, nun sieht sie förmlich, was Mutter denkt.

„Wilhelmshavener!" denkt die: „Alle beide so richtige Wilhelmshavener, tun genau so frei und frech wie all die Menschen, die da zusammengewürfelt hausen und nun nicht wissen, wo sie hergekommen und was sie geworden sind. — Tini war früher doch ganz solide und ordentlich, und Peter auch, obwohl er nicht von hier ist. — Aber so geht es, wenn man alles nachmacht, was andere tun, dann weiß man nicht mehr, wie es sich gehört. — Mich könnte man hinstellen, wo man wollte, das wäre mir ganz egal!" Ihr Mund schließt sich ganz fest, und die Stricknadeln klappern noch heftiger.

Ihr Kind wird ihr bestimmt nicht die Schande machen, dass sie sich bei andern Leuten nicht richtig benimmt. Sei freundlich und bescheiden, so mag dich jeder leiden! — so gehört sich das!

In ihrer tief eingewurzelten, von fast allen Alteingesessenen geteilten Abneigung gegen die neue Stadt, die lärmend und rücksichtslos über alles hinweggeht, was in dieser Nordwestecke seit Menschengedanken Recht und Sitte war, sieht sie nur den schmutzigen Schaum, den das von Tatendrang über brausende Leben dort zurücklässt. Sie vergisst aber dabei, welch frischer Lebensstrom sich von dort aus in die stille Heimat ergießt, welche Möglichkeiten aufstrebenden Kräften geboten werden, die sie auch für ihr Kind nützen könnte.

Gerade will sie Frau Becker einmal ordentlich die Wahrheit sagen, als dieser einfällt: „O Gott! — Herma, wo hast du den Brief gelassen? — deshalb komm ich ja extra her!"

Dann suchen sie beide in sämtlichen Taschen, bis sie den Brief endlich in Hermas Kleidertasche finden, der heute von ihren Verwandten aus dem großen Nordseebad kam. Die beiden Fräulein Reiners suchen für ihr großes Pensionshaus ein nettes junges Mädchen, das ihnen etwas zur Hand geht. Es ist Gelegenheit, so allerhand zu lernen.

Richtig Gehalt bezahlen sie deshalb auch nicht, aber sie geben gern ein gutes Taschengeld, fünf Mark im Monat. Sie haben da an Herma gedacht; aber die wird den Sommer ja bei ihrem Onkel auf der andern Insel das Kochen lernen. — Aber wäre das nichts für Imma? — bei Reiners kriegt sie es gut, es ist auch ein ganz vornehmes Haus, das erste am Platz! — Tini muss doch immer aufschneiden, sie kann einfach nicht anders, denkt Frau Onken.

Aber sonst ist es für die ganze Familie solche Überraschung, dass sie einen Augenblick alle stumm sind. Mutter denkt rasch, dass sie das Kind eigentlich gar nicht entbehren kann, die vielen Äcker, und sie ist so oft fort — aber es ist ja auch ein Esser weniger, und der Doktor sprach doch von Luftveränderung.

Während Imma an ihrem Gesicht hängt wie einer, der sein Todesurteil erwartet, denn sicher wird Mutter nein sagen, sie kennt sie ja viel zu genau, spielt Vater unruhig mit seinen Fingern, dass sie laut knacken. Er hat den jähen Freudenschein gesehen, der über das Gesicht seiner Kleinen glitt — so sehr sehnt das Kind sich von Haus? Aus einem heimlichen Schuldgefühl heraus sagt er: „Lass den Brief nur hier, wir wollen das noch besprechen!" Und Mutter stimmt ihm zu.

Als der Besuch sich verabschiedet, sagt Frau Becker noch: „Ach — Else bestellt Grüße von eurem Martin! — sie traf ihn neulich auf dem Bremer Bahnhof!"

„So?! — war er denn auf einer Geschäftsreise?!"

„Das schreibt sie nicht. — Na, denn erst gute Nacht!"

In Bremen? — was tut der Junge in Bremen? — Eine Spinne kriecht über das Herz der Mutter.

Die fremde, ferne Welt.

Die graue Plaidhülle, in die Mutter als junges Mädchen „Gute Reise" gestickt hat, liegt prall gefüllt auf dem Stuhl, und Vater prüft noch einmal, ob der Bindfaden um den Pappkarton auch fest genug ist. Mutter zupft an Immas Konfirmationsmäntelchen, das reichlich ausgewachsen aussieht, zum Glück ist der schwarze Rock, zu dem sie eine blaugrau gewürfelte Bluse mit hohem Kragen trägt, jetzt gerade recht. Dann hängt sie ihr noch ihre alte kleine Tasche aus Seehundsfell über die Schulter und ermahnt sie, ja auf das Reisegeld achtzugeben, das die Damen geschickt haben. Sie nimmt darauf ihr Kind fest in den Arm und küsst es herzlich. Gar nicht so geschäftsmäßig, als wenn ich ihr mal um den Hals falle, denkt Imma vag. „Mach deine Sache gut, Kind, und halt aus!" Sie wischt sich rasch über die Augen, als Imma Otto noch ans Herz drückt, fast hätte sie den ganz vergessen.

Sie sieht sich kaum um, als die Haustür hinter ihr und Vater, der das schwere Paket trägt, hart ins Schloss fällt und sie in das strahlende Licht des frühen Maitages treten. Das junge Kind, das mit allen Sinnen dem fremden Neuen zustrebt, das „Leben" heißt, fühlt nicht die Freudigkeit der jungen, zart grünen Zweige in den alten Gärten, der ersten Kirschblüten. Es sieht nur die Polstermöbel, die roten Betten, die allenthalben nach draußen gebracht werden, und ist ganz erleichtert, dass dies alles sie nichts angeht.

Als sie über die Brücke gehen und der rasche Wind kleine funkelnde Wellen vor sich hertreibt, seufzt sie tief vor Glück, denn schon in wenigen Stunden wird sie auf einem großen Dampfer weit in See fahren. Die grüne Insel liegt so fern, dass man dort überhaupt kein Festland sieht, sagt Vater. — Kein Gedanke gilt ihrem Elternhaus, das sie zum ersten Mal verlässt, keiner auch den Dingen, die des geliebten Vaters Sinn zerquälen, der grau und ein wenig gebeugt neben ihr geht. Beide sind so mit ihren Gedanken beschäftigt, dass kaum ein Wort zwischen ihnen gewechselt wird.

Hätte ich Mutter gestern doch nicht den Brief gegeben, denkt der müde Mann, aber sie riss mir ihn ja richtig aus der Hand. „Von Martin? — und eine fremde Marke?" Sie lässt sich schwer auf einen Stuhl fallen: „Lies du, Vater!"

Es dauert ein bisschen, bis er die fahrige Schrift entziffert hat: „Liebe Eltern! Wie Ihr seht, bin ich hier in England, und zwar auf der Durchreise, und sende Euch allen herzliche Grüße. Ich hatte Krach mit dem Chef, und da bin ich lieber an Bord gegangen, dazu habe ich vielmehr Lust als im Laden. — Da sind noch was kleine Schulden, das macht Ihr wohl erst in Ordnung, ich geb es Euch denn wieder. Hoffentlich seid Ihr alle gesund. Euer treuer Sohn Martin.

An Bord des Dampfers ‚Lebewohl'.

Nachschrift: Hinni Janßen ist hier 2. Steuermann."

Sie sitzen ratlos beieinander, dann stöhnt Vater: „Auch das noch! — —" „Marten!" sagt Mutter: „Genau wie damals Marten. — Ich hab' ja immer Angst dabei gehabt!" — sie kann nicht einmal mehr weinen.

Imma hat alles mit angehört, ihre Augen werden immer entsetzter; sie fühlt ihr Herz ganz weggleiten und kann nicht verhindern, dass ihr ein verzagtes: „Kann ich nun denn auch weg?" entfährt. Dem großen Bruder, mit dessen seltenen Besuchen meist Ärger und Aufregung verknüpft war und den sie im Grunde wenig kennt, gilt kaum ein Gedanke.

„Weshalb solltest du denn hierbleiben?" sagt Mutter heftig und fängt an, herumzuwirtschaften. „Du kannst uns ja auch nicht helfen. — Und überhaupt!" —

Vater hat sein Kleines, an dem er mehr hängt als er zeigen kann, vor allen Leuten abgeküsst, was etwas peinlich ist, als die Küstenbahn heran bimmelt. Er sucht ihr einen guten Platz, drückt ihr noch den Zettel in die Hand, auf dem alles genau aufgeschrieben ist, und nach einem letzten Händedruck rollt der Zug fort. Imma winkt ein letztes Mal mit Augen, die schon weit fort sind.

Dem Mann ist, als hätte er jetzt sein letztes Kind hergegeben; mit schweren Füßen geht er heimwärts, wo ihn Zugluft umweht, denn seine Frau ist schon dabei, ihren Kummer mit Arbeit zu betäuben.

Imma hat die Nase ans Fenster gedrückt, damit ihr nichts auf ihrer ersten Reise entgeht. Aber sie ist innerlich so unruhig, dass sie auch nichts wahrnehmen würde, führte der Zug sie durch schönere Landstriche, als hier durch die eintönige Gegend zwischen Moor und Geest. Die Dörfer liegen weit zurück, und nur die grünen, jetzt leuchtend weiß blühenden Wälle bringen etwas Abwechslung in das Einerlei der weiten Fläche, auf der nur hier und da eine Mühle dem Auge einen Ruhepunkt bietet.

Wie es Herma wohl geht? Sie hat ganz schrecklich geweint, als sie zu ihrem Onkel reiste, auf dieser Station musste sie damals wohl aussteigen, als sie zur Insel fuhr. Ganz genau hat sie Imma erzählt, wie sie und ihr geliebter Franz, der nun hierbleiben musste, sich geküsst und Treue geschworen haben. Imma schämt sich noch jetzt ein bisschen, wenn sie daran denkt — — wie man nur über so etwas sprechen kann! — — Sie würde — sie seufzt nur tief, und denkt lieber nicht zu Ende.

Aber, was Herma von Franz erfahren hat — er schreibt sich mit Hans Hartmamn dem einen Zwilling, sie waren Schulkollegen. Neulich stand in einem Brief: Ich bin noch immer unbeweibt — Du auch? — Was haben sie schrecklich gelacht, so was Komisches auch! Und nun hat Herma ihr die Adresse von Hartmanns besorgt, und sie hat vor kurzem an Magda geschrieben — aber das war gar nicht so einfach, was sollte sie auch groß von sich erzählen? — Ob sie wohl Antwort bekommt? Sie haben so lange nichts voneinander gehört.

Der Zug ist wenig besetzt, ab und zu steigt ein derbes, kofferbeladenes Mädchen ein, das auch wohl zur Insel in Stellung geht, denn es ist ja Maitag, an dem die Stellungen gewechselt werden. Bislang hat Imma nur einige Schulausflüge mitgemacht, zur nahen Küste, oder in den Forst, aber ganz allein war sie noch nie unterwegs. Wenn sie nur erst auf dem Dampfer ist — was dann kommt, hat sie so oft und in allen Spielarten durchlebt, dass sie daran jetzt kaum denkt. Sie weiß nur, dass es viel, viel schöner sein wird als zu Hause! —

„Das weiß ich nicht." — Fräulein Janna Reiners sieht sich suchend um, als die heran klingende Kleinbahn hält und die Ankömmlinge, meist Personal, sich nach und nach verlaufen. „Berta, hast du sie nicht gesehen?" Die kleine, rundliche Dame schleudert das nach ihrer Gewohnheit der langen, hageren Schwester zu, die bedächtig meint: „Denn hat die Kleine aus Seefeld wohl den Zug verpasst. — Man das kann sie ja wohl nicht sein?"

Sie zeigt dabei auf ein mit bunt besticktem Plaid und großem Pappkarton beladenes Wesen, das mit windverwehtem großem Sommerhut, unter dem wilde Locken hängen, unschlüssig und ein wenig hilflos auf dem Bahnsteig steht: „Die? — nee! — was?"

Die resolute Janna fragt das Wesen aber doch auf alle Fälle nach seinem Namen: „Imma Onken!" sagt eine kleine Stimme, in der Tränen zittern, und sehr blaue Augen sehen ein wenig angstvoll in das energische Gesicht: „So! — na! — denn komm man mit, wir sind Fräulein Reiners!"

Sie nehmen den kleinen Fremdling zwischen sich, über seinem Kopf sehen sie sich kopfschüttelnd an: „Wenn das auch man was für uns ist?" sagen die Blicke.

Es ist zwischen Dunkel und Hell, die großen, weißen Häuser leuchten, hier und da treffen die Strahlenbündel des nahen Leuchtturms ein buntes Schaufenster. Ein seltsam erregender Wind kommt um die Hausecken und trägt das Rauschen des nahen Strandes fast peinvoll deutlich zu ihnen. Jetzt treten die Fräuleins mit Imma, die das alles wie im Traum wahrnimmt, in eine große Veranda, plötzlich flammt ein Licht auf, von dem sie nicht begreift, woher es kommt, denn in Seefeld gibt es kein elektrisch Licht, laut hallen die Schritte in dem Flur, in dem die Läufer noch Winterschlaf halten, und es riecht nach Farbe und viel Seife.

In dem winzigen, gemütlichen Zimmerchen, das als Büro dient, muss das eingeschüchterte Kind bei Tee und Butterbrot zunächst ein kleines Examen über sich ergehen lassen, und plötzlich findet es sich, es weiß nicht wie, in einem Dachzimmer und in einem recht harten Feldbett wieder. „Brauchst keine Angst haben, da oben schlafen die Mädchen auch!" hat Fräulein Berta gesagt, die sie hierher gebracht hat.

Nein, Angst hat Imma auch nicht — es ist nur so sonderbar, der Mond fällt durch das viereckige Dachfenster genau auf ihr Bett, das immer weiterrollen will, gerade als ob es Räder hätte wie ein Zug. Dann wieder bäumt es sich auf wie der Dampfer, der gegen den Strom fahren musste und bei dem mit der kommenden Flut heftig auflebenden Wind schwer stampfte. Fast alle Fahrgäste sind seekrank geworden, auch Imma, und der große Hut hat sie so behindert. Alle Haarnadeln sind ihr aus dem Haar geflogen, gut, dass Mutter ihr noch welche mitgab! — So ist nichts von ihrer ersten Seefahrt zu ihr durchgedrungen, von der sie so viel erwartete —, sie sah nicht das Spiel der Wellen, nicht die nahe Küste im ersten, zarten Grün, nicht die Schiffe, die ihnen begegneten und fröhlich grüßten. Ganz dunkel

Gerhard Heinrich ist ausgerissen! — Weg ist er, niemand weiß wohin.

Alles Essen brennt an diesem Tag an, alle Wirtshäuser sind voll, tausend Vermutungen werden wach. Kam er auf der Flucht um, nahm ein Schiffer von der nahen Küste ihn heimlich mit? — Kein Wissender verrät sich.

*

Ein mächtiges Räumen hebt im Hartmannshaus an, und zur Unterstützung der beiden Frauen erscheint häufig eine dicke ältere Person, die Meta Meier heißt und einen Mann hat, den sie stets „Heinrich, wie lieb ich dich" nennt. Die Sage geht, dass sie gemeinsam auf einem Stuhl sitzen und auch von einem Teller essen, doch fällt es angesichts Frau Meiers Figur und Appetit schwer, daran zu glauben.

Was gibt es aber auch alles zu tun! Allein der Hausboden macht furchtbar viel Arbeit, und Abend für Abend steht Heinrichwieliebichdich mit der Karre im Hof, um sie hochbeladen nach Hause zu schieben.

Eines Tages findet Meta Meier in einer Ecke einen ganzen Haufen uralter, dicker Kanehlstangen, die sind ja prachtvoll, um den Waschkessel damit zu heizen, findet sie. Und was liegt dort? Nein, es ist nicht zu glauben! Dutzende und aber Dutzende von schwarzen, ganz grünlich gewordenen Herrenhüten sind in jener Kiste, sie haben einen runden, ganz niedrigen Kopf und seitlich aufgeschlagene Krempen. Alle Größen sind davon vorhanden, sowohl für einen Wasserkopf passend, wie für ein zweijähriges Kind. Meta Meier muss darüber so schrecklich lachen, dass der ganze mächtige Körper schüttelt, und sogar Tante und Annemarie, die, angetan mit großen Küchenschürzen und weißen Kopftüchern, mithelfen, werden davon angesteckt.

Sicher will der Rattenfänger nachsehen, ob sie es auch wohl gut machen, weil er jetzt so oft im Hause ist. Imma sieht einmal, wie er Annemarie bei den Händen hält, sie entsinnt sie sich, aber alles wirbelt so durcheinander, dass sie nichts festhalten kann. Nur die See rauscht, nahe, bedrohlich, immer lauter, jetzt stürzt sie sich mit heftigem Poltern über Immas Bett, dass sie mit einem Aufschrei hochschrickt — da ist das Poltern wieder: „Aufstehen!" heißt es unbarmherzig.

Als sie, so rasch es geht, in ihrem soliden, schwarzweißen Hauskleid mit der braven Achselschürze vor den Fräuleins steht, sehen sie sich wieder über Immas jetzt sehr glattem Kopf an — sie hat ordentlich mit Wasser nachgeholfen —, und ihre Mienen verraten, dass sie es heute doch besser mit der Kleinen einsehen. Sie soll zwar alle Arbeiten mitmachen, isst aber mit den Fräuleins am Tisch, die ihr zunächst einmal den Teller gehörig vollpacken. „Denn wer nicht isst", schleudert Janna — „kann auch nicht arbeiten!" ergänzt Berta bedächtig, und nach dem zu urteilen, was sie selbst verzehren, scheinen sie sich gewaltig viel Arbeit vorgenommen zu haben.

Und so ist es auch, denn im Frühjahr gibt es auf der Insel ganz unbeschreiblich viel zu tun, um alles für den Empfang der Gäste vorzubereiten. Da muss das ganze Haus und müssen sämtliche Möbel von innen und von außen geseift werden, all die vielen Betten gesonnt und geklopft, ja, ja, Imma erlebt hier noch ganz andere Scheuerfeste als in Seefeld, an das sie kaum Zeit hat zu denken. Denn die Fräuleins, die in bittersaurer Arbeit sich ihren schönen Besitz selbst erworben haben, in dem die ganze Jugend und Lebensfreude der einst mittellosen Mädchen steckt, verlangen auch von ihren Leuten Höchstleistungen. So wird denn auch Imma neben den beiden handfesten Mädchen, die schon seit Jahren zu Reiners kommen, keineswegs geschont; es geht den ganzen Tags in dem großen Haus treppauf, treppab, oft ist ihr, als ob sie nicht weiter kann, aber sie sagt kein Wort. Das kann man doch nicht bei anderen Leuten?

Sonst sind die Fräuleins aber gut. Sie sorgen für reichliches und pünktliches Essen und bringen auch wohl einmal einen Likör oder Kuchen, damit die gute Laune erhalten bleibt. Janna hat auch wohl ein Scherzwort, dass die Arbeit aufs neue fliegt, und beide sind selbst so eifrig tätig, dass sich keiner benachteiligt fühlen kann. Was machen allein die vielen Gardinen für Arbeit! Imma lernt bald, sie rasch und unsichtbar auszubessern, was ihr die Herzen der Fräuleins gewinnt, denen ihre geschickten Hände so eine rechte Hilfe sind.

So ist es Juni, man weiß nicht wie, und schon werden die ersten Gäste erwartet. Imma hat bislang kaum etwas von der Insel gesehen, denn abends, wenn Geeske und Truida, die auch vom Festland kommen, noch mit gellender Stimme singen oder noch zum Strand gehen, fällt sie wie tot aufs Bett. Sonntags hat es meist geregnet und so hat sie nach dem Kirchgang mit den Fräuleins brav in der Veranda gesessen und gehandarbeitet oder, wenn diese zu Bekannten gingen, nach Hause geschrieben.

Eigentlich ist Seefeld ganz furchtbar weit von ihr entrückt, aber deshalb schreibt sie doch treu nach Hause und bekommt meist umgebend Antwort. Aber diese Briefe sind immer ein bisschen peinvoll und hinterlassen einen Stachel, den man fühlt, auch wenn man mit den andern lacht. Mutter beginnt meist: „Wir haben wieder so viel Ärger gehabt" — und dann ist es meist was mit dem Geschäft oder mit Martin oder, und das ist das Schlimmste, es ging Vater nicht gut.

Sie erzählt das aber keinem Menschen, denn sie schämt sich dieser Dinge ein wenig, denn nach Mutters Ansicht ist Armut und Unglück eine Schande, die man möglichst verbergen muss. Nur kann sie nicht so unbeschwert vergnügt sein, wie etwa die jungen Menschen, die dort weißgekleidet und lachend zum Strand gehen. Selbstvergessen sieht sie ihnen vom Verandafenster nach, als von der anderen Seite ein junger Mensch angeschlendert kommt, der aussieht, als wüsste er nicht so recht, wohin mit sich. Ihre Augen treffen sich zufällig, dann grüßt er impulsiv und doch etwas verlegen, worauf sie beide dunkelrot werden.

Imma zieht sich tödlich verlegen ein wenig zurück, kann es aber nicht unterlassen, ihm heimlich nachzusehen. Ein Badegast scheint es nicht zu sein — ob er zu dem Buchladen gehört, der vor einigen Tagen schräg gegenüber aufgemacht hat? — als sie ihren Brief zur Post brachte, hat sie gleich davor gestanden.

Es bleibt ihr aber wenig Zeit, über dies kleine Erlebnis nachzudenken, denn das große Haus füllt sich mehr und mehr mit Gästen, denen rotbemützte Dienstmänner riesengroße, bleischwere Koffer nachschleppen. Als die eigentliche Saison beginnt, ist das geschätzte Haus, in dem man so vortrefflich aufgehoben ist, schon bis auf den letzten Platz gefüllt. In der Küche wirtschaftet jetzt eine derbe Person mit funkelnden Augen. Imma hört wohl, dass die Schwestern sie unter sich eine Schießbudenschönheit nennen, aber auch sie kommt schon seit Jahren und ist ehrlich, nicht wahr, denn muss man auch mal was übersehen. Was, wird ihr nicht recht klar. Ella Winter wird Mamsell genannt, und ist Kaffeeköchin; eine andere ist in Villa Seeblick nicht nötig, denn man gibt dort keinen Mittagstisch, und beim Abendessen fassen die Fräuleins tüchtig mit zu. Imma muss ihnen dabei flink zur Hand gehen, wobei es manchmal Schelte setzt.

Nach all den Regenwochen ist das Wetter jetzt so, wie es die Badegäste sich nicht besser wünschen können: ein strahlender Himmel, der ins Malvenfarbene übergeht, herrlich bräunende Sonne, die ein Bad zu einem doppelten Genuss macht, und jede Flut bringt ausreichend Luftzug mit sich, um die vom übermäßig guten Essen und Nichtstun erhitzten Köpfe abzukühlen. Er trägt auch wohl die lustigen Klänge der Badekapelle, das unaufhörliche Rauschen der See in überhitzte Küchen und unter glühende Dächer, die sich über grellweiße Häuser spannen, die den Augen ebenso wehtun, wie der weiße, heiße Sand, und es ist für den, der für sein täglich Brot arbeitet, wohl ein Vorgeschmack der Hölle.

Imma überfällt oft ein Schwindelgefühl, es flimmert vor den Augen und saust in den Ohren, und wenn es keiner sieht, setzt sie sich wohl ein wenig auf die Treppe, sie kann oft einfach nicht weiter.

„Da ist nun einmal nichts an zu machen!" schleudert Fräulein Janna den Mädchen zu, als sie sieht, wie Hilta, die neu hinzugekommen ist, sich stöhnend die Schuhe von den brennenden Füßen reißt; Geeske und Truida, die das seit Jahren mitmachen, haben immer alte große Schuhe stehen, in die sie rasch schlüpfen, wenn die Gäste es nicht sehen. Sie bringt ihnen aber doch kühlende Brause: „Ist ja man gut für uns dies Wetter!" „Ja — sonst reisen die Gäste gleich wieder ab!" ergänzt Berta bedächtig — „Und denn kriegt ihr auch nicht viel Trinkgeld!" „Und was soll Frau Janßen denn erst sagen?" Janna redet sich in Hitze, sie hat das Geschäft mit Strandartikeln ja immer vor Augen — „schläft bei der Hitze noch immer unterm Ladentisch!" — „Und das in ihrem Zustand!" fügt Berta hinzu.

So ist das in jener Zeit für jeden, der weiter will; man muss sich was gefallen lassen, das Geld fällt keinem in den Schoß, und man nimmt es hin, wie es ist, und grübelt nicht weiter darüber.

Ist Mamsell mittags mit ihrer Arbeit fertig, dann nimmt sie einen großen Weidenkorb mit selbstgebackenem Kuchen und dergleichen und geht damit zu dem kleinen Kaffeeausschank in den Dünen, der den Fräuleins gehört. An den Tagen, wo erfahrungsgemäß viel zu tun ist, hilft ein

Kellner, und es kommt auch wohl vor, dass Imma einmal dies und jenes hinbringen muss, und sie hastet dann in ihren dicken eng anschließenden Kleidern über den schmalen, von Spaziergängern belebten Steinpfad. Mamsell hat dann meist etwas für sie zu tun, rasch etwas Geschirr abwaschen oder den Kaffee richten. Oft ist auch gerade das Wasser aufgebraucht und dann schickt sie das junge Ding zu dem abgrundtiefen Brunnen am Fuß der Düne. Es ist eine saure Arbeit, den schweren Eimer durch den stark nachgebenden heißen Sand bis zu dem Bretterhäuschen zu bringen, das oben auf der Düne steht.

Heute ist nun ein großes Strandfest und deshalb wenig zu tun. So lässt Mamsell, die in eifriger Unterhaltung mit einem großen Menschen mit blauer Mütze und Hängeschnurrbart begriffen ist, Imma bald gehen, ja, sie treibt sie sogar ein wenig zur Eile an.

Die geht anfangs ganz brav den Steinpfad zurück, weil sie aber so schrecklich müde ist, möchte sie sich wohl ein wenig in die Dünen setzen, obwohl ihr Gewissen das eigentlich nicht erlaubt, denn in Villa Seeblick gibt es noch unendlich zu tun. Über einige mager begrünte Dünen kommt sie in eine talartige Senkung, die hier Delle heißt und in der Kriechweiden stehen und Knabenkraut und kleine duftlose Veilchen. — Ach, hier ist es schön! Sie nimmt die Wollmütze, welche die Fräuleins ihr anstatt des unpraktischen großen Hutes schenkten, von den Locken, durch die nun der ewige Wind ungehindert streicht. Sonst ist es hier ganz geschützt. Ganz fern rauscht das Wasser, und über ihr treiben perlmutterne Wölkchen durch das verhaltene Himmelsblau Es ist beinahe, als ob man gar nicht lebt — so schön, so friedlich. —

Hat sie ein wenig geschlummert? — Hastig springt sie auf, klettert auf die nächste Düne — oh! — ein Schiff mit vollen Segeln! Das Herz bleibt ihr fast stehen vor freudigem

Schreck und dass Blut der seefahrenden Vorfahren wird fast schmerzhaft in ihr wach. Und doch wird kein Fernweh in ihr wach, kein Wunsch, mit hinauszufahren ins Unbekannte, regt sich im Augenblick in ihr — nur das Glück über den wunderbaren Anblick.

„Was, du bist allein durch die Dünen gegangen? O nein!" Fräulein Janna ist ganz empört, und auch Fräulein Berta sagt: „Sowas tut ein ordentliches Mädchen aber nicht, mein Kind!"

Imma starrt sie nicht verstehend an, wendet sich dann aber, dunkelrot geworden, rasch ab und eilt hinaus. Oh wie schrecklich!, wenn Fräuleins das wüssten, was sie gesehen hat! — das heißt, sie ist natürlich sofort weggelaufen. In einer kleinen Delle waren nämlich zwei menschliche Wesen, ebenso braun und auch nicht mehr bekleidet, als die Negerkönigin Anna Zinga aus dem Pfennigmagazin. Tagelang noch schämt sie sich, wenn sie daran denkt.

An den Strand, dessen bunte Fahnen und Strandkörbe man von den oberen Zimmern sieht, kommt sie kaum, und vor lauter Müdigkeit hat sie auch wenig Verlangen danach.

Eines Tages kommt Dr. Bengen, um nach dem erkrankten Söhnchen einer neu angekommenen Dame zu sehen. Die Fräuleins nehmen ihn beiseite — es wird um Gotteswillen doch nichts Ansteckendes sein?

Während er sie beruhigt, fallen seine Augen auf Imma, die mit schlaffen Bewegungen den Tisch deckt: „Komm mal her!" sagt er mitten ins Gespräch hinein, hebt ihr die Augenlider hoch, fragt dieses und jenes. „Verträgt die Seeluft nicht; die sollten Sie nur nach Hause schicken!" sagt er im Weggehen, was Imma einen bösen Schlag aufs Herz gibt. — Nach Hause! — was wird Mutter sagen, wenn sie ihre Zeit nicht aushält! In ihren schweren Sorgen ist sie doppelt bemüht, ihre Arbeit gut zu machen.

Aber auch die Schwestern sind ganz bestürzt. Sie können jetzt unmöglich eine Hilfskraft entbehren, das Haus ist voller Gäste und die neue Dame, eine Frau Dr. Wegstetten, sie kommt aus der Rheingegend, ist so anspruchsvoll, sie kennen sie noch vom letzten Jahr. Sie hat geweint, weil sie nun auf das arme Kerlchen achten muss, anstatt auszugehen, denk mal an! Früher hat sie ihn einfach in die Kommodenlade gelegt, wenn sie abends ausging, Geeske weiß das noch genau; sie hat ihr erzählt, ihr Mann will ihr kein Kinderfräulein halten, das ist solch alter Geizkragen! — So Badegäste mögen doch auch überall von schnacken, zu komische Menschen sind das, sagen die Mädchen.

Aber das hilft nun alles nichts, Imma muss unbedingt noch die beiden Sandtorten zur Mamsell tragen; dann hat sie gleich einen schönen Spaziergang. Wenn was zu tun ist, soll sie ruhig bleiben.

Und es ist sehr viel zu tun. Mamsell schuftet für zwei, sie schneidet Kuchen und kocht Kaffee, die Gäste kommen im Handumdrehen zu ihrem Recht. Aber ehe man es sich versieht, ist das kostbare Wasser wieder alle, Imma muss rasch — aber ganz rasch! frisches holen. Hätte jedoch nicht Georg, der blasse Kellner, ihr die schweren Eimer nach oben geschleppt, die Gäste hätten wohl ohne den heißbegehrten Kaffee fortgehen müssen.

Endlich ist fast alles Geschirr abgewaschen. Georg, der abends anderweitig beschäftigt ist, rannte längst fort. Mamsell räumt noch hastig auf, ja, ja, Imma soll nur fortgehen, sie kommt gleich nach. Halt! — das Geld, sie hat gleich so viel zu tragen! Dabei hängt sie ihr die schwere Geldtasche um. Wiedersehen! Sie holt sie gleich wohl ein! — Taucht hinter der Hütte eine blaue Mütze auf? — Imma mag sich auch wohl täuschen, sie ist ja soo müde.

Langsam schleicht sie durch den erquickenden Abend, dem der aufsteigende Wind herrliche Kühlung bringt. Tiefer färbt sich der Himmel, dunkel glüht im Westen der Horizont über der leise rauschenden Flut. Hin und wieder begegnet ihr ein einsamer Wanderer auf dem Steinpfad, den sie nicht zu verlassen wagt.

Endlich hat das todmüde, junge Ding die Strandmauer erreicht. In das eintönige Rauschen klingt abgerissene Musik aus den Hotels am Strand, Locken und Flüstern aus den Strandkörben und von den nahen Dünen kommt der jähe Schrei eines wilden Vogels. Die dunkel schimmernde Flut vor ihr, auf der Leuchtbojen tanzen, hat das letzte Glühen verschlungen, und tiefer senkt sich die Dämmerung über den weißen Sand.

Imma hat sich erschöpft auf eine Bank fallen lassen, ineinander gesunken hockt das schutzlose Kind mit seiner schweren Geldtasche in der Dunkelheit, unbewusst der Finsternisse, die das menschliche Herz umdüstern. Doch es ist, als hülle ihre Ahnungslosigkeit sie in einen schützenden Mantel, achtlos gehen die wenigen, die der Hang nach Einsamkeit oder dunklen Abenteuern an diesen entlegenen Platz treibt, an ihr vorüber. — Kommt Mamsell denn noch nicht?

„Solange hat sie dich warten lassen! — nun sag doch bloß, Berta!" — Die Schwestern, die schon ungeduldig gewartet haben, denn sie müssen ja noch abrechnen, gehen eilig mit Imma ins kleine Kontor. „Wenn das man gut geht mit Mamsell — ist's wieder soweit!" Berta, die noch etwas Schokolade für Imma her kramt, die sofort ins Bett muss, schüttelt bedenklich den Kopf. Im Hinausgehen hört Imma noch, wie Janna, die schon beim Geldzählen ist und genießerisch kleine, blinkende Häufchen vor sich hin stapelt, ihrer Schwester ein: „Aber sie ist man einmal ehrlich!" hinwirft.

Den kleinen Peter Wegstetten hat der Doktor zwar gesundgeschrieben, aber seine Mutter ist keineswegs erfreut. Deshalb ist sie nun doch wirklich nicht nach hier gekommen und verzehrt das teure Geld, da ist es schon besser, sie fährt gleich wieder ab. Es kann doch kein Mensch von ihr verlangen, dass sie mit dem Kleinen in die langweiligen Dünen geht, wie der Arzt das verordnet, anstatt sich am Strand zu amüsieren. — Ungeduldig zerrt sie an dem teuren Strandschleier, den sie sich erst gestern kaufte, und sieht die Schwestern vorwurfsvoll an. Gerade geht Imma vorbei, die auch noch einen anklagenden Blick bekommt.

Janna und Berta sehen sich an — vielleicht? „Ach — da müsste jemand mit dem Kleinen ausgehen — wir haben da ein sehr nettes junges Mädchen —" „Sehr nett!" schleudert Janna dazwischen, „und die kann gern mal auf den Kleinen achten, wenn wir Frau Doktor damit einen Gefallen tun ..." „Die Kleine mit der ulkigen Frisur? — Aber gern! — wenn das ginge!" Schon rauscht die Gnädige, beglückt über so viel Entgegenkommen, im prall sitzenden weißen Cheviotkostüm zum Strand, der rosa Chiffonschal flattert wie ein Siegeszeichen. Man sieht ihr an, dass sie den Aufenthalt nach Möglichkeit ausdehnen wird, und die Schwestern sehen ihr, gleichfalls beglückt auftatmend nach.

Fein haben sie das zurecht gekriegt! — Es ist nicht so einfach mit den Gästen ..., och, mit denen kann man was erleben! — Aber nun kann auch keiner sagen, dass sie nichts für Imma tun, ist ja sonst auch ein gutes Kind, immer fleißig und willig, so richtig gut erzogen. — So kommt diese zu einer neuen Aufgabe, und zugleich viel an die stärkende Luft.

Der vierjährige Peter wartet schon immer ungeduldig auf seine neue Freundin, und das blasse, nervöse Kerlchen sieht tausendmal um die Ecke, ob Imma denn noch immer nicht mit all ihren Pflichten fertig ist. Endlich können sie mit Eimer und Spaten losziehen, und schon bald bräunen sich die beiden Blassgesichter. Es gibt in der Nähe einige geschützte Dünen, in denen man auch etwas graben kann und das ist meist das Ziel der beiden. Sie sitzen dann geborgen und allein, und der altkluge Peter erzählt Imma dann Dinge, dass sie nicht aus dem Staunen herauskommt. Berge gibt es bei ihnen — natürlich, wie kann sie wohl so dumm fragen. Und auf dem Rhein ist er mit dem Dampfer gefahren; die Wellen hier sind aber doch höher. „Mit meinem Papa, gell? — das ist ein feiner Kerl, du!" In einem Zirkus war er auch. „Bist du bange vor Löwen, Imma? — ich nicht!"

Wenn er es irgend ermöglichen kann, steht Heinz Martens vor dem Buchladen, wenn Imma mit ihrem Schützling zurückkommt; er grüßt dann sehr tief, wobei sie beide ein wenig erröten. Er ist zwar lang und dünn, und etwas rothaarig, und ähnelt dem edlen Baron Otto in keiner Weise, aber da Herma auf ihren seltenen, sehr bunten Karten immer von ihren vielen Verehrern schreibt, muss sie doch eigentlich auch einen haben, findet Imma.

Als sie einmal für Frau Wegstetten „ein dickes Buch, aber nicht allzu schwer", von „Ihm" holen muss, geraten sie in ein großes Gespräch, und der lange Junge erklärt ihr, dass „Ich lasse Dich nicht" und „Das Geheimnis der alten Mamsell" keine Lektüre für jemand wie sie ist. Sie kann größere Ansprüche machen! Er wird ihr gleich morgen etwas Geeignetes aussuchen. Er bringt es ihr morgen Abend mit — sie darf doch gewiss ein bisschen zum Strand kommen?

„O nein — ich kann ja nicht, ich habe ja gar keine Zeit!" Sie sind beide ein bisschen verwirrt und wissen nicht recht wie sie sich benehmen sollen. „Vielleicht holen Sie es sich dann dieser Tage ab?" fragt er schließlich bittend. Sie geben sich beim Abschied die Hand, und Imma ist beim Hinausgehen überzeugt, dass sie ihn sehr liebt.

Ende August schlägt das Wetter um. Sturm und Regen jagen über die Insel, das Rauschen der aufgeregten See klingt beängstigend nah, und von den oberen Fenstern sieht man die weißen Schaumkämme. Aber nachdem die Badegäste in den ersten Tagen nicht Worte genug über diesen wunderbaren Sturm und den herrlichen Wellenschlag fanden, halten sie es doch für richtiger, abzureisen, als keine Änderung zum besseren eintritt.

Nach dem fieberhaften Leben der zahlreichen Abreisen wird es beängstigend still, in den leer gewordenen Häusern geht ein großes Aufräumen vor sich und alles irgend entbehrliche Personal wird schleunigst nach Haus geschickt. Die Saisongeschäfte beginnen abzubauen und alles steht im Zeichen des Aufbruchs.

Bei Geschwister Reiners ist Mamsell die erste, die sich verabschiedet. „Was wollt sie wohl verlobt sein!" Janna spricht noch rascher als sonst. „Männer! — die müsst man nicht kennen!" Tiefste Verachtung spricht aus ihren Worten. „Na, ist ja man gut, dass sie wiederkommt!" fügt Berta begütigend hinzu.

Auch Peterle und seine Mutter sind mit dem großen Schwarm davon geflattert. Der Kleine hat bitterlich gefleht: „Meine Imma! — meine Imma soll mit!" und hat sich nur dadurch beruhigen lassen, dass man ihm verspricht, dass sie später nachkommt. Frau Wegstetten schenkt Imma zum Abschied den rosa Strandschleier und eine weiße Strickjacke, die ihr selbst zu eng ist, sowie eine Tüte Bonbons: „Das Geld langt gerade noch für die Heimreise!" sagt sie lachend. Aber das hätte Imma doch nicht genommen.

Wenn alles vorbei ist, wollen die Schwestern eine schöne Reise machen, dann nehmen sie Imma mit an Land. Geeske und Truida machen gewaltig rein, Hilta ist schon an Land. Es gibt noch schrecklich viel zu tun, aber an schönen Abenden geht man jetzt doch wohl einmal an den Strand.

Eines Abends, als der Sommer zurückgekehrt scheint, bietet die Kurverwaltung den letzten Gästen zum Abschiedskonzert auch noch ein Feuerwerk am Strand. Das ganze Dorf läuft leer, denn jetzt haben auch die Einheimischen Zeit, und es ist ein Gewoge auf der Strandmauer, als ob es Hochsaison wäre. Imma wird von den Schwestern getrennt, und ehe sie es selbst recht weiß, geht sie neben Heinz Martens, der ihr die ganze Zeit verstohlen gefolgt ist. Sie sind ein wenig befangen, und es kommt erst recht in Fluss, als er sich erkundigt, ob sie den „Faust" — er hatte leider nur dies ganz zerlesene Exemplar, sein Eigentum — ja, ob sie den schon gelesen hat? „Gelesen noch nicht —", wie gut dass man nicht sehr sehen kann, wie rot sie geworden ist, denn sie hat bis tief in die Nacht darin geblättert. „Aber es scheint sehr schön zu sein —"

Es will heute kein tiefgründiges Gespräch zustande kommen. Heinz reist nämlich morgen ab, und eigentlich —

Endlich, als niemand in der Nähe ist, fasst er sich ein Herz, er umarmt Imma etwas hölzern, was sie auch herzklopfend geschehen lässt, und gibt ihr einen Kuss, der aber die beiden großen Kinder maßlos enttäuscht. — Das ist nun alles? — Und davon machen die Bücher nun solches Wesens — na! —

Die Schwestern haben Imma nach der gemeinsamen, schönen Dampferfahrt mit Grüßen für die Eltern und vielen guten Wünschen in den Zug gesteckt. Fräulein Berta gibt ihr sogar einen Kuss, sie kann immer wieder zu ihnen kommen: „Darfst nur nicht so viel träumen!" schleudert Janna noch in den schon rollenden Zug, der sie durch das abgeerntete, reiche Land Seefeld zuträgt.

Auf dem Bahnhof nehmen die stark gealterten Eltern, deren Aussehen Imma unbewusst erschüttert, ihr Kind in Empfang: „Was hast du dich herausgemacht!" sagen sie immer wieder, und freuen sich über ihr Kleines. Aber noch ehe sie daheim angelangt sind, hat Mutter schon alle Widerwärtigkeiten, die ihnen inzwischen begegnet sind, über

Imma ausgeschüttet. Als Vater die Haustür aufschließt, hört er seine Frau gerade sagen: „Ich weiß nicht, wie's noch werden soll." Und das bedrückte Gesicht des heimkehrenden Kindes ist ihm wie ein Stich ins Herz.

Dann aber vergessen sie beim Teetrinken in der gemütlichen Wohnküche über dem Glück, wieder beieinander zu sein, alle Sorgen. Mutter freut sich über den schönen, hellblauen Stoff, den die Damen ihr zum Abschied geschenkt haben: „Denn waren sie doch mit dir zufrieden. — Da solltest du dich man an halten!" Imma und Vater sitzen Hand in Hand wie ein Brautpaar auf dem alten Sofa und haben vor heimlichem Glück rote Backen bekommen. Kater Otto miaut auf der Fensterbank; hereingelassen, tut er zwar ein wenig fremd, leckt aber dann in freudigem Erkennen seiner geliebten Herrin Gesicht und Hände.

Ach, es ist nirgends besser als zu Hause!

*

Weiter, weiter stampfen die Räder, des D-Zuges Bremen-Köln, an dessen Fenstern die gesegnete Landschaft Westfalens in herrlichstem Maiengrün vorüber flieht.

Das mit entstellender Einfachheit gekleidete blasse Mädchen streicht die aus der straffen Frisur hervordrängenden Löckchen immer wieder unter den hässlichen großen Hut zurück, den es nicht abzusetzen wagt, und starrt ein wenig abwesend und in unbewusster Enttäuschung auf die sanft geschwungenen Linien des Teutoburger Waldes, der sich lange den Blicken zeigt. — Das sollen nun Berge sein?! — höher sind die nicht?! — Sie hat immer gemeint, die wüchsen ganz gewaltig aus der Landschaft, himmelhoch, aber dies — der Außendeich ist ja beinahe ebenso hoch. — Und überhaupt —

Die dicke Dame neben ihr hat den Koffer geöffnet und schneidet jetzt zu Immas Entsetzen große Scheiben von einem Brotlaib, wozu sie dicke Wurstscheiben verzehrt, leise schnaufend und mit so viel Genuss, dass auch die andern Insassen des Frauenabteils nach ihrem Frühstücksbrot greifen. Das sind: eine katholische Schwester, ein altes Mütterchen und zwei ältere Damen, die sie an Fräulein Reiners erinnern, und die so streng auf sie sehen, dass sie gar nicht wagt, nach ihrem alten Koffer zu greifen. Die dicke Dame bietet ihr von ihrem reichlichen Vorrat an, was sie aber dankend ablehnt, — erstens mag sie das auf so fremde Art zurechtgemachte Brot nicht und dann hat Mutter ihr eingeprägt, niemals etwas von Fremden anzunehmen.

Sonst hat Frau Onken ihrem Kind keine guten Lehren auf den Weg in die Fremde mitgegeben, denn es kommt ihr gar nicht in den Sinn, dass dieses sich dort nicht bewähren und sich nicht zurechtfinden sollte, obwohl sie es sehr ungern reisen ließ. Aber was war wohl mit dem Mädchen anzufangen, seitdem der Brief von dieser Frau Doktor Wegstetten kam. Ob Imma nicht, wie sie es Perterle doch versprochen hat, zu ihr kommen will? Der Kleine hat solche Sehnsucht. Und sie braucht ein nettes, zuverlässiges Mädchen, dem sie auch einmal etwas anvertrauen kann, da sie viel fort ist. Sie will gerne ein hübsches Taschengeld zahlen, ganz nach Leistung. Außerdem gewährt sie Familienanschluss, und dann ist auch Gelegenheit, um Büroarbeiten zu erlernen. Sie soll nur bald kommen, das Reisegeld schickt sie. — Nachschrift: Peterle freut sich schon zu seiner Herzens-Imma. Liebevoller Behandlung kann sie gewiss sein!

Imma geht wie auf Wolken und ist von solcher Unbeirrbarkeit, dass die Eltern schließlich nachgeben, trotz mancher Bedenken, die sich nicht abweisen lassen. Fräulein Reiners können ihnen auf ihre Erkundigungen nur sagen, dass die Dame einige Sommer bei ihnen wohnte und anscheinend in guten Verhältnissen lebt. Doktor Wegstetten ist Rechtsanwalt und hat Verwandte hier an der Küste, was immerhin eine kleine Beruhigung ist. Und man kann doch dem Kind den Weg in eine bessere Zukunft, als sie ihm bieten können, nicht versperren. Peterles Mutter ist von der Zusage sehr beglückt. „Komisch!" sagt Mutter: „Und du kannst doch nichts Rechtes! — aber wie kriegen die Menschen das wohl so schön zu Papier!"

Ja, das ist wahr, die Worte sind sehr schön; es heißt von Kind im Haus und Sorge für weiteres Fortkommen. Aber es ist nichts Tatsächliches, es wird auch nicht gesagt, was Imma verdienen und wie lange sie bleiben soll, Dinge, die man nüchtern beim Namen nennt. Doch selbst Mutter meint: „Solche Leute? — denen kann man doch nicht damit lästig fallen und die werden sich ja auch nicht lumpen lassen!"

Weiter, weiter rollt der Zug, die rote Erde schimmert durch das Grün, sie kommen durch laute Städte und an Hochöfen vorbei, aus denen blasse Flammen gegen den dunstigen Himmel züngeln. Staub und Ruß lagert wie eine Wolke über diesem Land, das immer neue Menschen in den Zug zaubert, die eilig und wesenlos über die Bahnsteige huschen, Schatten, die kommen und gehen, und das Gefühl völliger Verwirrung in Imma verstärken. Der große Bahnhof von Köln tut sich vor ihr auf, und als der Zug wieder rollt, entdeckt sie zu ihrem namenlosen Entsetzen, dass sie nicht, wie auf ihrem Reiseplan angegeben, auf der rechten, sondern auf der linken Rheinseite fährt. Sie sieht vor lauter Angst nichts von der Schönheit des Flusses, von dem Herr Behrens der Klasse so gern erzählte, er ist für sie im Augenblick nichts als ein Wasser mit Schiffen darauf, nur dass dieses anstatt von Deichen durch Berge begrenzt wird, zu denen sie gar kein Verhältnis findet. Erst als freundliche Mitreisende der Kleinen, deren Unerfahrenheit geradezu ins Auge springt, obwohl Mutter ihr Menschenmöglichstes tat, um sie unscheinbar herzurichten, klarmachen, dass sie ihr Ziel genauso gut und zur selben Zeit erreichen wird, beruhigt sie sich etwas.

Ist sie eingeschlafen? Sie stöhnt so heftig, dass die Damen gegenüber sie ängstlich betrachten — die wird doch nicht krank werden?

Wie verantwortungslos, ein solch junges Kind allein in die Fremde zu schicken! — Mit weit aufgerissenen Augen starrt Imma um sich — war sie nicht noch soeben auf dem Kriegerball, auf den sie sich solange freute? Gerade ist ihr blaues Kleid fertig geworden, und sie schmückt sich mit all der Hingabe, wie es jedes junge Mädchen bei solcher Gelegenheit tut. Mutter geht natürlich nicht mit, und Vater auch nicht, aber sie kann sich den Damen von gegenüber anschließen, die Nachbarinnen wollen sie wohl beschützen. Frau Becker wohnt wieder in Wilhelmshaven, solch kleines Nest wie Seefeld ist doch nichts für Großstädter! — Sie hat jetzt Kostgänger, und Herma erlernt die Buchführung.

Germania ist abgetreten, die Reden sind gehalten, und endlich spielt die Musik zum Tanz auf; wie elektrisiert springen die jungen Menschen auf, die Mädchen kichern noch lauter als sonst und setzen sich im Kranz um die Tanzfläche. Bald sind alle Stühle in Immas Nähe leer — holt sie denn keiner? So ist es auch beim zweiten Tanz, und bleibt es bei jedem weiteren, obwohl sie heute zu dem garstigsten Tänzer freundlich gewesen wäre. — Jede tanzt wenigstens hin und wieder, nur sie allein wird von keinem geholt. — Ist sie hässlich? — oder zu schlecht gekleidet? — O nein! — Nur wissen die jungen Leute mit dem besten Willen nichts mit der stillen Kleinen anzufangen, und bei Onkens, nicht wahr? — Das weiß ja jeder, wie schlecht es dort steht. Und dann noch dieser Hochmut, als ob es was Besonderes ist. —

All ihre Schulkolleginnen tanzen an ihr vorbei, die jungen Mädchen aus der Nähstunde, und sind fröhlich und ausgelassen, es ist bitter, das anzusehen. Als dann auch noch Betti Meier triumphierend lachend mit einem brutal aussehenden Menschen heran geschwoft kommt und sie mit Absicht fast vom Stuhl wirft, geht sie still und von keinem vermisst vom Saal, auf ihrem Heimweg von würgendem Schluchzen geschüttelt. Es wächst ein verzehrender Hass auf Seefeld in ihr — oh, könnte sie sich einmal rächen, ihnen zeigen, dass sie die Menschen dort nicht braucht, etwas lernen, wie Herma, weiterkommen!

Aus der Bedrückung ihres jungen Lebens rettet sie sich so oft es geht in die Zeitschriften die Beckers ihr in dicken Bündeln hinterließen, und die ihr ein anderes Leben schildern. —

Das Leben, in das sie jetzt hineinfährt. —

Benommen, noch ein wenig betäubt von der weiten Reise und der Fahrt durch die vielen Tunnel steht sie auf dem Bahnsteig, über den dunkle Bäume rauschen, den alten Koffer fest in der Hand. Die elegante Dame, gefolgt von einem Mädchen mit weißer Schürze und Mützchen, die mehrmals an ihr vorbeigeht, sieht sich suchend um, nun steht sie vor Imma: „Aber, liebes Kind, ich hab' Sie wirklich nicht erkannt!" Mit der Stielbrille mustert sie den müden Ankömmling: „Ich bin heute Abend ausgebeten, Kati hier zeigt Ihnen alles. Sie sorgen dafür, dass das Fräulein noch etwas, zu essen bekommt, nicht wahr? — dann auf Wiedersehen bis morgen!" Schon ist sie davon gerauscht.

Deutlich steht auf dem Gesicht der derben Kati Geringschätzung, als sie den leichten Koffer ergreift. Sie geht ihr schweigend und mit mürrischem Gesicht voran durch eine ansteigende Straße und holprige Gassen, bis sie vor einem stattlichen Haus haltmachen: „Na, da sein wir!" Es liegt dunkel, nur das Treppenhaus ist erleuchtet. Imma wird bei ihrem Eintritt unbewusst an das Hartmannshaus erinnert, nur dass es dort so — sie kann nicht recht sagen wie, war. Einsam sitzt sie dann in dem großen, reich möblierten Esszimmer, das aber irgendwie kahl wirkt, und stürzt den lieblosen Kaffee hinunter, den ihr Kati vorsetzt; die fremd zurechtgemachten Brote widerstehen ihr. „Ich danke!" wagt sie schließlich zu sagen. „Kann ich schlafen gehen?"

„Meinetwegen!" Kati, die noch ihren Soldaten treffen will, führt die neue Hausgenossin in mürrischem Schweigen über teppichbelegte Treppen in ihr Zimmer: „Na, denn machens gut! — und die Bettwäsche liegt drüben!" Sie zeigt auf einen Stuhl; dann fällt die Tür hinter ihr zu.

Nun muss sie erst ihr Bett überziehen! — Wie merkwürdig, denkt Imma im Unterbewusstsein, bei Fräulein Reiners war das immer fertig, wenn neues Personal kam, und die zeigten jedem selbst, wo er blieb. Sie taumelt vor Müdigkeit und wäre fast über das große Brandloch in dem guten, neuen Vorleger gefallen, als sie endlich ins Bett sinkt. Es ist weich und gut, viel schöner als das zu Hause denkt sie vag, und sucht nach dem Taschentuch, denn die Hand, die sie an dem zerbrochenen Waschkrug verletzte, blutet heftig, und das zerschlissene Handtuch wagt sie nicht dafür zu nehmen.

Dann kommt der Schlaf, und durch die Träume dieser ersten Nacht im fremden Haus, von denen es heißt, dass sie in Erfüllung gehen, reiten die rotbefrackten Jäger, die in einem staubigen Rahmen windschief über ihrem Bett hängen und sie fährt im rollenden Zug — fährt — immerzu. —

„Bist du Imma?" sagt es da neben ihr, und sie blinzelt in das Licht, das sich durch das schief hängende Holzrollo drängt. „Peterle!" sagt sie erwachend und streicht die wirren Locken aus dem Gesicht. „Du siehst ja so anders aus!" Er zupft an ihrer weißen Nachtjacke: „Kommst du mit? Wir wollen frühstücken!"

Sie schämt sich ganz entsetzlich — so hat sie sich verschlafen, und das gleich am ersten Morgen! — Wenn Mutter das wüsste! — Mutter! — Wie eine Vision sieht sie die

Eltern beim vormittäglichen Teetrinken: „Ich komme sofort!" sagt sie hastig. „Wart nur eben draußen!" — was er ungern tut, denn weshalb soll er nicht hier bleiben?

„Hast du mir auch was mitgebracht?" fragt er, als sie nach hastigem Ankleiden mit ihm Hand in Hand nach unten geht. Mitgebracht! — daran hat sie gar nicht gedacht „Du kriegst mein Muschelkästchen, nicht?" Das ist zwar ihr Heiligtum, aber was soll sie machen?

Doktor Wegstetten will gerade ins Büro gehen, ein wenig verschlafen und übellaunig. Er begrüßt die neue Hausgenossin ein wenig obenhin, nimmt aber doch mit unbewusstem Wohlwollen ihre solide Erscheinung in sich auf, die sich vorteilhaft von dem Äußeren mancher früheren Betreuerinnen seines Kleinen unterscheidet. Hoffentlich ist es diesmal für die Dauer!

Frau Doktor kommt soeben im Schlafrock ins Zimmer. Auch sie mustert Imma — nun, ein wenig steif, aber doch ganz nett — der helle Morgenrock mit der Achselschürze. Sie bekam ja gestern einen Schrecken, als sie das unmögliche Kind sah! — Beim Kaffee macht sie den Neuling mit seinen Pflichten bekannt, ein wenig obenhin — ach, es ist ja gar nicht der Mühe wert, was sie zu tun hat. Mit Peterle spielen, ein wenig Staub putzen, Kati ein wenig zur Hand gehen, Kleinigkeiten nähen, wie gesagt, eigentlich Spielereien. Und wenn sie fertig ist, kann sie abräumen; drüben liegt ein Kleid, es ist ein bisschen daran zu nähen, sie macht das wohl eben in Ordnung, sie möchte es nachher anziehen. Peterle kann schön bei ihr im Zimmer spielen aber gut aufachten! — Sie schiebt die Tasse zurück, was das Zeichen für den Aufbruch ist, und Imma, die vor Befangenheit erst einige Happen heruntergewürgt hat, springt auf, um an ihre Arbeit zu kommen.

Mit heißen Backen sitzt sie an der bunten Seidenbluse, es ist keineswegs nur ein bisschen, sondern sogar sehr viel daran zu tun, und Frau Doktor will gleich fort, sie ruft gerade aus dem Nebenzimmer. Peterle zupft und zerrt und will durchaus mit ihr spielen, er weint ungeduldig, was ihr ein verweisendes: „Aber Fräulein! — das darf doch nicht vorkommen!" einträgt, und vor lauter Angst vergisst sie ihren knurrenden Magen.

So vergehen die Tage, in denen das Neue übertönt wird von einem merkwürdigen Gefühl, dem sie keinen Namen zu geben vermag.

Zumeist bedrückt sie das große Haus, in dem jede Harmonie fehlt, was ihr aber nicht recht klar wird. Jeder nimmt sie in Anspruch, soviel er nur kann — Peterle, der am liebsten Tag und Nacht mit seiner Imma zusammen wäre, Frau Doktor, die immer neue Kleinigkeiten für ihre geschickten Hände zu tun findet, Kati, die bald heraus hat, dass sie hier einen geduldigen Packesel fand, dem man nach Belieben aufbürden kann. —

Nur Herr Doktor, der immer freundlich zu ihr ist, verlangt nichts von ihr, von Büroarbeiten ist überhaupt noch kein Wort gefallen. — Sollte Frau Doktor das nur so gesagt haben? Imma wagt gar nicht recht, darüber nachzudenken. Sie weiß schon, dass die manchmal so etwas daherredet, wenn es ihr so passt. Es ist auch oft Streit zwischen den Eheleuten, was sehr peinlich ist, wenn man es anhören muss. Als Herr Doktor neulich Imma nachts an Peterles Bett eingeschlafen fand, der den ganzen Tag nicht recht wohl war, wurde er sehr zornig und sagte, hierher gehört die Mutter. „Wofür hab' ich Fremde? — du hast auch immer was!"

Seitdem stehen Peterles Bett und Waschtisch in Immas doch viel zu großem Zimmer, und ihr stetes Zusammensein ist für die beiden sich selbst überlassenen ein rechter Trost. Es ist sonst ein lebhaftes, eigenwilliges und dabei sehr zartes Kind, das seiner Pflegerin tüchtig zu schaffen macht. „Das geht aber nicht, Peterle, das durfte ich auch nicht!" sagt sie wohl. „Ja — aber du bist auch nicht ich!" Der altkluge Kleine sieht sie ernst an, und ihr kommt eine Ahnung, welche Kunst das Erziehen ist.

Briefe kommen und gehen von daheim, die sie wohl liest, doch dringen sie nicht eigentlich zu ihr durch, so stark ist das Neue. Da sind die winkligen Straßen, deren Giebel sich fast berühren, der gewaltige, ragende Dom, das rauschende Wehr im Fluss — ach, und die fremden Menschen! Beständiger ist das Wetter hier, scharf umrissen liegen die Berge den Fluss entlang, an dem sie mit einem seltsamen Gefühl des Fremdseins mit Peterle spaziert, und so undenkbar weit ist die Heimat.

Sehnt sie sich nach ihr? — Sie kann es selbst nicht sagen. Aber Mutter kommt ihr oft jäh in den Sinn, wenn das Ehepaar in Peterles Gegenwart mit heftigen Worten seine Meinungsverschiedenheiten austrägt; ist sie selbst doch noch vor kurzem mit einem: „Das ist nichts für Kinderohren!" hinaus geschickt worden, wenn die Eltern etwas zu besprechen hatten. Und sie ist doch auch dabei!

Einmal kommt sie hinzu, wie anscheinend gerade von ihr die Rede ist: „Machst du dir auch klar, dass du damit eine Verantwortung übernommen hast?" Peterles Vater zeigt mit den Augen auf Imma. „Pah! — lächerlich! — wieso denn? — Du mit deiner Schwerfälligkeit!" Die Frau geht zornig aus der einen, der Mann aus der anderen Tür.

Imma ist mit ihrer Näharbeit allein. In der Fremde. —

Die Wochen gehen hin, und wenn Imma morgens im Esszimmer die geschnitzten Möbel abstaubt, denkt sie wohl flüchtig: wenn du das nun dein Leben lang jeden Morgen machen müsstest! — wie schrecklich! Sonst bleibt ihr nicht viel Zeit zum Denken, und zum Lesen schon gar nicht.

Schon färbt sich das Laub der schön gewachsenen, hohen Bäume dunkler, und bei Tisch spricht Frau Doktor viel von Reisen, und wohin sie in diesem Sommer wohl möchte.

Die Namen berühmter Badeorte schwirren nur so über den Tisch, was Peterles Vater sich meist mit spöttischem Lächeln anhört. „Und der Kleine?" wirft er einmal hin. „Die Seeluft hat ihm im letzten Jahr so gut getan!" — Imma horcht sehnsüchtig — werden sie hinfahren? Aber: „Bin ich sein Kindermädchen? — der ist hier gut aufgehoben, dem schadet das Reisen nur!" „Also!!" — die Serviette fliegt auf den Tisch, und mit lautem Knall fällt die Tür hinter dem Hausherrn ins Schloss, dass eine Vase auf dem mit Sprüchen verzierten Büfett ins Wanken gerät und Peterle auf die Schulter fällt; das Wasser fließt den Kragen seiner Matrosenbluse.

„Aber Fräulein! — so achten Sie doch auch auf! — Wofür hab' ich Sie denn?"

Während Imma mit dem weinenden Kleinen zum Umziehen hinausgeht, füllt die junge Frau sich nochmals auf und isst mit Genuss fertig. „Lächerlich!" murmelt sie dazwischen, „einfach lächerlich!" Dann schellt sie Kati, mit der sie ein großes Gespräch hat, in das die beiden noch verwickelt sind, als Imma mit dem Kleinen zurückkommt. „Dann müsst ihr rascher machen, länger können wir das Essen nicht verwahren!" „Dass mer nimmer fertig werd, gell?" setzt Kati böse hinzu. Das weinende Kind bekommt Schokolade zugesteckt und Imma muss sich mit ihrem knurrenden Magen abfinden.

Eines Morgens liegt neben einem Brief von Mutter ein zweiter, den sie hin und her wendet, ohne den Absender erraten zu können. Von wem der nur sein kann? — Herma? — nein, die hat ihr neulich stolz mit der Maschine geschrieben, dass sie jetzt einen „Freund" hat, Ferdinand heißt er; sie soll mal denken, er ist Zahlmeisteraspirant, so einer mit sieben Knöpfen am Rock — herrlich, nicht? Ach, was wäre doch das Leben ohne Liebe! — Nein, nein, und so flott schreibt die auch nicht.

Peterle drängt, und Frau Doktor ruft, die Briefe gleiten rasch in die Rocktasche, wo sie unerträglich brennen, bis ein ruhiger Augenblick kommt, in dem sie rasch ihr Zimmer in Ordnung bringt. — Vorsichtig, mit der Stickschere öffnet sie den geheimnisvollen Brief — nein, kann man es glauben?! — Heinz Martens?!

Sie haben im Laufe des Winters hin und wieder eine bunte Ansichtskarte getauscht, wie so junge Leute das zu machen pflegen. Er ist jetzt wieder in seiner alten Stellung, wie letztes Jahr, und auch sie hat eigentlich wieder zu Fräulein Reiners kommen sollen, aber das Verlangen nach der Ferne hat alles übertönt. — Ach, es ist aber nicht zu glauben, er hat sich ihre Adresse durchs das Einwohnermeldeamt besorgt! Und sie soll wiederschreiben, wie es ihr geht; ihr lieber Anblick fehlt ihm so, es ist in diesem Jahr gar nicht so schön auf der Insel.

Imma ist wie im siebenten Himmel — so hat sie auch einen richtigen Verehrer, gerade wie Herma? — Beim Staubwischen kann sie nicht unterlassen, in dem Chamisso zu blättern, der in blassrotem Samteinband auf dem Ziertischchen im Salon liegt: „Ich kann es nicht fassen, nicht glauben, es hat ein Traum mich berückt —." Genauso ist es, und sie kann die Zeit nicht erwarten, dass sie ihm antwortet. Es vergehen aber einige Abende darüber, ehe es dazu kommt, denn Peterles wegen darf abends bei ihr kein Licht brennen, und unten im Esszimmer, wo sie sonst sitzt, ging es auch nicht, denn es war Besuch, und es gab auch für sie zu tun.

Endlich findet sie eines Abends Zeit und Ruhe dazu. Sie sitzt unter dem großen, schmiedeeisernen Kronleuchter, das Gas summt, durch das offene Fenster kommen die Geräusche des Sommerabends, ein Nachtfalter stößt ruhelos durch den hohen Raum, und ganz fern singen junge Menschen. —

Mit geschlossenen Augen, den Kopf in die Hände gestützt, versucht sie, sich den fernen Heinz Martens vorzustellen, aber es will ihr nicht gelingen. Immer wieder weicht sein Bild zurück, und dann ist es Otto von Schwanenkroon, an den sie so lange nicht gedacht hat. — Sie seufzt tief, und dann schreibt sie aus der uneingestandenen Not ihres jungen Herzens ihren ersten Liebesbrief, sehr ordentlich, Herr Behrens hätte sicher seine Freude daran. Sie hat sich ja so zu seinem Brief gefreut, und er muss bald, bald wieder schreiben. Dazwischen steht noch etwas, wie es ihr hier so gut geht, und „ich war so glücklich von Dir zu hören". — Darf man so etwas nun wohl schreiben? — Eigentlich müsste sie es durchstreichen, aber dann bleibt es doch stehen, und es ist ein so rechter, dummer Mädchenbrief. Beim Schluss sieht sie erst nach, was er geschrieben hat: Dein Heinz? — Dann kann sie doch auch „Deine Imma" schreiben?

Als sie fertig ist, fühlt sie sich merklich erleichtert. Aber da liegt noch Mutters Brief, der, wie alle, die Imma von ihr bekommt, mit: „Wir hatten ja solchen Ärger —" beginnt. — Und Martin ist dagewesen. — Und Vater ging es nicht gut —." Man kann ihn immer nur einmal lesen.

Imma hat noch eine schöne, bunte Karte, die wird sie nehmen: „Es geht mir soweit gut. — Ich bin immer sehr müde. — Schreibt bald wieder. — Gute Besserung für Vater. — Es küsst Euch Eure Imma." Ob sie auch noch wohl was von Fronleichnam erzählt? Aber lieber nicht, dass wäre sicher nicht nach Mutters Sinn, die hätte ihr bestimmt verboten, den Zug anzusehen. — Und es war doch so schön! — Sie sieht wieder die farbige Pracht des Zuges, doppelt prunkvoll in der alten Bischofsstadt, sieht Blumen zu kunstvollen Mustern gelegt, über welche die Priester schreiten, sieht die Menge im wogenden Auf und Ab knien, fühlt sich selbst hingerissen, mit zu tun — nein, das ist nichts für Mutter!

Wenige Tage später wischt Imma frühmorgens im Vestibül Staub, als es draußen heftig an der Klinke rumort. Wer kann das schon sein? Während sie zur Tür eilt und alle rasch überprüft, die in Frage kommen, wird diese schon geöffnet. — Herr Doktor! — Wie sieht er nur aus? Das Haar hängt ihm in Strähnen über das verstörte Gesicht, der Mantel ist unordentlich geschlossen, der Hut fehlt. — Ohne ihren Gruß zu erwidern, geht er nach oben, sie sieht noch, wie er sich schwer aufs Treppengeländer stützt. — Komisch! — Herr Doktor wollte doch erst übermorgen von seiner Berufsreise zurückkommen?

Ihre morgendlichen Pflichten nehmen sie so in Anspruch, dass sie den Vorfall bald vergisst. Kati hat wieder einmal alles vernachlässigt: es ist kein Kaffee im Haus, die Milch für Peterle ist noch nicht da, und so eilt sie ganz gehetzt verspätet zu dem Kleinen.

Aber, um Gott — haben Doktors denn schon wieder Streit? Bebend hört sie die sich überschlagende Stimme der Frau: „Also, jetzt ist es aber genug! — ich gehe!" Und die höhnende des Mannes: „Wie du willst, meine Liebe! — Ich denke, wir beiden haben uns nicht viel vorzuwerfen! — Aber vergiss nicht, das Kind gehört auf jeden Fall mir!" Imma versteht das Letzte nicht mehr. Wie gejagt, hastet sie zu Peterle, der aufrecht im Bett sitzt und ihr nachdenklich entgegensieht: „Warum dürfen große Leute laut sein, wenn andere schlafen, und Kinder nicht? — Ich will zu meinem Vater!" Er steht schon an der Tür und will durchaus hin. Imma muss mit viel Liebkosungen und guten Worten den Kleinen beschwichtigen.

„Vater ist schon unten!" sagt sie, als sie an der Schlafzimmertür vorbeikommen, hinter der jetzt Ruhe herrscht. Aber im Esszimmer ist nichts als ein düster drohendes Schweigen, das die strahlende Morgensonne nicht zu vertreiben vermag. Doch kaum hat Peterle mit Ach und Krach seine Milch geschluckt, als seine Mutter, vollständig zum Ausgehen angekleidet, ins Zimmer rauscht: „Also, Fräulein, jetzt ziehen Sie mal rasch dem Kleinen sein Mäntelchen an. Ich nehme ihn mit!"

Imma ist so benommen, dass sie tut, wie ihr geheißen, und ehe sie recht begreift, was eigentlich vor sich geht, ist Frau Doktor schon mit einem kühlen: „Machen Sie es gut!" aus der Tür, den Kleinen an der Hand. Kati, die mit einem schweren Koffer folgt, macht ganz gegen ihre Gewohnheit die schwere Haustür vorsichtig zu; Imma sieht die drei noch gerade um die nächste Ecke biegen.

Sie reißt sich aus ihrer Erstarrung und tut mechanisch ihre Pflicht. Aber was nun, muss sie immer denken — was wird jetzt aus ihr?

Ihr Denken ist wie gelähmt. Da Kati sich viel Zeit mit dem Zurückkommen lässt, macht sie schlecht und recht ein Mittagessen fertig. Doch auch der Hausherr erscheint nicht zu Tisch; Imma wagt kaum zu essen, und näht und stopft den ganzen Nachmittag mit verbissenem Eifer. — Erst um die Zeit, wo Peterle sonst schlafen geht, hört sie Doktor Wegstetten nach oben gehen, deutlich schallt es zu ihr, wie er alles durchsucht, Türen knallen, dann ist er bei ihr: „Wo ist der Kleine!" herrscht er sie an. „Frau Doktor hat ihn mitgenommen, als sie heute Morgen fortging!" hört sie sich klein und angstvoll sagen.

Da wird der Mann vor ihr so dunkelrot und gleich darauf so erschreckend blass, dass Imma aus Mitgefühl und aus der eigenen Herzensunruhe heraus plötzlich weinen muss; die Tränen laufen ihr schmerzhaft übers Gesicht, ohne dass ein Schluchzen laut wird. Der Mann merkt es wohl auch kaum; er stöhnt nur immer: „Das Kind! — das Kind!" und hängt wie ein Schwerkranker in dem tiefen Sessel. Endlich kommt ihm wohl zu Bewusstsein, dass Imma noch immer vor ihm steht und ihn in tiefem Mitleid ansieht.

„Ja! — ja! —" sagt er: „So ist das. — Gehen Sie schlafen, Kind. — Aber heiraten Sie nie!"

Es folgen leere Tage, in denen Imma sich sehr überflüssig fühlt. Kati wird immer schluriger und lässt sich von ihr nichts sagen, bis eines Tages eine ältere Dame kommt, eine Verwandte des Hausherrn, die sehr energisch Ordnung schafft. Zunächst muss Kati gehen, und eines Morgens ruft Herr Doktor Imma zu sich und stellt ihr freundlich vor, dass sie am besten wieder in ihre Heimat geht; Peterle — nun ja, also, nun das Kind nicht da ist, hat sie doch keine ausreichenden Pflichten. Das Reisegeld wird er ihr natürlich geben.

Sie ist so entsetzt, dass sie zunächst nicht einmal antworten kann. Nach Haus! — nein, das geht nicht, das ist einfach unmöglich. So stolz ist sie in die Fremde gezogen und soll nun so zurückkommen? — Und die Seefelder? — was sollen die bloß sagen? — Ach, kleine Imma, die verschwenden nicht einen Gedanken an solch unbedeutendes Geschöpf wie du bist, so wichtig nehmen sie dich wirklich nicht.

Aber da sie in dem unseligen Wahn befangen ist, dass sie das wohl tun, stößt sie ein hastiges „Nein!" hervor. „Nein! Ich möchte mir lieber hier etwas suchen!" Bislang hat sie noch gar nicht daran gedacht, aber nun muss es sein.

„Weshalb denn nicht? — Sie sind doch noch so jung!" Der Rechtsanwalt sieht sie prüfend an, sie macht doch sonst einen ganz harmlosen Eindruck? — „Nein!" sagt Imma nur: „Nein!" Sie kann einfach nicht. Daran, dass sie kein Geld hat, denn Frau Doktor hat ihr nur gelegentlich einige Mark zugesteckt, denkt sie im Augenblick nicht.

„Wie Sie wollen! — Auf einige Tage kommt es mir natürlich nicht an!" Der vielbeschäftigte Mann hat wohl andere Sorgen als die um ein weltunerfahrenes junges Ding, für das er sich zudem nicht verantwortlich fühlen kann. Der

Verwandten geht es nicht besser, was geht sie das fremde, junge Ding an, sie ist froh, wenn sie erst aus dem Haus ist.

Es ist kein Mensch, dem sie sich in diesen von dumpfer Angst und Sorge erfüllten Tagen anvertrauen, keiner, der ihr helfen kann und will. Ach, hier ist keine Heimat. — Jeder treibt sich an dem andern fremd und fern vorüber, und fraget nicht nach seinem Schmerz. —

*

Und so sucht Imma Stellung, was schwieriger ist, als sie dachte, denn sie kann ja noch nichts leisten, will aber Geld verdienen, und dann noch Familienanschluss. Die Pein, ungegönntes Brot zu essen, im Nacken, schreibt sie Briefe, ja, sie wagt sogar eine Reise zur nahen Großstadt, um sich vorzustellen. Sie kommt in Häuser, bei denen sie schon an der Haustür kehrt macht, sie springt falsch aus der Straßenbahn und tut sich erheblich weh; kalte Blicke mustern das etwas ungeschickt frisierte und gekleidete junge Ding, und alle wollen sie nur ein junges Mädchen „schlicht um schlicht", das sehr viel leistet, und — man gewährt doch Familienanschluss? — nichts verdient.

Aber, als sie schon alle Hoffnungen aufgegeben hat, wollen freundliche Großeltern, die in einem wunderbaren Haus mit Marmortreppen wohnen, was Imma der Inbegriff aller Vornehmheit scheint, sie wohl für ihre Schwiegertochter haben; dass ihr unverdorbenes Gesicht es ihnen angetan hat, sagen sie natürlich nicht. — Die Kinder haben ein Weingut am Rhein, ein wenig Kochen wird verlangt und nach dem Rechten sehen, alles was so im Landhaushalt vorkommt, wie schön, dass sie vom Lande ist. „Nein" sagt Imma in ihrer Überehrlichkeit — „wir wohnen in der Stadt!" Soo — so — nun, man hat sich das so gedacht, gell? — Und sie bekommt zehn Mark Gehalt, was ihr sehr viel Geld dünkt, und kann am liebsten gleich antreten.

Imma kommt ganz berauscht vor Freude zurück — wie

herrlich! — ein Weingut am Rhein! — was die Eltern wohl sagen werden!

Die Eltern! — schwer fällt es ihr jetzt aufs Herz, dass sie diesen noch gar nichts von der großen Veränderung schrieb, nur so: Frau Doktor ist mit Peterle verreist. Es ist unbestimmt, wann sie zurückkommen. — Ja, was muss sie ihnen jetzt schreiben? — und sie hat kaum noch das nötige Reisegeld.

Das junge Kind ist in tausend Nöten, an den jetzt immer so finster blickenden Hausherrn wagt es sich nicht heran, obwohl er ihr sicher geholfen hätte. Zitternden Herzens erkundigt es sich, was wohl die Reise kosten wird, und — ja, das Geld reicht soeben, nur ein Pfennig fehlt ihr, das wird schon gehen, tröstet sie sich. — Als sie abends ihren Koffer packt, findet sie noch eine unfrankierte Postkarte, die sie den Eltern schickt: Das und das ist jetzt meine Adresse. Sorgen braucht Ihr Euch nicht machen. — Sie ist kaum in ihrer neuen Stellung, als schon ein Brief von den Eltern da ist, und eine Geldsendung, groß genug, um damit in die Heimat zu fahren: „Kind, was machst du nur! — Komme sofort zurück, wir ängstigen uns so!"

Aber sie schickt das Geld gleich wieder um, es ist alles in Ordnung, sie will jetzt aushalten, nun sie einmal hier ist.

Es war nämlich nicht so einfach, dahin zu kommen, denn man hat ihr die Fahrkarte nicht aushändigen wollen, weil das Geld doch nicht stimmte. Wer weiß, wie es ihr ergangen wäre, hätte nicht ein wildfremder und etwas unheimlich aussehender Mensch fünf Pfennig dazugelegt. Er setzte sich auch zu ihr ins Kupee, und es ist nur gut, dass die Reise nur kurz ist und sie auf der Station mit einem Wägelchen abgeholt wird; sie hatte solche Angst.

Darin sitzt sie jetzt glücklich und sieht mit großen Augen und in entsetzlicher Ernüchterung in eine völlig neue Umwelt, in der sie, losgelöst von allem, was sie noch an die

Heimat band, ihre Arbeit verrichten soll, von der sie noch nicht weiß, ob sie diese leisten kann. Nur auf sich gestellt, wird sie nun auf eigenen Federn treiben müssen. Das alles wird ihr erst jetzt klar, nun die Wirklichkeit unentrinnbar ist. — Vor ihnen ist ein gelbbrauner Weg, links ein Berghang, an den sich ein dunkles Dorf lehnt, bar jeder Farbe, und rechts sind einförmige Felder, die sie an die Kartoffeläcker daheim erinnern, nur dass hier Sträucher stehen, die an Stöcke gebunden sind. „Rebberge!" macht der Begleiter sie aufmerksam. Weinberge?!! — Es ist nicht zu sagen wie enttäuscht sie ist. Es ergeht ihr da wie dem Binnenländer, der von den haushohen Wellen der Nordsee träumt und dann das erste Mal bei Ebbe nur grauen Schlick sieht. Die Erwartungen sind so hochgespannt, dass die Wirklichkeit unbedingt enttäuschen muss.

Imma kann sich nicht helfen, alles kommt ihr so nüchtern und kahl vor, auch der Gutshof, dessen Gebäude ein Rechteck um einen leeren Hof bilden, auf den auch die Fenster der Küche gehen, in der sich ihr Tag zumeist abspielt. Eine völlig fremde Kost, mit deren Zubereitung sie mehr schlecht als recht fertig wird, ein paar Mädchen, die wie sie aus der Fremde kommen und sich von dem blutjungen Ding, das selbst noch nicht allzu viel versteht, nichts sagen lassen wollen, die schöne aber sehr gereizte und unmutige Hausfrau, die neben dem hübschen Baby schon ein anderes erwartet.

Das ist jetzt ihre Welt, und sie kommt kaum dazu, einen Blick in die Umgebung zu werfen, nur einmal sieht sie durch die Mauerlücke zufällig den Rhein. Sonst erscheint ihr alles graugelb. Nur Heinz Martens Briefe bringen etwas Farbe hinein, und sie spinnt um den blassen Jungen alle Träume ihres jungen Herzens. Mutter ist böse, dass sie nicht zurückkam, und so kann sie natürlich nicht nach Hause schreiben, dass sie eigentlich gar nicht gerne hier ist.

Aber das gesteht sie sich selbst auch nicht recht ein, nur, dass es in ihr so entsetzlich leer ist — kein Mensch, der sich um sie kümmert, kein Buch, das sie lesen kann, und so klammert ihr liebehungriges Herz sich immer fester an die Briefe. — Wie gut, dass die Hausfrau ihr gleich das Reisegeld wiedergab, sonst hätte sie gar kein Porto gehabt.

Ist es wirklich überall besser als in Seefeld? Imma wagt nicht darüber nachzudenken; aus uneingestandener Scham unterdrückt sie auch das brennende Heimweh, das oft aufsteigen will, und so geht sie ihrer Arbeit oft nach wie in einem bedrückenden Traum.

Den Hausherrn, der mit seinem blonden Krauskopf und dem von manchem guten Trunk geröteten runden Gesicht wie ein Schmalzengel aussieht, bekommt sie nur bei den Mahlzeiten zu sehen, wo er dem Wein fleißig zuspricht; der steht in einem irdenen Krug zu aller Verfügung und wird aus dem mächtig großen tiefen Keller geholt, der in den Berg hinein gehauen ist.

Dann sind auch noch die Inspektoren da; der Schwarze macht Imma schöne Augen, aber sie weiß, dass er es mit der Martha hält, und sie findet ihn gar nicht nett. Der Blonde, der sie noch nie richtig angesehen hat, ist ein Schwabe, der sich immer entsetzlich aufregen kann und nur von seiner Arbeit spricht. Ach, Imma ist mehr und mehr entzaubert; sie weiß längst, dass der Gutsherr deshalb gern sieht, wenn bei der Weinlese viel gesungen wird, weil dann die Leute nicht so viel Trauben essen. Sie sieht auch, wie zornig und verachtend die schöne Frau ihren Gatten oft ansieht, und denkt dann wohl: sie hat ihn nur des Geldes wegen genommen, und nun tut es ihr leid. — Fühlt die Frau sich beobachtet? Sie kann die Neue nicht gut leiden, obwohl sie jetzt gut mit der Arbeit zurechtkommt; sie duldet es auch nicht, dass sie sich mit Baby beschäftigt, was Imma doch so schrecklich gern möchte.

*

Es war doch gut, dass Herma, die nun schon längst eine Stellung am Kontor hat und furchtbar viel Geld verdient — sie schreibt achtzig Mark, aber das lügt sie bestimmt, denkt Imma, so viel Geld gibt es ja gar nicht —, ja, dass Herma ihr mitunter einen Stellenanzeiger schickt. So hat sie zum Glück schon etwas anderes gefunden, als die Hausfrau ihr wegen einer belanglosen Kleinigkeit kündigt.

Nun wird sie also zu dem Pastoren gehen, der viel weiter nördlich in der Nähe eines großen Waldes wohnt und drei Kinderchen hat, und wo sie ganz zur Familie gehören wird. Sie bekommt zwar vorläufig nur ein kleines Taschengeld, und das bisschen, was sie hier verdiente, wird meist für die Reise draufgehen. Aber darüber macht sie sich nicht allzu viel Gedanken — nur fort von hier, wo sie sich nie heimisch fühlen kann! — Älter und selbständiger, hätte sie sich vielleicht ganz gut zurechtgefunden und sich auch wohl einmal in die Umgebung gewagt.

Wie der Wald rauscht! Imma hört es nicht sehr gerne, besonders nachts ist es so unheimlich, findet sie. Die uralte Kirche und die Pastorei mit dem riesengroßen Garten liegen etwas abseits; man kommt wenig mit anderen Menschen in Berührung, und sonntags in der Kirche ist Imma meist so müde, dass sie wenig hört und sieht, gewöhnlich nickt sie leise ein.

Außer ihr ist noch ein kleines Dienstmädchen da, und so müssen die drei Frauen mit ihren unzulänglichen Kräften, denn auch Frau Pastor ist sehr zart und erwartet zudem ein Kindchen, über die Gebühr in dem großen, weitläufigen Haus und Garten arbeiten. Es gilt das viele Obst zu ernten und verwerten, die Kinder wollen gewartet werden, und das schmale Gehalt langt nicht, all die Menschen kräftig zu ernähren. Und wenn Herr Pastor, der für gewöhnlich ein wenig weltfern und versonnen in seinem Studierzimmer über alten Schriften brütet und an einem großen Buch schreibt, was Imma unsagbar imponiert, auch wohl lobend bei Tisch sagt: „Du erfindest doch auch immer neue Gerichte, liebe Amalie!" so sagt Immas knurrender Magen bei all den seltsamen Zusammenstellungen doch oft etwas ganz anderes.

Frau Pastor geht so einfach gekleidet, dass es gar nicht auffällt, wie abgetragen Immas nicht reichliche Garderobe bei kleinem wird. Sie muss hier auch selbst mit waschen, und das ist schwer. So trägt sie die ordentlichen Schürzen und die Waschkleider mit dreifachem Volant und kleinem Stehkragen wohl länger, als Mutter es ihr einschärfte, und dann sind sie doppelt schwer zu waschen. Sie könnte manchmal umfallen vor Müdigkeit! Zwei Kinder schlafen bei ihr im Zimmer; Hella ist so süß, man kann sie viel lieb haben, aber sie weint nachts so viel. Wenn sie abends zusammensitzen und Herr Pastor ihnen noch vorliest, kann sie oft gar nicht folgen, und die Augen fallen ihr über ihrer Stopferei zu.

Sie ist schon längere Wochen dort, als sie zum ersten Male in die nahe Kreisstadt kommt. Sie muss Besuch zur Bahn bringen, Herr Pastor wurde plötzlich geholt, und Frau Pastor, nicht wahr, in ihrem Zustand. Fräulein darf sich aber nicht aufhalten, dann ist sie vorm Dunkeln zurück, ein andermal länger!

Imma hat heimlich einige Briefe geschrieben, an die Eltern, die wahrscheinlich so warten, und an Heinz, diesen einzig lieben Jungen, ach, die Briefe müssen unbedingt mit, den letzteren darf ja niemand sehen!

So wird es doch ein wenig später. Als sie eben außerhalb der Stadt ist, schiebt sich eine dunkle Wolke über den Abendhimmel, so dass es plötzlich fast dunkel ist, und da fallen auch schon Regentropfen. Sie kämpft unter dem Regenschirm gegen den auflebenden harten Wind an, der durch ihren dünnen Mantel beißt. Nun muss sie bald an der

Wegbiegung sein. Sie klappt den Schirm zu; aber wie merkwürdig, es sieht alles so anders aus als vorhin. Das Haus war doch nicht da? — und drüben liegt der große Wald?

Sie ist ganz ratlos — wo ist sie nur? Hat sie sich verlaufen? Schüchtern tritt sie in das dunkle, unfreundliche Haus, in dem es auf ihre bescheidene Frage kurz heißt: „Die Waldpastorei? — da sind Sie hier nicht recht!" — Mit lahmen Füßen geht sie weiter, der Wind saust unheimlich und es tropft noch immer. Ist da drüben, gleich im Wald, nicht auch ein Haus?

Es ist ein Wirtshaus, zögernd nur wagt sie sich hinein und steht dann verschüchtert unter ziemlich wild aussehenden Männern, die gerade Karten auf den Tisch schlagen, dass es nur so klatscht. Die Waldpastorei? — Da muss das junge Frollein man hier durch den Wald gehen, immer gerade aus. Das ist so weit nicht, nur ne kleine Stunde, sie kommt von der verkehrten Seite. Ein Mann mit stechenden Augen und Hängeschnurrbart erbietet sich lachend, sie hin zu begleiten, worauf Imma ihn so entsetzt ansieht, dass er mit einem: „Dumme Gans!" die Karten wieder auf den Tisch schmettert. — Aber allein durch den Wald, der mit seinem dunklen Rauschen dem an klare Sicht gewöhnten Kind der Küste immer neues Entsetzen einflößt?

Sie hat schon die Klinke in der Hand, als vom Nebentisch zwei junge Männer aufstehen, die sie erst gar nicht gesehen hat — sie haben den gleichen Weg, das Fräulein kann gerne mit ihnen gehen.

Das Wasser tropft aus Immas dünnem Mäntelchen und der viel zu große Hut steht verweht um das müde Gesichtchen, die braunen Löckchen sind wieder einmal ganz wild. Sie streicht sie mit einem verlegenen: „Wenn das geht?" zurück und sieht die beiden schüchtern und dankbar dabei an, die sind doch furchtbar nett.

Es ist gut, dass Eltern nicht immer wissen, wie es ihren

Kindern in der Fremde ergehen kann; sie hätten wohl keine ruhige Stunde mehr. Was Onkens wohl sagen würden, wüssten sie, dass ihr unschuldiges Kind in jetzt völliger Dunkelheit mit zwei wildfremden jungen Leuten allein in einem großen Wald ist, in dem es nicht Weg noch Steg kennt? Es geht sich weich auf dem Waldboden, und es ist hier auch geschützt — leise tropft es noch von den fast entblätterten Laubbäumen und es orgelt in den dichten Kronen, über denen jetzt eine schmale Mondsichel hängt und hier und dort ein Stern aufblitzt. Imma hat jetzt gar keine Angst mehr, nein, sie fühlt sich so erlöst, dass sie ganz gegen ihre Gewohnheit lustig erzählt und lacht, und die jungen Leute, die anfangs schweigend, wie verstrickt in dunkle Wünsche neben ihr gingen, davon angesteckt werden. Es wird ein rechtes harmloses Jungeleutegespräch mit woher und wohin, es sind Handwerker, die hier in der Nähe arbeiten. Imma kommt gar nicht der Gedanke, dass etwas Böses sie bedrohen könnte, und ihr völliges Vertrauen entwaffnet die jungen Männer, deren Absichten ursprünglich nicht die besten gewesen sein mochten, so dass sie das Mädchen nicht anzurühren wagen.

Sie sind wohl eine Stunde gegangen, als der Wald sich lichtet — ja — das muss die Waldpastorei sein! Man ist dort ihretwegen schon in rechter Sorge; Tine, die kleine Magd, kommt gerade mit einer großen Laterne aus dem Haus, und Herr Pastor trägt ein großes Gewehr. Dem Herrn sei Dank, dass Fräulein Imma wohlbehalten wieder da ist! Man war ihretwegen sehr beunruhigt. Er dankt deshalb auch den jungen Leuten in wohlgesetzten Worten, dass sie das junge Mädchen sicher heimgeleiteten, worauf sie sich mit einem festen Händedruck verabschieden und eilig im Dunkel verschwinden.

„Das war doch ganz ordentlich von den jungen Leuten!" Immas Mutter faltet nachdenklich deren Brief zusammen:

„So allein in dem alten Wald!" — „Ja!" Vater zieht gerade mühsam die zweite Stiefelette an, er will gleich auf Tour, der Schuster hat den neuen Flicken auch so schlecht aufgesetzt. „Ja! — Aber was hätte passieren können?" Er wird ganz grau im Gesicht, und ihre Augen treffen sich —, sie denken beide an das furchtbare Verbrechen, das hier in der Nähe an einer Bekannten verübt wurde. Und dabei ist es hier sonst so sicher! „Das ist mir da zu einsam für das Kind!" Sie hilft Vater in den Rock: „Aber sie ist da sonst ja ganz gerne! — Man lange bleibt sie mir da nicht!"

*

Obwohl der Wind noch eisig geht, ist Imma ganz frühlingsmäßig zumute — Heinz Martens hat ihr geschrieben, dass er sie besuchen wird, ehe er zu seinem Onkel nach Amerika geht. Nach Amerika! —

Am liebsten ginge sie gleich mit, und ihre alte Sehnsucht nach dem fernen Land lebt aufs Neue auf. Vielleicht könnte sie Hartmanns einmal besuchen? Magda hat ihr vor längerer Zeit geantwortet, es war ein sehr langer, dicker Brief und kostete 75 Pfennig Strafporto, sie hatte zum Glück gerade so viel. Ach, was schreibt sie alles von dem bunten Leben dort! Imma kommt sich sehr dumm vor. Magda ist Ladymaid und verdient viel Geld; zum Heiraten kann sie sich immer noch nicht entschließen, wie denkt Imma darüber? Sie waren gerade in San Francisco, als das große Erdbeben war, sind aber alle gerettet. Vater und die Jungens sind sehr unruhig und können es nirgends recht aushalten. Mutter geht es soweit gut, sie schickt Imma einen Kuss.

Sie hat auch heimlich in dem großen Atlas nachgesehen, der im Studierzimmer auf dem Schreibtisch liegt, ob das sehr weit auseinander liegt. Hartmanns leben ganz im Süden, und Heinz will nach Kanada — das ist doch weit entfernt. Aber in Kanada gibt es wenig Städte und ist das Land noch wild und einsam. Sie sieht sich schon auf einsamer Farm nach dem wilden Jäger Ausschau halten, gleich wird er aus dem dichten Wald auftauchen — der Gedanke an den Wald ist ihr allerdings wenig behaglich — beladen mit wertvollen Pelztieren, ein kühner, tapferer Mann, und sie werden sehr, sehr glücklich sein. Sie hält tief aufseufzend mit dem Kartoffelschälen inne — da zischt die Milch, klein Hella weint und Frau Pastor ruft.

„Sie! — Frollein! — da is wen, der will Sie was?" raunt Tine ihr eines Morgens zu, als sie gerade beim Abwaschen ist, das Haar hängt ihr vor lauter Eifer wild ums Gesicht, die Schürze ist nicht ganz sauber, und das Kleid?

Imma zupft ein wenig hilflos an sich herum, trocknet rasch ihre Hände und geht in den dunklen Flur, in dem, etwas vorgeneigt, ein langer, dünner Mensch steht, der ein wenig kurzsichtig und zögernd auf sie zukommt. „Imma!" klingt es zögernd zu ihr, der mit wahrem Entsetzen: „Heinz Martens!" entfährt, denn der rothaarige Junge mit den treuherzigen Blauaugen hat gar zu wenig Ähnlichkeit mit dem kühnen Helden ihrer Träume. —

Sie stehen noch in größter Verlegenheit voreinander, als Frau Pastor auftaucht: „Besuch, Fräulein Imma? — Gehen Sie doch damit ins Wohnzimmer!"

In dem sehr einfach möblierten Raum, in dem es noch recht morgenkalt ist, hocken die zwei nun auf ihren Stuhlkanten. Ach, wie viel leichter ist es, sich in Briefen zu unterhalten als hier Aug' in Auge in fremder Umgebung und dem entzaubernden Licht einer kalten Februarsonne. — Heinz ist der Unbefangenere und entwickelt ihr in wohlgesetzten Worten seine Pläne, denen Imma, unbeschreiblich gehindert durch ihre so wenig passende Kleidung, grenzenlos ernüchtert lauscht. — Sein Onkel der sehr wohlhabend ist, lässt ihn kommen, um ihn kennen zu lernen, und er wird dort in der Stadt eine Stellung in seiner Branche bekommen. — In die Stadt? — denn könnte er ja auch hierbleiben, denkt sie, den Tränen nahe. „Ich hoffe dann in wenigen Jahren so weit zu sein, um in den Ehestand treten zu können!" sagt er gerade, und sieht das kleine, lockige Mädchen treuherzig aus den wie nackt wirkenden Blauaugen an, von denen er die Brille nahm.

„So?" sie schluckt ein wenig und sieht nach der anderen Seite hin, wo wie eine Vision ein ausgetretener, steiniger Weg vor ihr auftaucht, den nun auch sie gehen soll, ein Weg, ausgetreten von tausend Füßen, an dem keine Blume blüht, auf dem nur Steine liegen, sieht all die bittern und müden Gesichter der Frauen, mit denen sie in engster häuslicher Gemeinschaft lebt, hört Doktor Wegstetten sagen: „Heiraten Sie nie!"

Zu sehr haben die trüben Eindrücke ihr Denken beeinflusst, als dass sie ermessen könnte, wie ein so treuer und redlicher Mensch, wie dieser lange rothaarige Junge hier, ihr die Hände unter die Füße legen würde, dass sie den steinigen Weg nicht spürte. „Nein! — oh nein!" sie wehrt den ganz verdutzten Jungen ab, als er sie umfassen und küssen will: „Das geht doch nicht!" und schon öffnet sich auch die Tür, Herr Pastor fragt ganz erstaunt: „Nun? — eine brüderliche Liebe?"

„Ja — Nein" — Sie wissen beide nicht vor Verwirrung, wohin. Heinz stottert schließlich: „Ich — ich will nach Amerika!" worauf Herr Pastor ihn in ein eingehendes Gespräch über seine näheren Pläne verwickelt. Imma wird inzwischen von Frau Pastor abgerufen, die sehr ärgerlich ist, alle Arbeit bleibt liegen, unwirsch sagt sie: „Wer war denn das? — Ich will hoffen, kein Verehrer! — so etwas dulde ich nicht!" Imma stottert etwas von einem Vetter, der nach Amerika geht, und ob sie ihn wohl zur Bahn bringen darf. Das gehört sich doch, denkt sie, Mutter würde sicher schelten, wenn ich es nicht tue. Jemand, der so weit weg geht?

Und nun geht sie mit Heinz auf dem Bahnsteig auf und

ab. Der große Junge ist recht enttäuscht, denn er hat noch immer nicht seinen Kuss bekommen, und so sucht er mit ihr abseits zu gehen. Sie hat sich so schön gemacht, wie ihre bescheidene Garderobe es erlaubt; nur das alte Haar wollte durchaus nicht glatt sitzen und krabbelt immer wieder unter dem unglücklich großen Hut weg und fällt ihr über das blass und spitz gewordene Gesicht. Dass Heinz ins Ungewisse geht, berührt sie wenig, ja, der Gedanke ist ihr eine gewisse Erleichterung. Aber wenn er nun auf seinem Kuss besteht? — und das hier, vor allen Leuten? Ihr wird heiß und kalt bei dem Gedanken.

„Imma!" flüstert es neben ihr: „Einmal nur, bitte! — Du kannst mich doch nicht so in die Fremde ziehen lassen!" Der Zug kommt schon angerollt, und so muss es denn wohl sein. Am ganzen Leibe zitternd hebt sie ihm das eiskalte Gesicht entgegen, sie schließt die Augen und lässt seinen Kuss über sich ergehen. „Imma! — sei doch nicht so, Liebling!" hört sie ihn unglücklich sagen. „Hast du mich denn gar nicht lieb?"

„Ich weiß es nicht —" ganz kläglich kommt es heraus, als auch der Zug schon einläuft und Heinz eilig einsteigen muss, denn er hält nur ganz kurz. Als er aus dem Fenster lehnt, sieht sie nicht den gequälten Ausdruck seiner guten Augen, sie sieht nur sein rotes Haar und die noch zu großen Hände, die er ihr noch einmal zustreckt. „Vergiss mich nicht, Imma!" ruft er ihr aus dem fahrenden Zug zu. Mit abwesendem Lächeln schüttelt sie den Kopf und winkt ihm nach, solange sie den Zug sehen kann.

Es ist früher Nachmittag, als sie zurückgeht. Die Sonne hat schon Wärme, in den Gärten blühen Schneeglöckchen und der große Wald steht in tiefblauem Dunst, alles atmet leise Hoffnung. Und doch geht auch heute eine große Gefahr mit Imma — das sind die Träume, in die sie sich aufs neue verliert und die unmerklich den braven Heinz Martens wieder in Otto von Schwanenkroon verzaubern. Und diesem Traumbild schenkt sie alle Liebe und alle Zärtlichkeit, die der wirkliche Heinz sich vergebens ersehnte. Zu wunderbar ist diese Ferne, als dass nicht alle Wirklichkeit enttäuschen müsste.

*

„— und dass Du Dir nicht unterstehst und nimmst die Stelle an bei den fünf ungezogenen Jungens! Die würden bald Dich regieren, aber Du sie ganz bestimmt nicht. So ist es gut gewesen mit Deinen Stellen, die Du Dir selbst gesucht hast. Wenn Du bei Pastors nicht satt kriegst, dann komme sofort nach Hause! — so viel haben wir immer noch —"

Auf diesen energischen Brief von Mutter wagt Imma, die bereits gekündigt hat, keine weiteren Abenteuer, und fährt gehorsam nach Hause, mit leichtem Beutel und sehr schwerem Herzen — was werden nur die Seefelder sagen?

„Bist rein alt geworden!" Mutter schüttelt den Kopf. Aber sie schilt diesmal gar nicht, und als Imma mit Vater Hand in Hand auf dem Sofa sitzt und die große reine Freude des Sichwiederhabens sie alle einhüllt, erfährt sie etwas ganz Neues: sie werden von Seefeld fortziehen, und das schon in allernächster Zeit!

Ihr ist, als sei die behaglich warme Wohnküche, die schon im Abendschatten liegt, plötzlich ganz in Licht getaucht — fort von Seefeld! Vor lauter Freude gibt sie Vater solch heftigen Kuss, dass er lachend sagt: „Du weißt ja noch gar nicht, wo es hingeht!"

Und nun erzählen die Eltern, sich gegenseitig unterbrechend wie Fischmeister Eiben neulich angesegelt kam — ja, seine Rockschöße flogen nur so: „Wir saßen gerade beim Essen, ich hatte zum Glück Erbsensuppe" — und was er wollte? — Nun soll sie einmal denken, in dem Hafenort, in dem sie damals mit dem alten Bernhard war —" „Ja" strahlt Imma: „Ich weiß noch ganz genau, da waren auch zwei Schildkröten." Also da ist eine Witwe gestorben, eine Verwandte von Eiben, die hatte ein kleines Ladengeschäft, das können sie billig kriegen, er hat den Nachlass in Händen und wird schon mit seinem alten Freund zusehen. — „Ja — man" — na, ob sie denn überhaupt Meinung dafür haben? Das könnten sie gut neben den Vertretungen wahrnehmen, für Onno wäre das ja so gut, ordentlich frische Luft — och Gott, mehr als genug, und er kommt ja auch manchmal dahin. — Ihrer beider Augen haben geglänzt, als sie sich das ausmalten, und der Fischmeister muss sich sehr oft schnäuzen „Das kommt alles wohl zurecht!"

Und nun werden sie schon nächste Woche hinziehen, sie haben ihr lieber nichts davon geschrieben, es kam ja auch alles so plötzlich. Sie waren neulich hin und haben sich alles angesehen. — Gott ja, das Haus ist ja sehr alt, aber es ist dann doch ihr eigen. „Weißt du, gleich links auf dem Deich!" Vater schraubt schon an einem alten Messingfernrohr herum, das noch von seinem Vater stammt und mit dem er nun immer aussehen will, und Mutter findet es doch so schön, dass ein kleiner Stall vorhanden ist, später wollen sie auch ein Schwein haben, und Hühner natürlich, es gibt ja in solchem Laden immer allerhand Abfall. Die Äcker sind ganz nahe am Haus. Sie haben dort auch entfernte Verwandte, der alte Bernhard von Hartmanns lebt dort jetzt bei seiner Schwester, er hat sie gleich begrüßt.

Und nun freuen sich alle drei und machen Pläne, die Eltern sind so froh, wie lange nicht. —

Gleich am andern Morgen beginnt ein großes Aufräumen, kaum, dass Imma sich ausschlafen darf. Mutter führt ein strenges Regiment — wie gut, dass das Kind gerade jetzt nach Hause kam, sie hätte sie nicht entbehren können. Sie vergisst sogar, nach dem Briefträger auszusehen, der ihr Nachricht von ihrem Sorgenkind bringen soll, denn

Martin lässt sich wieder einmal nicht hören.

Endlich ist alles auf zwei große Ackerwagen verstaut, auch die roten Plüschmöbel sind aus der Verbannung erlöst. Mutter geht noch einmal durch die Wohnung, ob auch alles sauber und nichts vergessen ist. Ja, fährt es ihr durch den Sinn — all das Schwere, was wir hier durchlebten, das wollen wir gerne hier lassen, und sie schließt die Augen fest und atmet ganz tief. „Was kommt, muss gelten!"

Nun sitzt sie vorne beim Fuhrmann auf dem ersten Wagen, auf dem andern folgen Imma und Vater. Es ist früh am Morgen und sehr kühl. Niemand von den Nachbarn zeigt sich, nur irgendwo lüftet eine Hand den Vorhang, Frau Onken weiß bestimmt, dass dort einer zum andern sagt: „Nun gehn sie weg! — Na, die meinen auch wohl recht was davon, soll auch wohl nicht so großartig ausfallen!"

Das kümmert sie heute aber wenig, sie ist nur froh, dass es nicht regnet, denn wenn man mit der schweren Fracht in zwei Stunden da ist, kann man froh sein. — Der junge Maimorgen funkelt und leuchtet, der Himmel strahlt in reinstem Blau, und aus dem schweren Boden drängt das erste Grün mit Macht. Über den hohen Ulmen an der Landstraße, deren Gezweig sich scharf gegen das Blau abhebt, liegt ein feiner grün-brauner Schimmer, und das Ackerland über den ein Mann im Leinenkittel die Egge führt, schimmert von hellem Lehmgelb bis zum fast violetten Braun. Von der allmählich aufsteigenden Wärme liegt ein feiner Dunst über dem weiten Land, der alle Umrisse verwischt und die massigen roten Dächer der großen Höfe sanft umschleiert. Der leichte Ostwind duftet nach frischer Erde und jungem Grün, und es ist ein Morgen voller Hoffnung, der ihre Herzen still und zuversichtlich macht.

Leichte weiße Wölkchen steigen jetzt auf, die ziellos über die Bläue segeln; eine dicke graue Wolkenbank schiebt sich vor die strahlende Sonne und wirft über das lachende

Land einen schweren Schatten, durch den sie jetzt hindurch müssen, und es überschauert sie so kalt, dass sie ganz still und nachdenklich werden.

Als sie endlich auf der Brücke sind, ist gerade Hochwasser, das den Hafen bis obenhin füllt, auf dem grüne und braune Schiffe mit ausgespannten Netzen schaukeln. Die Sonne liegt jetzt auf dem grünlichen Wasser, auf dem kleine Schaumkronen tanzen, und die Inseln schimmern nur schwach durch den Dunst. „Fein!" Vater seufzt ganz tief, und Imma fasst seine Hand, auch sie ist beglückt. Auf dem Deich, der den Hafen umgibt, stehen die Häuser dicht an dicht, die niedrigen Giebel sehen alle aufs Wasser. Hinten, wo der Deich abfällt, haben sie alle zwei Stockwerke, es ist mehr Platz darin, als man denkt.

Aus allen riecht es jetzt nach gebratenem Fisch, denn die Schiffe sind eben vom Fang hereingekommen und die Männer liegen nun nach getaner Arbeit am Deich und lassen sich die Sonne auf den Rücken scheinen, einer spielt mit seinem Kätzchen. Aber gewiss warten sie auch ein wenig auf die Umzugsleute, denn kaum steht die Fuhre vor dem altersgrauen Haus, als schon die großen braungebrannten Männer zur Hand sind und tatkräftig beim Abladen helfen. Mutter bekommt es fast mit der Angst, so spielend bringen sie die schweren Sachen an Ort und Stelle — also, die roten Plüschmöbel nur nach vorn, in die weiß-blau gekachelte Stube!

Sie hat schon ein Tuch um den Kopf und die große Werkschürze vor und kommandiert mächtig herum, die Männer nicken sich zu: na, das ist aber 'ne Scharfe! — — Vater murkst im Laden herum, wo er schon verkaufen soll und nichts finden kann, und Imma sucht mit heißen Backen Feuer in dem Herd zu machen, den zwei Männer in braunen Flanellhemden und mit Seehundschnurrbärten aufgestellt haben. Er qualmt entsetzlich — wann endlich wird sie den

Tee fertig haben, nach dem Mutter schon verschiedentlich fragte — zu, zu, was denken die Männer wohl! Vater gießt ihnen inzwischen einen Schnaps ein, der keineswegs verachtet wird, ja, ja, gegen zwei hat man auch nichts.

Sie ist den Tränen nahe, als eine ältere Frau mit rundem gutmütigen Gesicht hereinkommt, sie trägt eine große Teekanne auf einem Untersatz mit glühenden Kohlen. „Komm, mein Kind, nun bewärmt euch man erst ordentlich! — Was, will's nicht brennen?" Schon ist sie mit einer Schaufel voll durchgebrannten Brikettstücken zurück, jetzt brennt das Feuer im Nu, und es kommt ein kleines Behagen in die Küche, in der es wie überall im Haus dumpfig riecht.

Antje Smid wohnt im Haus nebenan, ihr Mann ist mit seinem Hochseekutter tagelang fort, und die Kinder sind alle groß, so hat sie so recht Muße, den Einzug der Neuen mit zu erleben. Sie schenkt allen Tee in kleine, runde Kümmchen ein, der stehend mit großem Behagen getrunken wird, und fragt in harmloser Neugier nach allem Möglichen. Bald weiß sie, dass der neue Kaufmann ein Magenleiden und die Frau Haare auf den Zähnen hat. Und drei Kinder hat sie tot, zwei klein. Das ist nicht so leicht, besonders der große Junge, das ist ja ein Elend. Und der andere ist auch auf 'n Schiff — geht er denn schon zur Schule? — So, und die Kleine hat beim Pastorn nicht satt gekriegt! Das ist nun einmal so, Hoffahrt muss Pein leiden. Sie geht noch einmal in die Küche, wo Imma sich müht, Ordnung zu schaffen — na, arbeiten kann sie wohl so viel, aber sie weiß nicht — viel schnacken kann die auch nicht, für den Laden wird das wohl nichts sein. „Vater!" ruft Mutter angstvoll, als die andern das Haus verlassen haben. „Vater! — wo bist du doch!" Endlich taucht er ganz verstaubt aus dem Keller auf, der halb im Deich sitzt, Gott mag wissen, was er da gemacht hat, so voll Spinngewebe sitzt er. „Da haben wir noch was an zu tun, dass wir das Haus rein kriegen!" sagt

Mutter beim hastig verzehrten vorgekochten Essen, und Vater fällt ein, dass er noch gar nicht angeschrieben hat, was die Frau — wie hieß sie noch — holte. „Ich kann nur auf den Laden passen!" denkt die Frau sorgenvoll: „Allzu gut ist Andermanns Narr. — Die Frau hat es natürlich richtig probiert." Imma sieht gerade in Vaters schuldbewusstes Gesicht, und die unaufgeräumte Küche füllt sich mit schweren Gedanken.

Sie sitzen noch bei Tisch, als die Tür geöffnet wird, und lautlos, auf seinen dicken Filzpantoffeln der alte Bernhard herein schlurt. „Ich wollt man eben sehen, wie's euch geht!" Es ist den Ankömmlingen eine rechte Freude, gleich ein vertrautes Gesicht zu sehen, obwohl Mutter früher schlecht auf ihn zu sprechen war und ihm heimlich vorwirft, er habe sich an Hartmanns bereichert. Nun sitzt der sehr alt gewordene auf der Stuhlkante, er hat den Ellbogen auf die Knie gestützt und saugt an der kalten kurzen Pfeife. Sie müssen ihm von diesem und jenem aus Seefeld erzählen: „Is alles anders geworden — ja, ja, ja, ja. Der eine kommt herauf und der andere herunter! Na, denn lasst's euch hier man recht gut gehn!" schließt er unvermittelt, als hätte er etwas Unpassendes gesagt. „So, und das ist die kleine Imma? — Hätt' ich doch nicht wiedererkannt — man merkt, dass man alt wird!" Dann geht er wieder hinaus.

Imma würgt noch an ihrer Enttäuschung — ist das die ganze Begrüßung? — und sie wollte so viel mit ihm von Hartmanns sprechen! — als Mutter schon wieder herum fuhrwerkt. „Komm, komm, träum' nicht — wir müssen weiter!" Energisch wäscht sie die blind gewordenen niedrigen Fenster, an die jetzt der heftiger gewordene Wind rüttelt und eine scharfe Sonne fällt. „Zu, leg was ans Feuer! — Wir wollen hier nicht frieren. — Vater, halt du nur eben deine Mittagsstunde, der Lehnstuhl steht da!"

So hilft die tätige Frau ihnen allen über die erste schwere Zeit hinweg und stürzt sich mit verbissenem Eifer auf die schwierige Aufgabe, ihrer Familie unter völlig veränderten Verhältnissen eine neue Existenz aufzubauen. Dass sie den schwersten Teil der Last tragen muss, für die Schultern des leidenden Mannes und des jungen Kindes zu schwach sind, weiß sie schon heute. Aber was hilft's!

So scheuern sie und Imma denn mit Eifer das ganze Haus, von dem verstaubten Hahnbalken bis zum dumpfig riechenden Keller, und das ist leichter gesagt, als getan. Die Alte hat in den letzten Jahren alles gehen lassen, wie es ging, das Ganze ist sehr vernachlässigt. Im Laden gibt es kleine verkommene Warenreste, und Mutter ärgert sich, dass sie noch kein Schwein hat, das sie damit füttern kann; die Mauern sitzen voll Salpeter und der Verputz fällt einem entgegen, wenn man ihn scharf ansieht. Und dann all die Unruhe an Pappen und Papier, die auf dem Boden waren! Vater würde sie gern draußen verbrennen, aber das geht nicht bei dem scharfen Wind. Das Allerschlimmste ist aber, dass man kein Wasser hat, denn es hat seit Wochen nicht geregnet, das Brunnenwasser ist so nah am Deich hart und schlecht, und Seewasser kann man höchstens zum Straßenschrubben gebrauchen.

Aber nach Wochen fleißigster Arbeit sind sie doch fertig, das ganze Haus riecht herrlich nach Schmierseife und Bohnerwachs, nach Farbe, mit der Vater viel und mit Wonne herumgewirtschaftet hat, und nach frischen Gardinen. Links, im Laden, stehen vor den niedrigen Fenstern die Gläser mit Bonbon und Zucker und Grieß, wie das hier immer so war, und rechts vom Laden ist dann die beste Stube, Mutters ganzer Stolz, in der die Plüschmöbel wieder zu Ehren kamen. Sie stehen zwar etwas seltsam zu den blau-weiß gekachelten Wänden, aber der warmrote Holländerteppich auf dem weiß gescheuerten Fußboden macht es doch ganz wohnlich. Auch die Schiffsbilder sind hier untergebracht, und Mutters Blumen haben hier wunderschöne Morgensonne. Daran schließt sich dann die Küche, weißgekalkt wie alle übrigen Räume, und dann kommt das Schlafzimmer der Eltern, von dem aus der Blick über den Deich hinweg auf die See geht, ebenso wie aus Immas Zimmerchen; zu dem man vom Laden aus kommt. Obwohl es gerade Platz für ihr schmales Bett, eine Kommode und einen Waschständer hat, ist es doch ihr ganzes Entzücken, denn es besitzt sogar einen Wandschrank, in dem man alle Geheimnisse verbergen kann.

Geheimnisse! — hat Imma denn welche?

*

Mutter konnte es nicht verborgen bleiben, dass sie zuweilen Post aus Amerika bekommt, und sie gibt keine Ruhe, bis sie genau Bescheid weiß. — Er meint es also ehrlich? — Natürlich muss sie sich an den halten, das scheint ja ein guter Junge zu sein. — Sie atmet richtig auf, das wäre ja nur gut für das Kind; immer hat sie Angst gehabt, sie würde etwas ganz Überspanntes tun, man weiß nie so recht, wie man mit ihr dran ist. Oh nein, um Heinz Martens gibt es keine Geheimnisse. Mutters nüchterne Feststellungen haben das Traumbild gründlich entzaubert und zu dem gemacht was es ist — eine Tatsache zu der man ja oder nein sagen muss.

Aber das schiebt sie weit hinaus. Auf seine Briefe weiß sie nicht allzu viel zu antworten; er lebt in einer Stadt, aber es gefällt ihm nicht besonders in Amerika, für Imma wäre das bestimmt nichts. Er wird auch wohl nicht lange dort bleiben. Imma ist eigentlich ganz empört — wie langweilig! Was weiß er schließlich von ihr? Sie würde dort ganz was anderes erleben! — Wieder sieht sie sich in dem einsamen Farmhaus auf weiter Prärie, und vergisst, wie kläglich ihre eigenen Abenteuer endeten.

Die Eltern sind jetzt zum Glück ganz aufgelebt. Wenn

Vater nicht auf Tour ist, kann er stundenlang auf dem Deich stehen und mit dem alten Fernrohr aussehen und mit den Schiffern von ihren Fahrten sprechen. Er kommt dann ganz angeregt nach Hause, nur fürs Geschäft hat er gar kein Interesse. Mutter geht auch am liebsten selbst in den Laden, in dem ganz nett zu tun ist und wo es auch allerlei Unterhaltung gibt. Vater und Imma sind auch viel zu schlapp, die mögen nicht „Nein" sagen, wenn gewisse unsichere Kunden ihr Geld vergessen haben, und die wissen darauf zu laufen. Wenn die Schiffer verdienen, knausern sie nicht, aber leider gibt es zu viele Tage, wo das Wetter ihnen einen Streich spielt. Alles in allem muss jeder hier froh sein, wenn er den Mund offen behält, reich kann hier keiner werden, das weiß sie längst.

Imma hat jetzt ihren festgefügten Pflichtenkreis, der wohl ihre Hände, aber nicht ihren Geist genügend beschäftigt. Wenn sie auf das Wasser sieht, über das der Blick aus sämtlichen Fenstern fällt, dann gehen ihre Träume Wege, deren Ziel um vieles unsicherer ist als das der vorbeifahrenden Schiffe. Sie sucht die Liebe um der Liebe willen und sehnt sich um der Sehnsucht willen, gequält von der Einsamkeit ihres jungen Herzens.

„Geh doch mal zu den andern Mädchen!" Mutter kann das gar nicht leiden, dass sie so herumsitzt. Doch der Kreis der Jugend ist hier so festgefügt, dass sie mit allem guten Willen nicht hineinkommt, irgendwie passt sie auch nicht recht zu den andern, obwohl sie hungert nach Jugend und Fröhlichkeit. Das wissen aber die frischen, blonden Schifferjungen nicht, die sonntags in ihren guten blauen Anzügen über dem Brückengeländer hängen und über die Schulter hin Bemerkungen über alle Vorbeigehenden machen. Und Imma, die sich dann wohl scheu an der andern Brückenseite vorbei schiebt, ahnt nicht, dass die Jungens finden, sie ist ein feines Mädchen und nur nicht wissen, wie sie mit ihr anbändeln sollen.

Es ist Hochsommer, als sie einmal abends mit Mutter in der Haustür sitzt, wie es auch die Nachbarn tun. Der ewige Wind schweigt einmal, trotzdem es gerade Hochwasser ist, das hinter dem Deich matt in der Abendsonne gleißt. Herbsüß duftet nach dem heißen Tag die schwere Erde, und aus den weiten Feldern ringsum kommen leise Tierlaute. Auf dem nahen Bauernhof klappern noch Eimer, eine Kuh brüllt fern. — Eins der Mädchen, dass brav bei den Eltern sitzt, stimmt jetzt ein Lied an, etwas gellend zwar, aber es klingt doch hübsch, und einer der Schifferjungen, die wie eine Schulc am Deich hocken, fällt mit der Handharmonika ein.

Imma lässt ihre nutzlose Häkelei sinken und sichert vorsichtig, ja, der hellblonde Schopf und die weißen Hemdsärmel sind auch dabei, die Antje Smids Ihno gehören, ihrem Jüngsten, der schon als Steuermann aus einer großen Schifffahrtslinie fährt und jetzt für einige Tage zum Besuch ist. Er hat ein schmales, verwegenes Gesicht und leuchtend blaue Augen, sie weiß es genau, er ging immer am Küchenfenster vorbei und lugte hinein. — Ob er nach ihr sah? Sie wird etwas rot und seufzt tief. Er hat den neuen Nachbarn guten Tag gesagt, wie sich das gehört, aber sie war gerade nicht da. Schade. Sie hat sich natürlich nicht am Fenster gezeigt, was müsste er da von ihr denken.

Die wenigen windverwehten Bäume auf dem Deich stehen unbeweglich, es ist fast, als lauschten auch sie nach dem Lied der Mädchen, das Imma leise mitsummt:

„Du Schifflein an der Garonne Strand,
du eilst jetzt hinaus in die See,
Du lässt mir mein Liebchen im weiten Land,
mein Liebchen so treu und so gut.
Leb wohl, du Mädchen mit holdem Blick,

noch schaut dein Treuer zu dir zurück
Und flüstert ein stilles Ade, Ade,
und flüstert ein stilles Ade,
Und flüstert ein stilles Ade, Ade,
und flüstert ein stilles Ade!"

Sehnsüchtig klingt es durch den Abend, aber Mutter faltet unwillig die Zeitung zusammen: „Nun sollten sie man aufhören! — Da können andere Leute ja nicht von schlafen! Zu, nun komm auch gleich!"

Imma geht noch einige Schritte vors Haus — es ist viel zu schön heute Abend, um schon ins Bett zu gehen. Wie wunderbar! Jetzt flammen auf den nahen Inseln alle Lichter auf, ein Schiff mit farbigen Lichtern gleitet langsam, unbeirrbar dahin, es ist ein traumhaftes Bild. Von der andern Seite kommt jemand mit sehr hellem Schopf angeschlendert: „Guten Abend! — auch noch draußen?" sagt eine sonore Männerstimme hinter ihr. „Ja" — sie ist ganz erschrocken — „bloß eben." — „Fein ist das heute Abend. — Man sollt eigentlich noch ein bisschen spazieren — nicht?" Verlangend blitzen die Blauaugen in ihre scheuen, sehnsüchtigen. Aber ehe sie antworten kann, klingt es scharf: „Imma, so komm doch auch!" „Ja, sofort!" In ihrer Verwirrung gibt sie ihm die Hand, die er ganz festhält: „Aber ein andermal, ja?!" Darf sie das? — Sie reißt sich verwirrt los und rennt ins Haus, der Junge hört, wie Frau Onken die Tür verriegelt.

Als Imma sehr beunruhigten Herzens endlich in einen leisen Schlummer fällt, pfeift es unter ihrem Fenster: „Und flüstert ein stilles Ade." Sie setzt sich im Bett aufrecht, wagt aber nicht, ans Fenster zu gehen, und mit dem Schlaf ist es aus.

Am andern Morgen ist Ihno fort. Es dauert aber nicht lange, da fängt Imma eine Ansichtskarte ab, die von einem ausländischen Hafen an sie gerichtet ist: „Gruß I. S." Das ist alles. Aber es genügt, um ihr Herz in hellen Aufruhr zu versetzen. Immer festere Formen nimmt ihr Traumbild an, und ihre Sehnsucht hat ein Ziel gefunden, an das sie doch nur mit schlechtem Gewissen denken kann. Manchmal hat sie eine richtige Wut auf den unschuldigen Heinz Martens.

Am liebsten ginge sie täglich zum Außendeich, wo man in Sonne und Wind so herrlich träumen kann, wenngleich der Weg dahin ein richtiges Spießrutenlaufen ist. Sogar in der „Blühenden Schiffahrt" pressen sich bärtige Gesichter ans Fenster, wenn sie noch eben mit den alten Schildkröten spricht.

„Alltags spazieren gehen? — das wär ja noch besser! — Was sollten die Leute doch wohl sagen!" Mutter ist ganz böse. „Ich hab dich übrigens bei Fräulein Jakobs angemeldet, da kannst du das Schneidern bei lernen. Arbeite nur tüchtig, dann sollen dir die Grillen wohl vergehen!" Da hat Mutter wohl recht, aber es müsste eine schwerere Aufgabe sein als das bisschen Näherei.

Fräulein Jakobs wohnt etwas außerhalb des Ortes in einem blitzsauberen Häuschen, das von einer riesenhohen Dornenhecke umgeben ist, weshalb es die Dornröschenburg heißt. Das ist schrecklich komisch, denn sie ist eine große, kräftige Person, mit einer Brille auf der fleischigen Nase, und einer sehr scharfen Zunge. Wenn sie auch nicht erstklassig ist, so versteht sie doch ihr Handwerk, und so lernt Imma in Kürze alles Erforderliche und kann sich endlich ihre Kleider nach ihrem eigenen Geschmack machen.

„Viel zu modig!" sagt Fräulein Jakobs, die mit unglaublicher Schnelligkeit Besenlitze an einen sehr weiten, schwarzen Rock näht: „Viel zu modig machst du das ja. — Halsfrei?! — das ischa beinah unanständig! — Kuck mir eben an!" Und nun kommen zehn Zentimeter hohe Stäbchen an einen rosa Tüllstehkragen „Zieh ich Brüllmarkt an.

— Das is Geschmack, jawoll!"

Als der Kursus ungefähr aus ist, sind die Abende schon dunkel und stürmisch, denn der Herbst kommt immer näher. Einmal erlebt sie beim Nachhausegehen ein Abenteuer, das sie keinem erzählt. Kaum hat sie die Dornröschenhecke hinter sich gelassen, die ihr heftige Tropfen ins Gesicht schleudert, als hinter ihr eine Fahrradklingel ertönt, der Radfahrer springt ab — Ihno Smid! Seit einigen Tagen ist er wieder da, er will die Steuermannsschule besuchen. Sie hat ihn aber noch nicht gesprochen, obwohl er Vater mehrmals besuchte, die beiden können es großartig miteinander finden, leider war sie nie da. „Was willst da schon wieder hin? — die tun man so großartig, da sitzt doch niks hinter!" Antje Smid sieht diese Besuche gar nicht gern.

Und nun geht dieser lebensvolle Mensch, mit dem sie kaum ein Wort gewechselt hat, so selbstverständlich neben ihr, dass sie es kaum als etwas Besonderes empfindet. Hier unterhalb des Deiches, hinter dem das Grollen der See klingt, ist es geschützt; nur zuweilen kommt ein heftiger Windstoß, der sie beide ins Schwanken bringt, und Ihno schiebt deshalb ohne viel Umstände seinen Arm in Immas.

Sie gehen jetzt ganz langsam, er hat ihre kleine kalte Hand in seine Manteltasche gesteckt und in seine große warme genommen. — Wenn sie nur nicht gleich aufwacht — das kann ja gar nicht wahr sein. —

Da klirrt das Rad an den Deich, der Mann streicht ihr die Locken aus dem nassen Gesicht, seine scharfen blauen Augen sehen ganz nahe in die ihren, die nicht ausweichen können — es ist wie ein Rausch. Imma weiß nicht, dass sie seine Küsse erwidert, sie kommt erst wieder zu sich, als er zärtlich sagt: „Und so was Feines wächst hier nun am Deich! — Und tut, als ob sie nicht bis drei zählen kann!"

Imma fühlt sich erbarmungslos in ein ganz finsteres, tiefes Loch fallen — Heinz Martens! — Mutter! — sie ist ja bodenlos schlecht! „Nein! — nein!" Sie stößt ihn weg: „Ich will nicht! — ich darf nicht!" Sie will wegeilen, aber er hält sie fest: „Du willst nicht? Du darfst nicht? — Was soll das nun? — Hast du mich denn nicht lieb?" Er hält sie wie im Schraubstock, und sie kann nicht anders, sie muss bekennen, was so jäh in ihr aufgewacht ist: „Ja — ja —" und sie sieht ihn an, das ihm ganz wunderlich wird. „Kind! — Kind! — Ich mein es doch so gut mit dir! — Was hast du denn!" „Es geht nicht! — Ich kann nicht!" Mitten aus seiner Umarmung reißt sie sich los, und ehe er sie aufhalten kann, eilt sie trocken vor sich hin schluchzend der nahen elterlichen Wohnung zu.

Mutter hat noch im Laden zu tun und merkt so nicht, dass es später wurde. Aber beim Abendessen sagt sie „Was siehst du doch auch wieder weiß aus! — Solltest man früh zu Bett gehen!"

Sie fällt sofort in einen totenähnlichen Schlaf, um plötzlich aufzuschrecken. Aufrecht sitzt sie im Bett und starrt in das grelle Mondlicht, das den kleinen Raum taghell erleuchtet. Sie sieht, wie der Sturm von dem windgebeugten Baum unter ihrem Fenster die Blätter reißt, wie die aufgeregte See hinter dem Deich tobt, funkelnd in dem weißen Licht, das den Sturm im Zaum hält. — Was war doch? — Weshalb ist ihr Kissen nass? Sie sinkt ganz klein zusammen und sinkt fröstelnd unter die Decke. Wenn Mutter das wüsste — —

Dem in allzu strengen Ehr- und Pflichtbegriffen erzogenen Mädchen wächst die Schuld ins Riesengroße, sie stöhnt wie unter schweren Lasten und findet keinen Ausweg. — Kann man Treue brechen, die niemals versprochen war?

Mit offenen Augen sieht sie die verwegenen Blauaugen über sich funkeln, fühlt Ihnos Liebkosungen, die in ihr weckten, was der brave Heinz nicht vermochte, und ihr junges Blut rauscht wie der Sturm, der ums Haus geht. Wieder lichtet sich der Vorhang vor dem Geheimnis, das

Leben heißt, aber das plötzliche Licht blendet zu sehr, als dass sie es erkennen könnte. — Wie ein Kind kratzt sie an der kalkten Wand: „Ihno" steht da am nächsten Morgen, was sie mit schwerem Seufzer stehen lässt.

Mutter hat am nächsten Morgen eine Neuigkeit: Antje Schmid hat schon in aller Herrgottsfrühe Tee geholt, ihr Ihno musste plötzlich abreisen. Als er nach Hause kam — Gott mochte wissen, wo der Junge so lange gesessen hatte — lag da ein Telegramm, sie wusste schon vom Briefträger, was drin stand. Ihno wäre so gern noch geblieben, er wär ja so verdreht weggegangen. — Sieh, da gehörte ja was zu, dass er noch wieder hierher kam, die Schule fing doch an.

„Schade!" sagt Vater; Imma weiß nicht recht, soll sie froh oder betrübt über die unerwartete Lösung sein? Aber sie bringt ihn nicht aus ihren Gedanken, und obwohl sie sich vor einem Wiedersehen fürchtet, sehnt sie sich doch brennend danach.

Andern Tages gibt ihr der Postbote mit gutmütigem: „Ganz was Feines, Frollein!" einen Brief aus Amerika. — Ach, nun überfallen alle Zweifel und alle Selbstvorwürfe sie aufs Neue, schreibt Heinz doch von baldigem Wiedersehen! — Sie quält sich noch einige Tage damit herum, dann setzt sie sich hin und schreibt dem fernen Jungen in ihrer ordentlichsten Handschrift, dass sie doch wohl nicht zueinander passen. Aber sie können deshalb ja gute Freunde bleiben. Viele Grüße! Deine Imma. — Mit unsagbarer Erleichterung hört sie den Brief, von dem Mutter nichts erfährt, in den Postkasten poltern.

*

„Zu, nun geh man mit zum Brüllmarkt! — Postjanßen seine Etta will dich wohl mitnehmen. — Du wirst ja ganz einseitig, wenn du nirgends hingehst!"

Imma hat zwar keine große Lust, aber dann zieht sie doch die halsfreie weiße Wollbluse an, Frau Onken denkt das Kind macht sich doch heraus.

Frau Janßen steht schon mit den Kindern fertig, Bertus ist nicht mehr zu halten, und auch die zwölfjährige Heti weint vor Ungeduld, als ihre Mutter noch immer an ihrem grellblauen Wollkleid zupft: „Was bist du heute doch auch wieder hässlich!" Und der Kamm fährt noch einmal scharf durch ihr semmelblondes Haar, das zur Feier des Tages mit einer großen rosa Schleife verziert ist.

Sie haben fast eine Stunde zu gehen, es ist ein freundlicher Herbsttag und die Sonne liegt noch einmal milde auf den abgeernteten Äckern. Es ist heute nicht einmal jemand bei den Rüben, die nötig herein müssen. Die ganze Landbevölkerung feiert den Markt, der ihnen ein Erntefest ersetzt.

Imma hat ihre Begleitung bald verloren, Frau Janßen findet schon gleich Bekannte und die Kinder gehen ihrem Vergnügen nach. So wandert sie ein wenig ziellos durch die laute Menge, sie kauft auch etwas Süßigkeiten für Mutter ein und steht dann beim Kasperletheater. Oh, das ist zu lustig! Aber sie läuft eilends weg, als ein laut singender junger Kerl sie mit: „Du sollst heute Abend meine Braut sein!" einhaken will. Schon senkt sich die Dämmerung, die bunten Lichter flammen auf und lauter wird es in den Wirtshäusern und Trinkzelten.

Imma möchte nach Hause und sucht Frau Janßen, aber die will sich mit den andern die Tanzerei noch eben ansehen: „Kuck du auch man eben zu, mein Kind! — Jesesja, son junges Mädchen muss doch auch mal tanzen."

So steht sie denn zwischen den andern jungen Menschen, welche die Tanzfläche umsäumen. Die Locken, die in der feuchten Luft hier oben wilder sind als je, stehen wie ein Kranz um ihre hohe Stirn und liegen auf der weißen Bluse. „Komm mal her, du kleine Puppe!" sagt da jemand neben ihr, und schon schwenkt ein langer Mensch sie zu der schmetternden Musik im Tanz. Der dicke Musiker bläst die Posaune, dass seine Backen beinahe platzen. Diesmal braucht sie nicht zusehen, schon wieder dreht sie sich mit einem, der laut dabei singt; sie kann ihn im Gedränge gar nicht recht sehen.

Kaum steht sie wieder, als jemand ihre Hand ganz festhält: „Da hab ich dich aber!" Und aus einem schmalen Gesicht mit hellem Schopf funkeln verwegene Augen sie an — Ihno! Ihr Herz bleibt ihr beinahe stehen.

„Das dacht ich doch, dass du hier wärst!" Schon drehen sie sich im Takt, oh, es geht direkt in den Himmel hinein. „Ich hab' die Schule geschwänzt, konnte mir das gerade so einrichten!" Er drückt sie fest an sich: „Ich hielt's einfach nicht mehr aus!"

O wie herrlich, dass niemand da ist, dem sie Treue halten muss! Eine wilde Lebensfreude überkommt Imma, sie hat rote Backen, ihre Augen glänzen, und Ihno muss seine Tänzerin wohl verteidigen, sonst hätte man sie ihm weggerissen.

Nun spazieren sie eng aneinander geschmiegt unter den dichten Bäumen auf dem Marktplatz; es ist hier geschützt und ruhig. Zuweilen begegnet ihnen ein anderes Paar, ein Betrunkener taumelt vorbei, und das Karussell dudelt immerzu. Zwischen seinen Liebkosungen hebt er ihr Gesicht hoch: „Nun sag bloß — was hattest du neulich? — Zum besten lass ich mich aber nicht halten!" setzt er drohend hinzu.

„Och" — Imma könnte Heinz jetzt wohl einen Kuss geben, so froh ist sie, dass sie nichts mehr mit ihm zu tun hat. Aber sie gibt ihn dann doch bedenkenlos dem Nebenbuhler preis, der gute Junge steht ein wenig kläglich da.

„So," sagt Jhno wegwerfend, „so war das. Ich ließ mir solche Behandlung ja nicht gefallen. — Aber was wolltest du auch wohl mit solchem Schlappschwanz —" und berauscht von Glück, vergessen sie ihn bald. Imma denkt überhaupt nicht, ein heißes Glücksgefühl schwemmt alle Gedanken und Sorgen hinweg, kein steiniger Weg taucht auf — Ihno! — Ihno!

Sie fahren Karussell, und er kauft ihr gebrannte Mandeln und Honigkuchen. Dann essen sie auch gemeinsam Beefsteak, und trinken Wein, alles, wie es sich nach alter Sitte gehört, wenn man miteinander Markt feiert. Und dann muss der Junge sein Mädchen natürlich auch nach Hause bringen!

Ihno hat seinen Mantel um sie geschlagen, als sie durch die verhangene Nacht heimwärts wandern. Je weiter sie zum Deich kommen, desto kälter wird es, und überdeutlich klingen die Stimmen der Nacht, das Rauschen der nahen See zu ihnen. Aber sie hören und sehen nichts als nur die Nähe des geliebten Menschen. Doch während bei dem Mann das Blut heißer wallt und wildere Wünsche erwachen, schlafen diese noch tief in dem kindlichen Mädchen, dem vor kurzem ein Kuss Sünde schien.

Als sie endlich vor der Haustür steht, ist Mutter sofort da; Frau Janßen hat ihr Bescheid gesagt, sie soll man nicht zu früh warten, Imma amüsiert sich fein. Das hat sie gefreut, aber nun wird ihr die Zeit doch lang, das kennt sie ja gar nicht an dem Kind?

„Mit wem bist du denn hergekommen? — Und das so spät?"

„Mit Ihno Smid." — Imma nestelt an den verwirrten Locken, es klingt ein wenig befangen.

„Was?!" — Mutter setzt den Leuchter hin: „Wo kommt der denn her? — Und wo du den Jungen in Amerika hast? Das hätte ich nicht von dir gedacht!"

„Dem habe ich überhaupt abgeschrieben!" Ein fremder Trotz steigt in Imma hoch, und heftig fliegt ihre Zimmertür ins Schloss.

Alles Schöne ist wie weg gewischt, das sie soeben noch

erfüllte. Kaum liegt sie im Bett, als ein bleierner Schlaf sie überfällt und so hört sie nicht, dass jemand sehnsüchtig unter ihrem Fenster pfeift.

*

Weshalb nur Ihno gar nicht schreibt? — Sie weiß, dass er auch den Seinen sehr selten schreibt, aber mit ihr ist es doch etwas anderes. — Meint er es nicht ehrlich? — Sie sucht jedes Wort, jede Liebkosung hervor — etwas Bindendes ist nicht gesprochen, aber es ist ja so selbstverständlich, schien ihr, dass sie gar nicht darüber nachdachte. — Eine qualvolle Unruhe treibt sie umher, und sie verzehrt sich fast vor Sehnsucht.

Wie gut, dass sie nicht ahnt, dass sie nie wieder von ihm hören wird. —

Eines Morgens raunt Fräulein Jakobs Frau Onken über dem Ladentisch zu: ob sie das schon gehört hat von Ihno Smid? — Hinter vorgehaltener Hand erfährt Mutter dann etwas, was sie tief erblassen lässt. Das kann ja wohl nicht angehen, der frische Junge, ihr Mann mag ihn auch so gern. — Ganz bestimmt, deshalb kam damals auch das Telegramm, er musste zum Arzt. Oh, und dass Onkens doch ja nicht ihre Tochter mit ihm gehen lassen! — Sie haben sich alle ja so rein totgewundert, dass sie sich Brüllmarkt von ihm nach Hause bringen ließ.

„Ach", Mutter tut ganz herablassend, „die hatten doch einen Weg, was ist da nun wohl bei!" Aber als sie allein ist, lässt sie sich schwer auf einen Stuhl fallen. — Ihr unschuldiges Kind! — Das kann sie ihm doch unmöglich sagen! — Und scheint so verliebt in den Jungen zu sein, sie ist ja nicht blind. — Und schreibt dem guten Jungen ab! — die hat sich schön zwischen zwei Stühle gesetzt, wenn sie nicht immer so was gedacht hätte.

Als eines Tages für Imma ein Brief aus einem Hafenort kommt, fasst sie ihn mit der Zange und wirft ihn ins Feuer.

So! — der kann keinen Schaden mehr tun.

Mutter, Mutter! Was tust du da? — Weißt du wohl, dass du damit das Leben zweier Menschen, die zueinander gehören, in deinem blinden Gerechtigkeitsgefühl zerstörst? Ein offenes Wort ohne falsche Scham hätte dir gezeigt, dass nichts von dem hässlichen Gerede, das Missgunst dem strebsamen jungen Mann anhing, wahr ist. Als er davon erfährt, als er begreift, da dies der Grund von Immas schweigen ist, das er nicht deuten konnte, wird ihm alles gleich.

Wieder einmal überwältigen die dunklen Mächte den, der sie nicht mit ihren eigenen Waffen zu schlagen vermag, und Redlichkeit und Treue sind zumeist zu stumpfe Schwerter im unerbittlichen Lebenskampf. —

*

„Imma! — was bist du wieder abwesend! — Hast ja nicht einmal gehört, was ich dich fragte!"

Frau Onken sieht unwillig auf das Mädchen, das blass und fern aus bunten Läppchen etwas nach ihrer Ansicht sehr Unnützes stichelt. Imma schrickt auf, und kehrt in die Gegenwart zurück, die grau ist wie der Himmel, der über dem kahlen Land lastet.

„Ob du die Zeitung schon gesehen hast, frag ich!" — Nein — sie will eben in der Hinterküche nachsehen, wo Antje Smid sie immer hinlegt.

Mutter sitzt, die Feuerkieke unter den hier ewig kalten Füßen, im Lehnstuhl am Fenster und strickt mit verbissener Energie. Das geht so nicht weiter, das junge Ding verkommt hier ja. Augenblicklich ist sie auch so — na, wie soll sie sagen. Natürlich hat sie sich was mit Ihno Smid in den Kopf gesetzt, und sie wollte da sonst ja auch nichts von sagen, wenn's man nicht all so wär, wie das ist. Der Sperling in der Hand wär' doch besser gewesen, als die Taube auf dem Dach. — So 'n dummes Ding auch! — Was hat man doch auch für Sorgen mit seinen Kindern!

In ihrer Tasche knistert ein Brief von Martin. — Geld will er, und immer wieder Geld, der arme Junge trifft es auch so schlecht mit seinen Stellen. — Könnte sie ihn doch eine Zeitlang unter ihrer Obhut haben — aber beide Kinder im Haus? Das ist ausgeschlossen. Mit ihrem Mann, dem es wieder mal gar nicht gut geht, wagt sie nicht davon zu sprechen. Aber da muss 'ne Änderung drin kommen, das geht so nicht weiter.

Imma kommt mit der Zeitung zurück, Antje Smid war gerade da, sie haben noch etwas übers Wetter gesprochen. Sie ist sonst immer so kurz zu ihr, sie hat ihr doch nichts getan?

Die beiden Frauen stürzen sich auf die willkommene Abwechslung; Mutter studiert die Familiennachrichten und Imma verschlingt den Roman, den sie aber bald enttäuscht liegen lässt, denn in dessen 99. Fortsetzung sitzt der Detektiv noch immer auf der Kirchhofsmauer, wo er dem Mörder auflauert.

Sie überfliegt den Anzeigenteil: „Oh!" — entfährt es ihr — „oh!" „Was ist nun denn schon wieder?" Mutter reißt sich von einer sie sehr beeindruckenden Nachricht los — was Peter Harms in Seefeld doch auch für viel Kinder kriegen, sollten es doch lieber gar nicht mehr in die Zeitung setzen. — „Steht da was Besonderes?"

Imma schiebt ihr das Blatt hin: „Da!" — Mutter setzt die Brille fester und ihre strengen Züge entspannen sich — ja, das sollte man eigentlich nicht von der Hand weisen! — Wenn Imma dort in der reichen, soliden Großstadt, die den ganzen Nachwuchs der Küste nach sich zieht, in einem guten Haus ankommen könnte, das wäre für sie alle das Beste. Oh, es ist eine gute Straße, in der eine Stütze gesucht wird, der Name der Familie hat einen guten Klang bis hierher. Das ist natürlich etwas ganz anderes als die unmöglichen Stellen, die das Kind sich selbst gesucht hatte.

— Wilhelmshaven, das käme natürlich nie in Frage, dies Sodom und Gomorrha!

Ach, Mutter — es kommt immer auf die Bereitschaft zur Sünde an, und der Haltlose gerät im kleinsten Ort oft nicht minder leicht ins Straucheln, als in der größten Großstadt.

*

Als Vater von seiner Tour zurückkommt, ist schon alles geordnet. Man hat Immas Bewerbung vor zahlreichen anderen den Vorzug gegeben, weiß man doch, dass gerade aus dieser Ecke Menschen von ausgeprägtem Pflichtgefühl und immer williger Arbeitskraft kommen.

„So willst du schon wieder weg?" Der blasse Mann lässt sich müde auf seinen Platz fallen. Imma zieht ihm die Schuhe aus und die Pantoffeln an, sie fühlt eine eigenartige Rührung, als er dankbar über den jetzt sehr braven Lockenkopf streicht. Was soll er dazu sagen? — Dies mit Ihno tut ihm ja zu leid, er kann es gar nicht glauben, aber die Verführung ist nun einmal zu groß, und er hätte doch so sehr gern gesehen, wenn die beiden ein Paar würden. Kobus Smid hat auch so was gesagt, der mag das Kind so gern.

Imma hat gar nicht an ihren Vater gedacht, als diese plötzliche Veränderung in ihr Leben trat, so erlöst war sie, ihren quälenden Gedanken entrissen zu werden. Und wie der seit Tagen wütende Sturm die oft so fernen Inseln vor sich herzuschieben scheint, dass sie in der regenfeuchten Luft ganz klar und nüchtern zu sehen sind, so glaubt sie jetzt ihre Zukunft genau zu kennen.

Es ist nicht mehr die hochgespannte Erwartung in ihr, als da sie das erste Mal in die Fremde ging, und sie weiß, dass die Blumen auf ihrem Weg selten sein werden und sie im Grunde nur den Schauplatz ihrer Tätigkeit tauscht.

Am letzten Abend liegt sie noch lange wach, obwohl sie todmüde ist. Was nun kommen mag? — Sie ist nun ganz liebelos. — Mechanisch suchen ihre Finger an der Wand: Ihno — es steht noch immer da. Plötzlich sieht sie seine Augen über sich, eine ferne Stimme ruft flehend, verzweifelt ihren Namen. — Ein solch jäher Schmerz überfällt sie, dass sie sich in den Arm beißt, und sie erleidet um den Wildvogel alle Qualen, die der gute Heinz, den keiner ihrer Gedanken streift, im fernen Land um sie erduldet.

*

Immas Gepäck ist sehr ordentlich, aber nicht groß. Und doch ist es für ihre jungen Schultern viel zu schwer, denn ohne Worte sind darin verpackt die ganzen, häuslichen Sorgen, die ungeschriebenen Gesetze von Ehre und Redlichkeit, von Treu und Glauben, Zucht und Sitte, die den in eine weitherzigere Welt versetzten unsäglich belasten. Und man hat nicht daran gedacht, ein wenig frohen Jugendsinn, etwas harmlose Lebensleichtigkeit dabei zu fügen.

„Es geht mir gut, ich mag hier gerne sein" — Die Eltern atmen auf, Gott sei Dank, das Kind scheint diesmal doch einen guten Hafen gefunden zu haben. — Was Imma nicht schreibt, ist, dass sie auch hier in dem schönen Haus für ein bisschen Geld über die Gebühr arbeiten muss. Auch ist alles recht unpersönlich, obwohl die Gnädige ganz nett ist, und es ist auch ein Mädchen da, und eine Putzfrau. Die Kinder sind alle verheiratet, so ist das Haus immer voll Besuch, oder die Herrschaften sind verreist, dann wird ohne Aufhören rein gemacht. Und dann all die Näherei!

Sie hat ein sehr nettes Zimmer, aber außer zum Umziehen und zum Schlafen kommt sie kaum hinein. Wenn sie am späten Abend ihre Sachen nachsieht, schläft sie wohl dabei ein, und eines Abends fällt ihr dabei mit lautem Gepolter die Schere hin, so dass die Gnädige entsetzt gelaufen kommt, ob ein Unglück geschehen ist. Sie ist doch ein wenig beschämt, als sie das todmüde junge Ding findet, das den ganzen Tag so unverdrossen seine Arbeit tut, und verspricht ihr einen freien Nachmittag. Aber dann ist gewöhnlich gerade was Besonderes zu tun.

Am schönsten ist der Sonntag, wenn alles fort ist. Nachdem sie einige Male ziellos und mit dem unglücklichen Gefühl völliger Vereinsamung durch die weite Stadt ging, in der sie niemand kennt, erbietet sie sich gern, das Haus zu hüten, was jeder freudig annimmt, und bald ist es selbstverständlich, dass Fräulein nicht ausgeht. Imma ist vor lauter Müdigkeit ganz zufrieden, wenn sie still mit einem schönen Buch oder mit einer Zeitschriftenmappe sitzen kann.

Darüber hinweg schweifen ihre Gedanken wohl in ihre eigenste Welt, für die sie jetzt so wenig Zeit hat; das Gedicht, was sie vorhin fand! Halblaut sagt sie es vor sich hin:

„Wir schlugen beide verbittert
beim Abschied die Augen nieder,
Doch dacht ich, der Groll verzittert,
und wir sprechen uns morgen wieder.
Wohl traf ich viele Leute
ganz gegen mein Wünschen und Hoffen,
Und dich nur hab ich bis heute
in keiner Straße getroffen.
Der grollende Abschied! — Was schuf er? —
Ob wir auch einander riefen,
Du stehst am anderen Ufer
und horchst in schaurige Tiefen.
Und unsre Gestalten verschwimmen
im Nebel trüber und trüber,
Und unsere rufenden Stimmen
reichen nicht mehr herüber."

Wesenlos, mit seltsamem Nagen im Herzen, starrt sie auf den wunderschönen Park, aus dem lustige Musik herüberschallt, und wo sich frohe Menschen ergehen, und ihre Sehnsucht gilt nicht nur ihrem ersten, heißen Liebestraum, sondern unbewusst auch der Jugend, von der sie abgeschnitten ist.

*

Nein, wie sich das Kind heraus gemacht hat! Als sie einmal einen kurzen Urlaub bei ihnen verlebt, sind die Eltern sehr glücklich. — Mutter befühlt befriedigt den guten Stoff von ihrem Kostüm, und Vater sagt: „Bist ja eine richtige Dame geworden!" Und es ist sehr schön, wieder daheim zu sein, obwohl es hier so viel schlichter ist.

Aber nachdem Mutter morgens am Bett alle Sorgen auf sie abladet: Vater geht es wieder nicht gut, und Martin, der arme Junge, hat es auch auf diesem Dampfer so schlecht getroffen, er soll erst mal wieder 'ne Reise zu Hause bleiben, er hat ihr den Winter so schön geholfen; ach ja, Imma weiß schon wie. Und Ihno Smid ist ganz auf die Wildbahn gekommen, seine Eltern haben ja solchen Kummer davon. — Na ja, das ist nichts für junge Mädchen.

Imma ist's, als sänke eine schwere Wolke auf sie nieder, ihre Finger gehen über die Buchstaben, die dort noch immer stehen. Sie liegt noch mit festgeschlossenen Augen, als Mutter ihr nochmals Kaffee bringt: „Nun verschlaf den Tag nur nicht, morgen muss es wieder gehen!"

Ach, es ist gut, dass es Arbeit gibt! — Und so verabschiedet sie sich tapfer von den Bekannten, obwohl sie sich am liebsten davon gedrückt hätte, aber die Eltern bestehen darauf, was sollen die Leute sonst denken?

Jeder erzählt ihr dabei alles, was ihn angeht. Bei Smids hört sie von sämtlichen Kindern, nur von Ihno fällt kein Wort. „Nicht zu glauben, so großartig!" Antje Smid sieht ihr nach, wie sie zu Postjanßens geht. „Und mag wohl nich mal 'ne Aussteuer mitkriegen! — das wär auch noch nichts für den Jungen gewesen." — „Och" — Vater Kobus nimmt sich einen Priem: „Kann man nich wissen, Mutter — kann man gar nich wissen!" Und dann schweigen sie bedrückt hinter ihren Teetassen.

Bei Janßens haben die Kinder gerade Masern, und Onkel Bernhard hat lange nichts von Hartmanns gehört: „Mögen wohl alle tot sein. — Och Gott ja!" — „Denk der man immer an — bist ja nich mit den Leuten verheiratet, wenn's dir nich gefällt!" gibt seine alte Schwester ihr Abschied mit. Das ist eigentlich ganz tröstlich, denkt Imma als sie über die Brücke geht, und der steinige Weg kommt ihr jäh in den Sinn.

So pendelt ihr Leben zwischen zwei Welten, die nicht das geringste miteinander gemein haben. Aus dem Alltagslebens, das sie wohl ermüden, aber nicht ausfüllen kann, rettet sie sich in die Welt ihrer Träume, die sich immer wieder um Ihno spinnen, dessen Wandlung sie unfähig ist zu begreifen. Für sie bleibt er der frische, lebensvolle Junge, den man liebhaben muss, und so verstrickt ist sie in ihre Träumereien, dass das tatsächliche Leben an ihr vorbeigleitet.

Herr Heise, der Prokurist, der auch wohl zum Essen gebeten wird, verliert in seiner gewandten Rede manchmal den Faden, wenn er die ernsthaften Augen des jungen Mädchens von einem zum andern wandern sieht, als wolle es deren Denken ergründen. Was will sie? — was hat sie? — Seine Augen folgen der anmutigen Gestalt, wie sie unaufdringlich ihre häuslichen Pflichten erfüllt, wenn sie mit ihrer Handarbeit beschäftigt dem Gespräch der anderen lauscht. Oder lauscht sie nicht? — So abwesend sieht sie dann aus, als sei sie weit, weit weg. —

Arglos erwidert sie sein freundliches Lächeln, sie findet den gut aussehenden, unterrichteten Menschen sehr nett, aber weiter hat er keine Bedeutung für sie. Er ist auch schon so alt, gewiss vierzig. Es ist wirklich ganz ohne Belang für sie, dass er nebenbei wohlgestellter, sehr heiratsfähiger Junggeselle ist.

Nein, Lebensklugheit, die den Augenblick zu nutzen weiß, hat Mutter ihr kein Quäntchen eingepackt!

Und so wagt der reife Mann nicht, sich dem zurückhaltenden jungen Mädchen zu nähern, zumal die Frau des Hauses auf seine halbe Frage meint: „Die Onken verlobt? — nicht, dass ich wüsste! — aber weshalb nicht? — sie hat ja etwas so Hinterhältiges und Verschlossenes an sich, dass man einige Überraschungen erwarten kann. Sie ist ja ganz tüchtig, aber ich werde nicht warm mit ihr."

Das ist es: Imma lebt ihr eigenstes Leben so stark, so ausschließlich für sich, dass sie den Menschen ihrer Umgebung fremd bleiben muss.

Aber machen ihre Träume sie auch blind gegen das Gute an ihrem Weg, so umhüllen sie das junge Mädchen doch auch wie ein schützender Mantel gegen alles Hässliche, dem keiner, der im Leben steht, entlaufen kann.

Dass der junge Herr ihr nachstellt, erfährt sie erst durch eine heftige Szene, welche die eifersüchtige junge Frau diesem bei Tisch macht. Sie hat sich immer gern mit ihm unterhalten, und seine zahlreichen Liebesabenteuer, die Stadtgespräch und auch ihr bekannt sind, gehen sie ja nichts an.

So bleibt sie denn in dieser aufgeregten Szene ganz ruhig und ihr Denken geht zu ihrem Elternhaus, in dessen Sauberkeit diese hässlichen Dinge undenkbar wären.

Sie begegnet dem eleganten Menschen, der sich jetzt in Gegenwart der andern sichtlich zurückhält, nach wie vor mit ruhiger Freundlichkeit, die dem mehr Leichtsinnigen als Schlechten, dem die Frauen es stets zu leicht machten, Hochachtung abzwingt. „Kleines Fräulein, solche Frauen wie Sie gibt es gar nicht mehr!" sagt er, als sie zufällig einmal allein sind, und streicht ihr leise übers Haar.

Imma tut, als habe sie nichts gemerkt und geht ihrer Arbeit nach, aber sie muss viel darüber nachdenken. Ist sie denn eine Ausnahme? — Warum denn nur? — Man kann doch gar nicht anders sein?

Sie hat sich auch daran gewöhnt, dass man in ihrer Gegenwart achtlos über Dinge spricht, die Mutter ihr schamhaft verschwieg. Längst weiß sie um alles, was das Leben an Qual und Hässlichkeit birgt. Doch obwohl der Vorhang vor dem Geheimnis des Lebens immer durchsichtiger wird, bleibt er doch stets wie eine gläserne Wand, durch den sie die Vorgänge wahrnimmt wie ein Bühnenbild, bunt und unpersönlich wie dieses.

Denn noch schlummert Herz und Blut in ihr, träumt sie nur Sehnsucht. Sie ahnt noch nicht, was es heißt, wenn der Sturm in die eigensten Bezirke einbricht und Recht und Unrecht ins Gegenteil verkehrt, die nicht so eindeutige Begriffe sind, wie man es sie lehrte.

*

„Das wäre aber nichts für mich! — immer bespioniert werden!" Herma Becker, das muntere Mädchen aus Wilhelmshaven, macht eine lange Nase hinter der Frau des Hauses her, die erstaunt um die Ecke des Empfangszimmers sieht, wer denn hier so ungehemmt zu lachen wagt. Imma ist sehr unbehaglich zu Mute: dass Herma so gar nicht begreift, dass sie sich hier nicht so gehen lassen kann! Was muss die gnädige Frau denken, was sie für Freundinnen sie hat? Sie hat sich sonst so aufrichtig zu Herma gefreut, die hier eine gute Anstellung als Stenotypistin gefunden hat. „Nee, weißt du, Freiheit ist auch was wert! Wenn ich's auch nicht so elegant habe als ihr hier!" Sie schlägt den Schleier hoch, und sieht sich ungeniert um. „Na, so krieg ich's auch wohl einmal." —

„Bist du denn verlobt?" Imma horcht auf: „Mit dem Zahlmeister?" „Zahlmeister? — wieso? — keine Spur — wen meinst du eigentlich?" „Du schriebst doch einmal —" Nun lacht die untersetzte Herma wieder so schallend, dass Imma zusammenzuckt: „Du bleibst doch auch ein Schaf!

— Ferdinand, wie schön bist du, den meinst du wohl?
— Wo ist der wohl! — Ach, weißt du, es gibt ja so viel nette Männer." — Und nun erzählt sie stolz von all ihren Eroberungen, wobei sie mit ihren hübschen, neuen Schuhen kokettiert, und wie sie hier auch schon ausgewesen ist. „Kennst du das Lokal? — und in jenem waren wir auch. Und der Ball neulich" — Nein, es gefällt ihr hier ausgezeichnet, ein wenig steif wohl, aber sonst wirklich schick.

Imma überfällt eine glühende Sehnsucht nach Lachen und Jugendmut, nach Menschen ihres Alters, und sie beneidet Herma, die mit ihren stämmigen Beinen fest auf der Erde steht, verzehrend um die Selbstverständlichkeit, mit der sie sich ihren Anteil an den Freuden des Lebens nimmt.

„Weißt du, ich hol dich einfach mal ab!" Immas Einwand, dass sie doch nicht fort kann, lässt sie nicht gelten: „Musst du denn nicht auch mal heraus? — Lass dich doch nicht so ausnutzen!"

Immas erste Stellung ist ohne ihre Schuld durch den damaligen Zwischenfall so erschüttert worden, dass sie vorzog, sich nach etwas anderem umzusehen, und so hat sie denn in neuer Form das Alte wiedergefunden — geringes Gehalt, ausgenutzt bis zum äußersten, wogegen ihre Pflichttreue sich nicht zu wehren vermag. Nur der Grad der Behandlung ist verschieden, und im Augenblick ist es um sie zum Erfrieren eisig. Ein großes, mit altmodischer Eleganz ausgestattetes Haus, in Formen erstarrte Menschen, die vielleicht dadurch ihre wirklichen Gefühle verhüllen. Der einzige Sohn, der nach dem Verlust der sehr geliebten Frau geistig umnachtet ist, verdämmert sein Leben in einer Anstalt, und sein kleines Mädchen, das bei den Großeltern lebt, ist der einzige Lichtstrahl in dem trotz allen Reichtums so düsteren Haus, in dem die Gnädige sogar Grieß und Sago nachwiegt, ob auch zu viel verbraucht ist.

So ist Herma für sie das lachende Leben selbst, und

Imma fühlt sich einem Gefängnis entronnen, als diese sie Sonntags ganz munter und unbefangen zu einem Spaziergang abholt, was man nicht gut abschlagen kann.

„Sie sind doch zum Abendessen wieder hier?!" Frau Konsul mustert missbilligend Hermas koketten Anzug. „Ach — meine Freundin darf heute Abend doch gewiss bei mir bleiben? — Ich habe Geburtstag!" lügt diese keck.

Der Konsul lässt die Zeitung sinken, hinter der er vergraben war, seine Blicke gehen über das ungleiche Paar. Imma hebt sich in ihrem soliden, dunkelblauen Kostüm mit dem einfachen hellen Hut nicht unvorteilhaft gegen Herma ab, die in auffallendem, hellem Mantel und Federhut, unter dem die wild gebrannten Löckchen hervorquellen, angetreten ist. „Um zehn Uhr erwarten wir Sie zurück!" sagt er mit seiner leicht näselnden Stimme und verschwindet dann wieder hinter seiner Zeitung. „Jawohl — " Frau Konsul mustert die beiden noch einmal streng durch die Stielbrille. Die Person wird ihr aber nicht wieder ins Haus kommen!

Nun ist Herma wohl flotter, als man es in dieser sehr korrekten Stadt gewohnt ist, aber sonst ist sie durchaus nicht unrecht. Die Freundinnen haben sich untergehakt und unendlich viel zu erzählen, was allerdings in der Hauptsache Herma mit ihrer flinken Zunge besorgt. — Nein, was ist Imma doch für ein Schaf! — Weiß nicht einmal, dass so viele aus der Heimat hier sind. Oh, sie kennt schon eine ganze Menge! — Diesen und jenen, und ach — sogar Franz Meinen, ihren alten Verehrer damals in Seefeld, hat sie auf der Straße gesehen. Aber er kannte sie anscheinend nicht mehr.

Sie hat schon alle möglichen Namen genannt, als ihr einfällt: „Du, denk bloß an — ich hab ja auch einen früheren Verehrer von dir kennengelernt! — Als ich zufällig von Seefeld sprach, fragte er gleich nach dir. Er ist mit einem Kollegen von mir befreundet."

Imma denkt an Ihno, der bei einer hiesigen Reederei ist, und wird dunkelrot — vielleicht — eine jähe Hoffnung steigt in ihr auf.

„Wir waren gleich am anderen Sonntag miteinander aus; es war zu nett, wir haben immer von Seefeld und Umgebung gesprochen. Seine Tante wohnt ganz in Mutters Nähe." — Antje Smid hat eine Schwester in Wilhelmshaven. — „Er hat mich auch eingeladen zum Schlittschuhlaufen" — das kann Ihno wie nur einer, seine Mutter hat es oft erzählt, es zerreißt Imma fast vor Eifersucht.

„Hübsch ist er ja nicht", — doch, doch — „aber so was Ruhiges ist auch mal sehr nett." — Ruhig? — das stimmt doch nicht? Imma wagt aber nicht nachzufragen. Herma schwatzt lustig weiter: „Schade nur, dass man ihm so gar nicht anmerkt, dass er in Amerika war." — Was ist das? um Gotteswillen! — „Aber er hat hier einen sehr guten Posten, weißt du" — sie nennt eine große Buchhandlung. „Ja, weißt du, das ist 'ne gute Partie; er hat auch den reichen Onkel drüben; davon erzählte seine Tante ja immer. Sowas muss man sich warm halten!" Dass Heinz ihre Gesellschaft nur sucht, um mit Imma in Verbindung zu kommen — der Gedanke liegt ihr ganz fern, sie schwatzt auch bei ihm, wie ihr der Schnabel gewachsen ist, und bezieht alles nur auf sich.

Imma hat den ersten heftigen Schreck überwunden. — Heinz Martens! — den hatte sie ganz vergessen! Wie weit, weit fort ist das alles — was war sie damals doch noch dumm, muss sie denken, so richtige Kinderei. Aber er war ein guter Junge; sie kann ein leises Schuldgefühl nicht unterdrücken, hat aber gar kein Verlangen, ihn wiederzusehen.

Der Novemberwind heult durch die Straßen, ein Regenschauer geht nieder, und es dauert nicht lange, so sitzen sie in einem schönen Café, wo fröhliche Musik ist, Herma hat von vornherein nichts anderes im Sinn gehabt. Sie kokettiert bei Kaffee und Schlagsahnekuchen, die sie schwelgerisch verzehrt, so heftig nach allen Seiten, dass es Imma ganz unangenehm ist, und es dauert auch nicht lange, da fragen einige Herren vom Nebentisch um die Erlaubnis, ob sie sich zu den Damen setzen dürfen, was Herma ohne weiteres gestattet. Es wird ein nettes, lustiges Gespräch, und ja — wollen sie nicht noch irgendwo tanzen? — „Ich muss nach Hause —" „Ach, Imma, das gibt es heute aber nicht! — bei dir ist erst um zehn Uhr Zapfenstreich!" Die militärisch geschulte Herma weiß Bescheid. „Wir bringen dich nach Hause!"

So gibt denn Imma einmal dem Jugendmut Raum, wenn auch mit furchtbar schlechtem Gewissen. „Ihnen fehlt nur die Übung!" Ihr Tänzer, ein hübscher, ernster Mensch, führt ausgezeichnet „Sie müssten häufiger tanzen!" und er schlägt gleich ein weiteres Zusammentreffen vor, er hat gar nicht gedacht, dass dies stille Mädchen so fröhlich sein kann — ebenso wenig, wie dieses selbst. „Nein, nein —" wehrt sie ab: „Ich kann ja nicht!" Das versteht er nun wirklich nicht, so gebunden kann doch kein Mensch sein!

Ehe man es sich versieht, wird es für Imma höchste Zeit, heim zu gehen. Im fröhlichen Aufbruchslärm achten sie nicht darauf, dass an einem Seitentisch ein Herr mit einem hellen Schopf aufsteht, dem man auf den ersten Blick den Seemann ansieht, und der die kleine Gruppe nicht aus den Augen ließ. Jetzt geht er ganz dicht an ihnen vorbei, aber Imma wendet ihm gerade den Rücken und sieht nur ganz zufällig, wie er das Lokal verlässt. Aber nichts in ihr sagt ihr, dass der Mann mit dem trüb gewordenen Blick der Abgott ihres Herzens ist, den sie heute zum ersten Mal ganz aus ihren Gedanken verlor.

Als die vier mit fröhlichem Lärm etwas verspätet vor dem stillen Herrenhaus anlangen, steht Herr Konsul schon mit dem Hausschlüssel bereit: „Das war das erste Mal, und ich hoffe in Ihrem Interesse, dass es auch das letzte Mal sein wird!" „Solche Ausschweifungen kann ich bei meinen jungen Mädchen, die mit an unserem Familienleben teilnehmen, unmöglich dulden!" Frau Konsul sieht kalt verachtend Imma zu, die mit dem Gefühl, eine Todsünde begangen zu haben, ihre letzten abendlichen Pflichten erfüllt.

Sie liegt lange wach und starrt auf die windgeschüttelten Zweige vor ihrem Fenster, das im Straßenlicht liegt. Heinz Martens kommt ihr flüchtig in den Sinn — verlobt sein, geliebt, verwöhnt werden — oh ja. Aber heiraten? Der steinige Weg taucht vor ihr auf, den das, was sie vom Leben kennenlernte, nicht anziehender machen konnte. Immer hört sie die Tür hinter sich zuschlagen hinter der jede Freude bleibt, hinter der nur Pflicht und Sorgen zu finden sind.

Und während sie einsam, hoffnungslos an dem bitteren Brot der Fremde würgt, wandert der Mann, der ihr so gerne die Hände unter die Füße gebreitet, nach den auch heute ihre unverbrauchte Jugend ruft, ziellos durch die dunklen, stürmischen Straßen, landet in bitterer Verzweiflung in einer Hafenschenke, beide wehrlose Opfer finsterer Mächte.

*

Vorbei der Krieg, der die ganze Küste in ein Heerlager verwandelte. Schon lange vorher hatten die Landsturmleute die so oft begähnte Langeweile der stillen Küstenorte gegen das zermalmende Abenteuer der Front eingetauscht. Auch die Bewohner der benachbarten Inseln, welche aus strategischen Gründen Haus und Hof hatten räumen und so lange in bescheidenen Quartieren bei Freunden und Verwandten ihr Dasein hatten fristen müssen, waren baldmöglichst zurückgekehrt. „Ohh!" — Fräulein Reiners, die eine Zeitlang bei Immas Eltern Unterkunft fanden — „wir wollen da ja nicht umsonst!" „Ohh!" sagen sie wohl: „Hat das denn noch nicht wieder geläutet? — Was müssen wir doch auch nötig 'nen Sieg haben — das dauert doch auch so lange mit dem alten Krieg!"

Der Nordwind trägt den Donner der Kanonen in den großen Seeschlachten bis an die Küste, und man spürt die Schrecken des Krieges aus erster Hand. Immer wieder müssen die wenigen Schiffe, die noch im Hafen liegen, denn die meisten sind für Heereszwecke beschlagnahmt, ihre Flaggen halbmast setzen, denn es ist fast keine Familie, in der nicht jemand gefallen, vermisst oder geblieben ist, und wohl kein Mensch, der nicht von ganzem Herzen trauert um irgendeinen Menschen, der ihm nahestand, und dem das grausige Morden nicht das Herz abschnürt.

Wie Wolkenschatten legt sich die Trauer über das fruchtbare Land, wo an den Wegrändern der Hingstweet seine weißen Dolden mannshoch in den blauen Himmel reckt, wo auf den weiten Feldern Saat und Ernte nach unwandelbaren Gesetzen zu ihrem Recht kommt, und Alte und Krumme, Frauen und Kinder tun ohne zu murren ihre Pflicht. Keiner auch dünkt sich zu gut und zu fein, um die letzten Ähren nachzulesen, und spürt dabei, welch saures Brot das ist.

Wovon sollen die Hühner sonst auch die viel begehrten Eier legen? Denn wer Lebensmittel hat, kann auch etwas eintauschen, und das ist Ziel und Verlangen all der Menschen, die von weit und breit diese nahrhafte Gegend aufsuchen mit Tabak und Seife, mit Stoffen und Schuhen, und wer gar Petroleum hat, gewinnt das Rennen. Alles ist gleich schlecht und teuer, und doch ist jeder froh, denn beide Parteien erhalten so lebensnotwendige Dinge.

Eines Tages liegt der ganze Deich voll dänischer Margarine, lauter hübsche kleine Pakete, die der Nordwind wohl von einem torpedierten Schiff zum Strand trug. Man schlägt sich ungefähr um die kostbaren Fettigkeiten und die beste Bauernbutter hat wohl kaum je so gemundet, wie dieser bescheidene Ersatz, denn hier in der scharfen Luft ist der Körper doppelt fetthungrig, und wiegt der Mangel daran besonders schwer.

Auch Imma bekommt zuweilen Hamsterurlaub. Aber man muss stundenweit gehen, um ein paar Eier zu bekommen, ein wenig Käse, ein Huhn oder gar etwas Butter, so abgegrast ist das Land. Herrlich beruhigend sind die Wege durch das hohe Korn, in dem man fast verschwindet, all das Schwere, Bedrückende dieser Zeit liegt unendlich weit in dem Frieden dieser Felder.

„Solch gutes Kind!" sagt Vater wohl, wenn sie ihm von ihrem bisschen Geld, für das man täglich weniger kaufen kann, etwas mitbringt — eine Flasche Wein, ein wenig Tabak, denn es wird immer weniger mit ihm, und es ist nicht mehr daran zu zweifeln, dass ihn die furchtbare Krankheit der Marsch, der Krebs, in seinen Klauen hält. Und Mutter kann kaum die nötige Milch für den Kranken beschaffen! Wer selbst keine Kühe hält, ist hier nicht viel besser dran als die Städter, das kann Imma nun ja sehen. — Frau Onken hält sich sonst übermenschlich tapfer und sagt auch Imma nicht, was der Doktor ihr nicht länger verschweigen konnte, doch sieht diese selbst den offensichtlichen Verfall des geliebten Vaters.

„Das triffst du diesmal!" Mutter schenkt mit Stolz Tee ein. — „Tee!" sagt Vater beglückt, und „Tee!" sagt auch Imma, die andächtig zusieht, wie Mutter den heißen Strahl über den Kandiszucker laufen lässt, dass er knisternd zerspringt. — Ja, das ist auch nur heute, weil das Kind einmal da ist. Gestern sind ja Teemarken ausgegeben — sieh, Vater und sie sind ja beide über sechzig, so stand ihnen jeder ein Achtel Pfund zu. Ja, ja, sonst will keiner älter werden, aber jetzt freut sich jeder dazu, denn ein Leben ohne Tee — nein, das geht einfach nicht, lieber alles andere entbehren. Und so ist dann so lange geschrieben worden, bis die Regierung etwas aus Heeresbeständen für diese Gegend freigegeben hat.

Das hätte Imma gestern hören müssen — sieh, Antje Smid hatte die Kartenausgabe, und da ging wahrhaftig die Haustür schon um halb fünf Uhr morgens, sie haben Mutter richtig aus dem Bett geholt, damit sie den Tee auswog. Wie sich alle freuten — nein, nicht zu glauben!

„Hast denn noch ein bisschen übrig behalten?" „Mein Kind! — Wer könnte den Leuten den wohl vorm Mund wegnehmen! — Jedem sein Recht!"

Ach, es gibt so viel zu erzählen, und manchmal muss man bei allem Trüben doch noch lachen — sie soll sich denken, Dirk Dirks, der alte Tunichtgut, den sie bei der Marine eingezogen hatten, der sollte standrechtlich erschossen sein. — Nun ja, das wunderte keinen, zu drei verschiedenen Malen ist das erzählt worden. — „Und was meinst du? — Sonntag war er hier ganz frech auf Urlaub! — Ja, Unkraut vergeht nicht!"

So geht man von Haus zu Haus. — Postjanßens Bertus haben sie nun auch eingezogen, so jung wie er ist, und Smids sitzen so dazwischen — Hyma ihr Mann ist gefallen, und Ocko hat ein Bein verloren. Und von Ihno ist auch so lange keine Nachricht, er ist jetzt auf einem Unterseeboot, Hinni Janßen ist bei ihm an Bord. Ihno hat sich sonst tüchtig gemacht, das EK. I. Einmal ist er auch hier gewesen, gar nicht wieder zu erkennen ist der Junge.

Ihrer aller Gedanken wandern schweigend zurück, und Vater streichelt leise Immas Hand. Doch in ihr ist heute weder Bitterkeit noch Verzweiflung, nur tiefe, herzliche Trauer um das Verlorene. Jeder Tag fordert in dieser Zeit so viel vom einzelnen Menschen, dass das Eigenleben verblassen muss. Es ist ein Hasten und Jagen, ein Hoffen und Bangen von einem Tag zum andern, und die Welt ist voll von so unsäglichem Leid, dass alle Schmerzen einer friedlicheren Zeit belanglos geworden sind.

„So, und Herma erwartet was Kleines? — denn man zu!" Mutter kann sich noch immer nicht darüber beruhigen, dass diese mir nichts, dir nichts kriegsgetraut ist mit Heinz Martens. Erstens findet sie das überhaupt nicht in Ordnung, und denn noch: „Die sitzt da nun warm! — Die wusste es immer wohl zu machen, genau wie ihre Mutter. — Aber du bist ja auch ein Schaf — das war doch eigentlich dein Verehrer! — Du verstehst nicht, die Männer festzuhalten!" Sie sieht ganz bitterböse aus, denn welche Mutter hätte nicht gerne einen Schwiegersohn?

„Wenn du dich noch mit jemand schriebst! — Bist doch ein ganz ansehnliches Mädchen! — Ich begreif sowas einfach nicht!"

„Nun lass sie doch man, Mutter! — Wir behalten sie ja noch so gerne!" und der leidende Mann zieht sein geliebtes Kind, das so viel von seiner Wesensart hat, so fest an sich, als fürchte er, es holte sie ihm einer fort. Keinem, keinem gönnt er sie.

Martin? — Ach, der schreibt immer ganz munter, der ist immer dort, wo es am wildesten hergeht, und Mutter macht sich merkwürdigerweise anscheinend jetzt gar keine Sorgen um ihn. Jetzt kreisen sie zumeist um den kranken Mann und auch um Imma,

Sie weiß nicht, dass unzählige Mädchen, wozu auch Imma gehört, Briefe ins Feld geschickt haben an Menschen, die sie niemals sahen, und auch wohl niemals sehen würden, dass sie ihre Träume darin verströmten, die so manchem Soldaten ein Lichtblick in einer furchtbaren Gegenwart wurden, den die Sehnsucht nach einem Herzen, das mit ihm fühlt, fast übermannte. Einen Menschen haben, dem man sich anvertrauen kann, ohne dass seine wissende Gegenwart den andern hemmt. — „Ich bin schuldig geworden an der liebsten Frau" — schreibt der junge Offizier, dessen ernstes Bild Imma besitzt. Und doch war nichts geschehen, als dass er die schöne, reife Frau, die seine Mutter sein könnte, zum Abschied küsste —, riesengroß wächst in der Einsamkeit Polens die vermeintliche Schuld, an der er schwer trägt, bis eine verirrte Kugel dem gequälten Herzen Ruhe gibt.

*

Und nun ist der Krieg vorbei!

Unzählige Mädchen sind in ihren besten Lebensjahren zu Witwen geworden, ohne je Frau gewesen zu sein, die herangewachsene, lebenshungrige Generation stößt sie erbarmungslos zur Seite. Die Woge einer unbezähmbaren Lebensgier überschwemmt auch den fernsten Strand und reißt alles mit sich, was nicht fest in sich selbst ruht.

„Oh, oh, oh! Nun Frieden ist, meinen sie, es kann nicht auf!" Onno Onken, dem die Schmach des Vaterlands fast das Herz zerreißt, gibt Nachbar Smid die Zeitung zurück. „Aber sie sollen's noch gewahr werden! sie sollen's noch gewahr werden! — Das Elend, das kommt erst!" Er legt sich stöhnend zurück. „Na — ich erleb's doch nicht mehr — 'n paar Wochen noch — länger soll's wohl nicht mit mir dauern."

Kobus Smid muss sich beim Anblick des Leidensgesichts heftig schnäuzen. Er ist überhaupt sehr gealtert, seit die Nachricht kam, dass das Unterseeboot gerammt ist, auf dem Ihno fuhr, und dieser nun zu den Vielen gehört, die ihr Leben für die Heimat hingaben. Hinni Janßen, der zu den wenigen Überlebenden gehört und längere Zeit mit einem schweren Nervenzusammenbruch zu Hause war, darf sich nicht bei ihnen sehen lassen, er weicht dem Alten auch immer scheu aus. Hier trägt jeder sein Kreuz für sich, und weil keiner die Last teilt, wiegt sie umso schwerer.

Jetzt droht er nach der „Blühenden Schiffahrt" nebenan, von wo heftiger Lärm zu ihnen dringt. Ein großes ausländisches Schiff ist infolge der noch fehlenden Seezeichen auf Strand geraten und vorhin von den Schiffern binnengeschleppt — das gibt in der fremden Währung einen gewaltigen Bergelohn, die Tausende schwirren nur so durch die Luft — da kann aber ordentlich einer drauf stehen! „Da kommt noch was nach! — nur hör sie bloß! — die wissen man nicht mehr, wie schwer Geld verdient wird!" Und das Krankenzimmer ist erfüllt von der Ahnung drohenden Unheils, das lawinenartig seinen Lauf nimmt.

Längst ist das Geld aus den alten Familien zu solchen gewandert, denen es ein ganz ungewohnter Besitz ist, doch wer sein Brot unter Fremden verdienen muss — und das ist Immas unabwendbares Los —, darf nicht wählerisch sein. So wechselt denn ihre Umgebung, und damit auch der Umgangston — die eisige Gemessenheit wandelt sich in jene Überheblichkeit, die entsteht, wenn der Mensch sich unsicher fühlt, und es ist nicht immer leicht, damit zurechtzukommen.

„Unverschämte Person!" Frau Meier, Altmaterialien en gros, pudert ihr dickes, zornrotes Gesicht so heftig, dass der weiße Staub bis weit über den hoch eleganten Frisiertisch und den Parkettfußboden fliegt, sie sieht aus wie ein Müller. „Das lass ich mir aber nicht wieder gefallen."

„Was denn, was denn!?" Herr Meier bespiegelt sich gerade wohlgefällig durch die neue Intelligenzbrille, er zieht seine Weste glatt. „Froh solltest du sein, dass du jemand im Haus hast, der weiß, wie es sich bei feinen Leuten gehört!" Sein Kinn verdoppelt sich. Es macht doch einen feudalen Eindruck, jemand wie die Onken im Haus zu haben; sie wirkt direkt vornehm, eine richtige Dame, oh, er versteht sich auf sowas. Unwillkürlich muss er immer nach ihr schielen, ob der gute Ton, der eine so unangenehme Beigabe des Reichtums ist, auch immer gewahrt blieb, aber sie verzieht nie eine Miene, nur zuweilen ist in ihren Augen solch verdächtiges Funkeln.

„Das weiß ich alleine!" Frau Meier wirft den kostbaren Frisiermantel aufs Bett und schellt heftig: „Dieser Ton der Gleichberechtigung! — was bildet das Frauenzimmer sich denn ein! — das werd' ich ihr aber eintränken!"

So bringen es die Umstände mit sich, dass ihres Bleibens nirgends lange ist. In einem anderen Haus, wo das Geld auch reichlich vorhanden ist, aber zum Glück nicht mehr riecht, sind die Zimmerwände drei-vierfach mit Gemälden behangen, gute und schlechte durcheinander, eins schlägt das andere tot. Aber eine gute Geldanlage, nicht wahr? Der Preis der kostbaren Übergardinen wird jedem Besucher erzählt, und der Besitzer all dieser Herrlichkeiten gerät einmal mit Freunden in einen wüsten Streit, weil diese bezweifeln, dass man, wie er behauptet, nur silberne Nussknacker verwenden kann. Wenn er seine Frau ärgern will, die seit einigen Jahren gelähmt und deren einzige Freude das Kartenspiel ist, weigert er es ihr einfach, und all ihre Brillanten, mit denen sie sich noch immer gerne schmückt, können sie nicht vor bitteren Tränen bewahren.

Sonst ist sie dankbar für jedes gute Wort, und hat Imma gerne um sich. Aber auch ihr heranwachsendes Töchterchen soll immer bei ihr sitzen, und es weint auf Immas Schoß wohl bittere Tränen und bittet sie dafür zu sorgen, dass sie von Hause und in ein Pensionat kommt, denn es muss auch all die schrecklichen Eifersuchtsszenen miterleben, welche die Leidende dem Mann macht, der ganz seiner Wege geht. Imma weicht ihm aus, wo er ihr begegnet, und wenngleich er sich nicht an sie heranwagt, atmet sie auf, als sie das Haus verlassen kann.

Kann man für Geld alles kaufen?

Imma sieht zu nahe, zu tief in das Leben hinein, um das noch glauben zu können, und so berührt sie der wilde Wirbel des Daseins wenig, in den in dieser Zeit fast jeder hineingerissen wird. Das sind Dinge, die sie einfach nichts

151

angehen, mit denen sie nichts gemein hat. Sie tut, wo sie steht, ihre Pflicht, und das weitere geht sie nichts an.

*

Eines Tages wird sie dringend nach Hause gerufen, denn es geht mit Vater zu Ende. Es ist ein kalter Wintertag, eisige Zugluft dringt durch die zerbrochenen Fenster des Zuges, der viel zu langsam für ihre Seelenangst fährt. Aber sie kommt noch eben zeitig genug, um Vaters letzten Händedruck zu spüren.

Das müde Gesicht verklärt von einem Frieden, der höher ist als alle Vernunft, liegt er auf seinem letzten Lager, das die Liebe der Seinen und die Freundschaft der Nachbarn sorglich schmückten. In all ihrer schmerzlichen Trauer empfindet Imma tief die selbstverständliche Hilfsbereitschaft der Nachbarn, die Ehrfurcht vor dem Tode, die jeder bezeugt; es ist nicht einer, der ein geschäftsmäßiges Gebaren zur Schau trägt.

Dann kommt der letzte, schwere Gang. — Vor der Haustür setzen die Träger den Sarg nieder und ziehen die Hüte; dann tragen sie Onno Onkens irdische Hülle über den mit weißem Seesand und Grün bestreuten Leichenweg. Alle Schiffe flaggen halbmast, jeder Vorübergehende verhält seinen Schritt, die Wagen halten an.

Auf dem Deich, über den der geliebte Seewind geht, betten sie ihn zur letzten Ruhe, weithin trägt der Nordwest die Worte des Geistlichen, der, wie jeder, den stillen Mann sehr schätzte, obwohl er ihn selten in der Kirche sah; er weiß nur zu gut, dass nicht die ständigen Besucher die zutiefst Gläubigen sind.

Martin, der leicht bewegliche Martin, schluchzt haltlos, aber Imma und ihre Mutter können keine Tränen mehr finden. — Es sind viele alte Freunde gekommen, um Onno Onken die letzte Ehre zu geben, auch Eibo Eiben ist da, der Fischmeister, der mit seinem alten Freund in den letzten Jahren noch manche gute Stunde verlebte. Er nimmt Imma in den Arm: „Du hast viel an ihm verloren, mein Deern!" und er muss sich immer wieder schnäuzen. Aber ein gemütliches Zusammensein hinterher, wie es hier sonst üblich ist, gibt es diesmal nicht — womit sollte man die Gäste wohl bewirten?

„Ihm ist wohl!" sagt Mutter, die ihn in den letzten Wochen mit fast übermenschlicher Kraft gepflegt hat, zu Imma. Dann bindet sie die Schürze fester, denn Imma, deren Hilfe ihr jetzt so gut tun würde, muss in ihre Stellung zurück, die sie sonst wohl verlieren könnte, und das geht auf keinen Fall.

Es ist bitterschwer, einen lieben Angehörigen zu verlieren, aber fast noch schwerer ist in dieser bösen Zeit, all die damit zusammenhängenden Unkosten aufzubringen, und die Sorge darum ist für manchen so groß, dass die Trauer davon überschattet wird. Auch bei Onkens ist es so. Wie soll man nur alles bezahlt kriegen? — Auf Martin ist nicht zu rechnen, nach den gut überstandenen Abenteuern des Krieges sucht er neue, um rasch und ohne große Mühe Geld zu verdienen, das er ebenso leicht wieder ausgibt. Es spukt da wohl altes Seeräuberblut in ihm, und seine Mutter darf nicht immer wissen, was er macht.

*

So sucht Imma denn Vertretungen, die besser bezahlt werden, und die Eisenbahn trägt sie hin und her durchs Land; und hat Frau Onken dem heranwachsenden, nach der Ferne verlangenden Kind wohl ärgerlich gesagt: „Ich wollt, dass du noch mal so viel mit dem Zug fahren müsstest, dass du ihn nicht mehr sehen magst!" so ist das wie ein Fluch in Erfüllung gegangen.

Sie ist reifer, selbständiger geworden, und in manchem guten Haus hat sie vieles hinzugelernt und ihr Wissen erweitert. In ihren wenigen stillen Stunden arbeiten ihre geschickten Finger gerne die reizvollen Spielereien nach, die mit gefülltem Beutel so leicht zu erwerben sind; sie werden stets viel bewundert und gerne als Geschenke angenommen. — Nein, das hat man Fräulein Onken gar nicht zugetraut! — Aber es kommt ihr nicht der Gedanke, diese Fähigkeit nutzbringend zu verwerten, obwohl sie sich den Kopf zermartert, um eine andere Existenz zu finden.

Denn mehr und mehr wächst eine Abkehr gegen ihr jetziges Dasein in ihr. Nicht ihre Tätigkeit ist ihr verleidet, sie ist mit Lust und Liebe Hausfrau; aber das fortwährende Gebundensein, die Unmöglichkeit, ein eigenes Leben zu leben, erfüllt sie mit uneingestandener Bitterkeit. Macht es glücklich, auf der schönsten Terrasse zu sitzen und du musst dauernd einer zänkischen alten Frau nach den Augen sehen? Macht der Aufenthalt in dem feinsten Seebad Freude, wenn du nicht eine Stunde dein eigener Herr bist? — Eine Mutter sitzt auf den Stufen eines hübschen Häuschens und herzt ihr Kind, ein blutjunger Vater läuft ein Stückchen neben dem Zug und hebt jauchzend sein Bübchen hoch — oh frei sein können — etwas Eigenes haben! Die Unterwürfigkeit sitzt den Menschen von der Küste nun einmal nicht im Blut, und so fällt das Abhängigsein doppelt schwer.

Zuweilen ist sie fest entschlossen, eine Vernunftehe einzugehen, um aus allem herauszukommen. Es nähert sich ihr auch dieser und jener, aber es klappt nie. Imma weiß nicht, dass ihr unerfüllter Traum, von dem sie selbst nicht mehr weiß, dass er nach wie vor in ihr lebendig ist, sie daran hindert, diese Männer so zu sehen, wie sie sind, nämlich als schlichte Erdenwesen mit den dazu gehörenden Mängeln und Vorzügen. Und diese wieder finden das sonst so nette Mädchen etwas überspannt, was man anfangs gar nicht so merkte, und so trennt man sich ohne Groll, ehe auf einer Seite ein tieferes Gefühl entstand.

*

Sie lebt jetzt in der gleichen Mittelstadt wie Herma, mit der sie nach wie vor Freundschaft hält.

Aus dem patenten Mädchen ist jetzt eine nachlässige Frau geworden, die zwei Kinder hat und alles gehen lässt, wie es will. Denn Heinz Martens, der ruhige, bedächtige Heinz, ist vollkommen verstört aus dem Krieg zurückgekommen, man erkennt ihn einfach nicht wieder. Er bummelt, er läuft zweifelhaften Frauen nach und ist kaum imstande, seinen Posten auszufüllen, und Herma kennt ihn zu wenig, besitzt auch nicht die innere Stärke, um ihm wieder zurecht zu helfen. Nein, ihre Ehe ist nicht das große Glück geworden, das sie so selbstverständlich für sich in Anspruch nahm. Sie wollte nur nehmen, und soll nun immer nur geben — sie kann es einfach nicht, und die rechte Liebe, die sich nie ausschöpft, fehlt ihnen beiden.

„Du hättest mich nehmen sollen!" Heinz Martens lässt sich schwer auf das Sofa fallen, auf dem Imma sitzt, und sucht ihre Hand. Das Zimmer ist unaufgeräumt, nebenan schreien die Kinder und schilt Herma. Imma steht auf und geht ans Fenster — es ist ein Vorfrühlingstag, die Sonne fällt warm durch das noch kahle Geäst der Platane, und drüben gehen lachend junge Menschen. — Wie lange noch werden sie so unbeschwert sein? — Imma fröstelt — wie trostlos ist hier alles!

„Sag mir nur einmal, dass du mich lieb hast! — nur ein bisschen — Imma, ich bitte dich!" Heinz steht bei ihr und sucht sie zu umfassen, unter dem verwilderten roten Schopf glühen seine Augen.

„Heinz! — ich bitte dich!" Sie macht sich los und nimmt seine Hände: „Sei vernünftig! — So nicht! — so nicht! — Aber ich will dir etwas sagen — "

Eine Tür klappt, Herma läuft anscheinend in den Keller.

„Und? — und?" — Er will sie aufs Neue umfassen.

„Lass, Heinz! — Sieh, seit ich dich wieder kennenlernte

bist du mir lieb und wert geworden —"

„Imma!" Sie kann sich seiner kaum erwehren: „Nein, nein! — Lass, lass nach, Heinz! — Wie ein Bruder, verstehst du mich? — Aber mehr nicht! — das darfst du niemals glauben!"

„So!" Er ist ganz grau geworden. „Dann kam das gnädige Fräulein also ein wenig zum Zeitvertreib und ergötzte sich an dem lustigen Theater hier?"

Sie bleibt ganz ruhig: „Weil ihr mir beide leid tut, deshalb kam ich." — Sie nimmt aufs Neue seine Hand: „Sieh, Heinz — du leidest im Grunde ja nicht an Herma und auch nicht an mir — das bildest du dir nur ein. — Es ist allein der Krieg, der dir nicht bekommen ist —"

„Ja! — ja!" Er presst sein Gesicht in ihre Hände: „Sie haben mir alles kaputt geschlagen — alles — ich finde mich einfach nicht mehr zurecht —"

Imma streicht ihm leicht übers Haar — der Ärmste ist vollkommen fertig mit seinen Nerven, er müsste mal heraus. „Sieh doch zu, dass du mal in die Heimat fährst und dich da irgendwo auf dem Land ganz ausruhst!" Herma käme dann zur Besinnung: „Es wird schon alles wieder zurechtkommen." Imma weiß gar nicht, dass sie Mutters Worte gebraucht. „Alles geht vorüber, gute und böse Stunden!" So muss sie, die selbst nach Trost und Aussprache hungert, ihre ganze Kraft zusammennehmen, um anderen zu helfen.

Ach — jeder treibt sich an dem andern fremd und fern vorüber und fraget nicht nach seinem Schmerz! — Wohl dem, der sich seiner Bürde leicht und mühelos entäußert; wehe aber dem schweigend Leidenden, dem zu seiner eigenen immer neue Lasten aufgebürdet werden.

Mit bleiernen Füßen geht Imma durch den frühlingsfrohen Tag zu dem Haus, das keine Heimat ist. Diese Nacht wird sie wieder bei ihrer Dame im Zimmer schlafen müs-

sen und der Hausherr wird vergeblich an der Tür rütteln.
Sie fühlt sich uralt und erwartet nichts mehr vom Leben.

*

In dem großen Esszimmer des alten, weiträumigen Landhauses sind die Fenster weit geöffnet, denn noch ist es draußen drückend warm, und nur der zeitige Abend erinnert daran, dass schon Oktober ist. Imma stellt gerade eine Schale mit Dahlien auf den großen Esstisch, deren feine Farbwirkung selbst dem anspruchsvollen Besuch ein: „Das haben Sie wirklich fein heraus, Fräulein Onken!" entlockt, und das Licht der großen, radförmigen Eichenkrone spiegelt sich in dem Weißblau des Meißner Geschirrs, in dem glänzenden Damasttuch, ja, auch in der Kristallbutterdose, und die Augen der beiden älteren Damen, die bereits an den Schmalseiten Platz genommen haben, glänzen beim Anblick des wunderhübsch angerichteten Salats.

„Wo mein Neffe doch wieder bleibt! — Der Junge ist auch so unpünktlich!" Frau Ohlsen zieht das große, gehäkelte Wolltuch fester um ihre Hagerkeit dann nimmt sie heimlich die alte Silbergabel, mit der sie seit ihren Kindertagen isst, und holt sich ein Blättchen Salat auf den Teller. „Fräulein Onken — ach, bitte, schließen Sie doch endlich die Fenster! — Ja, die Tür selbstverständlich auch! Es könnten sonst wohl Mäuse hereinkommen!"

„Was du auch immer hast!" Ihre alte Freundin Frau Senator Kirchhoff, die in jedem Sommer monatelang ihr Gast ist, häkelt wie wütend an irgendeiner unnützen Sache. Sie lässt sie jetzt sinken und beobachtet Imma — merkwürdig, dass Agathe immer solches Glück mit dem Personal hat: „Woher stammen Sie eigentlich, Fräulein Onken?" Imma sieht erstaunt auf und nennt die Gegend — ach, Frau Senator wird kaum wissen, wo das liegt! — „Doch, doch, ich bin mal durchgefahren, als wir mit den Kindern zur Insel gingen. — Furchtbar langweilige Gegend übrigens — na ja!" — es klingt, als wolle sie sagen, genau so langweilig wie du, und es ist wie eine Herabsetzung ihrer Heimat und ihrer selbst.

Aber so weit geht Frau Senators Interesse keineswegs; sie hat gesehen, wie ihre Freundin das Salatblatt beiläufig verzehrt: „Du isst dich mager, ich sag's ja immer! — wo du das nur lässt! — und Neffe sagst du, möcht bloß wissen, wie du mit dem hergelaufenen Menschen verwandt bist!"

„Hergelaufener Mensch!? — erlaube mal! — nennst du einen baltischen Freiherrn einen hergelaufenen Menschen? — und dann sind wir doch auch noch ziemlich nahe verwandt, meines Mannes Großmutter väterlicherseits war eine Kusine — ich glaube — von seiner Urgroßmutter."

„Ah was!" schneidet ihr die Freundin, die sie von Kindesbeinen kennt, das Wort ab: „Nun halt aber bloß auf! — ich rechne nur Blutsverwandte! — wenn er von Schornsteinfegern oder so abstammte, würdest du ihn wohl kaum kennen. — Wer weiß, wann es dem gnädigen Herrn wieder einfällt, zu kommen! — ich ließe mir diese Unpünktlichkeit ja nicht gefallen!"

Mit einem schmerzlichen Blick auf die gefüllten Eier, die so herrlich duften, und auf den Salat, der schon einzuschrumpfen beginnt, ergreift sie aufs Neue ihre Häkelei. „Ach, ich glaube, wir fangen nur an —" die Hausfrau hält es auch nicht mehr aus, das gute frische Brot und die Bratkartoffeln duften bis hierher. — „Ach bitte, Fräulein Onken, sie klingeln wohl eben!" und Imma, die den ganzen Tag noch nicht von den Füßen war, springt rasch wieder auf.

Nun sitzt sie an der Breitseite des Tisches mit dem Blick auf die tiefen, unverhängten Fenster, sie sieht, wie sich die jungen Birken drüben im Licht des aufkommenden Mondes leise bewegen. Sie würgt an den Speisen, dies rasende Herzklopfen macht sie fast schwindlig; dass nur die Damen nichts merken! — Doch die sind im Augenblick viel zu sehr mit dem Essen beschäftigt, um darauf zu achten, was in Imma vorgeht, in deren Leben mit diesem Besuch etwas Neues kam.

Der Zerfall seiner Heimat hat auch Jodokus von Jarlberg, wie so viele seiner Landsleute, nach Deutschland getrieben, um sich hier ein neues Leben auszubauen. Aber das ist für einen Menschen, der wohl alle ritterlichen Künste, aber keinerlei Arbeit gelernt hat, unendlich schwer, und so gehen Wochen um Wochen hin, ehe der vielseitig begabte Mann irgendeinen Anfang findet.

In ihm ist die herrische Art des Baltentums verkörpert, und Imma hört zufällig Frau Senator sagen: „Na, wenn dem seine Frau als Köchin in Stellung ist, wie du sagst — die möcht' ich auch nicht im Haus haben!" Frau Ohlsen lässt nichts auf ihre feinen Verwandten kommen: „Das ist schwer genug für Sonja! — aber deshalb bleibt sie doch eine große Dame!"

Verheiratet! — nein, das hat Imma nicht gewusst. Der schlanke Mensch mit dem schmalen Rassegesicht und den für gewöhnlich matten Blauaugen, aus denen in der Erregung blaues Feuer springt, wirkt so jung, so in keiner Weise gebunden, dass sein Alter schwer zu schätzen ist. — Er ist durchaus kein bequemer Hausgenosse und bringt ohne Bedenken die ganze festgefügte Hausordnung ins Wanken. „Du bist ja ein Narr!" pflegt Frau Senator zu sagen. Die Angestellten existieren einfach nicht für ihn, kaum, dass er die notwendigste Höflichkeit aufbringt, und er ist für Immas ausgefüllte Arbeitstage eine rechte Mehrbelastung.

Eines Tages ist das Haus wieder einmal voll Besuch, der älteste Sohn mit seiner ganzen Familie. Die heranwachsenden Kinder schwatzen hemmungslos durcheinander, während die älteren Herrschaften Familiengeschichte treiben. Es braucht nur ein Name fallen, dann wissen Frau Senator und die Hausfrau nicht nur die ganze Ahnentafel des Betroffenen, sondern auch sämtliche Abenteuer und Schandtaten seiner Vorfahren, was für die Nichtbeteiligten sehr vergnüglich ist.

Imma ist vollauf beschäftigt, dass jeder zu seinem Recht kommt. Die neue Hilde ist so ungeschickt, sie muss immer wieder eingreifen; so kommt sie kaum zum Essen, die Füße brennen unerträglich, und in einer kleinen Atempause lehnt sie sich, ermüdet, leicht zurück. Sie lässt die Augen von einem zum andern wandern — Materialisten, denkt sie, Menschen, die den Augenblick genießen — könnt ich doch auch so sein! — Ob der Gast auch so ist?

Nachdenklich bleibt ihr Blick an dem schmalen, zerwühlten Gesicht hängen, das anscheinend teilnahmslos vor sich hinstarrt — da begegnen sich ihre Augen, hängen in unbewusstem Forschen eines Herzschlags Länge ineinander, lösen dann mit einem kleinen verstehenden Lächeln.

Seitdem besteht zwischen ihnen ein stillschweigendes Einverständnis, das den beiden einsamen Menschen eine heimliche Wohltat ist. Nicht, dass der Gast sich in seinem Benehmen viel ändert, er bleibt nach wie vor unpünktlich und unberechenbar; aber er behandelt Imma so sehr als Dame, dass es Frau Senator auffällt: „Lächerlich, mit der Onken solche Umstände zu machen! — ist hier doch schließlich nur in Stellung", und sie beobachtet die beiden jetzt gerne angelegentlich ich durch die Stielbrille.

Imma umsorgt den seltsamen Hausgenossen, soweit es in ihren Kräften steht. Niemand darf den mit Papieren und Büchern überladenen Schreibtisch anrühren, seit sie weiß, dass er es entsetzlich findet, und oft findet er auch eins jener entzückenden Blumensträußchen, die er so liebt. Es ist etwas in ihr wach geworden, was sie längst tot glaubte, und wieder verspinnt sie sich in Träume, die doch lebendiges Leben sind. Blendet seine Herkunft sie, die Romantik, die ihn umgibt?"

Sie vermag es nicht zu sagen. Eins nur ist ihr in mancher schlaflosen Nacht klar geworden — dass dies der Mensch ist, auf den sie ihr Leben lang gewartet hat, die Erfüllung all ihrer Träume.

Sie führen keine großen Gespräche, wozu Imma auch alle Zeit fehlt, aber ihre Gedanken treiben so umeinander, dass sie sich trotz der Verschiedenheit ihrer Herkunft ohne Worte verstehen. Wenn er zeitiger als sonst zum Frühstück kommt, bei dem sie meist alleine sind, bringt er ihr wohl ein Buch: „Müssen Sie lesen!" und ihr wacher Geist erhält neue reiche Nahrung. Es sind Stunden, die sie für vieles entschädigen: „Deutsches Mädchen!" lächelt er einmal, als sie so sauber und ordentlich in ihrem hübschen Hauskleid bei ihm sitzt und ihn umsorgt. „Hab ich immer geglaubt, sie sind alle langweilig!"

Eines Tages kommt er hinzu, wie sie Strolch liebkost, den wunderschönen grauen Hauskater, der ihr nachläuft wie ein Hund. „Fräulein Onken" sagt er in seiner fremden Aussprache: „— das ist ja gar nicht die Katze —"

„Nein!" — Imma sieht aus ihrer halbknienden Stellung ernst und wahrhaftig zu ihm auf und weiß ganz klar, dass er recht hat —, dass nur das Verlangen nach Liebe und Zärtlichkeit sie zu dem Tier treibt.

Eines Sonntags, als die Damen ausgebeten sind, entführt er sie einfach in seiner Selbstherrlichkeit, gegen die Imma machtlos ist. „Werden Sie heute nicht zu Hause bleiben!" widerlegt er ihr, die sich anfangs heftig sträubt, und ehe sie sich recht besinnt, sitzt sie neben ihm im Auto und fährt in den herrlichen Spätsommertag hinein.

Nie hat sie einen schöneren Tag erlebt, nie wird ihr ein schönerer geschenkt werden, fühlt Imma vorahnend, als sie vor dem einfachen Waldhaus ankommen, das zu dem reichen Besitz der Hausfrau gehört. Es ist alles darin für einen plötzlichen Besuch vorhanden, und bald hat sie Kaffee gekocht und ein einfaches Frühstück bereitet. Sie sitzen draußen unter den Vogelbeerbäumen, die übersät von roten Fruchtbüscheln sind, die Vögel kommen an den Tisch und picken die Krümchen fort, und ein Eichhörnchen sieht neugierig von der hohen Fichte zu, die das Blockhaus überschattet.

Vor ihnen senkt sich eine große von Baumgruppen umstandene Blumenwiese, die einen Teich mit dunklem, moorigen Wasser umschließt, auf dem Seerosen blühen, und unzählige winzige Frösche hüpfen zwischen den Wiesenblumen.

Um sie herum rauscht der Laubwald, durch dessen Lichtungen man bis zu den Dünen sieht, die den mächtigen Fluss begrenzen. Weit, weit ist aller Verkehr, es ist fast, als seien sie allein auf der Welt.

„Lieb ich sehr, diese Einsamkeit!" von Jarlberg zündet sich eine neue Zigarette an. „Oh, Nichtraucher?" er schüttelt den Kopf bei Immas Ablehnung. „Grundsätze?!" „Oh nein — ich habe keine Grundsätze!" entfährt es ihr.

„Mein ich doch!" neckt er, und nun müssen sie beide herzlich lachen. Dann schweigen sie wieder in wunschlosem Glück in den Sommertag hinein.

„Warum müssen Sie so arbeiten?!" fragt er aus seinem Sinnen heraus. „Mein ich, Sie können anderes leisten. — Ist genug hier drin!" ganz zart fährt er über ihre gebändigten Locken.

Brennend heiß steigt es Imma in die Augen — der fremde, und doch so vertraute Mann rührt da an etwas, dass sie sich selbst nicht recht einzugestehen wagt. Wie unbeschreiblich sie sich nach einer Tätigkeit sehnt, die sie anders, besser ausfüllt als ihre jetzige, wird ihr erst jetzt bewusst, wo die Hetze fortfällt, die sie sonst nicht zum Denken kommen lässt. Aber wie soll sie eine Änderung herbeiführen? Ihre kleinen Ersparnisse hat die Inflation verzehrt, sie hat ganz neu anfangen müssen, und da ist doch auch noch Mutter, für die sie sorgen muss — es gibt keine Möglichkeit, um noch etwas zu erlernen.

„Jammer!" er nimmt ihre kräftige, Arbeit gewohnte Hand in seine, feine, schmalgliedrige: „So geschickte kleine Hände! — ein Mensch mit so viel Schönheitssinn! — wär ich doch nicht selber armer Narr des Lebens —"

Abgerissen, bruchstückweise erzählen sie sich von ihren so verschiedenen Schicksalen, erfährt sie von seiner tapferen Frau, die sich in der Fremde durchschlägt: „Bis mein Buch fertig ist!"

Es tut nicht weh, zu hören, dass er unerreichbar für sie ist. Obwohl Imma die Dreißig längst überschritten, obwohl sie um alle Menschlichkeiten weiß, ist doch ihr Empfinden ganz mädchenhaft geblieben. Und diesem genügt, dass der Geliebte ihr nahe ist, dass sie die gleiche Luft mit ihm atmet und ihr tiefster Traum Wahrheit wurde.

Die Erkenntnis, dass dies der Mensch ist, dem ihre Liebe stets und ausschließlich galt, überwältigt sie oft wie ein unerhörtes Wunder und macht sie wunschlos und still. Was tut es, dass keine Brücke von ihm zu ihr führen kann? — Ehe? — Sie weiß nur zu gut, was sie bedeutet, um sich danach zu sehnen, um sie für das allein Erstrebenswerte zu halten. — Ein staubiger Weg, die Tür, hinter der alles Schöne bleibt. —

Wahre Liebe aber ist wie ein Wandeln auf Blumen, taufrisch gehalten von den Tränen ewiger Sehnsucht.

Kein Liebeswort ist zwischen ihnen gefallen, und doch ist der Tag erfüllt von innerem Glück, zu groß, um es in Worte zu kleiden.

Brennend rot versinkt die Abendsonne hinter dem langgestreckten Herrenhaus, als sie in die Allee einbiegen, die zu der Terrasse führt. Licht im Esszimmer — sollten die

Damen schon zurück sein? Ein schwerer Schatten fällt auf Immas eben noch so frohe Stimmung.

„Und warum nicht?"

Ehe er den Wagen fortbringt, geht er schnurstracks mit ihr in die Höhle des Löwen, und auf sein selbstherrliches, alle Einwände im Keim erstickendes: „Ich habe Fräulein Onken das Blockhaus gezeigt!" begnügt Frau Ohlsen sich mit einem, allerdings eine ganze Welt einschließendes: „Sooo?" wobei sie Imma von oben bis unten durch die große Hornbrille mustert, und ihre Freundin tut dasselbe durch die Stielbrille und sagt auch: „Soooo!"

Und nun ist er noch nicht zurück!

Knirscht nicht jetzt sein leichter Schritt auf dem Kies? Imma sieht erwartungsvoll nach den Fenstern, an denen er vorbeikommen muss, sie achtet nicht darauf, dass die nun zumeist gesättigten Damen ein Gleiches tun. Da — als hätte er keinerlei Eile, schlendert er vorbei, grüßt in das erleuchtete Zimmer, er lächelt Imma zu, die gerade unter dem Lichtschein sitzt. Sie lächelt zurück, arglos, unbewusst, wie verklärt ist ihr Gesicht vor innerer Freude.

Die Damen sehen sich an, nicken einander heimlich zu, aber Imma merkt nichts; sie denkt gar nicht daran, dass sie beobachtet wird, auch muss sie jetzt für den Ankömmling sorgen.

„Na, was hast du denn so lange gemacht?" Tante sieht dem scheinbar Heißhungrigen zu, der mit versonnenem ein Lächeln verzehrt, was ihm vorgesetzt wird.

„Ich?" er schrickt auf: „Ein Gedicht!"

„Ein Gedicht!?!"

Eine Welt von Verachtung liegt in dem Ton, mit dem die beiden Damen dies Wort aussprechen, obwohl sie beide gerne und viel lesen. Ihnen ist, wie so vielen andern, ein Dichter ein Mensch, der aus Kosten anderer ein faules Leben führt.

„Ein Gedicht!? — Ich denke, Sie suchen eine Tätigkeit, mit der Sie Geld verdienen?" Frau Senator kann ihren Groll gegen diesen anmaßenden Menschen, dem sie schon längst das Haus verboten hätte, nicht länger bei sich behalten. „Meinen Sie denn, dass sowas gut bezahlt wird?"

„Die Hauptsache ist, dass es gut wurde. — Die Bezahlung ist in diesem Fall Nebensache, gnädige Frau!" Hochfahrend erhebt er sich, und bittet, sich zurückziehen zu dürfen.

„Arroganter Kerl! — Dass du den um dich haben kannst!" Die Damen warten, bis Imma die Nachtfalter verscheucht hat, die sich in das erleuchtete Zimmer verirrten und dann haben sie ein sehr interessantes Gespräch.

*

Unwirklich hell liegt das Mondlicht über den weiten Anlagen, die das Haus umgeben, es umreißt jeden Ast, jeden Zweig, und die Blüten des Steingartens leuchten in überirdischem Glanz. Es ist ganz windstill, die klare Luft trägt die Geräusche des Abends von weither — fern rollt ein Zug, ein Auto hupt, Hundegebell kommt näher, entfernt sich wieder.

Im Haus sind jetzt alle Lichter erloschen. Die Damen haben sich wie gewöhnlich zeitig zur Ruhe begeben, und auch Immas Arbeitstag neigt sich seinem Ende zu. Längst schon sind die Mädchen fertig mit ihrer Arbeit, sie kicherten noch bis eben hinter dem Haus. Doch nun ist auch das Esszimmer aufgeräumt, das jeden Abend ganz tadellos sein muss; denn welch schlechten Eindruck würden nach Ansicht der Hausfrau etwaige Einbrecher sonst von ihrer Haushaltsführung bekommen?!

Ach, es ist viel zu schön, schon schlafen zu gehen!

Sie steht ein wenig in der offenen Tür und geht dann langsam in den schlafenden Garten, vorbei an dem Steingarten bis zu dem kleinen Teich, in dem sich der Mond spiegelt. Sie steht ganz von Licht umflossen und träumt in die reglose Stille, ohne Wunsch, ohne Ziel, und doch unnennbar glücklich.

Ein Schritt kommt aus der Tiefe des Gartens, ein rotes Lichtpünktchen nähert sich. Es ist der fremde Gast, der die erfahrene Demütigung ins Freie trug, schmerzhaft durchdrungen von seiner völlig haltlosen Lage. Er weiß, seines Bleibens wird hier nicht mehr lange sein — oh, noch eine Weile hier ausruhen dürfen, nur so lange, bis das Buch vollendet ist. —

„Fräulein Imma!? — So spät noch hier?" Sie sind beide überrascht und stehen ein wenig befangen in dem überklaren Licht. Um sie rauscht unhörbar die Nacht, der Strom des Lebens, in dem sie beide kreisen und aus dem sie keinen Ausweg finden.

Woher kam durch die reglose Nacht das Blatt, das sich jetzt auf den Wasserspiegel senkt — woher das andere? Lautlos treiben sie aufeinander zu, wie gezogen von geheimer Macht, trennen sie sich wieder. —

Sie stehen in herzklopfendem Schweigen — traumhaft, rätselhaft ist das, wie Seelen, versprengt im All, Untertan einem Willen, der stärker ist als sie.

Langsam, wie träumend, gehen sie ins Haus zurück. „Gute Nacht!" Die Hände verkrampfen sich ineinander, ein warmer Strom geht so heftig von einem zum andern, dass das Herz still wird vor Glück. So stehen sie Auge in Auge jedermann sichtbar in dem taghellen Licht, und wissen nicht — sind es Stunden — sind es Minuten?

„Gute Nacht!" Gerade will er ihre Hand an seine Lippen führen, als ein Geräusch sie aufblicken lässt, sie sehen, wie sich oben seine massige Gestalt vom Fenster löst, es ist als schlüge ihnen eine Welle von Hass entgegen.

Mit schweren Füßen gehen sie nacheinander ins Haus, einer unguten Nacht entgegen.

Frau Senator wuchtet inzwischen ins Nebenzimmer:

„Agathe! — Agathe! — nun hör doch bloß!" — „Ja, was ist denn? — brennt es denn irgendwo?" kommt es verschlafen unter der Daunendecke weg. „Agathe — nun hör doch bloß zu! — Das geht so einfach nicht weiter! — Unerhört ist sowas ja! — Da kannst du noch was mit erleben. — Hab' ich dir das nicht schon immer gesagt? — Dieser ekelhafte Kerl, dir so deine Gastfreundschaft zu lohnen! — Und die Onken ist ja kein Haar besser, stille Wasser sind tief, das kennt man wohl!"

Es sind Stunden nötig, um die Angelegenheit nach allen Richtungen zu erörtern, und es ist gut, dass man bei dem hellen Mondschein wenigstens kein Licht dabei braucht, das wäre sonst eine teure Sache.

„Und wenn du nicht mit ihm fertig wirst, dann rufe mich nur!"

*

Aber zu ihrem aufrichtigen Bedauern kommt es nicht dazu. Hilde bringt mit dem Kaffee der Hausfrau ein Billet ans Bett, in welchem Herr von Jarlberg bedauert sich nicht persönlich verabschieden zu können, er hat ein Telegramm bekommen, das ihn in dringender Angelegenheit abberuft. Der Tante tausend Dank für die gewährte Gastfreundschaft, er hat die begründete Hoffnung, es ihr einmal vergelten zu können. Empfehlung an den Besuch!

Als er überwacht bei dem verfrühten Morgenimbiss erscheint, sagt er Imma dasselbe, aber sie weiß bestimmt, dass es nicht so ist. — Aber sie begreift und billigt sein Handeln; lange noch hörte sie das Tuscheln der Damen, das wie eine feindliche Welle durchs Schlüsselloch drang, hörte die ruhelosen Schritte des geliebten Mannes, der jetzt mit erloschenem Gesicht ihr gegenüber sitzt.

Der Fremdling ist sich darüber klar geworden, dass seines Bleibens hier nicht länger sein kann. Sein Stolz windet sich wie unter Peitschenhieben bei dem Gedanken, hier ein widerwillig Geduldeter zu sein, lieber zieht er hinaus in eine kalte, feindliche Welt, obgleich er noch nicht den Schatten einer festen Form für die Gestaltung seines künftigen Lebens fand. Er denkt an Sonja, die so tapfer das Ihre tut, denkt an das Mädchen vor ihm, das so ganz reine Liebe atmet, und sein Herz zerreißt bei dem Gedanken, ihr wehe tun zu müssen.

Sie sieht ihn mit angstvollen Augen an, ihre Hände zittern so, dass ihr das Messer entfällt. Während sie an Bissen würgen, sprechen sie Belangloses, Dinge, die sich auf die Abreise beziehen, geflissentlich sehen sie aneinander vorbei. Es ist alles ein wenig unwirklich, wie in einem bösen Traum, von dem man hofft, dass er bald zu Ende ist.

Keiner von ihnen vermag zu sagen, wie es kam, dass sie plötzlich voreinander stehen und sich an den Händen halten: „Kind, liebes — es kann, es darf so nicht weitergehen. — Nicht nur meinetwegen — es geht nicht deinetwegen —"

„Was liegt an mir?" sagen ihre Augen — oh diese Augen! Er erträgt sie nicht mehr!

Er reißt sich los, wendet sich zum Gehen, kehrt wieder um: „Imma!"

Sie liegt zitternd in seinem Arm — da klopft es, gleich darauf ist Hilde im Zimmer: „Das Auto ist vorgefahren!"

In ihrer Anwesenheit verabschiedet Herr von Jarlberg sich mit vollendeter Höflichkeit von Fräulein Imma Onken, die während seines Aufenthalts so reizend für ihn gesorgt hat.

Die horcht unbeweglich dem Auto nach, das ihn für immer von ihr entfernt. Das Messer in ihrem Herzen wühlt so schmerzhaft, dass sie nicht einmal weinen kann.

*

„Ach, Fräulein Onken, bleiben Sie noch eben. — Was ich noch sagen wollte. — Hat Herr von Jarlberg" — heute sagt sie nicht mein Neffe — „Ihnen gesagt, ob und wann er zurückkommt?" Die Hausfrau hüllt ihre Magerkeit fröstelnd in ihr zartrosa Wolltuch, denn es ist noch recht kühl. Die Sonne vermag kaum den Morgennebel zu durchdringen, nur zuweilen lässt sie den Tau in dem Altweibersommer aufblitzen, den die Spinnen geschäftig um Baum und Strauch weben.

Imma sieht das ganz genau, sie sieht auch das Muster in dem rosa Tuch so deutlich, dass sie es aus dem Kopf nacharbeiten könnte: „Nein" — nur sich nicht verraten: „Nein, mir ist nichts bekannt!"

„So!!" Die Vogelaugen mustern das blasse Gesicht vor ihr durch die dicke Hornbrille, wie eine Eule sieht sie aus, muss Imma denken. — „So!! — ich dachte sonst — er hätte Ihnen Näheres mitgeteilt. — Sie schienen — eh! — eh! — doch recht vertraut mit ihm zu sein!"

„Nicht, dass ich wüsste!" — oh, nur fort — — „Erna wartet auf mich." — „So — das wissen Sie nicht? — Nun, Fräulein Onken, Herr von Jarlberg ist nun ja fort und so hat es keinen Zweck, die Angelegenheit weiter zu erörtern, wie ich es sonst für meine Pflicht gehalten hätte. — Aber das Eine möchte ich Ihnen doch sagen: eine Dame hätte ihre Gefühle nicht so zur Schau getragen! — Wie Sie Herrn von Jarlberg gestern Abend anlächelten — ja, Gott, wenn man den Männern so entgegenkommt — die müssen sich ja etwas herausnehmen! — In Ihrem Alter —" sie bricht jäh ab und duckt sich erschreckt in den Sessel — um Himmels willen, die Onken wird ihr doch nicht an die Kehle springen? Das hat sie zuletzt erwartet, nun wird sie ihr womöglich kündigen, und dann sitzt sie allein mit allem Besuch. Sie ist ja sonst sehr mit ihr zufrieden, nur hören sollte sie es, wie man über sie dachte, das sagte Luise auch.

Ganz unvermittelt schließt sie: „Also, nicht wahr, liebes Fräulein Onken, das Mittagessen, wie wir es besprachen!"

Ohne ein Wort der Erwiderung geht Imma aus dem

Zimmer, das Herz brennt ihr vor Scham und Erniedrigung. Wehrlos ist sie diesen Angriffen ausgesetzt, die alles Gute und Schöne in den Schmutz ziehen. Schwer atmend bleibt sie in dem weiten, halbdunklen Flur stehen, über ihr wuchten die Schritte von Frau Senator, die sich jetzt wohl zu ihrer Freundin begibt. Sie hört förmlich, wie die Hausfrau ihr mit ihrer scharfen Stimme entgegen ruft: „Der hab ich's aber ordentlich gesagt!"

Dankbar sollten sie mir sein, denkt sie mit bitterem Galgenhumor im Weitergehen, dass sie endlich einen neuen Gesprächsstoff haben, der jetzt, sie weiß es genau, nach allen Regeln der Kunst ausgeschlachtet wird. Die beiden alternden Frauen, denen keine Erlebnisse dieser Art mehr winken, obgleich die Sage raunt, dass der Besuch reichliche Erfahrungen in diesem Punkt gesammelt haben soll, betreiben das als eine Art Sport, ihr leeres Leben auszufüllen und je dunkler sie die sogenannten Sünden anderer malen, desto heller erstrahlt der Glanz ihrer eigenen, nicht mehr angefochtenen Tugend.

Oh, fort können, nur fort! Aber sie hat im Handumdrehen noch keine andere gutbezahlte Stellung wieder, und Mutter zur Last liegen?

Sie kommt in den nächsten Tagen nicht zur Besinnung, das Haus ist voll anspruchsvoller Gäste, das viele Obst muss verwertet Wetter werden, womit Erna, die gutmütige Köchin nicht alleine fertig wird, und so steht Imma in jeder abkömmlichen Minute und füllt und schließt die Gläser, bis es vor den Augen tanzt.

„Ohgotte doch, Frollein!" Erna reißt ihr den Topf mit der Zuckerlösung aus der Hand: „Gehen Sie man bloß sitzen! — Sie werden ja ganz weiß unter der Nase! — Warten Sie man, ich koche Sie auch schnell nen steifen Kaffee!"

In den letzten Abenden ist sie wie tot aufs Bett gefallen, sie wachte heute in der Morgenzeit auf und fand sich in ihren Kleidern, kaum konnte sie sich erinnern, wo sie war. Doch auch, als es ihr zum Bewusstsein kam, spürte sie nichts als eine entsetzliche Leere, die auch jetzt in ihr ist. Die Füße brennen, das Herz hämmert wie rasend, und mit geschlossenen Augen, vor denen kleine Funken tanzen, hockt sie auf dem weiß gescheuerten Küchenstuhl.

„Nu trinken Sie man erst!" Erna setzt ihr die dampfende Tasse hin, sie füllt noch einen Löffel Sahne darauf wobei sie keineswegs vergisst, auch ihre eigene Tasse reichlich zu versorgen. „Essen un Trinken hält Leib un Seele zusammen, das sag ich immer!" und ihre eigene rotwangige Rundlichkeit ist der beste Beweis für ihre Behauptung. „Ich sagt allzu Hilde, sagt ich: Frollein muss nich auf 'n Dampf sein, da kriegten kein Wort heraus, anners is se doch ganz orntlich mit unserein. — Na, son Posten is auch noch nich alles, ich wollt 'n nich haben um kein Geld inner Welt. — Wenn der olle Drache man nich 'n ganzen Sommer hier säß, so schlimm is die Gnädige annsers nich. — Noch 'n Tasse? — Nu werden Sie man bloß nich krank, ich glaub sicher, Sie essen auch nich genug!"

Ernas gutmütige Fürsorge, die etwas Mütterliches an sich hat, obwohl sie jünger ist als Imma, tut dieser gut. Nun sie selbst Erfahrung hat, die ihren Untergebenen Achtung abnötigt, wird sie gut mit ihnen fertig, um so mehr, als sie niemals etwas Unmögliches von ihnen verlangen wird. — Längst legt sie wieder Apfelscheiben in die Gläser die Erna mit ihren derben flinken Händen vorbereitet. „Wir kriegens noch soeben vorm Essen getan, das is man gut, anners kann ich der morgen noch wieder bei, und denn hab ich doch meinen freien Sonntag!"

Sie schwatzt lustig von ihrem Adelbert, dem Schupo, mit dem sie sich demnächst verloben wird — ihre Aussteuer hat sie schon meist zusammen, fein kriegt sie es, gerade wie Herrschaften! — „Anners, was die Schupos sind, nich wohl wahr, die gucken immer gern nach andere, das sind so fixe Kerle, die können alle Mädchen kriegen. Man och — das will ich ihn schon abgewöhnen — wenn son Mann das alles fein un orntlich in Haus hat, und Frau un Kind, denn is das ganz was anderes, da hab ich keine Sorgen bei — man is Sie wieder nich gut, Frollein?"

So jäh steigt ein fremder Schmerz in Imma hoch, dass sie mit geschlossenen Augen schwer atmend an den Tisch lehnt — eine ihr selbst unverständliche glühende Eifersucht auf Erna wird in ihr wach, die ihr schlichtes Alltagsglück so selbstverständlich in ihre festen Hände nimmt, die Frau und Mutter sein wird, ohne sich weiter Gedanken darüber zu machen. — Es auch so haben können, einfach mittun — einfach — leben —.

Wieder sinkt sie abends in den totenähnlichen Schlaf, wieder ist sie plötzlich klar wach. Mit weit offenen Augen starrt sie in das Dunkel, das alles Leben auszulöschen scheint. Ihr Herz hämmert so schwer, dass ihr ist, als gleite sie immer weiter in die lautlose Dunkelheit hinein, verlassen, allein in einem kleinen Boot, über dem die Wellen zusammenschlagen; es ist keine rettende Hand, die sich ihr entgegen streckt, und immer tiefer versinkt sie in einem Meer von Hoffnungslosigkeit.

Hat eine Welle sie empor getragen? — Langsam weicht das Dunkel, scharf und schärfer steigt ein Bild empor, liegt dann vor ihr so klar wie Inseln vor einem Regentag, wo man von der Küste mit unheimlicher Deutlichkeit alles erkennt, entschleiert von dem sanft verhüllenden Dunst, der Märchen erzählen will.

So mitleidlos klar erkennt Imma jetzt ihr eigenes Leben, sieht sie Licht und Schatten und die eigenen Lebensfehler ohne jede Beschönigung. — Ein einfaches, selbstverständliches Leben — weshalb konnte sie nicht auch dazu kommen? — Immer ist sie bestrebt gewesen, das Rechte zu tun

— was hat sie denn falsch gemacht? — Und das kann doch nicht anders sein, die Lebensrechnung müsste doch irgendwie aufgehen.

Wer sagte neulich noch: Menschen ohne Programm — mit innerem Erschrecken kam es ihr da zum Bewusstsein, dass ja auch sie zu diesen gehört. — Hatte sie je ein festes Ziel? — lebt sie nicht auch von einem Tag in den anderen? Liegen nicht ihre besten Kräfte brach, ohne dass sie je den Versuch machte, sie zu nutzen?

Sie hat ihre Träume geliebkost und das Leben darüber versäumt, sie weiß es heute ganz genau. Eine wilde Sehnsucht steigt in ihr auf nach dem Mann, der ihr ewig unerreichbar ist, eine Sehnsucht, die überflutet wird von Scham — ist sie ihm wirklich so entgegengekommen, dass er glauben musste, sie sei eine leichte Beute? — Hat sie ihn in die Fremde getrieben? Am ganzen Körper zitternd durchlebt sie den Abschied — nein — nein —

Immer und unter allen Umständen das Rechte tun — Imma weiß nicht, dass sie sich dem allerschwersten Programm verschrieben hat, und dass gerade dieses sie daran hindert, das Leben unbefangen zu leben.

Allzu schwer war das Gepäck, das sie aus der Heimat mitnahm. So ist sie auch nicht unterwürfig genug für ihre abhängige Stellung, zu schwer vergisst sie in dem natürlichen Stolz der alten Friesenfamilien, die niemals unfrei waren, erlittene Kränkungen.

Wer aber ist schlecht, ist boshaft aus Freude an der Bosheit? Können die Menschen dafür, dass sie mehr von ihnen erwartete, als sie zu geben vermochten?

Wie einen Film sieht sie ihr ganzes Leben abrollen — das Hartmannshaus, ihre Kindheitserlebnisse, die sie plötzlich in einem ganz neuen Licht sieht, wie all ihr Erleben — die vielen Menschen, die sie in all ihren Menschlichkeiten aus nächster Nähe erlebte. Sie sind Gefangene ihrer Schwächen, ihrer Leidenschaften, verblendet aus Hochmut, aus Unwissenheit um die Schwere des Daseins, das ein anderer trägt, jeder von sich und seinem Schicksal ausgefüllt. Nicht nur der andere, sondern — auch du.

Jeder treibt sich an dem andern fremd und fern vorüber.

—

Nichts mehr von anderen erhoffen, das leicht bewegliche Herz hart und fest machen, nur noch auf sich selber bauen, das ist das einzige.

Immer noch liegt Imma in starrem Halbschlaf und doch überwach. Mit einigem Staunen gewahrt sie, dass sie ganz nüchtern alle Möglichkeiten für eine andere Daseinsform erwägt, sie bewegt ihre Hände, die der geliebte Fremdling so geschickt nannte. Wenn sie doch ihre Fähigkeiten ausbilden, etwas hinzulernen könnte! Aber zu allem ist Geld nötig — Geld, dessen Fehlen so unsagbar schwer wiegen kann und für das man doch, wenn es vorhanden ist, oft so bitterwenig erkaufen kann.

Sie weiß nicht, wie sehr sie mit den fest aufeinander gepressten Lippen jetzt ihrer Mutter gleicht, der sie sonst so wenig ähnelt. Mutter, deren Herz trotz ihrer starren Rechtlichkeit so an dem Sohn hängt, der ihr nur Kummer und Sorgen bereitet, dass darüber die Tochter, die ihr stets ein gutes, sorgsames Kind war, zu kurz kam.

Auch das erkennt Imma deutlich. Bislang hat sie die Augen davor verschlossen, doch nun löst sich eine Binde nach der andern. Soll ihr Leben im Sande verlaufen, ohne jemandem genützt zu haben?

„Nein! — nein!" Sie erschrickt vom Klang ihrer eigenen Worte, richtet sich auf, starrt auf das Fenster, vor dem es zu tagen beginnt. Nein, nein!! Sie will nicht mehr ihren Träumen nachhängen, die sie vom Leben abziehen. Man muss den Mut aufbringen, den Tatsachen ins Auge zu sehen.

Sehnsucht! — Ja sie ist, sie wird bleiben, niemals wird sie ihr tiefstes Erleben vergessen können. Aber kann Sehnsucht ein ganzes Leben ausfüllen — kann sie alles ersetzen?

Seit heute Nachmittag weiß sie, und diese Erkenntnis hat alles in ihr aufgewühlt, dass Liebe immer Erfüllung will, auch dort, wo sie nach den Sternen greift.

Der Vorhang, der sie vom Leben trennte, zerreißt von oben nach unten, schmerzhaft, und doch befreiend.

Leben ist nicht Traum, es ist Wachsein, ist seine besten Kräfte einsetzen gegen alle Widerstände, ist teilhaben an seinen Höhen und Tiefen.

Über seinen dunklen Wassern schimmert heller und heller ein Stern, der das erlösende Licht freudiger Arbeit verkündet.

*

Das klare Licht.

Ein weittragender Entschluss kann wohl in einer Stunde gefasst werden, doch währt es oft lange, ehe er ausgeführt werden kann.

Unerwartet ist in Immas Leben eine Veränderung eingetreten, mit der sie, die zwar nie robust, aber nicht ernstlich krank war, niemals Rechnung gehalten hat.

Länger schon hat sie die Schmerzen gefühlt, das Stehen fällt ihr schwer, doch im Drang der Arbeit hat sie nicht weiter darauf geachtet; es wird wohl wieder vorübergehen, hat Mutter die Kinder immer getröstet. Aber diesmal versagt das Trostwort, es wird im Gegenteil immer schlimmer, und der Arzt, zu dem sie noch selbst geht, stellt fest: „Blinddarm! — sofort hier bleiben!"

„Aber das geht doch nicht! — Ich habe doch keine Zeit!" Immas Pflichtgefühl versagt auch jetzt nicht, doch belobt Dr. Hansen sie keineswegs dafür: „Keine Zeit? — wer sagt das? Zeit zu leben und Zeit zu sterben! — Wissen Sie wohl, dass Sie mit einem Fuß im Grabe stehen? Sie hätten längst kommen müssen!" Und er ordnet ihre sofortige Überführung in die Klinik seines Freundes an, mit dem er zusammen arbeitet.

„Gott! — Welche Umstände!" Frau Senator findet solche Fürsorge sehr überflüssig: „Wer muss das nun bezahlen? — und das um eine lumpige Blinddarmentzündung! — Die vierzehn Tage, die sowas dauert, hätte die Onken doch auch im Saal liegen können!" Wie können Menschen, die ihr Brot verdienen, nur so anspruchsvoll sein, sagt ihr ganzer Ton.

Die Hausfrau ist in tausend Sorgen, es hat sich erneut Besuch angemeldet, dies fehlte nun noch gerade!! Menschen wie sie muss doch auch alles treffen: „Hoffentlich dauert es nicht so lange!" seufzt sie.

Es dauert aber leider sehr lange. Die Eiterung ist schon zu weit fortgeschritten, Imma muss wochenlang mit einem Eisbeutel liegen, ehe die Operation gewagt werden kann. Doktor Hansen, der Hausarzt bei Frau Ohlsen ist und Imma mehr beobachtet hat, als sie weiß, hat für ein gutes Zimmer gesorgt: „Und für gute Gesellschaft!" meint er bei seinem nächsten Besuch lachend.

„Vielen Dank für das Kompliment!" lacht es melodisch aus dem Nebenbett, und eine starke Dame in mittleren Jahren, die sich dort mühsam aufrichtet, sieht mit ihren großen dunklen Augen freundlich zu Imma herüber: „Aber ich kann es Ihnen zurückgeben!" Sie reicht ihm dabei ihre wohlgeformte Hand, die ein besonders schön gefasster Ring schmückt.

„Liegen bleiben!" Er drückt die Herzleidende sanft zurück.

„Mir scheint, die Damen vertragen sich?!" Der große hagere Mann mit den tiefliegenden Augen, gefürchtet von den meisten seiner Patienten, strahlt befriedigt, denn er schätzt nicht nur das stille Mädchen, sondern auch Frau Eysoldt, die zu seinen bevorzugten Patientinnen gehört. Eine Frau, die trotz ihres schweren Leidens noch lachen kann — das ist wirklich eine Wohltat für einen Arzt, der sonst nur Klagen hört.

Auch Imma lächelt dem Arzt zu, der ihr ganzes Vertrauen besitzt; mit unbewusster Rührung nimmt er wahr, wie jung das blasse Gesicht mit den zu braven Zöpfen geflochtenen Locken jetzt wirkt. „Wir bleiben vorläufig hübsch liegen!" sagt er nach beendeter Untersuchung, und sie findet es jetzt ganz gut, dass die Operation noch etwas hinaus geschoben wird, obwohl sie anfangs nur den einen Wunsch hatte, sie möchte erst überstanden sein.

Eigentlich ist das Kranksein gar nicht so schlimm, denkt sie jetzt manchmal, man kann ruhig liegen bleiben und wird bedient, anstatt immer für andere da sein zu müssen, ohne Ruh bei Tag und Nacht. Imma lächelt vor sich hin und horcht auf die Stimme nebenan — wie Musik klingt es fast, man lauscht, ohne müde zu werden, die Gedanken gleiten dabei auf Wege, fern vom Alltag, und man vergisst alle Kümmernisse. Vorsichtig, denn sie darf sich des Eisbeutels wegen nicht rühren, dreht sie den Kopf zu Frau Eysoldt, die aufrecht in den Kissen sitzt, da sie sonst keine Luft bekommt. Die Wintersonne liegt auf ihrem vollen, dunklen und sehr gepflegten Haar, das kaum weiße Fäden zeigt, und die schönen beringten Hände binden gerade die Schleife an dem gesteppten Bettjäckchen aus zart lila Seide, das Immas ganzes Entzücken ist, fast schämt sie sich ihres soliden Nachthemdes und des braven Wolljäckchens.

Frau Eysoldt sieht in den silbergefassten Handspiegel, der stets auf ihrem Nachttisch liegt: „Wissen Sie, ich lege großen Wert darauf, mich nicht zu vernachlässigen. Ist es nicht schlimm genug, dass die Ärzte uns in unserer ganzen Schwachheit kennen lernen? — Weshalb sollen wir ihnen denn solch schlechten Eindruck machen?! — Nein, nein — ein bisschen Eitelkeit ist schon richtig. Für Sie auch, stilles kleines Mädchen! — Eigenartig — nun sagen Sie kaum ein Wort und doch weiß ich immer, dass Sie zuhören — und, das ist so schön — mich auch verstehen!" Sie lacht leise auf und dann wird es ganz still.

Ein Auto fährt vorbei, ganz fern rollt die Straßenbahn, gegenüber wird vorsichtig eine Tür geschlossen. Leise legt sich die Dämmerung über die beiden Frauen, deren Gedanken umeinander gehen. Längst weiß Imma, dass Frau Eysoldt viel im Ausland lebte, wohin ihr verstorbener Gatte wirtschaftliche Studienreisen machte, und dass sie ihre beiden Kinder ganz jung verloren hat. Im Augenblick hat sie keinen festen Wohnsitz, was Imma im tiefsten Herzen sehr traurig findet, denn nach ihren festgefügten Anschauungen braucht der Mensch ein Plätzchen, in dem er zu Hause ist. Nun ist sie auf der Durchreise krank geworden — sie wollte ihren Neffen besuchen, der Kapitän bei einer großen Hamburger Reederei ist. — Ja, also unterwegs muss sie ihr Herzasthma bekommen und schleunigst ins nächste Krankenhaus. Und so liegt sie denn hier!

„Ich hatte anfangs ein Einzelzimmer — aber wissen Sie, das ist gut, wenn man so krank ist, dass man überhaupt keine Wahrnehmungen hat, oder man bekommt viel Besuch von Verwandten und Freunden. Nein, nein! Wissen Sie Doktor, hab ich gesagt — ich muss Gesellschaft haben, sonst werde ich Ihnen melancholisch, und das wäre doch schade, nicht wahr? — Geben Sie mir ein recht freundliches Zimmer und recht nette Gesellschaft. Sie werden doch jemand wissen, der nicht dauernd stöhnt und klagt und mit dem man sich auch unterhalten kann? — Ein bisschen viel verlangt, meinen Sie? — Oh, Sie werden schon das Rechte finden!"

Ja, ja, denkt Frau Eysoldt, der Doktor hat wirklich das Rechte für mich gefunden. Ein Mensch mit innerem Gehalt, jemand aus einer sauberen Umgebung. Über dreißig will sie sein und so mädchenhaft, so unverbraucht? Und die weltgewandte Frau, die alle Erscheinungen des Lebens mit offenem Herzen und sehenden Augen in sich aufnahm, lässt all die Frauen, die ihr begegneten, an sich vorüberziehen.

Und schon folgt die aufhorchende Imma ihr wieder über Länder und Meere, sie ist mit ihr in Mexiko unter den Indianern, und ihre Nachbarin reicht ihr den schweren offenen Silberreif mit hellblauen Türkisen, der Eingeborenenarbeit ist. Sie erlebt mit ihr die Wunder des Panamakanals und fährt mit ihr zu den Osterinseln, die sie noch aus dem alten Pfennigmagazin kennt, in dem sie und Magda so gerne auf Hartmanns Boden lasen. Gewiss ist ihr auch die Negerkönigin Anna Zinga begegnet? — Nun müssen beide so herzlich lachen, dass Schwester Irma, die gerade vorbeikommt, schnell einmal um die Ecke sieht, und sich von diesem so gar nicht trostlosen Krankenzimmer, in dem doch zwei schwere Patienten liegen, ein wenig Sonnenschein holt.

Es ist nur zu schade, dass all das Schöne, das Frau Eysoldt unterwegs gesammelt hat, unnütz und ihr selbst zur Last in Kisten und Kasten aufgeborgen steht. Zuweilen denkt sie an ein eigenes Heim, aber wo? — und für sich allein die Last eines Haushalts aus sich nehmen? — Nein, nein! — Sie ist nun einmal für Leben und Bewegung, sie kann nicht so gebunden sein, sie muss auch Menschen um sich sehen. — Ja, das kann das so ernsthafte Friesenfräulein wohl nicht verstehen? Das kann bestimmt mit einem Dutzend Fischen zusammen sein und dann noch behaupten, es hätte sich prächtig unterhalten!

Wieder lacht sie klingend, aber es ist diesmal ein falscher Ton darin. Sie spricht so hastig weiter, als wolle sie ihren innersten Gedanken nicht Raum geben, als wolle sie sich nicht selbst eingestehen, wie einsam sie sich oft fühlt, welches Ruhebedürfnis sie hat. — Was hilft es auch? — Der einzige Mensch, der ihr nahe steht, ist ihr Neffe, und der ist immer fort. Die Zeit, die sie noch zu leben hat — und sie gibt sich keinerlei Wahnvorstellungen über ihren Zustand hin — wird sie schon auszunutzen wissen. Mach' aus dem Leben, was daraus zu machen ist, nutze die Stunde! Das ist immer ihr Wahlspruch gewesen. Und hat sie es, nicht ausgekostet? — war es nicht der Mühe wert?

Sie langt nach dem japanischen Kästchen, dessen Ahornblätter so lebendig aus dem dunklen Lack leuchten und das alle ihre wichtigen Papiere birgt. Flüchtig durchblättert sie ihr Bankbuch, klappt es hastig zu: „Dumm! — Kranksein ist ein kostspieliges Vergnügen!" — Nur nicht nachdenken! Ein weiterer schwerer Anfall könnte das Ende bedeuten, und sie lebt doch trotz allem so gerne.

So liegen sie wieder ganz still. Auch Imma muss daran denken, dass die lange Krankheit wohl alle ihre Ersparnisse verschlingen wird, doch beunruhigt sie das nicht so sehr. Weiß sie doch gar nicht, ob sie mit dem Leben davon kommen wird; sollte es nicht sein, womit sie rechnen muss, so wird es wohl gerade reichen, dass wenigstens Mutter keine Unkosten entstehen.

Das ist ihre größte Sorge, denn sie weiß ja, wie sehr Mutter rechnen muss, der sie ihre Erkrankung nebenbei, als sei es nichts von Belang, mitgeteilt hat. — Der kleine Laden bringt kaum das nackte Leben auf, und Martin, der doch eigentlich das Brot verdienen müsste... — Imma presst die Lippen aufeinander und schiebt dann den Gedanken weit von sich — es ist ja alles so nebensächlich geworden, so unwichtig. Die Welt wird weiter gehen auch ohne sie. Sie denkt an den verstorbenen Bruder, den geliebten Vater — gewiss, Mutter würde traurig sein, das weiß sie bestimmt, sie hat schon so viel durchgemacht, hoffentlich bleibt ihr dies erspart. — Aber sonst — wer würde sie vermissen?

Sie denkt an den geliebten Fremdling, von dessen fernerem Schicksal sie wohl nie erfahren wird, denkt daran, dass keine Brücke von ihm zu ihr führen kann und darf, denn sie würde ihm nur eine neue Bürde sein, für die seine Kraft niemals reichte. — Und doch ist der Gedanke an ihn süß und trostvoll, so weh er tut.

Die Nacht der Erkenntnis steigt in ihr auf, und sie schwört bei sich selbst: kommst du durch, so wirst du dein Leben anders aufbauen, dann soll es auch der Mühe wert sein, zu leben!

*

Nun ist das Schlimme überstanden, und Imma ruht, noch Umfangen von der Narkose, wieder auf ihrem Schmerzenslager. Auch ihrer Zimmernachbarin ist es inzwischen nicht gut ergangen; nachdem sie sich bereits einige Tage nicht recht wohl fühlte, bekam sie einen erneuten Anfall, doch halfen ihr die Kampferspritzen über die entsetzliche Atemnot hinweg, und so ging es noch leidlich ab.

„Wie gut, dass ich damit fertig bin, ehe das Friesenfräulein wieder zu sich kommt!" lächelt sie mühsam Dr. Hansen zu, der ihr den Puls fühlt und sich dabei oben auf den indianischen bunten Poncho gesetzt hat, der auf dem Stuhl vor ihrem Bett liegt, riesengroß zeichnet sich sein Schatten auf der gegenüberliegenden Wand.

„Der alte Bazillenträger dürfte hier auch nicht sein!" knurrt er, innerlich erfreut, seine Lieblingspatientin verhältnismäßig wohl vorzufinden. „Ach Doktor" — was ist das doch für eine herrliche Frau, selbst jetzt lächelt sie: „ein kleines Vergnügen werden Sie mir doch gönnen, ja? — hoffentlich brauch' ich doch nicht mehr lange hier sein?" „Wenn, Sie vernünftig sind und sich nicht aufregen", knurrt er: „Das geht natürlich nicht. — War es deshalb?"

Er deutet auf Imma, die sich bewegt, beugt sich dann über sie und sieht ihr scharf ins blasse Gesicht. „Nun, es ist alles gut und normal verlaufen, wollen wir das Beste hoffen." Frau Eysoldt will etwas sagen, aber: „Nun einmal gar nicht sprechen, wenn's auch schwer fällt!" Wie schalkhaft kann der sonst so ernste Doktor sein, über das heute sehr leidende Gesicht seiner Patientin fliegt ein Widerschein seines Lächelns, und es ist ein gutes Verstehen zwischen ihnen.

„Ja, ihr Friesenfräulein, wie Sie es nennen! — es ist schon ein besonderer Menschenschlag dort, den man nicht so leicht versteht. — Eine Frau in ihrem Alter, die in der Narkose immer wieder nach den Eltern ruft, so schmerzvoll so bitterlich — das ist uns noch nie vorgekommen. — Ein ganz unverdorbener Mensch" — er muss sich heftig schnäuzen und die Brille putzen.

Dann beginnt Imma sich zu regen, und nichts von den qualvollen Nachwirkungen der Narkose bleibt ihr erspart.

Frau Ohlsen hat wohl einmal angefragt und auch Blumen geschickt, aber sie selbst ist nie gekommen, sie ist zu leidend, nicht wahr? — Als die ersten, schwersten Tage überstanden sind, schickt sie Erna, und die gutmütige, tollpatschige hat den geheimen Auftrag mitbekommen, einmal zu horchen, wann Fräulein Onken wohl zurückkommen kann. Man hat eine Aushilfe, gewiss, und sie will auch wohl bleiben, Frau Senator sagt immer, sie mag diese viel lieber, ihr Wesen ist längst nicht so hinterhältig, aber die Hausfrau ist diesmal nicht so ganz mit ihr eins.

„Ich sag immer zu Hilde, sag ich zu ihr: die Neue, das is ja 'n ganz alte Katze, is das ja, niks als jede Kleinigkeit vorn erzählen, als wenn's wunder was ist. Aber dass mögen die Damens man zu gern hören, denn haben sie was zu tun. — Na, da bleib ich natürlich nich bei, kommen Sie man bald wieder, Frollein. — Man Sie sehen ja noch so spaak aus!" Bedenklich sieht die Gute in Immas abgezehrtes Gesicht. „Man was Sie für feine Locken haben, da hab ich sonst gar nich auf zugeschlagen. Man Sie müssen nu man tüchtig essen, Frau Ohlsen hat mir auch gut was mitgegeben." — Sie packt allerhand schwerverdauliche Sachen aus, eine dicke Wurst, ein Stück Sandtorte, eine Portion steinharter Äpfel — „Frau Senator sagte auch, bloß sich nicht lumpen lassen. — Was ich noch sagen wollt — der Neffe von der Gnädigen is, wissen Sie der Freiherr, der immer so komisch war — man ich glaub', nach Sie guckte er ganz gern — der hat nu seine Koffer auch hingekriegt. — Waren auch nicht schwer, bloß, wo die alten Bücher in waren, wo er immer bei saß. — Weiß nich recht, wo er nu is, ich glaub' in Berlin oder so, ich kriegt das grad zu hören, als die Damen das der von hatten. — „Wenn der agarante Mensch sich mit so 'n kleinen Posten zufrieden gibt, denn muss ihn das schlecht genug gehn. Das konnt ihn so passen, sich hier durchzufressen" — ja, das sagte der alte Drache. — Ich mocht ihn anners wohl leiden, son bisschen sonderbar, aber da haben wir wohl ganz annere gehabt — man schlafen Sie schon?" Sie beugt sich über Imma, die mit geschlossenen Augen Ernas Redestrom über sich ergehen lässt. Ihr Herz geht in kleinen, heftigen Schlägen, und ihr ist, als schwebe sie.

So weiß sie doch, was aus dem Mann ihres Herzens geworden ist; oh, er wird nicht untergehn, es ist tapfer von ihm, dass er den Weg zur Arbeit fand. Wird ihrer Sehnsucht auch nie Erfüllung, sie weiß, dass sie ihre Liebe keinem Unwürdigen schenkte, und das gibt einen wunderbaren Trost.

Erna hat gar nicht gewusst, dass Frollein Onken eigentlich ein ganz hübsches Mädchen ist, mit den glänzenden Augen und den jetzt zartrosa Backen sieht sie richtig niedlich aus, findet sie. Komisch, dass die keinen Mann gefunden hat! — da wär' nun doch wirklich keiner mit betrogen gewesen. Man die war natürlich zu ordentlich, sie kannte die Männer ja viel zu genau!

„Sie haben doch kein Fieber, Frollein? — nein? — ich hatt' all Angst! — Man was haben Sie da für ne feine Jacke an!" Vorsichtig befühlt sie den bunten Seidenstoff. „Die hub', ich geschenkt bekommen!" Imma lächelt nach dem Nebenbette hin und Erna sieht ein wenig neugierig und verwundert auf die hübsche, feine Dame, auf die sie bislang gar nicht geachtet hat. Sieh mal einer an! — das hat Frollein aber getroffen! Nun, sie gönnt es ihr gerne, aber das sollen die Damen noch von ihr hören, da können sie sich mal 'n Butterbrot von abschneiden!

„Na, Frollein, denn wünsch ich Sie man gute Besserung, und denn kommen Sie man recht bald wieder!"

Imma hört sich zu ihrer eigenen Überraschung ganz klar und deutlich sagen: „Ich komme nie wieder, Erna!"

„Das ischa schade!" Man sieht ihr deutlich an, wie leid es ihr tut, aber ihre Mienen erhellen sich, als Imma ihr zum Abschied ein hübsches Riechkissen schenkt: „Selbst gemacht? — ischa wohl nich möglich!" — Sie will wohl fürs Gepäck sorgen, Frollein soll man schreiben, wo es hin soll und nachdem sie auch noch der freundlichen Dame die Hand gegeben, die ihr sogar noch eine Handvoll Süßigkeiten schenkt, stapft sie hinaus.

Ja, wohin die Sachen schicken?

Während Imma die bunten Seidenflicken glatt streicht, an denen sie gestichelt hat, kommt ihr erst richtig zum Bewusstsein, dass sie soeben einen Entschluss aussprach, dessen Bedeutung sie nicht unterschätzen darf. Bislang hat sie in ihrer Schwäche so dahin gelebt, alles, was sie beunruhigte, glitt von selbst von ihr ab, ja, war einfach nicht vorhanden. Nun heißt es handeln, einen Weg suchen. —

Sie weiß nicht, dass sie schwer aufseufzt, aber ihre Nachbarin hört es: „Aber wer wird so seufzen! — es lohnt sich wirklich nicht! — Glauben Sie mir, es zieht sich alles wieder zu recht, man muss nur den Mut nicht verlieren und nicht gar zu schwerfällig sein. — Aber zeigen Sie einmal, was haben Sie da wieder für Schönes gemacht?"

Imma langt ihr das reizende Etwas herüber, das wie von ungefähr unter ihren Händen entstanden ist, eine Hülle, wie Frauen sie für den Schmuck des Lebens lieben, ein Riechkissen, luftig wie ein Schmetterling, schaukelt daran: „Das ist aber doch etwas besonders Hübsches!" Frau Eysoldt untersucht es kritisch: „Und wie tadellos gearbeitet! Wer hat Ihnen das nur beigebracht? — ich denke Sie waren stets im Haushalt tätig? — Und wer soll das haben?"

Imma lächelt sie in herzlicher Zuneigung an: „Darf ich es Ihnen schenken? — Ich freue mich, wenn es Ihnen gefällt. — Es war mir nur Zeitvertreib. — Es macht mir sonst sehr viel Freude." — Wieder seufzt sie tief.

„Aber, liebes Kind, wissen Sie wohl, dass Sie für diese Dinge ganz ungewöhnlich begabt sind? — Wie viel Farbensinn steckt schon hierin, wie viel Phantasie und Geschicklichkeit. — Weshalb sind Sie nicht darin ausgebildet?"

Da ist wieder die Frage, die Imma sich im geheimsten Herzen oft vorgelegt hat. — Aber wie einem andern Menschen die tiefsten Gründe sagen? — wie ihm die Verhältnisse klarlegen?

Stockend, zögernd deutet sie an, dass sie gezwungen war, ihr Brot früh zu verdienen, ja, — wenn die Eltern in der Stadt gelebt hätten... — „Aber Kind, deswegen brauchen Sie sich doch nicht zu schämen? — Es ist aber Sünde, wenn Ihre Anlagen verkümmern, wir müssen sehn, dass wir da einen Weg finden! Es ließe sich aus Ihnen tatsächlich etwas machen!"

Imma hört mit einigem Staunen, wie Frau Eysoldt sich weiter in die Angelegenheit vertieft, wie sie ganz ernsthaft weitere Fortbildungsmöglichkeiten erwägt, von Schulen spricht. Sie selbst hat ihre Geschicklichkeit stets als etwas Selbstverständliches angesehen, denn man hat doch nicht umsonst so viel Handarbeitsunterricht gehabt, und ihr höchstes Ideal war etwa, weiter darin ausgebildet zu werden. Aber künstlerische Fähigkeiten hat sie sich niemals zugetraut, wie käme sie dazu?

Sie ist in diesen Dingen so ganz und gar ein Kind ihres langsam reifenden Stammes. Es ist ihr, wie so vielen, gar nicht in den Sinn gekommen, etwas Besonderes leisten und vorstellen zu wollen. Werden sie aber durch die Umstände darauf gestoßen, so erfüllen sie große Aufgaben als etwas Selbstverständliches.

„Künstlerin? — O nein, Frau Eysoldt, wo denken Sie hin?" — sie will ja nur selbständig werden. Könnte sie nur zu einem eigenen kleinen Heim kommen, und wenn es nur ein Dachstübchen wäre. — Imma geht ganz gegen ihre Gewohnheit aus sich heraus, und die erfahrene Frau hört aus ihren abgerissenen Worten mehr heraus als Imma ahnt.

Kurz darauf werden unerwartet so viele Patienten eingeliefert, dass alles, was irgend geht, entlassen wird, darunter auch Imma und Frau Eysoldt. Letztere bleibt hier in der Stadt in einer Pension, und Imma fährt in die Heimat. Es graut ihr in ihrem angegriffenen Zustand recht vor der umständlichen Reise. „Sagen wir, auf Wiedersehen!" Frau Eysoldt küsst sie zum Abschied, und dann rollt das Auto mit ihr fort.

Es ist so viel zu tun, dass Imma allein zur Straßenbahn gehen muss. Sie geht wie auf Watte, es braust ihr in den Ohren, und hätte nicht ein wildfremder, mitleidiger Herr ihr in den Zug geholfen, sie wäre wohl ohnmächtig umgesunken.

*

Und dann ist Imma zu Hause!

Sie liegt in ihrem dunkel gestrichenen, schmalen Bett und sieht über das Watt, das nun bei Ebbe grau und tot daliegt. Nach den schweren Stürmen der letzten Zeit friert es plötzlich stark, die Sonne scheint grell, und der scharfe Ostwind hält die Flut so stark zurück, dass die Schifffahrt unterbunden ist. So ist wenig Verkehr auf dem Wasser, und die Inseln sind in leichten Dunst gehüllt.

Wie meine Zukunft, denkt sie vag, und verwirft den Gedanken gleich wieder. Sie setzt die leere Kaffeetasse nieder und kriecht fröstelnd unter das warme Federbett. „Bleib' noch man eben liegen! Kannst ja doch nichts anfangen!" Mutter, die sonst so strenge, pflegt sie, wie es nur eine Mutter kann, und ist weich und gut zu ihr. Sie bringt ihr sogar Mürrlein, die wunderschöne schwarz-weiße Katze, die jetzt zärtlich in ihrem Arm schnurrt. Sie hat ja keine Ahnung gehabt, wie krank das arme Kind war! — und nun haben die Doktors sie so hergehabt. Liebevoll streicht sie Imma übers Haar und küsst sie herzlich: „Mein liebes Kind!"

Sie lächelt Mutter entgegen, die ihr noch einmal Kaffee bringt: „Nun komm man! — gleich kommt der Briefträger!"

Das ist ein Zauberwort, dem auch Imma nicht widerstehen kann — einmal könnte er doch vielleicht etwas Besonderes für sie bringen!

Nun sitzt sie in Vaters Lehnstuhl, Mutter schiebt ihr sorglich die Feuerkieke mit glühenden Kohlen unter die Füße. Dass man hier auch so wenig vom Siel sieht! Der Blick geht auf das Haus von Kobus Smid, von dem ein schmaler Gang das ihre trennt, und durch den der scharfe Ostwind jetzt Staub und Strohhalme jagt.

Imma kaut gleichgültig an ihrem Butterbrot; von ihrem Platz hat sie gerade den kleinen Durchblick im Auge, an dem der Briefträger vorbeikommen muss — das Herz pocht in kurzen, hastigen Schlägen, eine schwer zu beherrschende Unruhe überfällt sie. Sie könnte nicht sagen, was eigentlich sie so verzehrend erwartet, und weiß nicht dass es die fortschreitende Genesung ist, der erwachende Lebenswille, der das Hindämmern nicht mehr aushält und nach Veränderung des tatenlosen Lebens verlangt.

„Du isst doch auch wieder mit einem Zahn!" Mutter stellt ihr ein bisschen unwillig eine neue Tasse Tee hin, dann geht sie ans Fenster und späht auch aus. „Wo Jan Hinrichs doch wohl wieder bleibt! — sicher hat er was Neues, was er erst überall erzählen muss. — Aber so kannst du auch nicht wieder besser werden, wenn du nicht mehr isst!"

Aber kaum hat sie die Herdtür geöffnet, um noch einmal tüchtig nachzulegen, als die Haustür klingelt. „Das ist er!" Wie schnell sie noch laufen kann! Imma hört sie draußen sprechen, ja, es ist bitterkalt, das kommt darauf an für einen alten Mann. Der Tee ist gerade fertig, sie will ihm schnell einschenken.

„Dankenswert!" Dann treten die beiden ein, der lange,

magere Mann mit dem von Wind und Wetter braunrot gegerbten Vogelkopf dreht seine alte, zerschlissene Tasche mit entnervender Bedächtigkeit hin und her, ehe er das Rechte findet, Immas Blicke zerreißen sie förmlich: „Züh, das ist für Moder." — Er langt ihr einige Briefe mit Firmenstempeln zu, und da hat er noch so ein Papier für Martin, das muss er unterschreiben — so, der ist nicht zur Hand? — ja, Moder kann das auch wohl. Und nun, weil Frollein so brav bessert, kriegt sie auch was Schönes. Er hat nicht nur einen, sondern sogar zwei Briefe für sie! Seine scharfen, blauen Augen strahlen ordentlich, als er ihr die weißen Umschläge reicht. — Ja, ja, so 'ne Tasse Tee, das ist doch man 'ne Gottesgabe bei einem Wetter wie heute. Er fühlt seine Füße fast nicht mehr.

„Fertig?" Er nimmt die Quittung an sich, die Frau Onken mit umwölktem Gesicht unterschrieben hat, und reicht ihr den Einschreibebrief für ihren Schmerzenssohn. Imma sieht zu, wie sie den Brief scheinbar gleichgültig auf die Kommode legt — was mag nur wieder darin stehen? Angenehmes bestimmt nicht, aber sie darf nichts gegen Martin sagen, Mutter nimmt ihn immer in Schutz; der arme Junge hat nun einmal ein schlechtes Erbe mitbekommen, da kann er nichts dran machen.

Während Mutter mit dem Alten hinausgeht, der ihr an der Tür noch etwas unendlich Wichtiges zu erzählen hat, öffnet Imma hastig den Brief mit der sehr ausgeschriebenen, weitläufigen Handschrift — die kennt sie ja gar nicht? — der andere ist von Herma, deren Kritzelschrift ist unverkennbar. — „Was hast du denn? Du siehst ja so aufgeregt aus?" Mutter sieht fragend auf Imma, die mit hochroten Backen und glänzenden Augen den langen Brief studiert. „Wer hat dir denn so viel geschrieben?" Für sie bleibt die Tochter ewig das Kind, das ihr genau Rechenschaft schuldig ist.

Die legt den Brief vorsichtig zusammen, nimmt ihn wieder auseinander. „Mutter! — Frau Eysoldt hat mir geschrieben, weißt du, die freundliche Dame, mit der ich zusammen lag —"

„So? — was will die denn?" Mutter ist schon wieder bei ihrer Arbeit und mit den Gedanken bei dem Brief, der sie drüben unheildrohend anstarrt. Imma ist zum Glück so von sich erfüllt, dass sie es nicht spürt: „Mutter, denk dir, sie schreibt, ob ich nicht zu ihr kommen will!"

„Zu ihr kommen? — Du sagtest doch, mein' ich, dass sie keinen eigenen Haushalt hat?" Das muss sie doch etwas genauer hören, und so setzt sie sich mit ihrem Strickstrumpf zu Imma, die ihr nun auseinandersetzt, wie das gemeint ist und plötzlich von neuem Lebensmut erfüllt scheint.

Also, Frau Eysoldt schreibt, dass sie sich nach reiflicher Überlegung entschlossen hat, wieder einen eigenen Haushalt anzufangen. Diese Stadt gefällt ihr Besonders gut, sie hat auch reizende Menschen kennengelernt, mit denen sie angenehmen Verkehr haben kann. Jetzt ist ihr eine entzückende Wohnung angeboten, nicht zu teuer und an guter Lage, ganz, was sie braucht — ob das Friesenfräulein wohl Lust hat, zu ihr zu kommen? Sie beide haben sich doch so gut verstanden. Ein Mädchen kann sie ihr leider nicht halten, auch kein großes Gehalt bezahlen. Aber — Immas Stimme wird ganz hoch und leicht, als sie es vorliest — dafür würde sie die Möglichkeit haben, sich weiter auszubilden. Frau Eysoldt hat sich schon erkundigt, es gibt dort am Platz eine ausgezeichnete Kunstgewerbeschule, die sie besuchen kann, und dann wird man schon weitersehen. — Imma lässt den Brief sinken und sieht Mutter beglückt an, für sie gibt es gar keine Überlegung.

„Das weiß ich nicht." — Frau Onken legt den Strumpf hin und stochert nachdenklich mit der Stricknadel in ihrer Haarzwiebel: „Das weiß ich nicht. — Das ist doch sowas

Ungewisses. — Wenn du 'ne gute Stelle hast, kannst du doch auch ganz anders verdienen. Als Hausdame ist doch auch ganz schön, wenn dir das so nicht gefällt. — Nun noch was Neues anfangen? — da bist du bei kleinem doch auch schon zu alt zu. — Und denn noch wohl Kunst!" sagt sie mit unsäglicher Verachtung, das ist für sie etwas, mit dem ordentliche Leute am besten nichts zu tun haben. „Hättest dich doch man zur Zeit verheiratet!"

„Mutter —" Imma spricht jetzt ganz hart und klar: „— das darfst du mir nicht zum Vorwurf machen. Das ist nicht meine Schuld gewesen. Wahrscheinlich wäre ich heute glücklicher, wenn ich" — sie schluckt ein wenig, ihre Augen treffen sich und sie wissen beide, dass sie an Ihno denken. Über Hinni Janßen, dem er sich in langen, einsamen Stunden anvertraute, ist es zu ihnen gedrungen, wie das unselige Gerede ihn zur Verzweiflung brachte, und dass er Imma nicht vergessen konnte. Frau Onken fühlt sich ihr gegenüber etwas schuldig, aber sie beschwichtigt ihr Gewissen damit, dass das Kind heute doch auch schon Witwe wäre.

„Ich meine, wenn damals alles anders gekommen wäre. — Aber ins alte Joch zurück? — niemals! — Das ist gut, wenn man jung ist und noch täglich auf ein erlösendes Wunder hofft. — Sieh Dine Janßen an, sieh Hanni Behrens — was meinst du wohl, warum sie den ersten Besten nahmen? Weil sie lieber Hunger und Kummer mit einem gleichgültigen Mann litten, als noch länger in Glanz und Pracht abhängig waren. — Du weißt, wie es Hanni geht. — Und Hausdame — liebe Mutter! Du weißt so gut wie ich, wie selten die wirklich guten Stellen sind. — Und die anderen? — Möchtest du dein Kind in einer schiefen Stellung sehen?"

Imma ist aufgestanden, sie reckt sich, es ist, als sei sie größer geworden, und all ihre Bewegungen sind freier und frischer. Sie küsst die Mutter herzlich: „Das wirst du mir nicht wünschen, das weiß ich bestimmt. — Lass mich nur gewähren. Ich muss es auf mich nehmen mit allem, was es mit sich bringt. — Ich werde dir nie zur Last fallen. — Wer arbeiten will und kann, schlägt sich immer durch!"

Mutter drückt ihr Kind an sich: „Wenn du das denn absolut willst. — Ja, du hast recht, die beiden wollten von der Straße, sonst kann's ja wohl nicht angehen, 'n Witwer mit sieben Kindern, und denn nicht mal was zu leben. — Na, denn wollen wir man bald sehen, dass wir deine Sachen in Ordnung kriegen!"

*

„Ach, Imma, bitte! — decken Sie mich doch einmal zu!"

Die kommt eilig aus der Küche gestürzt, wo sie das zu Bergen angesammelte Geschirr abwäscht, denn der Haushalt läuft noch keineswegs wie er muss. „Ach, das ist lieb von Ihnen! — Nun noch das Kissen in den Rücken — ja, dies! — Vielen Dank! — Und wie steht es mit unserem Kaffee?" Frau Eysoldt, die auf dem Ruhebett liegt, den indianischen Poncho über sich gebreitet, lächelt Imma bezwingend und überredend an. „Doktor Hansen hat es mir erlaubt! — Sie müssen doch nicht strenger sein als er! — Ach, geben Sie mir doch auch noch meine Hundtasche. — Ja, drüben auf dem Stuhl? — Ist sie da nicht!? — Dass man auch so gar nichts wiederfinden kann!"

Imma sucht vergeblich nach der Tasche, die sich schließlich in einem anderen Zimmer findet. „Ist sonst noch was?" sagt sie ein wenig hastig, denn das Abwaschwasser wird kalt. „Aber mehr als eine Tasse dürfen Sie nicht!" Sie sieht die Ruhende dabei so streng an, dass diese herzlich lachen muss: „Wie kann man nur so schrecklich genau sein! — Wissen Sie, Imma, Sie sind ja ein einziges Wesen, aber Sie haben einen sehr großen Fehler — ja, ja, sehen Sie mich nur so groß an. Wissen Sie, was das ist? — Ihre übergroße

Gewissenhaftigkeit!"

Die steht einen Augenblick in tiefem Nachdenken; dann wendet sie sich schroff zum Gehen: „Ich bring' den Kaffee gleich!"

„Ja — und dann erzählen wir uns etwas, nicht wahr?" Frau Eysoldt blättert in den neuen Zeitschriften. „Lassen Sie mich nur nicht zu lange warten!"

Nun ist das Wasser doch kalt geworden, und die unaufgeräumte Küche sieht Imma, die vor Müdigkeit auf einen Stuhl gesunken ist, fordernd an. Mit lahmen Bewegungen steht sie auf und zündet das Gas an — das hilft nun nicht, sie will das Kaffeewasser nur aufsetzen. Wenn sie hier doch endlich fertig würde!

Sie hat schon in diesen wenigen Tagen erkannt, dass sie auch hier durchaus nicht auf Rosen wandeln wird. Das Einräumen der seit Jahren nicht mehr benutzten Möbel und der in unzählige Kisten verpackten Kunstgegenstände macht ungeahnte Schwierigkeiten. Dabei beansprucht die auf Reisen verwöhnte Frau sehr viel Pflege und Gesellschaft und ist zudem an keine feste Tageseinteilung gewöhnt, was für Imma, die noch recht angegriffen ist, alles erschwert. Mit zusammengebissenen Zähnen kommt sie ihrer Arbeit nach, und nur die Zuneigung zu der seltenen Frau, die wie eine Freundin zu ihr ist, hält sie aufrecht. — Nun, es wird ja hoffentlich besser werden, wenn sie erst ganz eingerichtet sind!

So beeilt sie sich, so sehr sie kann, aber es hilft ihr wenig, denn plötzlich steht Frau Eysoldt in der Küchentür: „Aber, liebes Kind, so lassen Sie doch den dummen Kram stehen! — Wer jagt Sie denn? Das wird noch wohl fertig! — Kommen Sie, wir wollen erst recht gemütlich Kaffee trinken!"

Das dauert bei anregendem Geplauder einige Stunden, denn: „Wir wollen doch unseren Einzug richtig feiern. —

Ach, sehen Sie doch eben in dem blauen Steintopf nach — ja, in dem mit dem Deckel, es müssen noch einige hübsche Kuchen da sein, ich brachte neulich aus der Stadt welche mit. — Gefällt er Ihnen? — den hab ich in Südfrankreich erstanden!"

„Ach, es ist herrlich, wieder in seinen eigenen vier Wänden zu hausen, nicht wahr? — Die Gardinen fehlen allerdings noch, nun ja, das muss man mit in den Kauf nehmen. — Aber es wird, das sieht man jetzt schon."

„Hm!" — Imma ist im Grunde durchaus nicht dieser Meinung, sie findet das Ganze nur staubig und unordentlich, ohne jede Harmonie. Alles steht regellos umher, nur hier und da leuchtet ein bunter Farbfleck auf, und dabei riecht es so eigentümlich! — Am liebsten machte sie ganz gehörig Durchzug, aber der Sturm reißt heftig an den unverhüllten Fenstern, unruhig schwanken die Zweige der nahen Bäume. Das Straßenlicht spiegelt sich in dem glänzenden Porzellan, das auf der bunten Seidendecke des kleinen, niedrigen Tischchens steht, der an das Ruhebett gerückt ist. Imma, die in dem tiefen, geblümten Sessel hockt, muss plötzlich an Mutter denken, was die wohl von solchem Haushalt sagen würde, und mit einiger Scham kommt ihr zum Bewusstsein, dass sie sich im Grunde in diesem, der in keiner Weise einem der vielen gleicht, die sie kennenlernte, sehr wohl fühlt. Sie kann nicht plötzlich alles über Bord werfen, was ihr bislang oberstes Gesetz war, Ordnung, Regelmäßigkeit, das Gewichtignehmen aller hauswirtschaftlichen Obliegenheiten, Dinge, die ihr im Blut sitzen. Aber sie beginnt schon jetzt zu verstehen, dass man weniger schwer an ihnen tragen kann, ohne deshalb gleich leichtsinnig und gewissenlos zu sein.

Die Wohnung liegt zu ebener Erde, denn Frau Eysoldt darf keine Treppen steigen, in einem jener Häuser aus den achtziger Jahren, die mit ihren überhohen Zimmern und

Fenstern so schwer wohnlich zu machen sind. Von dem Vorraum kommt man in zwei große, ineinander gehende Zimmer, an welche sich das gleichfalls sehr große Zimmer von Frau Eysoldt schließt, mit diesem durch eine Tür verbunden das kleinere von Imma. Dazu kommen Badezimmer und Küche, beides ziemlich altmodisch und nicht allzu bequem.

„Ich möchte kein Linoleum nehmen!" Frau Eysoldt sieht missbilligend nach den rauen, mit hässlicher dunkler Ölfarbe gestrichenen Dielen. — „Wissen Sie, Imma — wir nehmen einfach Strohmatten!" Oh, sie hat in dem Chinageschäft ganz entzückende Sachen gesehen, das ist praktisch und auch nicht so teuer. In den guten Persern haben die Motten wie im Schlaraffenland gelebt, die sind hin, da ist nichts mehr zu wollen. — Aber was soll sie darum trauern? — Das alles sind vergängliche Dinge!

Um Weihnachten sind sie endlich mit allem fertig. Es ist durchaus kein Museum geworden, wie die Bekannten wohl scherzend fürchteten. Hier hat eine Frau mit Verständnis und künstlerischer Einfühlung tausend Erinnerungen aus aller Welt zu einem wohnlichen Ganzen vereint — ruhig, und doch nicht streng die Wände, die Vorhänge, die schlichten Nussbaummöbel aus dem Elternhaus — und dazwischen die ganze Welt in ihrem Reichtum und ihrer Farbigkeit.

Die Hausfrau hat Imma untergehakt und geht mit ihr durch die Räume, rückt hier an einem Krug, legt dort die Decke etwas anders — etwas mehr so, dann ist nicht so steif — „und das Bild könnte noch eine Kleinigkeit tiefer, aber das hat keine Eile." — Das mit den Strohteppichen war eigentlich eine glänzende Idee — ja, nun bekommt Imma auch bald welche für ihr Zimmer, aber vorläufig ist das Geld alle, wie gut, dass bald der Erste ist! Dabei lacht die noch immer schöne Frau so herzlich, dass Imma mit einstimmen muss, obwohl sie innerlich über so viel Leichtsinn den Kopf schüttelt. Wer daheim spräche nun wohl je so unbefangen von diesen Dingen! Da lässt keiner den besten Freund in den Geldbeutel sehen.

Aber sie hat sich während ihres Hierseins schon an vieles gewöhnt und wundert sich so leicht nicht mehr. Wie gut nur, dass sie endlich soweit sind!

Mutter war ganz damit einverstanden, dass sie nicht zum Fest nach Hause kam, es kostet immer allerhand, Imma soll sich lieber richtig ausruhen. Sie hat ihr Paket schon zeitig geschickt, Imma wird es heute Abend für sich alleine auspacken. Sie kann sich schon denken, was darin ist: wollenes, selbstgestricktes Unterzeug, das sie hier in der Stadt zwar nicht tragen kann, aber Mutters ganze Liebe ist hineingearbeitet; heimatliche Süßigkeiten, und ein Gegenstand, von dem sie glaubt, dass er Imma Freude macht, heimlich hineingelegt, damit es Martin nicht sieht, obwohl der nichts dagegen hätte.

„Nett sehen Sie aus!" Frau Eysoldt hat sich ermüdet auf ihr geliebtes Lager gelegt, Imma muss aufachten, dass keine Falten in ihr schwarzes Samtkleid kommen, das ihr so wunderbar zu den lebhaften Farben steht. — „Wirklich reizend haben Sie das Kleid geändert! Gar nicht so brav wie Ihre anderen Sachen!" Und sie lacht ihr klingendes, nie verletzendes Lachen. „Nun wird es aber bald Zeit, dass wir mit dem Lernen anfangen. — Haben Sie sich schon angemeldet?"

„Nein, noch nicht!" — woher die Zeit nehmen? — aber das wird nun ja bald besser werden.

„Schön doch, dass mein Neffe bald kommt — finden Sie nicht auch? — Jetzt wollen wir uns die guten Sachen aus seiner Kiste aber schmecken lassen!" Ihre Augen glänzen in Vorfreude. Ihr Leiden hat sie jetzt länger verschont, nun darf sie auch wohl ein wenig leichtsinnig sein. Sie weiß, das Schwert hängt am seidenen Faden über ihr und kann Sie jede Stunde vernichten — soll sie nicht gerade deshalb das Leben mit allen Fasern genießen? — Dasein! — das Leben, das ihr fast ein Übermaß an Freud und Leid brachte, mit Bewusstsein ausschöpfen, jede gute Stunde auskosten — dann kann man ohne Reue durch das dunkle Tor gehen.

Das Zusammenleben mit solch lebensbejahendem Menschen kann nicht ohne Einfluss auf Imma bleiben, die wohl durch Erziehung und Umwelt schwerfällig, aber in ihrem eigensten Wesen sehr eindrucksfähig ist. Sie vermag schon jetzt die Stunde zu genießen, und so sitzen die beiden festlich geschmückten Frauen fröhlich an der reich gedeckten Tafel. Frau Eysoldt hat eine Flasche Sekt geöffnet: „Wissen Sie, den darf ich, das weiß mein Neffe. — Ach, ich freue mich so zu ihm! — Eigentlich darf ich mich gar nicht satt essen, denn ich darf meines Herzens wegen nicht stärker werden!" Sie lacht, und es schmeckt ihr so prächtig, dass Imma es nicht übers Herz bringt, so streng zu werden wie sie müsste, und denkt: weshalb soll ich ihr das Vergnügen nicht einmal gönnen?

Im Nebenzimmer brennt der Weihnachtsbaum, dem die indischen Sarongs mit den gebatikten Wayangpuppen und der lebensvolle holzgeschnitzte hockende Götze so wenig von seinem Zauber und seiner stillen Weihe zu nehmen vermögen, wie der Buddha auf dem Bücherschrank.

„Wie schön ist es, im eigenen Heim zu feiern!" Die Hausfrau fühlt sich so frei, so leicht am heutigen Tag. „Und Sie, gutes Kind, haben sich solche Mühe gemacht. — Das sollten Sie doch nicht!" Liebevoll betrachtet sie die Kaffeemütze, die Imma trotz ihrer Müdigkeit in den Nachtstunden für sie arbeitete: „Wirklich, sehr apart! — und mit wie wenig Mitteln! — nun, wenn sich aus der Anlage nichts machen ließe!"

Sollte nicht auch Imma beschwingt und voller Hoffnung sein? Obwohl doch Frau Eysoldt nach ihrer Aussage gar kein Geld hat, ist Imma von ihr so überreichlich und liebevoll bedacht, dass sie es eigentlich gar nicht annehmen darf. Und wie viel freundlicher liegt die Zukunft vor ihr! In dieser anregenden Umgebung fühlt sie ihre Fähigkeiten wachsen, ihr schwaches Selbstvertrauen kräftigt sich. Wenn sie wirklich so befähigt ist, wie Frau Eysoldt behauptet, weshalb sollte sie es nicht zu etwas bringen? An ihr soll es nicht liegen. So ist sie fröhlich und aufgeschlossen wie lange nicht, sie geraten in vertrautes Plaudern, und Frau Eysoldt fragt scherzend: „Nun beichten Sie aber einmal von ihren Lieben. — Sie haben doch bestimmt eine unglückliche Liebe. — Das gehört doch eigentlich zu ihrer ganzen Art!" schließt sie lachend.

„Darüber kann ich nicht sprechen!" Über das eben noch so angeregte Gesicht legt sich Verschlossenheit wie eine Maske, die jede weitere Erörterung ausschließt. So springt die lebenserfahrene Frau auf harmloseren Gesprächsstoff über, aber sie muss ihr Gegenüber heimlich betrachten, dessen Fröhlichkeit nicht mehr echt ist.

Natürlich hat sie eine unglückliche Liebe, sie hat ja immer gewusst, dass ihre Hausgenossin irgendwie am Leben krankt. Aber weshalb nicht davon sprechen? Die Sachen sehen dann doch meist ganz anders aus, vielleicht könnte man raten, helfen. — Aber wenn sie nicht will? — Das Mädchen gehört nun einmal zu den Menschen, die aus allem, was ihnen begegnet, ein Drama machen. — Wie kann man sich das Leben nur so verbittern! Es lohnt sich wirklich nicht, soviel Gefühle an einen Mann zu verschwenden. — Das war noch keiner wert, soviel sie auch kennenlernte, Egoisten einer wie der andere! — Nicht selber lieben — sich lieben lassen, das ist das Wahre! — Aber nein, man hält sich besser an wertbeständigere Dinge! Und heimlich, wie sie meint, ohne dass ihr Aufpasser es merkt, nimmt sie noch ein klein wenig von dem so sehr guten Kaviar, und der Hummer mit Mayonnaise war auch so ausgezeichnet. Es gibt ja zum Glück Mittel genug, um trotzdem schlafen zu können.

Imma hört, wie sie im Schlaf stöhnt und sich herumwälzt, und macht sich bittere Vorwürfe. Sie hätte es doch nicht hingehen lassen sollen, Doktor Hansen hat es ihr extra ans Herz gelegt; aber es ist so hart, ihr dies letzte bisschen Lebensfreude zu nehmen. — Sie richtet sich auf, lauscht — nein, nun ist es drinnen ruhig geworden. Nun kann auch sie einschlafen.

Schlafen! — Sie konnte die Frage vorhin nicht beantworten, obwohl sie wusste, dass sie nicht aus reiner Neugier gestellt wurde.

Aber es gibt in Freud und Leid Erleben, das sich so tief im Menschen verankert, dass es unbewusst in all seinen Gedanken ist und ihm deshalb keine Bürde bedeutet, deren er sich unbedingt entledigen muss. Ans Tageslicht gebracht, würde es unter den sachlichen Augen eines anderen alle Schönheit und alle Größe verlieren.

Unglücklich — ist sie wirklich unglücklich? — Nein, denn sie ist nicht verzweifelt. Sie glaubt an ein Gefühl, das stärker ist als alle Vernunft, das sie erhebt und tröstet. Aber dieser Glaube ist ihr unverbrüchliches Eigentum, das sie nicht mehren, sondern verkleinern wird, wenn sie es mit anderen teilt.

*

„Ach Imma, liebstes Kind — nun machen Sie mich aber recht schön, ja? — Wissen Sie, es ist ja leichtsinnig von mir, aber nun mein Neffe mich eingeladen hat, mit ihm im Hotel zu essen, kann ich es ihm doch nicht abschlagen, finden Sie nicht auch? — Wir sehen uns so selten. — Ja, meine guten kleinen Schuhe bitte. — Und das schwarze Samtkleid natürlich! — ja ja, den schwarzen Seidenrock darunter!"

Imma ist ganz Eifer, sie rennt und läuft, und es macht ihr selbst Freude, die reizvolle Frau zu schmücken. „Bin ich eigentlich dicker geworden? — Doktor Hansen ist eigentlich auch zu ängstlich. Es ist doch entsetzlich, wenn man sich nicht recht satt essen darf! — Ja, die Perlenkette. — Ich komme gleich, mein Junge!"

Nebenan dröhnt der Schritt von Kapitän Fernau, der ruhelos durch die Zimmer eisbärt. „Ich habe mir Ihren Neffen viel jünger vorgestellt."

„Zu schade doch, dass er so wenig Zeit hat, nicht wahr? — ich hatte bestimmt mit einigen Tagen gerechnet. — Aber es ist doch lieb von ihm, dass er trotzdem gekommen ist, nicht, Imma? — Wir haben uns immer so besonders gut verstanden. — Eigentlich ist er auch nicht mein Neffe, nur mein nächster Blutsverwandter. Wir haben uns oft im Ausland getroffen, als mein Mann noch lebte, das ‚Tante' ist so eine liebe Gewohnheit."

„Es wird Zeit, Tante!" kommt von nebenan eine Kommandostimme. „Schnell, Imma! — nun noch meine Tasche — ja, die aus Goldbrokat. Ist ein Taschentuch drin? — Zu schade, dass Sie nicht mitwollen! — Aber des Menschen Wille ist sein Himmelreich. — Ich komme schon!"

„Großartig siehst du aus, Tantchen!" Der große, gebräunte Mann mit den kühnen Zügen hält in seiner Wanderung inne: „Ich werde bestimmt Aufsehen mit dir erregen!" Frau Eysoldt streicht ihm leicht über das dichte, melierte Haar, der weite Chiffonärmel fällt von dem schön geformten Arm zurück: „Schmeichler! — also, guter Laune!" Sie hält ihm die Backe hin, die er mit Zartheit küsst, die man ihm nicht zutrauen sollte: „Wer könnte bei dir schlecht gelaunt sein! — Aber hübsch hast du es, wirklich, sehr gemütlich! — Ich hätte nie geglaubt, dass all das Zeug, was du dir unterwegs zusammengeramscht hast, so miteinander harmonieren würde. — Sie glauben ja nicht, Fräulein Onken, wie Frau Eysoldt sich oft hat betrügen lassen!" Und er lacht so herzlich, dass er um Jahrzehnte jünger wirkt.

„Das kann ich mir gar nicht denken!" sagt sie höflich und holt rasch den Abendmantel und den Pelz, die Kapitän Fernau ihr ritterlich abnimmt. Er stellt dabei die kleine Tiergruppe aus Elfenbein hin, die er eingehend betrachtet hat: „Die ist echt! — das verstehen sie in Indien ja hervorragend. — Verschleudere sie nur nicht!" fügt er scherzend hinzu, während er ihr in den Mantel hilft.

„Ach, mein Junge!" — sie streicht ihm leicht über die kräftige, gebräunte Männerhand — „ du weißt doch, dass dies alles einmal dir gehört. — Ich hab' es sogar aufgeschrieben!" Sie lacht, aber es ist, als gleite ein dunkler Schatten durch den Raum, der sie alle einen Herzschlag lang einhüllt.

„Es tut mir aufrichtig leid, dass ich nicht bleiben kann. — so gemütlich hab' ich es lange nicht mehr gehabt, Fräulein Onken. — Nun, wenn Sie heute Abend nicht mitkommen wollen, so hoffe ich, dass die beiden Damen mich das nächste Mal in Hamburg besuchen, falls ich nicht abkommen kann."

Imma sieht ihnen nach, wie sie in das wartende Auto steigen, sie winken noch, der Mann beugt sich zu der Frau nieder, Imma fängt seinen Blick auf — nein, hier wäre sie überflüssig gewesen, denkt sie ohne Bitterkeit, was die beiden sich zu sagen haben, ist nicht für einen dritten bestimmt.

Langsam geht sie in die Wohnung zurück. — Ach, du lieber Gott, wie sieht es da aus! — Man ist doch gar keine Männer gewohnt in solchem Frauenhaushalt, denkt sie und schüttet rasch die Zigarrenasche in den Ofen, die achtlos auf sämtliche Aschenbecher verstreut ist. Wie windig es geworden ist! — Hoffentlich wird Frau Eysoldt sich nicht erkälten, das darf keineswegs sein, Doktor Hansen hat neulich ausdrücklich gewarnt. — Nun noch eben das Schlafzimmer aufräumen, dann macht sie es sich gemütlich. Natürlich wird sie aufbleiben, das gibt dann nachher noch ein anregendes Plauderstündchen.

Nun hockt sie in dem tiefen Sessel neben dem Kachelofen, dessen Glut Helligkeit genug gibt, um dabei nachdenken zu können. Sie hat das Licht ausgedreht, die Straßenlaterne ist so nahe, dass man deutlich die Schneeflocken am Fenster vorüber jagen sieht. — Ob es morgen auch so unangenehm sein wird? — Sie wird dann zum ersten Mal zum Unterricht gehen, als Hospitantin. — Wenn nur etwas davon zurecht kommt, gewiss sind alle anderen viel weiter als sie. Und ob ihre Begabung überhaupt so groß ist, wie Frau Eysoldt meint? — Wenn es ihr auch immer viel Freude machte, die hübschen Dinge zu arbeiten, so hat sie doch nie etwas Besonderes darin gesehen. — Und wird sie hier viel Zeit dafür finden?

Imma seufzt. Aber sie hat das nun einmal unternommen, jetzt, wo es ernst wird, darf, kann sie nicht auf halbem Wege umkehren. Wäre sie nicht auch der glücklichste Mensch, wenn sie endlich das tun könnte, was ihr Freude macht?

Doktor Hansen, der sich gern einmal bei ihnen verplaudert, hat allerdings ernsthaft den Kopf geschüttelt, als er von ihrem Vorsatz hörte: „Ach, mein liebes Kind — in die Kunst, oder doch so was Ähnliches, wollen Sie? — Ganz verkehrt! — ganz verkehrt! — Ist nichts als Hungerleiderei, glauben Sie es mir!"

„Aber Doktor — nun sehen Sie einmal Immas Gesicht! — Ermuntern müssen Sie die! — sie hat sowieso kein Selbstvertrauen. — Und sie kann doch wirklich was, die beißt sich schon durch!"

„Na ja, wenn diese zwar etwas leichtsinnige, aber sonst ganz glaubwürdige Dame das behauptet, dann gebe ich mich geschlagen. — Die beste Medizin gegen alle Krankheiten des Leibes und der Seele ist ja stets Arbeit gewesen, die Freude macht. — Also, auf in die Kunst!"

Arbeit, die ihn ausfüllt und ihm Freude macht, hat bestimmt auch Kapitän Fernau, muss sie denken; sie war auch für ihn wohl das beste Heilmittel. Frau Eysoldt hat ihr erzählt, wie er seine sehr geliebte junge Frau plötzlich verlor, und dann sein junges Kind Fremden anvertrauen musste, das, als er in Indien war, an einer heftigen Kinderkrankheit starb. Damals hat er seinen ganzen Haushalt aufgelöst und auch das letzte Stück, das ihn an sein kurzes Glück erinnerte, verkauft. „Er wird niemals wieder heiraten. Die nagenden Sorgen um seine Lieben würden es ihm unmöglich machen, seinen schweren Posten auszufüllen. – Ich bin der einzige Mensch, der ihm nahe steht."

Welch freudloses Leben! — Lohnt es sich überhaupt? — Er sieht trotzdem nicht unzufrieden aus. — Er ist eben ein Mann und geht ganz in seinem Beruf auf. — Ob eine Frau das in dem gleichen Maße kann?

*

„Imma, du gehst doch nicht fort heute Abend?"

Ängstlich klingt es von dem Ruhebett zu Imma herüber, die gerade das Abendessen abräumt, ein wenig gehastet, denn es wird höchste Zeit, wenn sie rechtzeitig zum Unterricht kommen will, und das blau-weiße englische Geschirr klirrt vor unterdrückter Ungeduld.

„Ich muss zur Schule!" kommt es kürzer heraus, als ihr selbst recht ist. Aber wie soll es nur werden? — sie hat schon zu viele Stunden versäumt.

„Ach — und ich fühle mich so wenig wohl!" Frau Eysoldt hat sich etwas aufgerichtet und sieht Imma flehend aus ihren großen, dunklen Augen an, unter denen rote Flecken brennen. „Du kannst mich so doch nicht allein lassen!"

„Ich versäume so viel! — es ist ja auch nur für einige Stunden!" setzt sie überredend hinzu. — Was musste Frau Eysoldt auch so viel essen, wo sie doch weiß, dass es ihr verboten ist, und dann der viele Besuch in den letzten Tagen, denkt sie zornig, sie nutzt mich richtig aus. Aber die flehenden Augen besänftigen sie wieder: „Nun ja — dann will ich heute Abend hierbleiben. — Vielleicht kann ich etwas hier im Zimmer arbeiten?"

„Doch — !" Es kommt ein wenig zögernd heraus, denn die verwöhnte Frau hasst Unruhe über alles, soweit sie nicht von ihr selbst ausgeht, und eine Arbeit wie die, der Imma sich verschrieben hat, bringt nun einmal stets eine gewisse Unordnung mit sich.

Imma hat den großen Esstisch abgeräumt und ihre Sachen hergeholt, sie will auf den aufgespannten Stoff zum ersten Mal mit dem „Revolver" Muster auftragen, die sie neulich im Unterricht nach eigenem Entwurf schnitt. — Die beiden Frauen schweigen in leichter Verstimmung. — Imma hindert es unsagbar, dass sie einen Zuschauer bei ihren vorläufig noch recht ungeschickten Versuchen hat, und Frau Eysoldt ärgert diese friesische Dickköpfigkeit, wie sie es nennt. Es ist nur gut, dass sie nicht weiß, an welchem Zorn Imma schluckt, die in zähem Willen ihre Versuche mit zusammen gepressten Lippen fortsetzt.

Jedes Mal geht es nun so, wenn sie zur Schule will. — Dann hätte Frau Eysoldt es ihr nicht versprechen sollen, sie hätte auch wohl einen anderen Weg gefunden. — Nicht, dass ihr etwas an der Schule liegt, sie hasst den schnoddrigen Ton, der dort herrscht, und die anderen, die ihre Abwehr wohl spüren, suchen keineswegs die Gesellschaft der steifen Person, die so unbequem blicken kann. — Auch die technischen Kunstgriffe hat sie rasch genug erlernt, ihre mehr als gründliche Ausbildung in allen Handfertigkeiten kommt ihr da sehr zustatten. — Aber es ist doch ihr gutes

Recht, dass sie hingeht! — Das ist ein Punkt, in dem sie nicht mit sich handeln lässt, darin ist sie ein echtes Kind ihres Stammes. — Und diese Stunde hätte sie unbedingt haben müssen, wie soll sie nur mit dem alten Ding fertig werden?

Mit gerunzelter Stirn und vorgedrücktem Kinn versucht sie es immer wieder, eine Locke hat sich gelöst und fällt ihr über die Stirn. „Aber Imma! — du machst dich ja ganz hässlich!" Sie schreckt auf, die Augen dunkel vor innerem Zorn und Anstrengung. „Wie meinen Sie?" Nun vergleitet ihr das Muster doch wieder! „Schietkram!" entfährt es ihr.

„Was muss ich da von dir hören! — Aber Imma! — das hätte ich dir gar nicht zugetraut!" Frau Eysoldt hat sich aufgerichtet und lacht ihr entzückendstes Lachen, das ihrer beider Unmut fortnimmt. „Ich entdecke ja ganz neue Seiten an dir!"

Auch Imma muss lachen: „Ach, das ist doch nicht so schlimm? — das kann man bei uns ruhig sagen, ohne dass sich jemand etwas Böses dabei denkt. — Das sagen wir alle wohl mal, wenn wir ärgerlich sind!"

„Also — du warst ärgerlich! — Aber lass mal sehen, wie es wird!" „Ach, ich komm ja nicht damit zurecht!" Widerwillig reicht Imma ihr den Probelappen. „Aber Kind, das wird doch sehr hübsch! — gerade dies, etwas Verwischte. — Ich meine nur, du hast eine etwas zu energische Hand dabei. — Du musst ganz leicht darüber gehen!"

Sollte der Fehler darin stecken? — Sie probiert nochmals, und richtig, es geht! — Imma strahlt, die versäumte Stunde ist vergessen, man lernt doch am meisten in der praktischen Arbeit.

Als Frau Eysoldt schlafen geht, kramt sie noch lange, Imma, die ihr wie allabendlich hilft, steht wie auf Kohlen. „Ach, da sind die Seidenreste! Ich hatte sie doch beim Einräumen gesehen! — Komm, Kind, die schenk ich dir. Weil du so lieb bei mir bliebst. — Willst du noch aufbleiben?"

„Ja, das möchte ich gern! — jetzt kommt es ja auf ein bisschen mehr oder weniger nicht an!"

Mit verbissener Zähigkeit probt und arbeitet sie, bis schon der Morgenschein durchs Fenster fällt. Ihre erste selbständige Arbeit in Muster und Farbgebung ist ihr gelungen! — Eine überwältigende Freude steigt in ihr auf, als sie sieht, dass wirklich etwas Ordentliches zustande kam. — Hiervon wird sie Frau Eysoldt ein wunderschönes Kissen machen, sie hat alles auf den Raum abgestimmt, und dieser kleine Rest gibt noch ein wunderhübsches Tuch für ihren Mantel.

Es kommt ihr selbst ganz unglaublich vor, dass sie, die kleine Imma da ganz hinten vom Deich, so etwas fertigbringen kann. Nicht, dass sie sich deshalb für eine Künstlerin hält, dazu ist sie zu bescheiden und kennt auch ihre eigenen Grenzen zu gut. Aber das Glück, sich dort betätigen zu können, wo ihre eigentlichen Fähigkeiten liegen, ist doch so groß, dass es alle Bedenken verscheucht, die sich ihr unabweislich aufdrängen.

Schon die wenigen Unterrichtsstunden haben ihr gezeigt, wie unsagbar schwer es ist, auf kunstgewerbliche Ausbildung hin seine Existenz aufbauen zu wollen, vor allem, wenn man nicht mehr jung genug ist, um die Entwicklung der Dinge abwarten zu können, und wenn ein gut fundiertes Elternhaus fehlt, das allein das Abwarten möglich macht.

Sie öffnet das Fenster, hinter dem der Märzmorgen verhalten aufsteigt, unwirklich stehen die noch kahlen Bäume im Frühlicht. Vogelrufe werden laut, schon klingt das Geräusch des erwachenden Morgens von den Straßen zu ihr herüber. — Man müsste jung die Möglichkeit haben, etwas zu lernen, denkt sie fröstelnd und starrt in das junge Licht, aber wie wenige Eltern auf dem Land sind dazu in der Lage, und die Töchter kommen da immer zuletzt. — Und neben einer Tätigkeit noch etwas erlernen, wie schwer das fällt, weiß wohl nur, wer es selbst versuchte. — Niemand kann zween Herren dienen! — So wie heute jeden Tag arbeiten können! — wie schnell käme sie weiter!

Und dann? — Ja, das weiß sie mit keiner Möglichkeit zu sagen. Wieder steigt eine würgende Lebensangst in ihr hoch — wie wird sich ihr Leben weiter gestalten? Ihr fehlt der leichte Sinn sich einfach dem Leben hinzugeben, das ohne eine bürgerliche Grundlage für sie unvorstellbar ist, denn seit Generationen eingewurzelte Lebensanschauungen lassen sich nicht wie eine Feder wegblasen. Aber ich hab' das nun einmal so gewollt, nun will ich es auch zu Ende führen, sagt sie sich in auflebendem Trotz und wirft den Kopf in den Nacken. An mir soll es bestimmt nicht liegen!

In unruhigem Halbschlaf fühlt sie sich plötzlich ganz tief fallen. Nun lieg ich im Hafen, denkt sie, und schon schaukelt sie in einem kleinen Boot, über das die Wellen gehen, bis sie in einer lichtüberstrahlten Bucht landet, zwischen deren Steinen blühende Blumen ranken.

Das hab' ich schon oft geträumt, denkt sie ganz wach und seltsam getröstet.

Und mit neuem Mut beginnt sie ihren Arbeitstag, an dem ihr nichts geschenkt wird.

*

Frau Eysoldts ursprünglich kleiner Bekanntenkreis hat sich ohne ihr Zutun vergrößert. Meist sind es künstlerisch irgendwie interessierte Menschen, die gern in das gastliche Haus der anziehenden Frau kommen. Es herrscht eine ungezwungene Geselligkeit, die Imma in mancher Weise an ihre Heimat erinnert, in der man auch ohne Redensarten gastlich ist, wenngleich ihr manches im Umgangston fremd ist. Anfangs dachte sie wohl: in welches Haus bin ich verirrt? Aber das hat sich bald gelegt. Es ist alles nicht so schlimm, man muss die Menschen nur recht verstehen, und ihr ist bei manchen, als habe sie diese schon immer gekannt.

In dem Kreis der anregenden Menschen ist sie zumeist eine stille, aber umso aufmerksamere Zuhörerin, und eine neue Welt tut sich ihr auf. Wie anders urteilt man hier über Schicksale, als in ihrer bisherigen Welt! Leidenschaften erstehen vor ihr, von denen sie bislang nichts ahnte, und ihr eigenes Erleben erscheint ihr manchmal blass und schwach. Und doch hat es sie heftiger geschüttelt als manchen, von dem hier die Rede war, ein wildbewegtes äußeres Ereignis, denn ausschlaggebend für seine Schwere ist ja stets, wie tief es den Menschen berührt.

Doch nicht nur innerlich, auch äußerlich hat Imma sich gewandelt. Anstatt ihrer strengen und soliden Hauskleider trägt sie längst hübsche, farbige Kleidchen, und auch ihr Haar hat sie auf Frau Eysoldts Rat jetzt locker verschnitten, man sieht erst jetzt, wie hübsch es ist, und es macht ihre etwas herben Züge viel weicher, wie denn ihr Ausdruck viel entspannter wurde.

Denn trotz aller Schwierigkeiten weiß sie, dass diese Zeit nicht verloren ist. Kann sie auch praktisch nicht so viel arbeiten, so bietet doch gerade diese Umgebung so viel Gelegenheit, ihren Geschmack zu bilden, wie sie es schwerlich wiederfände.

Ehe man weiß wie, ist ein Jahr verglitten.

Alle Fenster sind geöffnet, denn der schwüle Juniabend ist Frau Eysoldt, die im Nebenzimmer mit Frau von Wangen plaudert, sehr hinderlich für ihr Herz. In Kürze wird sie nach Nauheim in ein Sanatorium gehen, Imma fährt dann solange in ihre Heimat.

Die Besucherin ist eine unförmlich starke Dame, die, drollig genug, herrenmäßige Kleidung bevorzugt. Sie ist

Schriftstellerin und kann aus der Hand lesen. Auch besitzt sie ein wunderbares chinesisches Zauberbuch, dessen geheimnisvolle Anwendung bei allen Beteiligten stets ein Wonnegrausen auslöst. Bei einem zwanglosen Zusammensein neulich abends hat sie allen reihum prophezeit. Oh, es war einzig, und die Herren waren ebenso eifrig dabei und glaubten womöglich noch fester daran als die Damen.

„Nun, da hab' ich ja was verpasst. — Was möchte sie mir erst gesagt haben! — Hoffentlich nicht meine Vergangenheit!" Architekt Steiner, der mit Imma in der Veranda plaudert, sieht mit einer Grimasse an ihr vorbei ins Grüne. Dann nimmt er ein großes, weißseidenes Taschentuch und putzt umständlich seine Brille.

Imma sieht mit einem Seitenblick zu — ganz zerrissen, denkt sie, wie sieht er immer aus! Der gute Anzug, ich möchte ihn mal ganz gehörig abbürsten. Das kommt, wenn keine Frau im Hause; weshalb er wohl zweimal geschieden ist? — Sie unterhält sich sonst gerne mit ihm, und er neckt sie mit Vorliebe.

Der lange schmale Mensch hat die jetzt sehr blanke Brille wieder ausgesetzt und sieht Imma listig an, ein Haarbüschel sträubt sich über der hohen Stirn: „Und was hat sie Ihnen gesagt?" Zu nett, wenn sie rot wird wie ein ganz junges Mädchen.

„Mir — ach — so allerhand —" weicht Imma aus, sie kann ihm doch nicht sagen, dass Frau von Wangen etwas gesagt hat von: „sicherem Hafen nach stürmischer Fahrt — kommt der Mann, und ist alles gut", was natürlich Unsinn ist, sie glaubt ja auch nicht an solch dummes Zeug.

„Also ein Mann!" stellt er belustigt fest. „Kommt gar nicht in Frage!" Sie ist zornig, als ob das die einzige Lösung ist. Was die Männer sich wohl Einbilden, und Steiner überhaupt.

„Aber weshalb denn nicht? — Sie sind doch wie geschaffen zur Ehe!"

„Das geht Sie gar nichts an!" Es klingt so schroff, dass er einen anderen Ton anschlägt. Er setzt sich so, dass die Damen im Nebenzimmer ihn nicht sehen können: „Nun nicht böse sein! — das ist doch keine Beleidigung, wenn ich das sage."

Als Imma schweigend weiternäht: „Nun sagen Sie mir einmal — wie alt sind Sie eigentlich?"

Sie fährt überrascht auf und hat auf der Zunge: danach fragt man eine Dame nicht! — Aber dann sagt sie trotzig: „Vierunddreißig Jahre!"

„Wenn ich mir nicht gedacht hätte, dass Sie älter sind, als Sie aussehen. — Sie wirken so — na ja — so — mädchenhaft?!" — Weshalb denn nicht, denkt Imma, das bin ich doch auch?

Sie sieht ihn nichtverstehend an und merkt dabei zum ersten Mal, dass er gute Augen hat, die jetzt nachdenklich vor sich hinstarren, um sich dann plötzlich ihr wieder zuzuwenden.

„Werfen Sie die dumme Stichelei weg, Fräulein vom See! — Was wollen Sie mit dem dummen Lappenkram, damit werden Sie niemals etwas erreichen. Wirklich, ich mein es so. — Sie sollten heiraten!"

Imma sieht schweigend vor sich hin, ihre Lippen zucken — was soll sie darauf antworten? — dass zum Heiraten immer zwei gehören?

Der Mann hat sich zu ihr niedergebeugt und nimmt ihre Hand: „Erzählen Sie mir einmal — wie kommt es, dass Sie nicht verheiratet sind? — Sie bringen doch alles mit, was ein Mann sich wünschen kann." Ein tiefer Schatten fliegt über sein Gesicht und er denkt an seine beiden verfehlten Ehen, in denen er seine Wünsche in keiner Weise erfüllt fand. Ohne weiteres Verlangen hat er eine gute Zuneigung zu Imma, die er in ihrem häuslichen Wirken beobachtet hat.

Sie hat sich tief über ihre Arbeit gebeugt: „Das kommt wohl einmal so!" sagt sie leise und ihr noch ebenso belebtes Gesicht verschließt sich völlig. Und doch spürt sie zu ihrem Befremden ein brennendes Verlangen, dem Mann neben ihr, dessen Freundschaft sie unter seinem freien Wesen spürt, einmal alles zu erzählen, was sie tief im Herzen bewahrt.

„So ist das!" Er streicht leise über ihre Hand, ihre Augen gleiten kurz ineinander. Nebenan hört man Aufbruchsgeräusch, das ihrem Beisammensein ein Ende macht.

„Ach, auch schon fort? — Wie schade, lieber Steiner! — Sie sollten uns noch etwas Gesellschaft leisten! Ach, Sie fahren mit, liebe von Wangen!"

Er will sich noch von Imma verabschieden, doch sie ist nirgends zu sehen. Spähend gleiten beim Anlassen des Autos seine Augen über alle Fenster; er wird sie doch nicht verletzt haben? Aber dafür ist sie doch zu vernünftig, denkt er im Wegfahren und sieht sich rasch nach Frau von Wangen um, die den ganzen Hintersitz füllt. „Die Kur wird unserer gemeinsamen Freundin gewiss gut tun!" sagt er über die Schulter zu ihr. „Wann will Frau Eysoldt reisen?"

„Ich kann es Ihnen leider nicht sagen!" kommt es in tiefem Alt zurück. „Hoffen wir das Beste für sie!" Frau Eysoldt hat sie im Scherz nochmals aufgefordert, ihr aus der Hand zu lesen, aber nach einem kurzen Blick in diese hat sie abgelehnt, sie sei heute nicht in Stimmung. Wie könnte sie der hoffnungsfrohen, von ihr geliebten Frau sagen, was sie sah?

In ungewohntem Schweigen geht die Fahrt durch die ruhigen Straßen der Villenstadt. „Ich bin am Ziel! — leben Sie wohl!"

Den Klang der vollen Stimme noch im Ohr, sieht der Mann der Dahinwuchtenden nach. Werden sie sich nicht in wenigen Tagen wiedertreffen? Sonderbare Frau!

✻

Frau Eysoldt umarmt und küsst Imma zum Abschied: „Gutes Kind! Ich freue mich schon jetzt aufs Nachhausekommen!"

Man hat sie mit viel Mühe in das wartende Auto verpackt. Doktor Hansen, der nach Süddeutschland fährt und sie mitnehmen will, knurrt zwar über das viele Gepäck, das doch nur einen bescheidenen Teil des Ganzen darstellt, aber seine Reisegefährtin lächelt seinen Unmut bald hinweg: „Aber, lieber Doktor! — das ist doch nur das Allernotwendigste? — Sie werden mir doch nicht zumuten wollen, dass ich dort im Evagewand herumlaufe, obwohl das jetzt sehr modern ist — aber wissen Sie, in diesen Dingen bin ich etwas altmodisch!"

„So? — davon hab' ich noch nichts gespürt!" Er muss selbst bei dem Gedanken lachen, und in bester Laune fahren sie ab. Imma winkt, bis der Wagen um die nächste Straßenecke biegt.

Mit einem seltsam leeren Gefühl geht sie ins Haus zurück, der Kopf wirbelt ihr noch von der Unruhe der letzten Tage. Doktor Hansen ist plötzlich mit seinem Vorschlag gekommen, nun musste Hals über Kopf alles gerichtet werden; dabei litt die sonst so reisegewandte Frau Eysoldt diesmal richtig an Reisefieber und war so nervös, dass Imma mit davon angesteckt wurde. Sie hat bestimmt noch einige Tage zu tun, bis das Haus in Ordnung und ihre Sachen gepackt sind.

Ehe sie sich an die Arbeit macht, liest sie bei einer starken Tasse Tee zunächst Mutters Brief, für den sie noch keine Zeit fand. Ach, wie freut die Gute sich ihr auf ihr Kommen! — Aber da, nach einigen Neuigkeiten: „Martin geht es sehr schlecht!" Missmutig legt sie das Schreiben fort — es ist immer wieder das alte Lied, das wie ein Missklang in jede Freude fällt. Wieder ist ihre ganze Ferienfreude dahin, sie weiß schon jetzt, dass Mutter nur an Martin denken und von ihm sprechen wird.

Schweren Herzens bindet sie die Küchenschürze vor, als es heftig schellt. — Wer kann das nur sein? Hoffentlich kein Besuch! — sie ist noch im Arbeitskleid, und das am Spätnachmittag.

Die Schürze fliegt auf den nächsten Stuhl, sie rennt um zu öffnen: Steiner mit einem großen Blumenstrauß! — sie fühlt sich in ihrem Anzug entsetzlich verlegen: „Ich möchte mich von der gnädigen Frau verabschieden! — ach, gerade abgereist? — wie schade!" In alter Gewohnheit geht er mit ihr ins Wohnzimmer. Imma ist etwas in Verlegenheit, eigentlich gehört es sich doch nicht, dass sie jetzt fremde Herren empfängt. Aber ach, was, Steiner hat hier so vertraut verkehrt: „Wollen Sie nicht Platz nehmen?" fragt sie schließlich höflich.

Aber der Besuch macht es sich auch ohne diese Aufforderung bequem, er hat sich in den Sessel geworfen, der neben dem Ruhebett steht — die Blumen liegen auf der bunten Seidendecke. Imma, die zögernd dabei steht, nimmt schließlich auf einem der hochlehnigen Stühle Platz, sie setzt sich hinter den Tisch — wenn er nur nicht sieht, dass sie ihre alten bequemen Schuhe an hat. Ginge er nur bald wieder!

Der aber denkt anscheinend gar nicht daran: „Sie gestatten", sagt er, im Begriff sich eine Zigarette anzuzünden. „Bitte!"

„So — Sie Fräulein vom See sind also einmal Ihr eigener Herr?" Sie sieht ihn ganz erstaunt an, das ist noch gar nicht zu ihr durchgedrungen. „Darf ich Ihnen übrigens meinen Strauß verehren? — ich kann ihn doch nicht gut wieder mitnehmen!" Das Seidenpapier löst sich etwas von den herrlich abgetönten Sommerblumen, als er sie ihr überreicht.

„Wie schön!" — ein solches Entzücken spiegelt sich in

ihren beweglichen Zügen, dass der Mann vor ihr sie staunend betrachtet. Ist sie so unverwöhnt?

„Wie wäre es, Mädchen, wenn wir beiden heute Abend einmal ganz groß miteinander ausgingen?" sagt er in plötzlicher Eingebung: „Wie gesagt, Sie sind jetzt ja Freifräulein und können gehen und stehen, wo sie wollen!"

Imma findet nicht so rasch eine Antwort, aber ihr Gesicht spiegelt so deutlich ihre Empfindungen, dass Steiner lachend sagt: „Ich sehe wohl, Sie braves Mädchen wollen Ihren guten Ruf nicht durch solch sittenlosen Menschen wie mich aufs Spiel setzen. — Aber ich kann Sie beruhigen — es ist das erste und wird wahrscheinlich auch das letzte Mal sein, dass ich Sie in diese Verlegenheit bringe. Ich kam nämlich nicht nur, um Frau Eysoldt gute Reise zu wünschen, sondern auch, um mich zu verabschieden. — Ich gehe auf unbestimmte Zeit ins Ausland. — Zu, Mädchen — tun Sie einem armen Reisenden noch etwas Gutes!"

Was soll sie nur machen? — Sie denkt an all die Geschichten, die über ihn im Umlauf sind — Mutter würde es bestimmt nicht gut finden, wenn sie mit einem Mann ausgeht, der zweimal geschieden ist. Ihr ist er allerdings nie zu nahe gekommen, sie kennt ihn doch schon lange. —

„Seien Sie doch nicht so schwerfällig, Sie fleißige Imme! Bitte! — ich möchte so gern eine gute Erinnerung mitnehmen!" klingt es bittend zu ihr. „Mein Wagen steht unten!"

„Ich kann so doch nicht mit!" — wie gut, dass sie diese Ausrede findet, die ihn doch nicht kränken kann.

„Ich gebe Ihnen zehn Minuten zum Umziehen." — er legt die Uhr neben sich. „Laufen Sie rasch! — ich weiß, Sie können es!"

Ihre Hände zittern, als sie sich in Hast umkleidet — was zieht sie nur an? Sie muss all ihre Sommergarderobe erst nachsehen, ehe sie reisen kann, es ist in letzter Zeit alles liegen geblieben, und das weiß-blaue Seidenkleid, das sie so gut kleidet hat keine frische Garnitur. Aber das schwarz-weiße Kleid aus handgewebtem Leinen hängt zum Glück frisch im Schrank, das geht. Schuhe? — Strümpfe? — Gott sei Dank, alles passend da. Nun noch schnell das Haar, die lockige Fülle knistert unter dem eiligen Kamm. — Sie nimmt einfach den hellen Covercoatmantel dazu, das geht wohl. Vor lauter Eifer vergisst sie all ihr Bedenken.

Die zehn Minuten sind gerade herum, als sie ins Zimmer tritt. „Das nenn' ich pünktlich! — Ihnen darf man auch gar keine Zeit lassen, sich zu besinnen, sonst sagen Sie vor lauter Bravheit doch nein, wie Sie das so prächtig verstehen!" Steiner stellt dabei befriedigt fest, dass er sich sehr wohl mit ihr sehen lassen darf; das einfache, aber sehr gut gearbeitete Kleid mit dem kleidsamen Panama steht ihr ausgezeichnet, und trotz der Eile ist sie durchaus nicht erhitzt, nur ihre Farben sind etwas lebhafter, sie braucht nicht nachhelfen, denkt er. — Laut stellt er sachlich fest: „Sie haben ein vollkommen reines Gesichtsoval. — Nur die Backenknochen sind etwas zu betont." Imma kennt diesen Ton nur zu gut, um ihn übelzunehmen. „Aber nun kommen Sie, sonst lohnt es sich nicht mehr."

Es ist herrlich, an diesem schönen Sommerabend ins Freie zu fahren, in gemächlichem Tempo an den Häusern der Reichen vorbei, die an dem großen Strom liegen. Imma schämt sich etwas, dass sie so an der Seite des bekannten Mannes dahinfährt, der von allen Seiten gegrüßt wird, was werden die nur von ihr denken? — Aber das legt sich bald; sie sitzt neben ihm und er macht sie auf dies und jenes aufmerksam, das ihr neu ist, bislang hat sie wenig von der Stadt gesehen.

„Das ist von mir!" sagt er dann wohl und zeigt auf eins der Häuser. „Aber sehen Sie nur nicht zu genau hin, das ist Erstlingsarbeit. — Kinderkrankheiten, wissen Sie." „Wie schön!" Imma zeigt auf einen besonders eigenartigen Klinkerbau. „Gefällt es Ihnen? — das ist meine letzte Arbeit. — Die Klinker stammen übrigens aus Ihrer Heimat, wussten Sie das wohl?"

Nein, davon hatte sie keine Ahnung. Wie mit einem Zauberschlag sieht sie die Schornsteine der zahlreichen Ziegeleien vor sich, die sie immer so hässlich fand und nun eine ganz andere Bedeutung für sie gewinnen.

Auf dem Fluss herrscht ein reges Leben. Schleppzüge fahren stromauf und stromab, Paddel- und Ruderboote tummeln sich, und Imma ist davon so entzückt, dass Steiner lachend sagt: „Dann bleiben wir am besten hier im Strandrestaurant. — Sie können Ihre Herkunft vom Wasser nun einmal nicht verleugnen."

Von der Terrasse sieht man weit über das ebene Land, durch das sich der Fluss in mächtigen Bogen windet. Fern sieht man deutlich die Rauchfahne eines Dampfers, die Sonne ist schon tiefer gesunken und spiegelt ihre Röte im leichtbewegten Wasser. Hinten auf der Weide brüllt eine Kuh, Imma hört es deutlich, obwohl die Musik spielt und die zahlreichen Gäste sich lebhaft unterhalten. Sie hat ihr Unbehagen überwunden und gibt sich jetzt ganz dem Genuss der Stunde hin, die ihr so unerwartet geschenkt ist.

Was geht es sie auch an, was man sich über den Mann an ihrer Seite erzählt? Dass er nie rechtzeitig nach Hause kam und fortlief, wenn dann das Essen nicht im gleichen Augenblick auf dem Tisch stand, war gewiss nicht schön, er soll ein Muster an Unordnung sein. — Sie sieht ihn von der Seite an — das kann stimmen, wie unordentlich ist er auch heute, man spürt, dass ihm die ordnende Frauenhand fehlt, es zuckt ihr in den Fingern, ihm den Schlips gerade zu rücken. — Den Frauen hat das natürlich nicht gefallen, sie gingen bald ihrer eigenen Wege, bis eine neue Scheidung fällig war.

Sie will ihn ja nicht heiraten — was kümmert es sie? — Langsam trinkt sie von ihrem Wein und begegnet dabei seinen Augen. „Nun sollten Sie mir über das Fortgehen hinweghelfen, und stattdessen schweigen wir einander an!" Er schenkt nochmals ein. „Auf Ihr Wohl, Fräulein vom See! — dass Sie bald einen guten Mann finden!" „Ach!" Imma ist ärgerlich was er auch immer hat.

„Wissen Sie wohl, dass es ein Gradmesser für die Freundschaft ist, ob Menschen miteinander schweigen können, ohne sich zu langweilen? — danach verstehen wir uns glänzend!" setzt er neckend hinzu und sieht sie spitzbübisch an.

Imma lächelt zurück — gelöst, zutraulich. Er ist doch eigentlich sehr nett, und auch Frau Eysoldt spricht immer sehr gut von ihm. „Er ist ein Künstler!" sagt sie wohl entschuldigend, wenn man gar zu viel an ihm auszusetzen findet.

„Immamädchen — nun erzählen Sie mir einmal etwas von sich. — Sehen Sie, meine Erlebnisse sind ja Stadtgespräch, was soll ich da noch hinzufügen? — Sie wissen natürlich genau Bescheid. — Oder ist das noch nicht zu Ihren unschuldsvollen Ohren gedrungen — gewiss doch, ja? — Nur, was eine Scheidung für die Betreffenden bedeutet, das ahnen Sie lieber Engel zum Glück nicht, hoffentlich bleibt es Ihnen auch erspart. — Na ja, ich tauge eben nicht für die Ehe, ich ertrage nun einmal das Gebundensein nicht."

„Ehe ist Geben und Nehmen! Man darf nicht alles vom anderen erwarten!" und die einfache Reinmachefrau kommt ihr in den Sinn, die ihr das einmal auseinandersetzte.

„Woher haben Sie gute Seele denn solche Weisheiten?" Steiner ist ganz verblüfft. Das ist ihm ganz neu. Wie diese von ihm, so hat auch er immer alles von Frauen erwartet, Liebe und Nachsicht und Geduld. — Wo lag die Schuld?

„Die sind doch kaum auf Ihrem eigenen Boden gewachsen. — Oder machten Sie schon einmal Probe aufs Exempel?"

„Nun ja — ich bin doch nicht blind!" ganz streng klingt es. „Man weiß doch auch, wie es in der Welt hergeht!"

„So ein bisschen von ferne, glaub ich! — Aber nun zählen Sie mir doch einmal von sich, Imma! — Eine Frau wie Sie geht doch nicht so durchs Leben!"

Ist es die Stunde, die Immas Verschlossenheit löst? — Sie kann ihm ganz ruhig von Heinz erzählen und muss ein wenig lächeln, als sie an die Gewissensnot denkt, die Sie seinetwegen litt, von Ihno, den das Leben ihr nahm und der so tapfer sühnte. Nur als sie von ihrem letzten Erleben sprechen will, geht es nicht, flehend sieht sie Steiner an: „Ich kann nicht —"

Schweigend, kopfschüttelnd hat der Mann zugehört, jetzt nimmt er über den Tisch hin Immas Hand: „Und damit haben Sie sich das Leben so schwer gemacht? — Kind! — Kind! — Wie ist es nur möglich!" — seine eigenen, so viel brutaleren Erlebnisse kommen ihm in den Sinn: „Sie brauchen mir nichts mehr erzählen, ich weiß alles von Ihnen. — So ein tapferer, sauberer Kerl!"

Imma fühlt sich unverdient belobt. Konnte sie denn anders sein, wie sie war?

„Und das stürzt sich nun auf den Lappenkram, als ob die Seligkeit daran hängt. — Welcher Widersinn! — Sie bringen es darin niemals zu etwas, lassen Sie sich raten von einem, der das Fach genau kennt. — Wer nicht etwas ganz besonderes darin leistet, hat keinerlei Aussicht!"

„Wissen Sie denn, was ich leisten kann?" Imma ist tief verletzt. „Das wird sich schon finden!"

Die vertraute Stimmung ist zerstört. Es zieht auch kalt vom Wasser her, auf dem Lichter dahinziehen, die Musik ist verstummt und man rüstet zum Aufbruch.

Leise schnurrt der schwere Wagen durch die Sommernacht, aus den Gärten duftet es betäubend; die laute Stadt ist stiller geworden, nur noch wenige Wagen sind auf der Landstraße.

Sie sitzen schweigend nebeneinander, bis auf einer ruhigen Wegstrecke Steiner Immas Arm an sich drückt: „Imma — wenn ich hier bliebe, ich würde Sie bitten, zu mir zu kommen und mir mein Haus zu einem wirklichen Heim zu machen. — Ich weiß, dass Sie das können, Sie würden mir manchen Fehler abgewöhnen. — Nein, nein — Sie brauchen nicht fortrücken, ich bringe Ihre Tugend nicht in Gefahr. — Ich kann auch gut verstehen, dass Ihr letztes Erleben noch zu neu ist, als dass ein anderes Raum fände. — Aber was hängen Sie Ihr Herz nun ausgerechnet an diesen baltischen Hungerleider? — Glauben Sie doch nicht, dass der noch viele Gedanken für Sie hat, der Mann hat wohl andere Sorgen. — Trauern Sie ihm nicht mehr nach, das Leben geht sonst vorbei, ohne dass Sie selbst es merken. — Wissen Sie wohl, dass es keine größere Sünde gibt als die Unterlassungssünde? — die kann man nicht wieder gutmachen. — Es müsste ein Mann kommen und Sie einfach nehmen —" Das grelle Scheinwerferlicht eines entgegenkommenden Wagens fällt aus der Seitenstraße, es heißt hier in unmittelbarer Nähe der Stadt scharf aufpassen.

Imma kauert in der äußersten Wagenecke, verwirrt und beschämt. Wie kann Steiner wagen, so etwas zu ihr zu sagen? — Sie will ihm sehr böse sein, und doch weiß sie im tiefsten Herzen, dass er Recht hat.

„Also vielen Dank für die anregende Gesellschaft, meine Gnädige!" Er hilft ihr beim Aussteigen und funkelt sie spitzbübisch durch die Brillengläser an. „Alles Gute, Imma!" sagt er dann ernst, und küsst ihr die Hand, korrekt, wie er es auch bei Frau Eysoldt tut. „Auf Wiedersehen!"

„Alles Gute!" Sie steht noch halb betäubt vor der schweren Haustür, als der Motor wieder anspringt. Steiner winkt ihr noch einmal zu, deutlich sieht sie den Brillant an der schlanken Hand aufblitzen. Dann geht sie langsam ins einsame Haus.

*

„Du siehst so doch auch aus wie ein Taternweib!" Mutter zeigt missbilligend auf das bunte Tuch, das Imma beim Reinmachen um den Kopf gebunden hat. „Was sollen die Leute bloß denken! — und was hast du wieder viel Wasser genommen! — Du denkst auch wohl, das ist hier wie in der Stadt, wo ihr den Kran einfach laufen lasst. Das solltest du doch wissen, wie sparsam das hier ist, und das bei dieser Trockenheit!" — Sie stellt die feinen Teetassen, die Imma hinter dem niedrigen, vielscheibigen Ladenfenster hübsch aufgebaut hat, genau so hin, wie sie gestanden haben. „Musst ja keine neuen Moden anfangen! — das wollen die Leute nicht!" Und dann ist alles wieder so, wie es war — Sago, Zucker, bunte Bonbons in den hohen Deckelgläsern, eine Petroleumlampe mit weißer Milchglaskuppel, die altgewohnten Seifensorten, einige Bücher in bunten Umschlägen.

Mit verschwiegenem Seufzer wringt Imma den Lederlappen aus, und geht in das Vorderzimmer, um alles für den Abendbesuch vorzurichten. Hermas Mutter ist nämlich zum Besuch bei Postjanßens und da wäre es doch unhöflich, wenn man sie nicht einmal zum Tee bäte. Mutter hat gleich Antje Smid dazu gefragt, und Fräulein Heeren, die ihr Pensionshaus auf der nahen Insel verkaufte, und nun ihren Lebensabend in ihrem Elternhaus verbringen will, sie wohnt ganz nahe, unterhalb des Deiches. — Gleich muss sie auch noch backen — Imma seufzt. Wo bleibt ihre Arbeit? — Sie hat die freie Zeit nun so recht ausnutzen wollen.

Der Alltag in dem kleinen Ort, der ein Abweichen von der festen Hausordnung unmöglich macht, hat sie ganz mit Beschlag belegt. Dazu ist Mutter merklich gealtert, sie kann nicht mehr, wie sie will, was sie so ärgert, dass sie wohl mit der Faust auf den Tisch schlägt, und so ist es selbstverständlich, dass Imma ihr möglichst viel abnimmt. Es gibt im Sommer so allerhand Extraarbeiten, besonders durch die vielen Bohnen, die nicht nur geerntet, sondern auch abgezogen und dann an Bindfäden zum Trocknen aufgeriehen werden, wie Girlanden hängen sie dann überall in den Küchen. Auch sind allerhand Fremde da, Frau Onken würde auch gern ein Zimmer abgeben, aber das wird ihr zu viel, nun Martin nicht da ist, der ihr doch allerhand abnehmen konnte. Ganz plötzlich hat er eine Tätigkeit auf der Nachbarinsel gefunden, aber na, das ist ja auch nur gut.

Imma sucht sorgfältig die welken Blätter von Mutters geliebten Topfblumen, die sie sonst nicht anrühren darf — wie entzückend die zartrosa Resa, wie reich die Begonien! Sie muss lachen — sogar einige kleine Kaktustöpfe hat Mutter sich zugelegt! — Das ist hier nun einmal so, die Blumen, für die in den kleinen Gärten kein Platz ist, werden im Haus umso liebevoller gepflegt.

Sie sieht sich noch einmal prüfend um — die weißen Mullgardinen, die sie kürzlich nähte, stehen doch reizend. Mutter wollte erst durchaus nicht heran, das hat hier sonst keiner; aber schließlich hat sie es Imma ergeben überlassen: „Meinetwegen — mach was du willst!" So ist das blau weiß gekachelte Zimmer doch recht wohnlich geworden, was gar nicht so einfach war. Nur für die Lampe muss sie etwas anderes finden; Mutter hat einfach eine Birne in der Petroleumlampe anbringen lassen, als das elektrische Licht seinen Weg hierher fand. Sie hat noch einen Rest hellgeblümten Voile, das wird gewiss gut stehen, sie will es gleich rasch nähen. — Sieh, Mutter hat die guten Tassen schon hergekriegt, und den allerbesten Teetopf, und da liegt auch die schöne friesische Filigran-Zuckerzange, das gute Erbstück. Das nur ja alles wird, wie es sich gehört!

Man kann gar nicht anders, man muss sich einfügen, die Menschen hier bleiben so unverändert, dass man sich selbst fast als etwas Fremdes empfindet, steigt es in Imma auf, als sie abends Tee einschenkt und Kuchen anreicht, es muss alles genau seine Ordnung haben.

Frau Janßen sitzt mit ihrem Besuch auf dem Ehrenplatz im roten Plüschsofa, über dem das Schiffsbild hängt, und besieht eben das neue Kissen; das in seiner unauffälligen Schlichtheit hier besonders glücklich wirkt. „Unsere Ida häkelt jetzt eins für Heti, ganz modern" — sie wickelt gerade Garn in entsetzlicher Farbstellung ab. „Das hatten wir schon vor zwei Jahren in W.haven!" Frau Becker, die noch ebenso aufgetakelt und noch viel zerknitterter ist als früher, nennt ihren Wohnort nie anders. Sie lässt sich die Obsttorte gut schmecken. „Ich sag immer, Essen und Trinken ist noch das Beste, was man auf dem Land hat. — Aber sonst!? — nie wieder zurück! — Nein, was muss ich mich wundern, dass ihr es hier aushaltet! — Gott, diese kleinen Fenster hier — und denn kein Wasser! Wenn ich bedenke, wie bequem wir das in der Stadt haben!"

Die große knochige Etta Janßen sitzt steil und streng daneben. So ein Besuch, das ist ein Genuss, dass muss man sagen. Sollte ihre Nase behalten, wo sie hergekommen ist; wenn die Städter sich auf dem Land durchessen können, dann sind die Verwandten gut genug. Was die andern bloß denken! — Ein Blick geht wie ein Ball rings um den Tisch von einer der in eisigem Schweigen verharrenden Frauen zur anderen, der besagt: soll sich lieber nicht so aufspielen, als ob wir nicht wüssten, dass sie sich mühsam genug mit Kostgängern durchschlägt. Und denn noch getrennt von ihrem Mann! — und die Mädchen! — So sitzen sie, nicht gerade angriffslustig, denn das würde das geheiligte Gastrecht verletzen, aber mit entschlossenen Mienen, die zeigen, dass sie nicht gewillt sind, sich auch nur das Geringste von dieser Frau gefallen zu lassen, die sich innerlich so ganz von ihnen löste.

„Darf ich noch mal einschenken?" sagt Imma schnell in die schwüler werdende Stimmung hinein. „Ich bin so frei!" Antje Smid rückt an dem Feldblumenstrauß, den Imma vorhin noch am Deich pflückte und der ihr ganzer Stolz ist. „Wir haben auch so viel Unkraut, man kann nicht dagegen jäten. — Ist das nu denn Mode, dass sowas auf 'n Tisch kommt?" „Gerne noch ne Tasse, liebe Imma! — Ach, das kennt ihr hier nur nicht! Ach ja, deine Torte ist wirklich ausgezeichnet, bitte, ich nehm noch gerne!" Etta Janßen reißt mit einem Ruck den Faden ab: „Wir sind hier nun einmal was dumm! — Ja, bitte! — ich trink noch ganz gern 'ne Tasse!" Imma fängt dabei mit halbem Ohr auf, wie Antje Smid vernehmlich zu Taline Heeren sagt: „Und das ist ja nun mal so, all, was niks is, zieht nach Wilhelmshaven!" Wenn sie sich nur nicht in die Haare geraten! Sie bietet rasch noch kleine Kuchen an.

Aber Fräulein Heeren, die im Umgang mit Menschen gelernt hat, zu vermitteln und auszugleichen, hat einen wunderbar unverfänglichen Gesprächsstoff gefunden — haben die andern das große Auto wohl gesehen, das gestern vor der „Blühenden Schiffahrt" hielt? Sie kriegte es gerade zu sehen und hat nachher Onnette Hinrichs eben gefragt, Ulfert war doch mit dem Herrn auch noch auf dem Deich. „So, wer war das denn?" Selbst Mutter ist ganz Neugierde. „Nun denkt bloß an — das ist ein Sohn von Gerhard Heinrich Hartmann aus Seefeld gewesen, John heißt er. Imma, du bist da doch so viel im Haus gewesen, hieß einer da so?" Alle sehen auf Imma, die plötzlich in ihrer Achtung steigt, denn wer an der Küste kennt die Hartmanns nicht?

„Die hießen Hans und Hermann — ganz ungezogene Jungens waren das" — die ganzen Jugendjahre, die mit dem Hartmannshaus so eng verknüpft sind, stehen plötzlich vor ihr. „So — na, der soll sich wohl umgetauft haben!" sagt Antje Smid trocken. „Man was wollt der hier denn?" Fräulein Heeren ihr weißes Kraushaar über dem langen, blassen Gesicht sträubt sich ordentlich vor Wichtigkeit: „Er wollt den alten Bernhard besuchen, aber der ist nun ja schon lange tot. — Und er soll ja so reich sein, ihr glaubt es nicht! Geld wie Heu!"

„Wenn er da auch man mit rechten Dingen beigekommen ist! Na, ich mein, Gerhard Heinrich!? — Das wissen wir alle doch, was das für einer war. — Da haben wir auch noch was bei verloren!" Etta Janßen wickelt ihr neues Knäuel mit solcher Energie, als sollte der Strick daraus entstehen, an dem sie ihn am liebsten aufhinge.

„Och — wer frägt wohl danach, wo das Geld herkommt! — die Hauptsache ist doch immer, dass man es hat!" Frau Käte Becker tut noch ein extra Stück Kandiszucker in ihren Tee und lächelt überlegen, diese dummen Landfrauen auch.

„So!? — " Antje Smids rundes, rotes Gesicht glüht unter dem schlicht gescheitelten Grauhaar vor Eifer: „Noch — ihr Stadtsleute habt ja aparte Ansichten. — Ulfert Hinrichs hat Kobus erzählt, dass der Amerikaner 'n Sarggeschäft hat und dass er tote Chinesen einpökelt, wie er das nennt, weil die doch immer in ihrem eigenen Land auf 'n Kirchhof wollen. — Na, und das weiß ich doch von meinen Jungens — so 'n ordinäres Geschäft als das ist, da befasst sich kein ordentlicher Mensch mit!" sie trinkt energisch ihre Tasse leer, was die sich nun wohl einbildet!

„Och — es wird auch so viel geredet!" Fräulein Heeren hat ihn doch gesehen, hübsch war er ja nicht, aber doch wohl was Besonderes, so was Ausländisches. — „Soo! — der war das! — der hat unsern Vater gefragt, wo Onkens wohnten! — ist der nicht bei euch gewesen?"

„Ja — da ist so einer bei mir im Laden gewesen. Fragte mich wahrhaftig, ob ich 'ne Tochter hätte. — Ich sagte bloß, meine Tochter ist nicht da. — Den Kerl wollt ich wohl los werden! — hätt sich ja man bekannt machen können!"

„Gott, Mine, da hättest du man was netter zu sein sollen! — " Frau Becker gerät ordentlich in Aufregung: „Wer weiß, vielleicht will er Imma heiraten! — Das würdest du doch sofort tun, nicht Imma? Da hättest du es doch viel besser, als so immer bei andern Leuten. Du passt doch auch gar nicht mehr zu solch ungehobelten Menschen von hier. — Du machst doch jetzt auch ganz andere Ansprüche, das weiß ich doch von meinen Kindern. — Welch reizenden, gebildeten Mann hat Herma geheiratet, ach, die hat es jetzt so gut. — Und Ella ihr Freund —" sie stockt, die durchbohrend auf sie gerichteten Blicke verschließen ihr den geschwätzigen Mund.

Taline Heeren ist in ihren Sessel gesunken — bei ihren Badegästen ist sie das ja wohl gewohnt, aber das sind eben Fremde und müssen schließlich selber wissen, was sie tun. Aber jemand aus ihrem Bekanntenkreis, und spricht noch darüber, als ob es nichts ist!

Etta Janßen spricht schließlich aus, was auch Mutter und Antje Smid deutlich lesbar denken: „Hör eben, Tini, mit sowas musst du uns nicht kommen. Das sind wir hier nicht gewohnt, so 'n schmutzigen Kram. Erst erzählst du mir, Ella ist geschieden, und denn soll sie verlobt sein, und nun so —" So!! — das hatte sie längst verdient!

„Nun ja doch — er ist doch noch nicht geschieden, sie sind doch auch verlobt — was ist da nun denn bei?" Frau Becker ist doch etwas kleinlaut geworden unter den strafenden Blicken.

Imma ist hinausgegangen und zieht die Weinflasche auf — das kann noch gut werden, die sind ja in rechter Stimmung! — Sanftmut, dies zarte Kräutlein, gedeiht nun einmal nicht in dem scharfen Wind, und Zugeständnisse macht man nicht.

„So?!" Antje Smid lächelt kränkend. „Das sind ja merkwürdige Moden, die ihr da habt. — Aber wir sind hier nun einmal 'n bisschen zurück und können noch was zu lernen, was sagst du, Etta?"

„Und was du da von 'nen Mann sagst, Tini — die Hauptsache ist doch, dass er ehrlich und rechtschaffen ist und sein Brot hat —" Mutter hätte ihr ja am liebsten ganz was anderes gesagt, aber wo sie zum Besuch bei ihr ist?!

„Und dass sie gut mitnanner leben!" ergänzt Antje Smid nachdrücklich — als ob sie hier nicht alles von Herma und ihrem Mann wüssten, sie soll sich bloß nicht aufspielen.

„Ja, und dass er reine Papiere hat und man weiß, wo er hin- und hergehört! — und alles in Ordentlichkeit!" Etta Janßen sieht streng zu Taline Heeren herüber, die natürlich wieder alles beschönigen will. Sie kann den weichlichen Kram in den Tod nicht leiden, was wahr ist, kann man auch mal sagen, und was recht ist, muss recht bleiben.

Ja, natürlich: „Ach — die Hauptsache ist doch immer, dass die beiden sich gerne haben — was sagst du, Imma?"

Aber die ist gerade hinausgegangen, um die Gläser zu holen. — Mein Gott, die sind ja im rechten Fahrwasser! — Was sie wohl zu Steiner sagen würden? — Der würde vor ihrer Unerbittlichkeit bestimmt nicht bestehen. — Aber na, in die Verlegenheit werden sie doch nie kommen, da ihr Gutachten abzugeben.

Und so sagt sie heiter zu Taline Heeren, die ihre Frage wiederholt: „Weißt du, Tante Tini, wenn ich mich noch mal verheiraten sollte, dann fang ich erst bei euch an, ob ihr auch damit einverstanden seid. Ich werde alle seine Papiere auf deine Türschwelle legen, ehe ich mich zu euch wage!"

„Das ist wohl sowas!" Etta Janßen packt ihre Handarbeit zusammen. „Komm du bloß nicht mit son hergelaufenen Kerl an, wo man nichts von kennt. — Man noch — bei kleinem bist du da nun ja auch schon zu alt für!" und Antje

Smid, die sich nicht weiter geäußert hat, nickt bekräftigend.

„Ach, das kann man gar nicht wissen!" Frau Becker ist schon wieder obenauf, morgen geht sie ja weg, was fragt sie danach. — „Komm du nur nach W.haven, da findest du bestimmt noch einen, solch fixes Mädchen, wie du bist!" Aber Frau Onken wirft den Kopf mit einer ruckartigen Bewegung hinten über, als wollte sie sagen: das fehlte gerade. „Na, denn zum Wohle!" ergreift sie das Glas mit Süßwein, der die erhitzten Gemüter besänftigt.

„Es war wirklich sehr gemütlich!" verabschiedet sich der Besuch, den man zur Haustür geleitet. Unter den erleuchteten Fenstern huscht gerade ein Schatten weg, natürlich hat wieder jemand gehorcht. Deutlich hallen die Schritte der Frauen durch die verhaltene Sommernacht, durch die am Horizont Wetterleuchten zuckt. Ein Schiff kommt herein, näher gleiten die Lichter, ein Segel rauscht, Ketten klirren, irgendwo schlägt eine Haustür. Dann umfängt den kleinen Ort Lautlosigkeit, die doch von tausend Stimmen erfüllt ist.

In Immas Zimmer, das noch ein Schiebefenster hat, ist es drückend schwül, und der Schlaf will nicht kommen. — Wie unnachsichtig die Frauen hier sind! — Einmal war sie dabei, wie von einer Bekannten gesprochen wurde, die auch, wie sie, ihr Brot in der Fremde verdient, sie kennt sie nur flüchtig. Es war ein Gerede im Umlauf, wonach diese ein Kind haben sollte, und man hat sie so schonungslos verurteilt, dass Imma vor Scham hinausgelaufen ist. All diese Frauen kamen niemals aus ihrem festgefügten Lebenskreis heraus, niemals haben sie, ganz auf sich gestellt, den Forderungen des Lebens Widerstand leisten brauchen, und deshalb wissen sie auch nicht, wie schwer das oft auch Tapferen fällt.

Sie haben nicht das geringste Verlangen, einmal in eine andere Welt zu blicken und etwa einmal Näheres von Imma zu hören, über ein flüchtiges: „Wie geht's?", auf das man keine Antwort erwartet, kommt es nicht hinaus. Alle sind sie ganz ausgefüllt von sich und ihren Angelegenheiten, auch die sie früher als Mädchen kannte, und die nun Kinder und eigene Sorgen haben. Sie finden es selbstverständlich, dass Imma Anteil an ihnen nimmt und sich nach allem erkundigt, aber wer fragt je nach ihrem Erleben? — Nun, eine unverheiratete Frau, was kann da schon groß sein, das etwa sind die flüchtigen Gedanken, die man an sie verschwendet.

Wenn man sich das klar macht, tut es nicht weiter weh, aber Imma hat deshalb auch wenig Verlangen, zu den Bekannten zu gehen. Nur zu Fräulein Heeren huscht sie wohl auf ein Schwätzchen; sie ist zwar sehr altjüngferlich prüde, aber durch ihre Tätigkeit doch aufgeschlossener, und ihr kleines Reich ist sehr behaglich, mit duftigen Gardinen und blühenden Blumen sowie tausend Andenken.

Sie hat Imma recht ins Herz geschlossen: „Wenn ich das alles gewusst hätte, Kind" — sagt sie wohl — „wie gut hättest du mein Logierhaus übernehmen können, dann hättest du doch auch was Eigenes gehabt, da geht es doch man um. — Oder hättest du keine Lust gehabt? — Man muss sich ja schrecklich quälen, das ist wahr, aber man ist doch auch sein eigener Herr, und in den Wintermonaten hat man es doch auch schön. — Es ist zu schade. — Aber nun ist das leider ja zu spät."

Ja, das ist zu spät. — Gewiss, auch das wäre eine Tätigkeit, in der sie sich hätte wohlfühlen können. Aber woher wohl das Geld für die Anzahlung nehmen? — Auch Mutter spricht oft davon, dass es doch so viel besser für sie gewesen wäre als die Sache, die Imma jetzt macht, und von der sie nichts hält. — „Was kannst du denn damit verdienen — oder wirst du Lehrerin oder sowas?" — Sie kann sich gar nicht hineindenken und macht Imma, der Steiners Mahnung sehr im Kopf herumgeht, das Herz doppelt schwer. — Soll sie auf halbem Wege umkehren? — versuchen, in den Pensionsbetrieb hineinzukommen, der bessere Aussichten bietet? — Aber dort werden große körperliche Anforderungen gestellt, wird sie dem gewachsen sein? — Oh, es ist so schwer, das Rechte zu finden, und sie braucht den ganzen Glauben an sich und ihr Können, um den einmal beschrittenen Weg weitergehen zu können.

Schlaflos horcht sie in die reglose Stille, aus der ihr keine Antwort kommt. Unbewusst fahren ihre Finger über die Wand, die oft überkalkt, doch den Namen des Jugendgeliebten bewahrte. Nie wird sie ihn vergessen, aber in einem Leben voll Kampf bleibt weichherzige Rührseligkeit Kräfteverschwendung. Eine wunderbare Ruhe überkommt sie, im Halbschlaf ist ihr, als sei sie das Schiff von vorhin, das auch in Nacht und Dunkelheit den schützenden Hafen fand, gesteuert von einer Macht, die stärker ist als alle Vernunft.

*

Sonst verlebt sie mit Mutter friedliche Tage, nur vermisst diese Martin sehr und redet immer davon, wie der gute Junge ihr alle Wege abgenommen hat, die ihr jetzt zu schwer fallen. Wie nötig müsste sie nach Seefeld, wo sie so manches zu erledigen hat, es ist ja eine Schande, dass man nicht mehr kann, wie man will! Die immer so tätige Frau schlägt dabei zornig mit der Faust auf den Tisch. Wofür hat man nun Kinder, wenn man schließlich doch im Alter allein ist?!

Es hilft nicht, Imma muss den Ort aufsuchen, den sie nicht wieder betrat, sie hat das Schwere nicht vergessen können, obwohl sie jetzt manches in anderem Licht sieht. Wie gut nur, dass es jetzt Autobusverbindung dahin gibt, sonst hätte sie den stundenweiten Weg zu Fuß machen müssen.

Nach dem Regenwetter der letzten Tage geht jetzt ein frischer Wind; noch ist der Horizont umdunstet, aber schon klärt der Himmel sich, über den Wolkenfetzen jagen, in seiner höchsten Wölbung schimmert es leuchtendblau. Regentropfen hängen noch an dem tausendfältigen Grün des fruchtbaren Landes an Baum und Strauch, die der Wind schüttelt und die Weidenzweige an den Wegrändern bis in die wassergefüllten Gräben drückt. Behaglich liegt das schwere, schwarzbunte Vieh im hohen Gras und gibt sich gemächlich dem Widerkäuen hin, überall auf den Feldern sieht man fleißige Menschen bei der Ernte; eine Mähmaschine surrt, gleichmäßig fallen die Getreidebündel, die Altjen und Gretje mit wildbewegten Bubiköpfen aufhocken. Forderte doch die unerbittliche Mode auch von diesen frischen schlanken Mädchen ihre wunderschönen blonden Zöpfe, ein Opfer, das sie mit wahrer Wollust brachten, ohne zu ahnen, wie sehr sie an Reiz dabei einbüßten.

Imma hat alles zur Zufriedenheit erledigt, sie fand sich noch gut zurecht. Sie geht jetzt über die Hauptstraße zurück — wie unverändert, und doch, wie fremd alles ist! An fast jedem Geschäft steht ein anderer Name; welch schönes Porzellan und welch reiche Auswahl in diesem Fenster ist, ja, auf diese Dinge legt man hierzulande viel Wert. —

Sie steht noch ganz in Gedanken vertieft, als sie plötzlich einen Stoß bekommt, der sie zur Seite wirft, aufblickend sieht sie eine große starke Frau mit gefüllter Einholetasche, die sie hasserfüllt anstarrt — Betti Meier! Lebt die denn hier in Seefeld? — Niemals hat sie wieder von ihr gehört, nie haben sich ihre Lebenskreise irgendwie berührt. Und doch noch immer der alte Kinderhass?

Ganz in Sinnen geht sie weiter, bis sie sich vorm Hartmannshaus wiederfindet. Es ist jetzt ein Kaufladen darin, nüchtern, allen Zaubers entkleidet steht es da, ein ganz gewöhnliches Haus. — Hat sie hier wirklich ihre glücklichsten Kinderspiele gespielt?

Sie steht so versunken inmitten des Fahrweges, dass sie gar nicht das große Auto bemerkt, das fast unhörbar herangesaust kommt, erst das aufgeregte Hupen lässt sie im letzten Augenblick zur Seite springen, schon stoppt es, ein fremd aussehender Herr steigt aus: „Ohh! — please! — ist doch nicht — wie sagt man — Unglückliches?" — Dieser hagere, gelblich blasse Mensch mit dem zerknitterten Gesicht — wer ist es noch? — den kennt sie doch! — die langen, gierigen Hände, an denen kostbare Ringe blitzen — in halber Ohnmacht lehnt sie an der Wand, alles dreht sich um sie, sie vermag kein Wort herauszubringen. „Ohh — I understand — Nörven! — Werde ich Sie führen in dies Store." — Er nimmt ihren Arm und führt sie in den Laden, bei dessen tausenderlei Gerüchen ihr Ohnmachtsgefühl sich verstärkt, aber ein kalter Trunk und Kölnisch Wasser bringen sie allmählich wieder zur Besinnung.

„Ohh!" — der Fremde sieht sich um: „Very little! very little! — hab ich in mein Gedanken dies so — so — wie sagt man? — als ein Burg. — Very, very little! — Dies sein die Home von mein Family, is long, long time ago to Amerika!"

„Hans Hartmann!" Ganz klein und schwach kommt es von Imma, in deren Wangen eine leise Röte aufsteigt. — Der ist kein bisschen überrascht, dass man ihn kennt, und nach kurzem Hin und Her weiß er auch, wer sie ist. — „Magdas little friend, oh yes. I know." Ehe sie selbst recht weiß was ihr geschieht, sitzt sie neben ihm in seinem herrlichen Wagen und kurz darauf im „Schwarzen Bären", dem besten Lokal des Ortes, hinter einem vorzüglichen Mittagessen, ohh, das war er ihren Nörven doch schuldig. Der Wirt springt selbst, den reichen Amerikaner, der ein guter Kunde ist, zu bedienen; ein misstrauischer Blick streift seine Begleiterin, gewöhnlich sind die Damen, die er wohl mitbringt, von einem etwas anderen Schlag.

Wie es seiner Familie geht? — Ohh — Pa zieht noch immer am liebsten in der Welt herum, er ist aber schwer gehandikapt durch Ma, die da sehr schwerfällig ist und gern irgendwo in Ruhe leben will. Magda? — weiß sie nicht? — die ist vor einigen Jahren gestorben, ihr Mann, der Pastor, ist wieder verheiratet. — Hermann — Oh, ganz Pa! — Married jetzt eine steinreiche Witwe. — Und Mausi — nun, die ist zweimal geschieden, jetzt hat sie einen Schönheitssalon. — Oh, es geht ihnen allen very well — gleichgültig, als spreche er von Wildfremden, bringt er es vor. — Und sie? —

Alles ist schon so weit von ihr entfernt, dass es sie nicht mehr so tief berührt, wie sie wohl erwartete, und angeregt von dem unerwarteten Abenteuer erzählt sie gegen ihre Gewohnheit von ihren Plänen, für die er lebhaft Feuer fängt. „Oh — das ist ja wonderfull!" — Damit kann sie drüben ein very Business machen, well, er wird es schon managen; er hat schon ganz andere Dinge gemacht, oh, er hat eine glückliche Hand! — Ihr fallen die Chinesenleichen ein, was sie sehr ernüchtert, aber er merkt es nicht: sie muss mit ihm kommen, es ist ein ganz anderes Leben drüben, so apart, wie sie ist! und sein verknittertes Gesicht beugt sich so weit über sie, dass sie vorsichtig von ihm abrückt und zum Aufbruch drängt.

O weh, nun ist das Verkehrsauto schon fort! — was macht sie nur! Ohh — selbstverständlich wird er sie nach Hause fahren, well? — wofür hat er denn den Wagen?

Unterwegs redet er eifrig auf sie ein. Sie muss mit ihm gehen, oh, wonderfull, er wird ihr Geld vorschießen, später machen sie dann halfpart. Ob sie auch weiß, wie beautyfull sie ist?

Ehe sie es sich versieht, fahren sie schon über die Brücke und halten gleich darauf vor ihrem Haus, Antje Smid steht gerade vor ihrer Haustür und nimmt die Brille ab, um besser sehen zu können. Auf ihren freundlichen Gruß bekommt Imma nur ein kurzes Kopfnicken und einen strafenden Blick. An der Überseite des Hafens steht auch Etta Janßen gerade, um nach den einlaufenden Schiffen zu sehen, sie legt die Hand über die Augen: wer sollte das doch wohl bei Onkens sein? Da flüstert es hinter ihr — Taline Heeren will bei dem schönen Wetter auch nach dem Hochwasser sehen: „Der Amerikaner!"

„Denn man zu!" Unsägliche Verachtung klingt aus den Worten. „Das hätt' ich ihr nun doch nicht zugetraut. — Mag sich wohl mit ihm verlobt haben!" — was gleich darauf wie ein Lauffeuer durch den ganzen Ort geht. Hinter jedem Fenster sitzt jemand und beobachtet die Abfahrt. — Komisch, dass er nicht länger bleibt, und Imma sieht man auch nicht. Aber na, in der Stadt haben sie ja wohl andere Moden.

Mutter hat Imma nur vernichtend angesehen und ihr sofort eine Arbeit aufgetragen, aber nicht die Weisung erteilt, Tee zu machen, was sonst bei Besuch unerlässlich ist.

Sie bittet dann den ungebetenen Gast mit eisiger Höflichkeit ins Vorderzimmer und sieht mit strenger Miene zu, wie dieser unbekümmert alles in die Hand nimmt, was sich in einem fremden Haus doch keineswegs gehört. Sogar die Kissen und die Teemütze von Imma besieht er sich — ist das auch was für 'nen Mann!? — Was, das geschnitzte Schiff, ihr Familienerbstück möchte er kaufen? — Was bildet der sich wohl ein? — Sie überhört seine Frage nach dem Preis und fragt mit starrer Freundlichkeit nach seinen Angehörigen, was er mit gleicher Lässigkeit abtut wie bei Imma. — Da das einseitige Gespräch schließlich völlig stockt und auch Imma sich nicht sehen lässt, verabschiedet er sich bald, stellt aber einen weiteren Besuch in Aussicht. — Viele Grüße für die schöne Tochter!

„Ich danke Ihnen für Ihren Besuch!" Gemessen klingt es zurück, oh, Frau Onken weiß, was sich gehört! — Dass der ihr aber nicht wieder ins Haus kommt!

Imma kommt gerade zurück, als das Auto über die Brücke schnurrt. „Wollte Hans Hartmann denn nicht warten, bis ich zurück bin? — Ich habe mich nicht einmal bedankt."

„Das habe ich wohl für dich besorgt!" Frau Onken dreht sich jäh nach ihrer Tochter, die vor die Haustür getreten ist. „Komm herein! — Was denken die Leute wohl! — Ich begreife nicht, wie du mir das antun kannst und lässt dich mit so einem Kerl sehen! — Na, das wird ein schönes Gerede geben!" sie ist sehr ungehalten.

„Dann lass sie reden!" Nun wird auch Imma ärgerlich. „Schließlich ist es doch kein Verbrechen, wenn ich zufällig einen alten Jugendbekannten treffe. — Und er will mich auch mit nach drüben nehmen und mir weiter helfen!" setzt sie in plötzlichem Trotz hinzu, oh, sie hat eine solche Wut auf die Enge hier, dass sie das Unsinnigste tun könnte.

„Du solltest dich unterstehen!" Mit zornfunkelnden Augen hat Mutter sie am Ärmel ergriffen und schüttelt sie. „Du solltest dich unterstehen! — Das wollen wir denn nochmal sehen, wir wollen uns wiedersprechen! — Die Hartmanns taugen alle nichts, da denk dran!"

Der Tag endet mit ernster Verstimmung. Imma ist so mit Gott und der Welt zerfallen, dass sie ernstlich überlegt, ob sie nicht doch mit nach drüben gehen soll.

*

Es kommen glühend heiße Tage, die alle Arbeitskraft lähmen. Die Schiffe bringen täglich zu den nahen Inseln neue Menschenfrachten, die dort Kühlung suchen und auch finden.

Auch John Hartmann macht einen „Trip" dorthin. Großmächtig kam er mit seinem Wagen bei Onkens vorgefahren und wollte Imma einladen, ihn zu begleiten. Aber: „Meine

Tochter ist nicht anwesend!" sagt Mutter, die gerade im Laden ist, kühl und abweisend, und so wird nichts aus dem schönen Plan. Die Nachbarn, die — ganz zufällig natürlich — gerade auf dem Deich stehen, sehen, wie er alleine zurückkommt, übellaunig mäkelt er noch an dem flinken Motorboot von Harm Harms, mit dem er sich hinbringen lässt. In USA bekommt er für den gleichen Preis ein viel besseres! — Das soll sie doch wundern, was daraus wohl wird; Harmine Onken wird ordentlich böse wenn man sie danach fragt, aber darum? Das Mädchen ist nun ja wohl alt genug, um selbst zu wissen, was sie tut.

Eigentlich hat Mutter immer gedacht, Martin würde mal kurz herüberkommen, aber natürlich, es ist jetzt so viel zu tun, da geht es wohl nicht, der arme Junge muss eben aushalten. Sie fragt die Schiffer wohl nach ihm, aber die sagen nur: „Martin? — och — dem soll's ja wohl gut gehen!" und gehen dann weiter.

Heute hat nun der alte Briefträger, für den Mutter den Tee schon zeitig kalt stellte, nicht nur einen Brief von Frau Eysoldt für Imma, sondern auch eine bunte Karte für Mutter. „Von Martin!" sagt sie erfreut. „Man aus Hamburg?" Sie gibt sie Imma, damit diese das Bleistiftgekritzel entziffert. „Bin hier mit John Hartmann." — Wie kommen die da denn hin? — Oh, wohl über See, der Wagen ist vor einigen Tagen abgeholt worden. „Was!?" — hör' eben: Haben großartig gefeiert. Morgen fahre ich mit ihm nach drüben. — Viele Grüße Martin. — Brieflich Näheres."

Imma lässt die Karte sinken und sieht besorgt auf Mutter, die grau und verfallen dasitzt. Wenn sie wenigstens was sagte. „Mutter — es mag wohl das Beste für ihn sein. Sieh mal, er ist nun doch alt genug, er muss ja auch endlich für sich selbst eintreten — " „Ja, ja", kommt es endlich: „Da ist ja nun nichts an zu tun. — Ich kann's nicht ändern." — Sie denkt an die tausend vergeblichen Opfer, die sie ihm brachte, um ihn auf dem rechten Weg zu halten. „Aber mit Hans Hartmann" — sie seufzt schwer. Wird gerade dieser der rechte Weggenosse für den schwachen Menschen sein? — wird er drüben zu einem geordneten Leben kommen? — Könnte sie mit ihm gehen! — Imma — ach, die wird wohl alleine fertig, um die braucht sie sich nicht sorgen, wenn sie das neulich auch nicht hätte machen müssen. Aber sie hat doch nichts wieder von Amerika gesagt, und für einen Mann ist das ja auch was anderes. — Man kann auch nicht wissen, Martin ist doch ein aufgeweckter Mensch, und sicher wird er jetzt allen zeigen, was in ihm steckt.

Sie starrt schweigend auf das bewegte Wasser im Hafen, auf dem Licht und Schatten wechseln, wie Hoffnung und Zweifel in ihrem gequälten Herzen.

Frau Eysoldt schreibt recht hoffnungsvoll, die Kur hat ihr sehr gut getan und im Laufe nächster Woche kommt sie zurück. Imma soll schon frühzeitig alles in Ordnung bringen, da sie den Tag noch nicht genau angeben kann, sie freut sich so sehr auf ihr Heim. — Und Kapitän Fernau wird sie ganz in Kürze besuchen, er ist auf der Rückreise. Schön, nicht wahr?

Das Herz ist Imma diesmal beim Abschied sehr schwer. „Du solltest doch hierbleiben! — deine Mutter wird auch älter!" Aber dagegen lehnt sich ihre unverbrauchte Lebenskraft mit aller Macht auf. Hierbleiben — das ist gut, wenn man alt ist, und nichts mehr vom Leben erwartet. — Aber so? — Muss sie dies Opfer wirklich bringen?

„Das kommt ja gar nicht in Frage!" wehrt Mutter schroff ab, als sie ihr die Möglichkeit andeutet. „Ich kann noch gut allein fertig werden. — Das wär ja noch schöner! — sonst nehme ich mir mal Hilfe!"

Und so fährt Imma denn zurück in ihr altes Leben, das doch jeden Tag neu ist, voll Erwartungen, voll Hoffnungen und voller Wünsche, und doch so voller Ungewissheit, dass es ihr Herz erzittern lässt.

*

Das sind nun geschenkte Tage für Imma: als die Wohnung in Ordnung ist, bekommt sie Nachricht von Frau Eysoldt, dass sie noch eine Woche fortbleibt. Die trockene Hitze der letzten Tage hat sie sehr mitgenommen, nun sieht der Arzt nicht gern, dass sie reist, obwohl sie sich so sehr nach ihrem Heim sehnt. Sie wartet nur Doktor Hansen ab, der wird sie mitbringen.

Anfangs war sie im Gedanken an Mutter recht verdrießlich — wie gut hätte sie ihr noch helfen können! Dann aber kommt ihr zum Bewusstsein, dass sie ganz über ihre Zeit verfügen kann, und es steigt eine solche Freude in ihr hoch, dass sie fast erschrickt. Sie macht sich nicht klar, dass gerade Steiners abfälliges Urteil sie aufstachelt, sich nicht mit dem Erreichten zufrieden zu geben, dass es sie anspornt, mehr zu leisten, als je in ihren Wünschen lag. — Nichts können? — das wollen wir noch mal sehen!

Acht lange Tage! — Sie schlägt ihre Werkstatt in der Küche auf, da kann sie herumwirtschaften, soviel sie will. Sie zeichnet und misst, probt Farben und Muster aus, sie arbeitet mit solcher Verbissenheit, dass sie Essen und Schlaf darüber vergisst. Das Stoffbündel von Frau Eysoldt tut ihr gute Dienste, so braucht sie zunächst nichts für Material auszugeben. Aber trotzdem verschlingt es noch allerhand Geld, sie muss sehen, irgendeinen Erlös aus ihren Sachen herauszuschlagen, denn sie bezieht im Augenblick nur ein sehr bescheidenes Gehalt, und die Reise hat auch allerlei gekostet.

Mit einem sie selbst überraschenden Mut wagt sie sich an größere Gegenstände. Die große Tischdecke aus reiner chinesischer Seide, die auch aus dem Bündel stammt, wurde durch — Imma nennt es Zufall — besonders schön in der Farbwirkung. Sie legt sie nach den Plätten probeweise auf den großen, ovalen Tisch im Esszimmer — ob sie es einmal in den Kunstwerkstätten versucht, vor deren Fenstern sie so oft stand? Frau Eysoldt kann jeden Tag zurückkommen, dann wird nichts mehr daraus. — Sie mag so etwas gar nicht, aber das muss nun einmal sein, wenn sie weiter will. „Fasst an das Werk mit Fäusten, dann ist es schon getan!" sagt Mutter wohl, denkt sie, und beißt die Zähne zusammen: „Besser durchs Feuer rennen als kriechen!"

So nimmt sie all ihren Mut zusammen und geht in möglichst sicherer Haltung in die eleganten Räume, wo man sie mit größter Hochachtung — als mutmaßliche Kundin — empfängt, die sich allerdings etwas verringert, als sich herausstellt, dass sie nicht kaufen will, sondern etwas anzubieten hat. Der Geschäftsführer wird herbeigerufen, er mustert die Sachen mit Kennerblick: „Nun ja — wir können gern etwas hier behalten. — Mal sehen, was sich machen lässt. — In Kommission natürlich!" setzt er auf Immas freudig strahlendes Gesicht überlegen hinzu. „Wir kaufen nie." Anfängerin natürlich, denkt er, scheint aber was loszuhaben, die Sachen haben eine persönliche Note, sind auch sauber gearbeitet. Das trügt zwar manchmal, aber ein Risiko ist es ja auf keinen Fall.

„Die Preise bitte!" — das elegante Fräulein legt Imma eine Liste vor, in die sie Gegenstand und Preise eintragen soll. Wie schrecklich! — daran hat sie überhaupt nicht gedacht, so umständlich stellte sie sich das nicht vor. Hilflos sieht sie den Geschäftsführer an, einen kleinen beweglichen Herrn mit scharfen Brillengläsern. „Ich weiß nicht" — sie ist tödlich verlegen. „Nehmen Sie doch ruhig, was Sie für richtig halten." Der schüttelt streng den Kopf: „Das ist geschäftlich nicht zulässig. Aber wir wollen das einmal zusammen durchgehen!" und dann taxieren er und das Fräulein alles, Imma muss sagen, ob sie mit den Preisen einverstanden ist. Ach, die ist mit allem einverstanden, ihr kommen die Preise entsetzlich hoch vor, denn sie vergisst, dass das Material sie nichts kostete. „Natürlich abzüglich der üblichen Provision. Wir rechnen monatlich ab, sollte etwas verkauft werden, geht Ihnen das Geld zu!"

Ganz benommen von ihrem ersten Geschäftsgang kommt Imma zurück, wie sich die Angelegenheit wohl entwickeln mag?

Kaum hat sie abgelegt, als der Telegrammbote läutet. Sie erschrickt heftig — es wird doch nichts mit Mutter sein?

Aber nein, Frau Eysoldt meldet ihre Ankunft für heute Abend an. Da heißt es, Hals über Kopf aufräumen! Mein Gott, wie sieht es noch in der Küche aus, es riecht nach allen möglichen Dingen, nach Farbe und ich weiß nicht wonach, Düfte, die Frau Eysoldt durchaus nicht liebt.

Noch sind alle Fenster geöffnet, sie hat kaum Zeit gefunden, einige Blumen zu besorgen, als draußen schon das Auto hupt. „Na, da hätten wir die Gnädige heil und ganz wieder!" Doktor Hansen, noch hagerer und braun wie ein Indianer, hilft dieser aus ihren zahlreichen Siebensachen, von denen sie umringt ist. „Welche Liebe! — dass Frauen doch immer küssen müssen, mir wird schlecht, wenn ich an all die Bazillen denke. — Was, ich soll noch mitkommen und Tee bei Ihnen trinken? — Vergessen Sie nicht, meine Beste, dass ich auch so etwas wie Familie besitze, die einige wohl nicht so ganz unbegründete Ansprüche an mich stellt. — Aber unsere Imma hat die Nordsee diesmal gar nicht gut getan, scheint mir, ich werde niemals wieder einen Patienten wieder dort hinschicken" — was Imma mit einigermaßen schlechtem Gewissen hört, die Blässe stammt nämlich von den durcharbeiteten Nächten.

„Wie schade, lieber Doktor. Unsere Imma hätte alles so reizend gemacht. Nicht wahr, Liebe? — Dann ein andermal! — aber bald!" ruft sie ihm nach, als er vergnügt winkend abfährt. Diesmal ist er mit seiner Patientin wirklich zufrieden, so kann sie es eine Zeitlang aushalten.

Auch Frau Eysoldt frisch und rosig wie nur je, ist bester Laune, ach, es war bis auf die anstrengende Kur wirklich sehr hübsch im Sanatorium, ein Kreis ganz reizender, anregender Menschen. — Gewiss, es hat sehr viel gekostet: „Aber die Hauptsache ist doch, dass es half — nicht wahr, Imma? Deck mich schön zu, ja, Liebe! und nun erzähl' mal, was es für neues gibt. — Wie froh bin ich, wieder hier zu sein! — War Steiner übrigens da?"

Während Imma den Poncho über sie breitet: „Du machst gleich einen sehr schönen Kaffee, ja?" — berichtet sie: „Herr Steiner? — der war damals gleich nach Ihrer Abreise hier." Muss sie das von dem Abend nun erzählen? „Er sagte, er führe ins Ausland, wohin, weiß ich nicht. — Wussten Sie das nicht?" — nein, sie sagt lieber nichts davon, es sieht so dumm aus und Frau Eysoldt will dann auch alles ganz genau wissen. „Hat er Ihnen nicht geschrieben?"

„Steiner? — schreiben?" Vom Ruhebett rieselt ein heiteres Lachen durch den Raum. „Das wäre wirklich ganz neu. — Nein, der gehört zu den Menschen, denen das Schreiben wehtut, der ist einfach eines Tages wieder da. — Aber das ist mir ganz neu. — Nun, ich erfahre schon näheres von den Bekannten. — Schade! — ich mag ihn wirklich gern. — Nur zum Ehemann taugt er nicht!" — wieder klingt das Lachen.

Es folgen unruhige Tage, in denen die Tür kaum still steht. Bekannte kommen, um Frau Eysoldt zu begrüßen, Leute, die etwas bringen und solche, die Geld holen wollen, was sie nicht immer gleich bekommen; es ist wie ein Taubenhaus. Imma weiß oft nicht, wie ihr der Kopf steht. Dazu kabelt Kapitän Fernau von unterwegs, dass er in etwa zehn Tagen in Hamburg einläuft, Tante soll ihn besuchen. „Der gute Junge, nicht Imma? — Aber was der sich wohl denkt! — Dann musst du hin, Imma. — Aber nein, er soll doch

nach hier kommen, ich will auch etwas von ihm haben!"
— Sie entwirft eine große Begrüßungsfeier und überlegt, welche Bekannten sie dazu einladen will. Das wird dem Gast kaum angenehm sein, muss Imma denken, der sucht doch nur einige ruhige Stunden. Aber da läutet es schon wieder an der Tür und so bleibt die Angelegenheit einstweilen unentschieden.

So kommt es auch wohl, dass die Bankabrechnung uneröffnet liegen bleibt, die schon vor einigen Tagen kam. Frau Eysoldt nimmt sie wohl in die Hand, spielt ein wenig damit und dann liegt sie wieder an einem anderen Platz, Imma packt die ganzen Tage damit herum. „Ich wollte, der Junge wäre erst hier!" heißt es dann wohl. „Der könnte mir einmal die ganzen Sachen durchsehen. Ich verstehe so wenig davon!" Sonst ist sie wie immer — fröhlich, gleichmäßig heiter, nur die Röte unter den Augen verstärkt sich. Das Essen schmeckt ihr herrlich: „Heute Abend wollen wir uns aber ordentlich pflegen!" sagt sie lachend, als Imma sie mittags zudeckt. „Kein so strenges Gesicht machen, Kind, das entstellt dich ja!"

Die zieht noch die Vorhänge zu, es herrscht heute bei greller Sonne eine drückende Hitze, und will dann an ihre Arbeit gehen. „Gib mir doch noch eben meine Post!" ruft Frau Eysoldt ihr nach und legt dann den erhaltenen Stoß neben sich. „Nachher, weißt du, wenn ich aufwache. — Jetzt bin ich zu müde. — Und dann noch das Papiermesser, bitte!"

Auch Imma ist wie gelähmt vor Müdigkeit, das macht die Wärme. — Ich will sie nur schlafen lassen, denkt sie, das ist doch das Beste für sie, gegen Abend ist es dann kühler.

Aber es vergehen Stunden um Stunden, ohne dass sie von ihr hört. — Wie merkwürdig! — Endlich geht sie leise ins Zimmer, in dem sich noch immer nichts regt. — Vorsichtig zieht sie die Vorhänge zurück, beugt sich über die

Ruhende, die einen halbgeöffneten Brief in der Hand hält, die sie zufällig streift — — eiskalt?! — — was ist?! — —
Mit entsetztem Aufschrei gewahrt sie die großen dunklen, jetzt gebrochenen Augen — — tot!

*

Was dann kommt, ist wie ein wüster Traum, in dem die Erschütterung durch den Verlust der Frau, die ihre Freundin wurde, das einzig Wirkliche ist. Doktor Hansen, den sie im ersten Schmerz gleich anrief, hat ihr treu zur Seite gestanden und alle Formalitäten erledigt, er hat sich mit der Reederei von Kapitän Fernau in Verbindung gesetzt und dort erfahren, dass dessen Dampfer erst kommende Woche fällig ist. Das Beerdigungsinstitut hat alles korrekt und kalt erledigt, und Imma kommt erst zum Nachdenken, als sie vom Friedhof zurückkehren, wo die wenigen Freunde, die sich einfanden, nach raschem Abschied verschwanden.
— Kein einziger Angehöriger! — Wie trostlos! — Welch tröstliches Gefühl der Zusammengehörigkeit ging damals bei Vater von den Freunden und Nachbarn, ja, selbst von den wohlbekannten Trägern aus.

Ganz erschöpft sitzt sie neben Doktor Hansen, der sie in seinem Wagen mitnimmt, und auch mit ins Haus kommt. „Wir haben da so einiges zu besprechen" — sagt er. „Machen Sie aber zunächst mal 'ne ordentliche Tasse Kaffee. — Sie haben doch noch Wirtschaftsgeld?" fragt er unvermutet. „Nein — " Imma ist ganz kleinlaut — „ ich habe dieser Tage schon immer von meinem eigenen Geld gebraucht."

„So! — so! — dacht ich mir's doch! — Ja, das muss natürlich in Ordnung. Gut, dass Herr Fernau dieser Tage kommt, er hat mir solange Vollmacht erteilt. Dürfen Sie auch allein hier in der Wohnung bleiben? — Sie können natürlich auch gern zu uns kommen" — es kommt etwas zögernd heraus, denn er weiß keineswegs, wie seine Frau sich dazu stellen wird.

„Weshalb nicht?" Imma ist in diesen Dingen nicht ängstlich. „Wenn das geht? — Es wäre wohl das Beste. — Es sind auch ja nur einige Tage." Und was dann? denkt sie plötzlich in heftiger Angst — zurück nach dem Deich? — oder wieder in den Haushalt? — nein! — nein!

„Na ja, das weitere wird sich finden. — Es tut mir leid um Sie, Kind. — Aber wer weiß, wofür es gut ist. — Es kommen auch wieder andere Zeiten. — Der Kaffee war wirklich ausgezeichnet, Sie verstehen doch alles Mögliche. — Hungern werden Sie nie brauchen!" scherzt er, um sie auf andere Gedanken zu bringen. — Schade, sehr schade! — Es wäre allerdings auf keinen Fall für lange gewesen. Auch hat er eine trübe Ahnung bezüglich der Vermögensverhältnisse, in die er in letzter Zeit Einblick bekam. — Die Gute wusste nun einmal nicht zu rechnen. — Prächtige Frau sonst! — Man müsste der Onken einen guten Mann besorgen können. Wie tapfer und vernünftig hat sie sich jetzt wieder benommen! — Und sowas bleibt nun unverheiratet, während mancher gute Kerl an eine Frau gerät — na! —

Doch dann nehmen ihn andere Sorgen in Anspruch, und es geht wie immer: Jeder trägt an den eigenen zu schwer, um sich andere aufbürden zu können.

Doch es ist schwerer im leeren Haus zu sein, wo jeder Gegenstand an die Heimgegangene erinnert, als Imma es sich dachte. So zieht sie sich ganz in ihr eigenes Reich zurück, aber auch dort hält sie es vor innerer Unruhe nicht aus. — Was wird werden? — Sie versucht zu arbeiten, aber was sie auch anfängt, missrät, es hat einfach keinen Zweck. — Ausgehen? Sie hat hier keinen Menschen, der ihr nahe steht. Ob sie wohl einmal in den Kunstwerkstätten nachfragt? Die ganze Angelegenheit ist durch die große Aufregung völlig in Vergessenheit geraten.

Der Gedanke belebt sie, und ehe sie es recht weiß, steht sie schon vor den so oft bewunderten Fenstern. Es geht auf

Feierabend, und der Strom der Menschen, die an diesem schönen Spätsommerabend noch ins Freie oder nach Hause eilen, treibt an ihr vorüber. „Ein wunderhübsches Kissen!" hört sie sagen. Ihre Augen folgen unwillkürlich einer weisenden Hand. — Oh! — ihr eigenes Kissen! — Und drüben ist auch die eine Teemütze. Wie gut die sich auf dem neuartigen Teewagen ausnimmt. Es ist doch ein eigenes Gefühl, die Sachen in dieser anspruchsvollen Umgebung wiederzufinden. — Schade, dass die große Decke nicht ausgestellt ist. Ob sie einmal nachfragt?

Ob etwas verkauft ist? — „Von wem, bitte!" Das vornehme Fräulein fragt gleichgültig. „Onken, Lützowstraße? — mal nachsehen, einen Augenblick." — „Eine Decke ist verkauft; die Abrechnung ist gerade fertig, Sie können das Geld gleich mitnehmen." Eine wilde Freude schießt in Imma hoch und lässt ihre Augen so dunkel werden, dass die Buchhalterin, die ihr den Betrag auszahlt, fast erschrickt. Sollte die so verlegen um das Geld sein? Die Hände zittern der ja, als sie quittiert. Nun ja, es ist auch eine namhafte Summe, natürlich bildet die sich nun ein, dass es einfach so weitergeht. Der Chef, der das Stück selbst verkaufte, hat gleich gesagt: „Anfängerglück" — das kennt man. Wenn die jungen Leute nur dann nicht gleich den Größenwahn kriegten!

Immas Knie zittern, sie ist außer sich vor Freude, die vieles gut macht. Für sie gibt es jetzt keine Überlegung mehr, sie wird durchhalten, koste, was es wolle. Wie sie es machen wird, weiß sie allerdings mit keiner Möglichkeit zu sagen.

Es läuft noch dauernd Post ein, die Imma sorglich zu der vorhandenen legt, denn Kapitän Fernau kann täglich kommen. Dreimal hat er sich während seines kurzen Landaufenthalts schon angemeldet, und jedes Mal wieder abgesagt, aber er muss doch unbedingt kommen!

Im allerletzten Augenblick kommt er gehetzt vorgefahren: „Ich muss unbedingt mit dem nächsten Zug wieder fort!" Der große, kräftige Mann will nicht zeigen, wie nahe ihm der Verlust der verehrten Frau geht und ist deshalb Imma barscher, als sie von ihm erwarten konnte. „Dass ich nun auch noch diesen Ballast am Hals habe! — das Beste ist, ich lasse alles versteigern!" Kein Wort für Immas treue Pflege, keine Frage, was nun aus ihr wird.

Sie ist bemüht, keine Empfindlichkeit zu zeigen und setzt stillschweigend Tee hin, den er sehr gern trinkt, wie sie weiß, es ist auch noch etwas Rum da. „Danke — danke!" Er sieht kaum auf von den Briefen, in die er sich sofort vertiefte. Der Regen schlägt heftig gegen die Scheiben, das Wetter ist plötzlich umgeschlagen, doch sitzt die Wärme noch in den Häusern. So ist es im Wohnzimmer ganz behaglich, der Besucher raucht und Imma rückt in plötzlicher Erinnerung sämtliche erreichbaren Aschenbecher in seine Nähe. Gerade will sie sich unbemerkt zurückziehen, als er aufsieht: „Ach, bleiben Sie doch, Fräulein Onken — wissen Sie, ob Frau Eysoldt diesen Brief noch gelesen hat?" Er zeigt auf den Brief von der Bank, den die Verstorbene damals in der Hand hatte.

„Nein. — Der Brief war halb geöffnet, gelesen kann Frau Eysoldt ihn kaum haben?" — wie meint er das?

„So. — Ich dachte, ob sie sich damit wohl sehr aufgeregt hat." Er durchprüft das Schreiben nochmals kopfschüttelnd.

„Der Brief hat tagelang herumgelegen" — erinnert Imma sich. „Steht denn etwas unangenehmes darin?" Sie kann die Frage nicht unterdrücken, so ernst sieht der Mann vor ihr aus.

„Das kann man wohl sagen. — Nicht mehr und nicht weniger nämlich, als das das Vermögen von Frau Eysoldt bis aus einen winzigen Rest nicht mehr vorhanden ist. —

Sie war nie gewohnt, zu sparen und hat dann die Verluste durch Spekulationen aufholen wollen, die leider sehr unglücklich ausgefallen sind. — Wahrscheinlich hat sie das geahnt und sich innerlich damit aufgeregt", setzt er wie immer Selbstgespräch hinzu. Unwillkürlich streift ihrer beider Blick das Ruhebett, worüber noch das heitere Lachen zu schweben scheint, das sie so oft entzückte.

„Nun, das Schicksal hat es gnädig mit ihr gemeint, darum wollen wir ihr die Ruhe gönnen. — Ein Leben in Armut hätte sie nie ertragen!" Eine Uhr schlägt hell und grell. „Was schon sechs? — und mein Zug fährt zwei Minuten nach? — Dann muss ich mir einen Wagen nehmen, dies muss unbedingt erledigt werden. — Sie haben gewiss eine Kleinigkeit für mich zu essen, es kann etwas ganz Einfaches sein. Wenn ich noch ins Hotel gehe, bleibt mir überhaupt keine Zeit."

Imma, ist in rechter Verlegenheit: „Ich kann Ihnen leider nichts anbieten als Pellkartoffeln und Hering" — sie lebt so bescheiden, und wer hätte gedacht, dass der verwöhnte Mann hier essen will?

„Herrlich! — richtig mit Speck und Zwiebeln, wie meine Großmutter das früher machte?" Er ist wie umgewandelt, so aufgeschlossen, wie sie ihn damals kennenlernte. — Aber bei dem frugalen Mahl, das ihrem Gast herrlich mundet, merkt sie, dass sie gar nicht mehr auf Männerappetit eingestellt ist, sie wagt kaum zu essen. „Wunderbar war's!" Während Imma rasch abwäscht, eisbärt er durch die Wohnung, bleibt hier stehen, fasst dort einen Gegenstand an, wirft einen flüchtigen Blick in die Schränke und Schubladen.

„Fräulein Onken, ich möchte die Sachen doch behalten!" empfängt er Imma, als sie ins Zimmer zurückkehrt. „Den Haushalt jetzt aufzulösen, fehlt mir die Zeit. Weiterführen kann und will ich ihn auch auf die Dauer nicht, aber es ist so mancher Gegenstand, an dem persönliche Erinnerungen hängen. Sie wissen, Frau Eysoldt hat mich zum Erben eingesetzt. — Ich möchte Ihnen nun vorschlagen: Wollen Sie das hier verwalten, bis ich von meiner nächsten Reise zurückkomme? — ich würde die Miete und Ihr Gehalt weiter zahlen —"

Immas Augen leuchten auf — das! — das wäre eine Lösung! — hierbleiben, wenn es auch nur vorläufig ist, arbeiten! Ohne Überlegung sagt sie hastig: „Ja! — ja, gerne!"

„So?!" — er atmet hörbar auf. „Das freut mich. Das übrige ordne ich, wenn ich zurückkomme. Sie haben meine Tante so rührend versorgt, ich bedaure nur, dass sie nicht ihren letzten Willen aufschrieb."

Er sieht nach der Uhr: „Ich muss nötig fort, mein Dampfer geht schon morgen früh in See, und es gibt für mich noch mancherlei Pflichten. — Die Bank erledigt alles. — Leben Sie wohl. Und noch vielen Dank!" Er zerdrückt ihr beinahe die Hand, und ehe sie es sich versieht, ist er fort. Nichts ist gezählt, nichts ist verschlossen, er vertraut ihr vollkommen. Ihr fällt das weiter nicht auf — ist es nicht selbstverständlich, dass sie das anvertraute Gut bewahrt, als sei es ihr eigenes?

*

„— — — dass Du die Möbel meist alle geerbt hast, ist man gut, nun hast Du doch 'ne Aussteuer, wenn Du Dich nochmal verheiratest, was ich Dir von Herzen wünsche. — Aber was Du sonst vor hast, will mir gar nicht gefallen, solltest doch lieber wieder 'ne Stelle annehmen. Du hast nun noch immer aus dem Topf von Ägypten gegessen und nie unterfunden, wie schwer es ist, für den ganzen Lebensunterhalt selbst aufzukommen —"

Imma faltet Mutters Brief nach dem Lesen sorgfältig zusammen und steckt ihn nachdenklich in den Umschlag zurück. Natürlich, wie könnte sie von Mutter erwarten, dass sie ihren Plänen freudig zustimmt: sie weiß selbst auch nur zu gut, wie recht sie in mancher Weise hat. Nahrungssorgen hat sie in ihren Stellungen nicht kennengelernt, nie hat sie sich den Kopf zerbrechen brauchen, woher das Haushaltungsgeld nehmen und womit die einlaufenden Rechnungen bezahlen. Es war eben da, und die Sorgen dafür trugen andere. Was es aber heißt, selbst das Geld herbeizuschaffen, und das ohne feste Einnahmen, ist ihr schon in den letzten Monaten aufgegangen, und dabei wohnte sie frei und hatte ihr Gehalt als feste Grundlage. Jetzt fällt das alles fort, und sie wird fortan auf eigenen Federn treiben müssen.

Es traf sich gut, dass der Dampfer von Kapitän Fernau bei seiner Heimkehr in Dock musste, und so hatte er diesmal mehr Zeit für seine Angelegenheiten, die er aber trotzdem mit seemännischer Großzügigkeit im Handumdrehen erledigte.

Nach seinem unerwarteten Kommen — die Küche hing gerade voll gefärbter Stoffe, in den Zimmern roch es unerträglich nach Mottenpulver, es war in der ganzen Wohnung so unbehaglich wie nur möglich — sah er sich überall nur flüchtig um, während Imma in Eile das Wohnzimmer in Ordnung zu bringen versuchte. — „Nein, nein, Fräulein Onken, lassen Sie das, hier halte ich das keine halbe Stunde aus, das ist ja eine unerträgliche Luft. — Ich komme einfach zu Ihnen!" — er folgt ihr in die Küche, die ihr als Werkstatt dient, fegt dann mit einer Handbewegung einige Stoffe von dem Ohrensessel, den sie sich hierher holte, lässt sich schwer in diesen fallen: „Lieblich ist der Duft zwar auch nicht, aber werfen sie das Zeug nur solange hinaus! — lassen Sie mich nur!" wehrt er ihre Entschuldigung ab: „Das ist beinahe, als ob ich wieder zum Besuch bei meiner guten Großmutter bin, die übrigens auch aus Ihrer Gegend stammte. — Als Junge bin ich oft dort gewesen!" und schon haben sie eine Anzahl gemeinsamer Bekannter und Verwandter entdeckt, denn die alten Schifferfamilien dort sind fast alle miteinander verwandt und verschwägert.

Imma hat rasch ihre Arbeiten weggeräumt, eine Decke über den Tisch gebreitet und Tee gesetzt. Vor den Fenstern verdunkelt der fahle Februartag, ein heftiger Wind steigt auf und schlägt dicke Regentropfen gegen die Scheiben. Im Küchenherd brennt das Feuer mit leisem Knattern und gibt behagliche Wärme; der Schein der schlichten Stehlampe fällt auf das blinkende Geschirr, zart duftet die eben aufbrechende Hyazinthe, die Imma rasch von vorn holte, sie hat gleich einige Aschenbecher mitgebracht. — Aber wenn er hier nun essen will? — sie denkt voll Schrecken an ihre mehr als bescheidenen Vorräte, die für sie selbst kaum zum Abendbrot reichen. Sie hat sich nicht die Zeit zum Fortgehen gegönnt, — und — nun, es geht auch einmal so, es ist alles so teuer.

„Am liebsten ginge ich gar nicht fort — "unterbricht ihr Besucher sein schweigendes Rauchen — „aber ich habe mich mit Doktor Hansen verabredet, wir haben noch so einiges zu besprechen." Gott sei Dank! — ihr fällt ein Stein vom Herzen. „Ich wohne im Königshof und komme morgen früh wieder, damit wir weitersehen. Aber — " nun wandelt das ernste Männergesicht sich zu dem eines Jungen: „kann ich morgen wohl ‚frische Suppe' bei Ihnen essen? — so recht, wie meine Großmutter sie kochte, wissen Sie, mit so kleinen, steinharten Mehlklößen, das kennen sie doch? — hier ist Wirtschaftsgeld!" — er reicht ihr einen zusammengeknüllten Schein.

Imma verbringt eine unruhige Nacht — was wird der morgige Tag ihr bringen? Nun erst kommt die eigentliche Entscheidung. Sie kämpft gegen die eigene Verzagtheit, gegen die Lebensangst, die sie würgend überfallen will. Oh, sie weiß nur zu gut, wie schwer es halten wird, sich durchzuschlagen. Nach dem überraschenden großen Verkauf war eine völlige Stille eingetreten, man hat ihr die anderen Sachen zurück gegeben, zum Teil verstaubt und voller Fliegenschmutz. Wenn sie später etwas Neues hat? Weihnachten ist immer eine günstige Zeit.

So hat sie neue, reizende Sachen hingebracht, die sich auch einigermaßen verkauften. Auch hat sie Verbindungen mit anderen einschlägigen Geschäften angeknüpft, aber ihr Name ist noch so unbekannt. Gewiss, man kann einige Sachen mit auslegen — warum nicht? — Aber darin steckt bald viel Material, das auch bezahlt werden muss. Sie braucht Füllungen für ihre Teemützen, ihre Kissen, und ohne ihren sehr bescheidenen Notpfennig, den sie nur in dringenden Fällen anzutasten wagt, hätte sie die Zeit wohl kaum überstanden. Ihr eigentlicher Lebensunterhalt — Essen und Trinken — kostet das wenigste, aber sie wird sich auch Kleidung anschaffen müssen, Schuhe, Wäsche.

Unruhig wälzt sie sich hin und her. Die letzte Abrechnung von den Werkstätten war ziemlich hoffnungsvoll, Herr Heidemann — das ist der Geschäftsführer — hat für eine kostbare Aussteuer verschiedene ihrer Sachen verwerten können. Aber sie braucht eine feste Einnahme, könnte sie dort doch nur etwas bekommen, etwa in der Dekorationsabteilung. Aber sie weiß zugleich, dass dort genügend eingearbeitetes Personal ist, kürzlich waren wegen des schlechten Geschäftsganges sogar Entlassungen. — Sie muss sehen, dass sie irgendwelche Brotarbeit findet, es soll ihr gleich sein, was sie macht. — Nur — ihr eigener Herr will sie sein!

Kapitän Fernau kommt erst spät zum Essen, die Klöße sind so hart geworden, wie er es nicht besser wünschen kann. Auf seinen ausdrücklichen Wunsch wird in der Küche gegessen: „In der Luft da drinnen kann ich es nicht aushalten! — und es ist hier so heimatlich!"

Der gefürchtete Mann, vor dem die Hunderte seiner Besatzung zittern, der durch die gute Verpflegung an Bord verwöhnt ist wie nur einer, verzehrt sein frugales Mahl mit solchem Genuss, dass Imma nur staunen kann. „So! — ausgezeichnet, Fräulein Onken! —" Er lehnt sich befriedigt zurück. „Nun aber das Geschäftliche. — Kommen Sie mal mit!"

„Ich habe es mir überlegt, unter den Hammer soll nichts. — Ich werde zurückbehalten, was mir als persönliches Andenken besonders wert ist und was Frau Eysoldt mir ans Herz gelegt hat." Er zeigt auf die wertvolle Sammlung aus aller Herren Länder, an der die Verstorbene so hing. — „Das übrige kommt in ein Museum. Ob ich noch je wieder einen eigenen Haushalt haben werde, ist sehr fraglich." Er wendet das tief beschattete Gesicht dem Fenster zu, zerrt dort so heftig an der Gardinenschnur, dass diese reißt.

„Es taugt alles nichts. — Und den übrigen Krempel — ja, den behalten Sie am besten, Fräulein Onken. — Ja ja, ich meine das so, Sie brauchen mich nicht so erschreckt ansehen. — Was soll ich damit? — Es sind zumeist alte Möbel, wenn ich sie verkaufe, bringt es doch wenig, nicht der Mühe wert. — Und Ihnen ist vielleicht damit geholfen, ich weiß bestimmt, dass Sie die Sachen in Ehren halten. — Ich werde mich zuweilen bei Ihnen zum Essen einladen!" versucht er zu scherzen.

Imma ist ganz benommen — das ist doch zu viel, das kann sie doch gar nicht annehmen? — Und wohin mit all den Sachen?

Er lässt ihr nicht viel Zeit zur Überlegung, sie ordnen und sortieren den ganzen Nachmittag, der Spediteur wird kommen und die Sachen packen und verstauen. Er hat gleich heute morgen alles geordnet, die Wohnung ist zum nächsten Ersten gekündigt, dann muss sie natürlich geräumt sein. — „Und was haben Sie vor, Fräulein Onken?"

„Ich werde mir eine kleine Wohnung mieten und mich dann ganz mit meinen Arbeiten beschäftigen —" sagt Imma zu ihrem eigenen Erstaunen. Ja, das will ich auch, denkt sie, es soll mich keiner daran hindern! Ihre Augen funkeln jetzt in ungewohntem Glanz.

„So?!" Kapitän Fernau versetzt gerade den schweren Teakholzschrank, an dem sonst zwei Männer zu schleppen haben, wie ein Spielzeug, er arbeitet mit aufgekrempelten Hemdsärmeln, die Wohnung sieht aus wie ein Warenlager. — „Denken Sie denn, dass Sie damit Ihre Existenz finden?" Er bleibt vor ihr stehen und sieht mit einigem Erstaunen, wie sie mit ungewohnt entschiedenem Ausdruck das hauchzarte chinesische Geschirr aus der Vitrine holt und zu seinen Sachen setzt. „Ich werde mein möglichstes tun? — man darf sich nur nicht unterkriegen lassen!"

„Bravo! — das hör ich gern! — Aber die Tassen brauche ich nicht, die behalten Sie nur. — Mir scheint, zum Reichwerden haben Sie kein Talent!" — Doktor Hansen hat ihm gestern Abend bei einem guten Tropfen viel von der Onken erzählt, ihm schien, als wollte er einen Kuppelpelz verdienen. — Aber bei ihm ist alle Mühe vergebens, und das Mädchen scheint so unbefangen — immerhin, man kann ihr vielleicht irgendwie weiterhelfen, es ist eine gute Sorte, die da am Deich groß wird. Sie erinnert ihn irgendwie an seine Mutter. —

„Was mache ich nur mit Tantes Kleidern? — haben Sie vielleicht Verwendung dafür?" Es kommt ein wenig zögernd heraus, verletzen möchte er sie auf keinen Fall.

„Weshalb nicht?" Imma streicht zart über das Samtkleid, das die Verstorbene so gerne trug, es ist ihr ein lieber Gedanke, auf diese Art mit der verehrten Frau verbunden zu sein. „Ich kann die Sachen leicht für mich ändern!" Welche Ausgaben wird ihr das ersparen! Man soll sich gar nicht soviel Sorgen machen.

Müde und verstaubt trinken sie noch miteinander Tee. Dann lässt Kapitän Fernau sich Immas Arbeiten zeigen: „So, das machen Sie? — wirklich hübsch. — Wissen sie was? — ich habe so allerhand Verpflichtungen, ich könnte ganz gut einmal so etwas schenken. Raten Sie mir mal, was ich da am besten nehme!"

Imma entdeckt an sich ein ungeahntes Verkaufstalent, und sie hätte ihrem Käufer, der in Geldangelegenheiten wie alle Seeleute recht großzügig ist, leicht ihren ganzen Vorrat aufhängen können, wäre sie etwas berechnender gewesen. Der schmunzelt schließlich: „Sie müssen nicht so ehrlich sein, Fräulein Onken. Ich hätte doch nie gemerkt, dass das Tuch einen kleinen Flecken hat. Den müssen Sie so verstecken, dass man ihn nicht sieht, und Sie machen mich darauf aufmerksam?" — Er kann ihr da einige Dinge erzählen, die man so in den Häfen wohl erlebt.

Es ist eine hübsche Summe zusammengekommen. Er schreibt einen Scheck aus, der den Betrag um das Doppelte übersteigt: „Für den Umzug! Sie werden doch noch allerhand Unkosten haben, und ich bin heilfroh, dass ich mit dem ganzen Kram nichts mehr zu tun habe. — Alles Gute."

Er lächelt, eines Hauptes länger als sie, aus seiner Höhe auf sie herab. „Ach, die Schmucksachen, die hätte ich fast vergessen!" Er wird plötzlich ernst, es stecken Werte darin, die er nicht ohne weiteres missen kann, denn er hat bei seiner Erbschaft nicht gewonnen, sondern eher zugesetzt. — Für wen soll er sie bewahren? — Er wird sie veräußern müssen.

In plötzlichem Entschluss greift er hinein und reicht Imma den schweren Goldring mit dem Chrysopras, den sie so oft an Frau Eysoldt bewunderte: „Tragen Sie ihn zum Andenken an die Verstorbene! — Nochmals alles Gute! — Ich melde mich einmal bei Ihnen an."

Das war vor einigen Wochen, und inzwischen hat Imma

sich in ihrer neue Lage gefunden. Vor bitterer Not ist sie einstweilen geschützt, aber wohin mit den Sachen? Sie sieht schon bald, wie diese sie belasten. Sie versucht, davon zu verkaufen, aber es bringt so wenig, dass sie Abstand davon nimmt.

Heute morgen fand sie nun durch einen glücklichen Zufall eine preiswerte Wohnung in der Vorstadt, sehr ruhig und hübsch — ein geräumiges Wohnzimmer, ein kleineres Schlafzimmer das etwas abgeschrägt ist, und eine winzige Küche. Wenn ihr daran liegt und sie noch etwas dazulegen will, kann sie auch noch gern das kleine Zimmer über dem Flur haben. „Was, Vater?" — Frau Schnarrs wischt rasch ein Stäubchen von dem hohen, altmodischen Büfett und lässt sich dann vorsichtig auf die Kante des nie benutzten Sessels in ihrer besten Stube nieder. „Wir wollten da gern wen Ruhiges in haben, und wo man noch mal 'n Wort mit snacken kann. — Was die Leute unten sind, die sind ja so windig, jeden Abend aus, da kann ja kein Haushalt bei bestehen." Die kleine, magere Frau ist schon wieder aufgesprungen und gibt ihrem Mann, der den größten Teil seines Kleinrentnerdaseins auf seiner Parzelle verbringt, heimlich einen Schubs, was heißen soll: „Nun sag du auch mal was!" Imma sieht im Spiegel, wie der rotbackige, weißhaarige Mann seiner ruhelosen Gefährtin heimlich zunickt und dann sagen sie wie aus einem Mund: „Denn wollen wir's da man bei lassen." Und so werden sie denn mit dem netten, soliden Fräulein einig, obwohl die Wohnung ja sicher leidet, wenn die immer zu Hause ist, wie sie sagt.

Vater Schnarrs begleitet sie ganz bis vor die Haustür, er sieht bekümmert auf die Front, die grau und verräuchert aussieht, auch die Fenster haben schon lange einen Pinselstrich verdient. „Das is der nich bei über, Frollein, dass man da viel an tun lassen kann."

Mit dem beglückenden Gefühl, das rechte gefunden zu

haben, kommt sie zurück, mit dem kleinen Zimmer dabei wird sie alle Möbel unterbringen können — und nun gießt Mutter wieder Wasser in ihren Wein. Sie hockt auf dem Küchenstuhl mit fest ineinander geschlungenen Händen — es muss, es soll auf irgendeine Art gehen! Andere leben doch auch, weshalb soll es denn ihr nicht gelingen, wenn sie sich redlich müht? — Nun sie Selbständigkeit gekostet hat, ist der Gedanke, in die Abhängigkeit zurück zu müssen, unerträglich.

Hinter dem Geäst der noch kahlen Bäume versinkt die Februarsonne, ein zartrosa Schein bleibt hängen, es ist wie ein ganz scheuer Frühlingsbote.

Imma schrickt auf: „Und ich tue es doch!" sagt sie dann hart und laut.

*

Mit jähem Ruck hält die hastig surrende Nähmaschine an. Wie spät es schon ist! Das bestellte Kissen muss unbedingt fertig, das Ausprobieren hat zu viel Zeit verschlungen. Eilig rüschen Immas flinke Finger den geblümten Seidenstoff, nun sie dauernd in Übung ist, geht das natürlich viel schneller als anfangs. — Prüfend wirft sie einen Blick auf ein bereits fertiges Kissen — doch, es ist sehr ordentlich, auch die Decke wirkt so ganz eigenartig, sie war sonst ganz entsetzt von dem Stoff. Die Spätsommersonne liegt auf dem abgeernteten Land, das sich vor ihrem Fenster breitet, klar sichtbar sind die fernen Gehöfte, der kleine Wald, der zum Fluss abfällt, es ist wie eine letzte Verheißung.

Imma sieht nichts von alledem, mit hochroten Backen stichelt sie weiter. Eingeholt hat sie auch noch nicht, der Haushalt nimmt zu viel Zeit weg. — Die Arbeiten werden wohl schlecht bezahlt, aber sie hat doch ihren Lebensunterhalt dadurch. Nun zum Umzugstermin gibt es viel damit zu tun, das muss man mitnehmen.

Als sie damals nach ihrem eigenen Umzug in dem

großen Kaufhaus nach billigen Stoffresten suchte, stand sie dabei, wie eine Dame eifrig mit der Abteilungsleiterin verhandelte, sie wollte einige Sachen genäht haben, Decken, Kissen, und sie war so schwierig und drückte sich so unklar aus, dass ihr Gegenüber rot und blass wurde. Aber die Dame, die von auswärts kommt, hat so große Einkäufe gemacht, es liegt ihr deshalb alles daran, sie zufriedenzustellen, wenngleich sie eine Kette von Ärger voraussieht.

„Könnte man das nicht so machen?" Imma, die gleich verstanden hat, was die Dame will, macht unwillkürlich einen Vorschlag. „Gewiss, gewiss!" Fräulein Clausen ist ganz erleichtert, und die Dame, die noch mit dem Zug muss, stimmt freudig bei. „Also, Sie sorgen dafür, dass es nach meinem Geschmack wird, liebes Fräulein!" flötet sie und rauscht dann eilends fort, ihr heller Staubmantel bauscht sich wie ein Segel im Wind.

Einen merkwürdigen Geschmack hat die Dame bestimmt, aber sie hat wenigstens gute Qualitäten gewählt. Ganz in Gedanken legt und faltet Imma die Stoffe — so würde es sehr gut aussehen.

„Sie verstehen anscheinend etwas davon?" Fräulein Clausen notiert Immas zwar sehr bescheidene, aber mit erstaunlich sicherem Griff gemachten Einkäufe. „Mir kam das vorhin schon so vor, ich war Ihnen ordentlich dankbar, dass Sie mir bei der Dame halfen. — Ach, es ist oft nicht so einfach!" seufzt sie: „wenn die Mädchen das nun nur so machen!"

„Doch!" schiebt Imma lächelnd dazwischen. „Es ist ja meine Arbeit." „Ist das wahr?" Fräulein Clausen kommt ein Gedanke, aber die gutgekleidete Dame wird so etwas natürlich nicht annehmen, diese Kunstgewerbler haben ja solche Einbildung. Nun, mehr als nein sagen kann sie schließlich nicht!

Ein Wort holt das andere, es ist im Augenblick wenig

zu tun, und so erzählt sie Imma mit eiliger Zunge, immer mit einem Seitenblick auf etwaige Kunden, wie die Dinge liegen: das Haus ist nicht auf so anspruchsvolle Kundschaft eingerichtet, es werden bei ihnen meist nur einfachere Sachen angefertigt, aber man kann doch solchen Auftrag, der andere nach sich ziehen kann, deshalb nicht ausschlagen, nicht wahr? — Woher nun aber in Eile jemand finden, der das macht? Die etwas hervorquellenden Augen der großen, verblühten Frau sehen Imma so dringend an, dass sie wie unter Zwang sagt: „Das kann ich wohl!"

Damit ist eine Verbindung geschaffen, die ihr über die schwersten Sorgen hinweghilft. Zuweilen ist nichts zu tun, aber dann häufen sich die Aufträge, wie eben jetzt, und ihre Arbeiten haben soviel Beifall gefunden, dass sie manchen anderen Auftrag nach sich zogen. Gewiss, das sind einfache, handwerkliche Arbeiten, über die ihre früheren Mitschülerinnen wohl die Nase rümpfen würden, aber was fragt sie danach? Ihr gibt es das tägliche Brot, und sie lernt noch manches dabei. Natürlich entwirft sie lieber die Muster selbst und geht ganz nach ihrem eigenen Geschmack, aber man kann nun einmal nicht immer, wie man will.

Fertig! — Eilig packt sie die Sachen in den bereitstehenden Karton. Schnell den Mantel an, sie hat sich nicht einmal umziehen können; wenn sie die Bahn nimmt, kommt sie noch gerade hin.

Als sie die Treppe hinunterstürzt, klappt bei den Wirtsleuten eine Tür — ach, Frau Schnarrs, die macht so gern ein Schwätzchen, aber sie darf sich jetzt nicht einen Augenblick aufhalten. „Frollein! — soll ich Sie auch noch was vom Krämer mitbringen? — ich geh noch gleich auf Botschaft!"

„Bitte Butter und einige Eier!" Imma ist schon aus der Tür, die alten Leute sind doch immer sehr gefällig, sie hätte sonst heute Abend nichts zu essen gehabt. Hinten sieht sie

Vater Schnarrs schwer beladen von seiner „Bazille" kommen, dass sie ihm nur nicht begegnen, die Bahn kommt schon an. — Gott sei Dank, das klappte noch soeben!

„Was war unser Frollein doch auch wieder am rennen!" — der Alte sortiert seine Last auf dem Küchentisch. „Nu geh doch auch was sitzen, Mutter, du nimmst einen so richtig die Ruhe weg!"

„Tja — wo ich doch nach'n Krämer muss, Frollein hat natürlich wieder nichts zu essen. Ich glaub, die behungerts oft. Nee, ich sag immer, der Mensch muss orntlich was innen Rumpf haben, sonst kann er nich bestehn — un was quält sie sich immer!"

„Das soll wahr sein!" Er legt sorgsam allerhand Gemüse in einen Korb: „Das will ich ihr gleich man eben hinbringen, wir können doch nicht dagegen. — Alles, was recht is — sone Orntliche gibt's wohl nich inner ganzen Stadt, gibt's nich. — Un so richtig 'n Haushalt in alle Ordnung, nich einfach bloß 'n Butterbrot un denn fertig!"

„Un auch nich mit Herren unterwegs un so!" Mutter bindet die Bänder von ihrem Kapotthut vor dem kleinen Spiegel, dass der alte Hut nie gerade sitzen will: „Ich sag immer: doch kein bisschen ausgeschweift un so. — Das sollt manchen Mann wissen!"

Oh, wie ist sie müde! Heimgekehrt setzt Imma sich still in den großen Ohrensessel, der am Fenster steht. Sie liebt ihn ganz besonders, wenn sie extra verdient will sie ihn mit dem schönen bunten Kretonne beziehen, den sie kürzlich in den Werkstätten sah.

Hat sie geschlafen? — Draußen liegt schon Dunkelheit über dem Land, an dem Turm drüben, der zu einem der großen Werke gehört, blitzt gerade eine Lichterreihe auf, unwirklich flimmernd in dem Halbdunkel. Durch das geöffnete Fenster kommt Abendkühle herein, sie erhebt sich fröstelnd, um es zu schließen. Sie wird auch wohl auch ein wenig essen müssen, müde geht sie, ohne Licht zu machen, in die Küche. Sie hat in den letzten Tagen nicht allzu viel gehabt.

Die guten alten Leute! — das hätten sie doch nicht machen sollen. Was ist das? — natürlich hat der Alte das getan: ein Herz aus Radieschen, darin liegt ein Zettel, auf dem zittrig steht: „Aus Liebe!" Sie lacht hell auf, er macht ihr so gern drollige kleine Liebeserklärungen. Neulich schenkte er ihr einen Korb Tomaten: „Das sind Liebesäpfel, Frollein!" sagte er verschämt.

Alle Müdigkeit ist vergessen, die freundliche Absicht der Alten tut ihr gut, und sie geben es ja von ihrem Überfluss. Und ihr Magen ist nun einmal an gute Hausmannskost gewöhnt, obwohl ihr oft die Zeit zum Kochen fehlt, aber ein Vagabundenleben zu führen ist ihr unmöglich.

Der eigene Haushalt bringt auch viel Arbeit mit sich, besonders durch die vielen Möbel, die dicht an dicht stehen. Die Gemütlichkeit leidet dadurch zwar etwas, aber sie haben so doch ihre Pflege, und wenn sie sich auch wohl manches anders wünscht, so wiegt doch das Glück, ein eigenes Heim zu haben, alles Ungemach auf.

Na ja, morgen früh wird sie das Zimmer erst mal gründlich machen, für heute Abend mag es gehen. — Sie schaltet die Stehlampe ein und nimmt das neue Buch zur Hand. Was die Bibliothekarin ihr wohl gegeben hat? — die kennt ihren Geschmack, sie hat sich gar nicht darum bekümmern können, und gar nicht weiter hingesehen.

Sie sitzt ein wenig so da, ohne das Buch aufzuschlagen — sie ist zum Lesen viel zu müde, und außerdem geht ihr der neue Auftrag im Kopf herum. Man hat sie gefragt, ob sie nicht Lust hat, einige Dutzend Lampenschirme zu bemalen? — die Kunstgewerblerin, die das sonst nebenbei macht, ist verreist, und die Sache hat Eile. Pro Stück so und so viel; es ist ein winziger Preis, aber hier muss es die

Vielzahl machen. Sie kann das Geld gut mitnehmen, ihr ist es gleich, was sie macht, und mit der Technik wird sie schon fertig, obwohl sie das noch nie versuchte. Sie hätte unbedingt noch einige Kurse nehmen müssen, aber woher die Zeit, und vor allem — woher das Geld nehmen? Das Leben erfordert täglich soviel.

Unlustig, schweren Herzens blättert sie ein wenig in dem Buch, liest hier ein Wort, dort eine Zeile — ach, es scheint wohl etwas Rechtes zu sein. — Dann legt sie es aber doch fort, unfähig, sich näher damit zu beschäftigen, sie bringt einfach die Sammlung nicht mehr auf. Morgen, sobald sie Zeit findet!

Und so reicht auch dieser Tag so manchem ähnlich verlaufenen die Hand, und ihre Kette umschließt ein Leben voller Arbeit und Sorge, das trotz alledem beglückt und Imma gar keine Zeit lässt, sich einsam und verlassen zu fühlen. Die Menschen, mit denen sie in ihrer Arbeit zu tun hat, geben ihr manche Anregung, und für ihre karg bemessene Freizeit genügt ihr ein schöner Spaziergang, ein gutes Buch, das ihr noch immer die meiste Freude macht.

So langt sie denn auch jetzt, sobald es ihre Zeit erlaubt, nach dem Buch, wieder sitzt sie in ihrem geliebten Ohrensessel an dem Tischchen mit der Stehlampe. — Von wem war das Buch doch? — sie hat neulich gar nicht nachgesehen, denkt sie beim Durchblättern, sie weiß nicht einmal recht, wie es heißt.

Sie blättert zurück, oh: „Das klare Licht." — Von J. von Jarlberg — Er! — es kann kein anderer sein. —

Das Buch ist auf den Teppich geglitten, sie sitzt mit geschlossenen Augen und fest geballten Händen. — Ihr Fremdling! — überdeutlich erlebt sie nochmals den entsetzlichen Abschiedsschmerz, die hässlichen, verletzenden Worte der alten Frau, die furchtbare Nacht, die ihrem Leben die Entscheidung brachte. —

Wie lange ist das alles her! — hatte sie es vergessen?

Sie hat das Licht ausgeschaltet und sieht mit brennenden Augen, in die schmerzhaft Tränen geschossen sind, in die von weißem Mondlicht verklärte Landschaft. — Vergessen! — kann man vergessen, was das Leben bis in seine Grundfesten erschütterte?

In der Zwischenzeit aber hat das Leben solche Anforderungen an sie gestellt, so sehr hat sie ihre ganze Kraft einsetzen müssen, um sich durchzuschlagen und hochzuhalten, dass sich ein verhüllender und besänftigender Schleier nach dem anderen über ihr tiefstes Erleben gebreitet hat, unter dem es unverlierbar ruht. Seit sie um ihre Unabhängigkeit ringt, fehlt ihr die Zeit, in Gefühlen zu schwelgen und sich unfruchtbarer Sehnsucht hinzugeben. Härter, schärfer ist ihr Denken geworden, und sie hat gelernt, die Dinge zu sehen, wie sie in Wirklichkeit sind. Deshalb weiß sie heute auch sehr wohl, wie viel besser es für sie gewesen wäre, hätte sie rechtzeitig heiraten, Frau und Mutter sein können.

Aber da es ihr nicht beschieden war, soll sie ihr Leben in nutzloser Trauer verbringen, sich und anderen zur Last? — Mach' daraus, was daraus zu machen ist! Es ist deine eigene Schuld, wenn du unzufrieden und freudlos durchs Leben gehst, das für den, der Augen hat zu sehen und Ohren, um zu hören, des Guten die Fülle bereit hat.

Imma macht Licht und sieht sich in ihrem Reich um — ist sie zu beklagen? — ist sie unzufrieden?

Sie streicht liebevoll über die einzelnen Gegenstände — ihr, ihr alleiniges Eigentum, mit dem sie tun und lassen kann, was sie will, bei dem ihr keiner dreinreden kann, ob sie den Teppich so oder die Decke so legen will. Ach, nur wer lange unter Fremden lebte, kann die Seligkeit nachfühlen, die in diesen scheinbar so nebensächlichen Dingen liegt, denkt Imma. Ich habe es nun soviel reicher gehabt, mir standen doch alle Bequemlichkeiten zu Gebote — aber war ich je so zufrieden und ausgefüllt wie jetzt?

Ihr Schlafzimmer ist taghell von Mondschein erfüllt, in dem noch geöffneten Fenster schwebt scharf umrissen ein einzelnes, schön gezeichnetes Efeublatt. — Wie kam es hierher? — wie kann es dort so reglos verharren?

Beim Näherkommen sieht sie, dass es in einem Spinnennetz hängt, der Nachttau glitzert auf den Fäden. — Alle sind wir wie ein Blatt im Winde, allein im All und doch gehalten von tausend unsichtbaren Fäden, die der nächste Sturm zerreißen kann, die neu geknotet und verschlungen werden, zu einem Leitseil, dessen Anfang und Ende ein Stärkerer in seinen Händen hält.

Ihr Fremdling! — nein, auch er ist nicht untergegangen, und das ist ihr eine tiefinnere Freude. Nun liest sie doch, zuweilen lässt sie das Buch nachdenkend sinken. Es steht ein Mensch dahinter, der sich durch schwere Schicksale zur Klarheit durchrang, der sich nicht selber aufgab. — Es war wohl gut, dass damals alles so kam, sie wäre ihm wohl nur ein Stein mehr aus seinem Weg gewesen. —

Spät erst findet sie den Schlaf, der Mond beunruhigt sie noch ebenso wie in ihren Kinderjahren. Und doch wacht sie am nächsten Morgen mit frischem Lebensmut auf, bereit, ihr Leben tapfer weiterzuführen; ein Leben, wie das so mancher schaffenden Frau, deren ungenutzte Herzkräfte sich doch in irgendeiner Form freimachen und andere bereichern, und die so der Menschheit mehr nützen als eine gleichgültige Mutter, die ihre Kinder als eine Last empfindet.

*

So einfach, wie sie es sich dachte, geht es nun doch nicht mit den Lampenschirmen, aber zuletzt klappt es doch. Sie ist mit wahrem Feuereifer dabei und hat gar keine Zeit, ihren persönlichen Gefühlen nachzuhängen. — Was Steiner wohl dazu sagen würde? — merkwürdig genug, muss sie immer an ihn denken, wenn sie an eine neue Arbeit geht. — Wo er wohl steckt? — Sie hat nichts wieder von ihm gehört.

Was nur die Werkstätten von ihr wollen, der Geschäftsführer schickte vorhin eine lakonische Karte, sie soll in diesen Tagen vorkommen. Arbeiten hat sie dort im Augenblick nicht von Belang, man hatte ihr extra gesagt, dass es vor Weihnachten wenig Zweck hat. Diesmal muss sie auch etwas ganz Besonderes herausbringen; man darf auf keinen Fall stehen bleiben, und nicht auf dem, was einmal Erfolg hatte, herumreiten. —

Sie langt nach einem neuen Schirm — wie gut, dass sie die Garderobe von Frau Eysoldt bekam, so kostet ihre Kleidung nichts, und sie ist immer sehr gut angezogen. Wie einer kommt gegangen, so wird er auch empfangen, das ist nun einmal so! — Und welche Dienste hat ihr die Seide geleistet, die sich noch beim Spediteur in einer Kiste fand! — die erst hat ihr das Durchkommen ermöglicht.

Nachmittags kommt Frau Schnarrs bei ihr herein gehuscht, sie macht zu gerne ein Schwätzchen. Wenn sie sich wenigstens setzen wollte! Ruhelos huscht sie hin und her und sieht dann der Arbeit zu, was Imma gar nicht haben kann. „So was machen Sie nu, Frollein? — was komisch geht das doch. — Da kriegen Sie doch sicher auch nicht viel für, sind ja so billig. — Orntlich Schneiderei, sag ich immer zu Vater, das is ja viel reeller, das bringt doch sicher viel mehr ein. — Kuck ebent — kam da nich jemand?"

Imma hört sie gleich darauf draußen reden, hoffentlich kam Besuch für sie, dann ist sie doch beschäftigt. Die neugierigen Fragen stören sie bei der Arbeit ungemein, obwohl sie weiß, dass sie nicht böse gemeint sind. — Zu ihr wird schon keiner kommen, Bekannte hat sie nur, soweit es mit ihrer Arbeit zusammenhängt.

„Gehen Sie man herein. Frollein is zuhaus!" — wer

kann das nur sein? — flüchtig kommt Steiner ihr in den Sinn, aber Unsinn — „Guten Tag, Imma!" Eine hochmodern gekleidete Dame fällt ihr so heftig um den Hals, dass sie Mühe hat, den frisch bemalten Schirm in Sicherheit zu bringen: „Was sagst du nun? — ach, als erstes musste ich doch zu dir kommen —"

„Herma! — ich hätte dich wirklich nicht wiedererkannt!"

Mutter Schnarrs verschwindet zögernd aus der noch offenen Stubentür, die sie langsam ins Schloss drückt, wer mag das nur sein, Frollein hat sonst doch nie Besuch.

„Ja, das hättest du wohl nicht gedacht, was? — und hier haust du? — ich konnte erst gar nicht herfinden. — Nach dem, was sie mir bei euch von deiner großen Erbschaft erzählten, habe ich bestimmt erwartet, dass du im Villenviertel wohnst. — Aber hier ist es schließlich ja auch ganz nett —" sie sieht sich unbekümmert um: „Ich finde, hier kannst du es auch wohl aushalten. —Ich weiß nicht, woran das liegt, aber bei dir sieht es immer so ganz anders aus als bei mir — so — ja — behaglicher, kommt mir vor? — Komisch! — und so was machst du nun? — Du, das ist ja Kunst! —das hätte ich dir nun wirklich nicht zugetraut!"

Imma hat mit raschen Handgriffen aufgeräumt und legt jetzt eine Decke auf den blankpolierten Tisch: „Sag du mir lieber erst, wie kommst du hierher? — Ich denke, ihr wohnt noch in der Gegend wie damals, Mutter sprach das letzte Mal davon. Ich habe ja so ewig lange nichts von dir gehört. — Und woher weißt du meine Adresse?"

„Ach, weißt du — ich darf doch bei dir rauchen? — natürlich, du als Künstlerin hast doch sicher nichts dagegen!" — „Ich bin keine Künstlerin, hör bloß auf mit solchem Unsinn!" — „Na ja, bescheiden wie immer! — du, ich würde ja angeben an deiner Stelle! — Also, fall bloß nicht auf den Rücken — denke, wir haben geerbt! — Nein,

nein, natürlich nichts von unserer Seite, da ist nichts zu erwarten, Heinz sein Onkel in Kanada ist endlich gestorben.
— Na, weißt, darüber ist mir die Zeit auch lang geworden. Wenn der nicht im Hintergrund gestanden hätte, es wäre mir nicht in den Sinn gekommen, den langweiligen Heinz zu heiraten. Aber so war er ja eine sehr gute Partie, den ließ ich doch nicht wieder laufen!"

Ach — so war das!? — „Soll ich Tee machen? — Anbieten kann ich dir leider weiter nichts!"

„Gerne! — weißt du, ich habe gleich ordentlich was zum Schleckern mitgebracht, ich habe mich so gefreut, mal so recht gemütlich bei dir zu sein. — Ich stör dich doch nicht, nein? — Einmal muss man auch etwas ausspannen. — Ja, solches Schaf wie du und Heinz — was hättet ihr doch gut zusammengepasst — bin ich ja nicht. Glaubst du, dass ich einmal etwas darüber sagen durfte, dass Onkel uns so lange aufs Erbteil warten ließ? — Fressen wollte er mich am liebsten, wenn ich's nur erwähnte. — Und auch jetzt — willst du wohl glauben, dass er am liebsten in der kleinen Stadt geblieben wäre, nur, damit er in seinem Garten herummurksen kann?"

„Ja, aber weshalb seid ihr denn nicht geblieben, wenn ihm das solche Freude macht?" Imma deckt inzwischen den Tisch mit ihrem schönsten Geschirr. „Feudal ist das ja! — Ich denke nicht daran, in der dummen Kleinstadt zu bleiben! — als wir so rechnen mussten, ging das leider nicht anders, da musste ich's ertragen. — Aber jetzt? — ich will mein Leben jetzt genießen!" setzt sie trotzig hinzu. „Du glaubst ja nicht, welch alten, langweiligen Mann ich habe, so ein richtiger Bauer. — Freu dich bloß, dass du ihn nicht gekriegt hast. — Ich muss tausendmal von ihm hören, wie viel besser und tüchtiger du bist."

„Und deine Kinder?" lenkt Imma ab. „Ach, die sind fast erwachsen, die gehen schon ihre eigenen Wege. — Der

Junge ist übrigens ins Landschulheim gekommen, und Lilo bring ich in den nächsten Tagen in eine Frauenschule. — Nein, ich will auch endlich mal frei sein, damit will ich mich jetzt nicht belasten, auch noch die Kinder zu erziehen!"

Wo ist die gutherzige, immer fröhliche Herma geblieben?! — das Geld bekommt anscheinend der sehr in die Breite gegangenen, untersetzten Frau durchaus nicht. Fast gierig isst sie von den Süßigkeiten: „Das nehm ich mir erst ordentlich davon. — Bloß es macht mich so dick!" Sie zupft an ihrer übereleganten Seidenbluse: „Ich glaube, du kannst essen, was du willst, du wirst nicht dicker. Jung und schlank wie immer! — Eigentlich bist du jetzt viel hübscher als früher!" — ihre alte, unbekümmerte Ehrlichkeit zwingt sie zu dieser Feststellung. „Ich weiß nicht — das macht ja wohl das Innere — ich meine die Zufriedenheit." Verstohlen betrachtet sie im Taschenspiegel ihr eigenes, verschwommenes Gesicht, und kann ein Neidgefühl nicht unterdrücken. „Heirat du bloß nicht, was ich dir sage! — ich hätt's im Beruf auch zu etwas gebracht!"

Imma erfährt dann von ihr, dass sie hier an der teuersten Lage ein Haus gekauft haben, Heinz zieht sich auf Hermas Wunsch ganz aus dem Geschäft zurück, er hat es doch nicht mehr nötig, nicht wahr? Sie werden jetzt ganz und gar ihrem Vergnügen leben, viel reisen, ein großes Haus machen. — „Du, das wird fabelhaft, du musst auch oft kommen." —

Dann aber haben sie sich unendlich viel aus der Heimat zu erzählen, wo Herma kürzlich war, sie wollte denen doch mal zeigen, was aus ihr geworden ist. — Die alte Vertrautheit ist bald wieder hergestellt, und Imma ist aufrichtig froh, einmal mit einem Menschen reden zu können, der die heimischen Verhältnisse kennt; sie hat einen richtigen Menschenhunger, was ihr in ihrer Einsamkeit gar nicht so zum Bewusstsein kam.

„Warst du auch bei Mutter?" Die Reise kostet immer allerhand, so kommt sie nicht häufig hin, und jetzt hielt die dringliche Arbeit sie hier fest. „Ja" — es kommt etwas zögernd. „Ich weiß nicht recht — es mag wohl kommen, weil ich sie lange nicht gesehen habe — ich finde sie so gealtert, gar nicht so energisch wie sonst. — Was konnte sie uns immer ausschelten!" lacht sie. „Sie hat mir immer nur von Martin erzählt, und wie gut es dem drüben jetzt geht. — Die andern wollten sonst gar nichts von John Hartmann wissen, was haben die ihn schlecht gemacht, hättest Etta Janßen mal hören müssen! — Das wär nur gut, dass deine Verlobung mit ihm ausgekommen wär, sagte sie."

„Ich?! — verlobt mit Hans Hartmann?!" — Imma fällt aus den Wolken. „Welcher Blödsinn! — ich bin einmal mit ihm Auto gefahren, das kam ganz zufällig, — und das wissen die jetzt noch?"

Nun müssen sie beide herzlich lachen — man hat in der Heimat ein ungeheuer zähes Gedächtnis für diese Dinge, das wird wahrscheinlich noch nach hundert Jahren den Nachkommen erzählt.

Sonst ist Imma bekümmerter, als sie Herma zeigen will. Sie will doch, so bald es geht, zu Mutter fahren, die seit dem Fortsein ihres Sorgenkindes mehr und mehr verfällt, obwohl er in seinen seltenen Briefen sehr viel von „buissiness" und „plenty money" schreibt. Die Sorge fehlt ihr, die sie so manches Jahr ausgefüllt und ihren Tatendrang hochgehalten hat. — Die Kinder brauchen sie nicht mehr — was soll sie noch? — Zu Imma will sie nicht ziehen, wie diese es ihr so oft vorschlug, denn wie schön wäre doch ihr Zusammensein, und durch Mutters kleines Einkommen sehr wohl möglich.

„Nein, nein — ich will in meinem Eigenen bleiben, wo ich hingehöre, und ich taug auch nicht in der Stadt. — Und ich kann Vaters Grab doch auch nicht allein lassen!" setzt sie dann meist ganz vorwurfsvoll hinzu. „Und du willst ja nicht zu mir kommen!" — das ist scherzhaft gemeint, denn sie will aus keinen Fall, dass ihr strebsames Kind ihr Leben dort vertrauert. So müssen sie sich beide in die Trennung schicken, und Imma kann nichts tun, als Mutter das Leben nach Möglichkeit durch kleine Freuden verschönen.

„Nun musst du aber auch recht bald zu uns kommen!" Herma zupft und zerrt an ihrem schicken Mäntelchen, der Spiegel ist aber auch so ungünstig, findet sie mit einem Seitenblick auf Immas schlank gebliebene Figur. „Du musst unsere Wohnung doch sehen, feudal, sag ich dir. Vom ersten Möbelgeschäft eingerichtet, der Dekorateur ist noch längst nicht fertig. — Weißt du, von dir kann ich noch allerhand gebrauchen. — Du musst mir aber Vorzugpreise machen!" sagt sie und meint es so, das sind doch selbstverständlich Freundschaftsdienste, nicht wahr? — dass Imma davon leben muss und ihre Zeit nicht umsonst hergeben kann, der Gedanke kommt ihr gar nicht. So etwas kommt doch von selbst?

„Also, machen wir es gleich für nächsten Sonntag fest, dann sind wir auch so weit. Heinz hat dann auch seinen neuen Wagen, dann fahren wir nach dem Essen irgendwo hin!" Sie trippelt auf ihren viel zu hohen Absätzen fort, ruft noch zurück: „Du wohnst auch so weit! — dumm, dass wir den Wagen noch nicht haben!" Imma winkt ihr von der Haustür lächelnd nach. — Knarrte nicht oben ein Fenster?

Richtig! Mutter Schnarrs öffnet vorsichtig die Küchentür: „Wer war das denn, Frollein? — das war ja 'n ganz feine Dame, war das 'n Verwandte?"

Ich bin in guter Hut, denkt Imma belustigt, Herrenbesuch dürfte ich nicht haben, und wäre es der harmloseste. — Sie will die unterbrochene Arbeit aufnehmen, aber es geht nicht, sie hat alle Lust verloren. — Ob sie noch eben zu den Werkstätten geht? — wenn sie sich beeilt, kommt sie noch gerade zurecht.

„Ach, das ist recht, dass Sie gleich heute kommen. Ich habe einen Auftrag für sie!" Der Geschäftsführer erklärt ihr, dass er ein Dutzend Kaffeewärmer braucht, gibt die Stoffe an, die Maße; der Preis dafür ist, wie Imma nach flüchtiger Berechnung feststellt, allerdings so gering, dass sie kaum ihre Arbeit bezahlt bekommt. Aber immerhin, sie kann es mitnehmen, und es heißt hier besonders, die Verbindung nicht verlieren. So sagt sie zu, gleich morgen, wenn sie die Lampenschirme fertig hat, wird sie die neue Arbeit in Angriff nehmen.

Mit verbissenem Eifer sitzt sie dann dabei, die Wärmer sollen doch so werden, dass sie auch für sie werben, und sie gönnt sich weder Essen noch Schlaf.

„Ich kann man sehn, dass Frollein 'n bisschen in 'n Rumpf kriegt, die fällt der ja bei um! — das kann ja nicht angehen, kann das nicht, das können wir ja nich verantworten, was Vater?"

Der sieht wohlgefällig zu, wie sie ordentlich Gemüsesuppe auffüllt und zu Imma trägt, er geht mit und öffnet ihr die Türen: „Nu man vorsichtig, Mutter! Soll ich auch eben? — Tag, Frollein! — nu man nich zu fleißig!" — sein gutes altes Gesicht lächelt sie liebevoll an, dann verschwindet er, er wird sie doch nicht beim Essen stören!

„Nu essen Sie man erst ordentlich. — Das geht so ja nicht." — Befriedigt sieht Mutter Schnarrs, wie es Imma, die sich kaum Seit zum Frühstück gönnte, schmeckt. „Ich meint anners, dass Sie so als Sonntag bei Ihre Verwandten kommen sollten?" — hat sie ihr das erzählt? — Imma entsinnt sich nicht. „Ich mein man — ich dacht, die Dame in das feine Kleid hat so was gesagt —" nun hat sie sich doch verraten, dass sie lauschte. Aber Imma kennt sie ja viel zu genau!

„Davon kann nun nichts werden. — Ich muss morgen unbedingt arbeiten, das hilft nun nichts." Imma ist es ganz zufrieden. — „So? — och, das is ja schade!" Die Alte räumt das Geschirr zusammen und sieht dabei neugierig nach den fertigen Stücken, die Imma eben vorsichtig, damit nichts dran kommt, ganz weggeräumt hat, sie findet sie besonders geglückt. Oh weh, da fällt ein Löffel auf die so besonders hübsche — — „Och, is niks angekommen. — Hmm! — is das nu denn Mode? — Ich möcht so was ja nich in meine Kammer haben. — Man das kommt ja wohl, weil das Kunst is. — Das alte Zuhausesitzen is doch anners auch nich recht was für son jungen Menschen. — Un das schien mir doch anners wohl ne nette Dame, kein bisschen empört. — Bloß sie weht ja was mit die Augen" — kopfschüttelnd zieht sie endlich ab.

Seufzend macht sich Imma aufs neue an die Arbeit und trennt das eben fertig gewordene wieder auf, sie hat es nicht übers Herz gebracht, der gutmütigen Alten den hässlichen Flecken zu zeigen. — Wenn nur der Stoff reicht!

Herrlicher Sonnenschein lockt am Sonntag alles ins Freie. Es ist drückend warm in Immas Zimmer, das in der Nachmittagssonne liegt. Gott sei Dank, das meiste ist geschafft, wenn sie sich tüchtig daran hält, wird sie am zeitigen Abend fertig sein, es wurde auch in den letzten Tagen so spät. — Sie sieht nichts vom herrlichen Spätsommertag, hört nicht, dass draußen ein Auto hupt, nochmals und nochmals. Dann schellt es anhaltend an der Haustür — was mag das nur sein? — Zu ihr kann keiner kommen, und Schnarrs sind nicht da.

Nun schellt es aber derartig, dass sie sich doch bequemen muss, hinzugehen, obwohl sie der Hitze wegen nur den leichten Kittel an hat. Ach, denkt sie flüchtig im Hinuntereilen — ich bin ja ganz anständig so, aber wer mag es nur sein — Herma! Sie hat heute gar nicht daran gedacht, überhaupt die ganze Verabredung nicht ernst genommen.

„Wo bleibst du doch nur!" faucht die sie an. „Da warten wir die ganze Zeit mit dem Mittagessen, die Köchin hat Ausgang und macht ein saures Gesicht, ich weiß nicht wie — ja, Heinz, du wolltest das ja durchaus, nun läuft sie mir womöglich gleich weg und ich sitze da." „Ach, du wirst ja wohl noch nicht vergessen haben, wie man ein Haus in Ordnung hält. — So lange ist es ja noch nicht her, dass du deine Arbeit selbst machtest!" kommt es sarkastisch vom Steuer her. „Tag, Imma! Na, wie geht's noch? — ganz und gar Künstlerin geworden? — Deshalb wolltest du uns biedere Bürger auch wohl versetzen, ja? — Wir sind dir sicher zu nüchtern!" Welch spöttischen Ton der müde, faltige Mann jetzt an sich hat, den der teure Anzug nicht jung machen kann. „Die Gnädige befahl mir, hier vorzufahren. — Was blieb mir da anderes übrig? — Wahrscheinlich wollte sie dir mit dem Wagen liebreich unter die Augen gehen, damit du auch siehst, wie herrlich weit wir es gebracht haben."

„Du hast auch ewig was! — Ich hab Imma doch versprochen, dass sie mit uns ausfahren soll. Und das Wetter ist so schön!" — zu Imma — „steig ein!" Aufregend weht Herma in ihrem weißen Staubmantel um die Freundin herum.

„Nehmt es mir nicht übel, aber ich kann wirklich nicht! — ich muss morgen unbedingt liefern. Es tut mir aufrichtig leid, dass ich euch nicht benachrichtige, aber ich hab's in der Eile total vergessen!" bittend sieht sie Heinz an. „Noch immer dieser Pflichteifer! — Kinder, dass es noch so was gibt! — Aber lass jetzt mal Pflicht Pflicht sein und steig ein, es ist ja Sünde um den Tag. — Wir bringen dich in einem Stündchen wieder!" — „Ja, zu, Imma! — nur eine Rundfahrt! — So alleine ist es so langweilig!"

„Nein, nein! — Wie sehe ich aus! — Wenn ich, mich noch umziehe, nimmt das viel zu viel Zeit weg. — Ihr meint es gut, aber ein andermal!" sagt sie mit einem sehnsüchtigen Blick auf den strahlenden Sommertag. „Du siehst immer gut aus!" stellt Heinz fest, diesmal ganz ernst. „Na, denn nicht. — Dann bis zum nächsten Mal!"

Herma ist sichtlich verstimmt eingestiegen, nun hat sie Imma so imponieren wollen, und die macht einfach nicht mit in ihrer Dickköpfigkeit. Und kein Mensch in dieser abgelegenen Straße, der dem teuren Wagen bewundernd nachsieht — wie kann man überhaupt nur so wohnen?! — Ein wenig herablassend winkt sie Imma zu, Heinz sieht sich nicht um. Schweigend, verschlossen hockt er am Steuer, ein unguter Gefährte für die lebenshungrige Frau.

Gedankenverloren sieht Imma dem ungleichen Paar nach und geht dann langsam, mit einem heftigen Verlangen nach Wald und Wiese, nach Wasser und frischer Luft in ihre warme Wohnung zurück. Dann stürzt sie sich wieder in ihre Arbeit, über der sie alles vergisst.

*

Im Nordwesten sitzt eine dicke Wetterwolke und schiebt sich vor die blasse Herbstsonne. Alles ist mit einem Schlage farblos geworden, selbst die roten Dächer der Bauernhöfe, die einzeln am Deich stehen, sehen plötzlich fast schwarz und unsagbar einsam aus, die hohen Eschen über den breiten, ganz mit Wasser gefüllten Graften schütteln sich im aufkommenden Sturm. Kreischend fliegt, schlechtes Wetter verkündend, ein großer Möwenschwarm bis tief ins Land hinein, gerade über Imma hinweg, die unweit des Hauses Kartoffeln ausnimmt.

Sie hat ihre ältesten Kleider, die auf alle Fälle zu Hause hängen, eine Wollmütze über den Kopf gezogen, und derbe Schuhe an, die sich so in der schweren Erde verwurzelt haben, dass ihr rechter Fuß plötzlich ohne Schuh ist. — So müssten meine Kunden mich sehen, denkt sie, und muss bei dem Gedanken herzlich lachen. Aber was soll sie machen? Mutter, die ihre Äcker noch immer mit Liebe und Sorgfalt betreut, sitzt mit einem Hexenschuss, und die alte Reinmachefrau ist krank geworden, da heißt es eben zufassen. — Es ist immer gut, wenn man alles versteht, und hier findet es jeder selbstverständlich, das Frau Onkens Imma ihrer Mutter was abnimmt. Wozu hat man denn sonst Kinder? — Mutter hat unaufhörlich davon gesprochen, dass die Kartoffeln unmöglich länger sitzen können, und dann ist auch noch eine Mahlzeit Bohnen auf dem Land, man kann das doch nicht verderben lassen, das wäre ja Sünde. So hat Imma sich vor Angst und Not schließlich aufgemacht, obwohl sie keineswegs in der Absicht herkam, Schwerarbeit zu verrichten. Nur ein wenig ausspannen wollte sie, bevor sie in ihr neues Heim zieht.

Gott sei Dank, sie kommt noch gerade vor dem Regen nach Haus, es fallen sonst schon einige Tropfen, und es geht sich auf dem schlüpfrigen Boden so schlecht mit den schweren Drahtkörben am Arm. — Kaum hat sie ihre Sachen abgestellt und sich in der geräumigen Scheune etwas gesäubert, als schon eine heftige Regenbö ums Haus jagt, es klingt wie Donner, das ganze Haus erdröhnt.

Mutter hat sie in den weichen Hausschuhen, in die sie rasch schlüpfte, nicht kommen hören. „Gott sei Dank, dass du da nichts von abgekriegt hast, ich kriegte es schon ordentlich mit der Angst. — Das wurde mit einmal so dunkel, ich konnte gar nicht mehr sehen zu lesen." — Sie klappt das Buch zu, das Imma ihr gab, es ist Frau Maria Grubbe von J.P. Jakobsen. „Das ist sonst nett zu lesen, die Zeit ist mir gar nicht lang geworden. — Bloß" — sie schiebt die Brille auf die Nasenspitze und sieht Imma darüber hinweg streng an: „dies kann mir ja nicht gefallen, dass das Weib sich da erst mit 'nen Knecht einlässt und zieht dann wahrhaftig mit 'ner Drehorgel durchs Land — das ist mir denn doch so ordinär zu. — Wie kann's doch auch wohl angehen — und war von solch gutem Herkommen!"

Gerade kommt Tini herein, Mutters Haustochter, und gibt Imma ein Telegramm, das soeben kam, es wird ihr merklich schwer, nicht beim Öffnen dabei sei zu können, aber es ist Kundschaft im Laden. „Es ist doch nichts passiert?" ängstlich sieht Frau Onken zu, wie Imma das Blatt auseinander faltet und liest.

Ganz sachlich und doch mit freudigem Unterton stellt Imma fest: „Ein sehr großer Auftrag von auswärts! — Ich muss sofort zurück!"

„Du kannst nicht bleiben?" Es klingt so enttäuscht, dass Imma sich fast ihrer eigenen Freude schämt. Sie küsst die alte Frau: „Sobald es geht, komme ich zurück, Mutter. — Sieh mal, das ist nun einmal mein Brot, und wenn es mir was einbringt, kann ich ja auch mehr für dich tun. — Darin müssen wir uns nun schicken. — Und wenn ich auswärts verheiratet wäre, könnte ich auch ja nicht immer bei dir sein!"

„Ja, das ist nun ja einmal so. Wir können ja nicht alle zusammen bleiben. — Aber wie kann's doch auch wohl angehen! — Wie können die Menschen nun wohl so viel Geld für solche Lampenschirme ausgeben! — Ich halt mehr von Porzellan!"

Imma ist nämlich einen großen Schritt vorwärts gekommen, das Schwerste ist für sie überwunden. Sie hat gearbeitet und geschuftet, nichts ist ihr zu heiß und zu schwer gewesen, und sie hat durch diese verschiedenartigen Arbeiten manche Erfahrungen sammeln können. Nur die Lampenschirme die sie bis zur Bewusstlosigkeit bemalt hat, fielen ihr schließlich so auf die Nerven, dass sie zuletzt nichts anderes mehr denken konnte. Selbst durch ihre Träume geisterten sie immer wieder, bis sie zuletzt verzweiflungsvoll dachte: gibt es nun denn wirklich nichts anderes, hat denn kein Mensch so viel Erfindungsgabe, um endlich einmal etwas Neues herauszubringen? Immer nur diese Pergamentdinger, es ist entsetzlich, demnächst mache ich ein großen Schadenfeuer, wenn man mir wieder welche ins Haus schickt.

Das soll mir gleich sein, für mich will ich wenigstens etwas anderes haben, nimmt sie sich vor, sonst werde ich verrückt. Und so probiert sie dieses und jenes, aber Seide ist auch so allgemein, es ist gar nicht so einfach, da etwas Besonderes zu finden.

Aber dieses hier — das wäre eigentlich was! — schade nur, dass er zu ihrem einfachen Holzfuß gar nicht passt. — Ob sie ihn einmal auf die eine Vase setzt, die noch von Frau Eysoldt stammt? — nur mal um zu sehen, was sie vielleicht als Fuß dazu nehmen kann. — Den müsste sie eigentlich in den Werkstätten zeigen. Herr Hellenberg war neulich ganz verzagt, er hat alles abgejagt nach einer ganz persönlichen Sache. — Mehr als nein sagen kann er doch schließlich nicht.

Aber er sagt keineswegs nein, Herr Hellenberg, nervös wie immer, schreit sogar begeistert: „Das ist ja, was ich suche! — Die Leute sind so maßlos anspruchsvoll, wenn der gefällt, garantiere ich Ihnen einen Erfolg, ganz groß, sage ich Ihnen. — Und dann der Fuß dazu — das ist ja eine Idee, Onken! — das habe ich gar nicht von Ihnen erwartet!"

Mit bebenden Knien kam sie nach Hause, sie wagte noch nicht daran zu glauben, dass es wirklich etwas ganz Besonderes ist, zu viele Enttäuschungen hat sie schon gehabt. — Aber wenn sie tatsächlich etwas gefunden hätte, was kein anderer liefern kann? — Was Steiner wohl sagen würde? — Sie nickt heftig vor sich hin, nun, der hat sie gering genug eingeschätzt. — Merkwürdig, dass sie auch jetzt gerade an ihn denken muss! — Sie ahnt nicht, dass gerade sein hartes Urteil sie mehr anspornte, als nichtssagende Zustimmung es vermocht hätte, dass es sie unbewusst trieb, ihre besten Kräfte anzuspannen.

Und der Lampenschirm gefiel. — Gleich das Einzelstück brachte einen sehr guten Preis, und da es in ein Haus kam, das viele und zahlungsfähige Gäste sah, gehörte es bald zum guten Ton, auch einen ähnlichen zu besitzen. Die Aufträge häuften sich so sehr, dass sie schon bald alle reine Brotarbeit fahren lassen konnte und sich auch Hilfe nehmen musste.

„Ich bin tüchtig weiter gekommen!" sie streckt die Arme aus. „Aber was hab ich noch alles hinzulernen müssen, Mutter! — Ich hatte doch keine Ahnung vom Geschäftsbetrieb, nun muss ich Bücher führen, Sendungen fertig machen, mit den Lieferanten und Kunden verhandeln, und ich weiß nicht was alles! — Das ist nicht so einfach, und Dreistigkeit ist nun einmal nicht meine Stärke."

„Was man muss, kann man auch!" Mutter nickt energisch: „Fass an das Werk mit Fäusten, dann ist es schon getan!" Mit liebevollem Stolz sieht sie auf Imma, die für sie immer das Kind bleiben wird, und wenn sie noch so viel in der Welt bedeutet. „Aber die neue Wohnung kostet doch sicher auch viel?"

„Das wohl, aber das gehört nun einmal dazu. Ich muss doch auch zuweilen Fremde bei mir empfangen, und ich mache da eine hübsche kleine Schau; das Atelier kommt in das eine Zimmer, dann habe ich die drei Mädel immer unter Aufsicht. — Es gibt auch immer so viel zu packen und dergleichen, das ging schon längst nicht mehr in der alten Wohnung. Ich hatte schon ein Extrazimmer gemietet, aber das ist alles so umständlich."

Frau Onken schüttelt den Kopf, sie kann sich nicht recht in den Betrieb hineindenken. „Das ist man gut, dass du da ordentlich mit verdienst und auch sonst zufrieden bist. — Das ist die Hauptsache. — Aber ich wollt doch noch lieber, du hättest 'nen guten Mann!" setzt sie nachdenklich hinzu.

Tini kommt herein und unterbricht das Gespräch, sie ist im Laden fertig. „Denn setz man erst Tee!" befiehlt Mutter und sieht scharf zu, ob sie es auch richtig macht. Das junge Mädchen, rank und schlank, mit herbem schmalen Gesicht und leicht krausendem Blondhaar über der hohen Stirn, stammt aus dem Nachbarort. Ihr Zukünftiger ist hier bei seinem Vater an Bord, und sie hat keinen Wunsch, etwas anderes kennen zu lernen, als das tägliche Leben, wie es sich in all den kleinen Sielorten überall gleich abspielt.

Mit Sanftmut ist sie so wenig gesegnet wie all die Frauen hier. Wenn das nur gut geht mit den beiden! „Nun nimm dich doch in Acht mit den Blumen!" herrscht Frau Onken das junge Mädchen an, das die Vorhänge herunter lässt. — „Jesesja! — die alten Blumen!" sie setzt eine trotzige Miene auf und wirst die Tür krachend ins Schloss.

„Nun übersieh nur mal was, Mutter!" redet Imma der alten Frau gut zu. „Sieh, du kannst doch nicht alleine sein!"

„Dass man doch auch nicht mehr so kann, wie man will!" Mutter schlägt in alter Energie mit der Faust auf den Tisch. „Ich hab überhaupt keine Lust mehr — lass mich man wieder besser sein!" Sie muss sich stöhnend zurücklehnen, es geht wirklich nicht.

In der Wohnküche ist es warm und behaglich; wer wird um diese Zeit auch schon in der Wohnstube sitzen? — der Winter ist noch lang genug! Um den alten Rauchfang, unter dem der Küchenherd steht, hängt eine hell geblümte Krause, das Schornsteinkleid — die blankgeputzten Kupfersachen glänzen und der Tee dampft in den dünnen Tassen. Draußen heult der Sturm, Regen klatscht ans Fenster, und es ist ein unbehaglicher Gedanke, jetzt in dem feuchtkalten Schlafzimmer Koffer packen zu müssen. „Weißt du, ich geb doch lieber einen Tag zu!" sagt Imma in plötzlicher Eingebung. „Vor übermorgen kann ich doch nicht viel anfangen, und wer weiß, wann ich wiederkomme."

Mutters harte Züge sind plötzlich ganz weich: „Das ist recht, mein Kind!" sie drückt Immas Hand an ihr Gesicht „Ich freu mich ja so!" dann, befehlend: „Nun gib mir die Zeitungen eben her! — Nein, die doch nicht — die andern, kannst doch wohl sehen, die will ich doch für Martin fertig machen!" Noch immer ist ihr Sorgenkind in all ihren Gedanken; obwohl er sich wenig hören lässt, sucht sie doch immer wieder, ihn zu erfreuen. „So wird er doch was von hier gewahr!" Die alte Frau macht sorgfältig ein Bündel zurecht, die Zeitungen gehen an die Adresse von Hartmann, es kommt keine zurück. Wie es ihm in Wirklichkeit geht, wissen sie nicht. Ob er je zurückkehrt? „Wie's dem Jungen doch wohl geht?" Mutter sieht so vergrämt aus, dass es Imma ins Herz schneidet. — „Man was macht Tini da denn? — sieh schnell eben nach, da kommt ja nichts von zurecht!" Wie gut, dass sie jetzt Ablenkung durch die Hausgenossin hat! — Die beiden müssen sehen, wie sie miteinander fertig werden.

„Nun hör doch bloß, wie das weht! — das ist ja Notwetter! — Gott bewahre die Schiffer auf See!" Sie horchen auf das Donnern des Sturmes, auf das Rauschen der aufgeregten See: „Hör eben!" im Nachbarhaus fliegt krachend die Haustür ins Schloss, Smids wollen wohl nachsehen, ob die „Antje" sich auch losgerissen hat. „Das soll wohl 'ne unruhige Nacht werden!" Sie sitzen schweigend in Gedanken an frühere Sturmnächte. Dann gleitet das Gespräch wieder ab, denn es ist so wenig bei Onkens, als in den andern Häusern am Deich üblich, viel Worte um Tatsachen zu machen, die einfach nicht aus der Welt zu schaffen sind.

„So hättest du ja auch nicht zur Bahn können!" nimmt Mutter den Faden wieder auf. — „Aber nun tu mir den einzigen Gefallen und geh morgen eben zu den Bekannten. Was denken die sonst wohl, ich habe nachher die Nackenschläge. — Und denn mache dich auch fein, die glauben sonst noch, es geht dir schlecht!"

So zieht Imma denn am nächsten Tag gehorsam los in ihrem neuen Wintermantel, den sie eigentlich gar nicht mitbringen wollte, denn zumeist trifft sie hier entsetzliches Regenwetter, aber sie kennt Mutter ja wohl. Sogar ein Hütchen setzt sie für den kurzen Weg auf! Voller Stolz sieht Mutter, die heute wieder im Haus herum humpelt, ihr von der Haustür nach, Tini macht sich auch so groß und so klein, um noch eben über Frau Onkens Schulter zu sehen, das Unwetter ist diesmal schnell vorübergegangen, stellt sie dabei fest, es tut einem ordentlich gut, dass die Sonne scheint. — Wie gut, dass die Schiffe nicht draußen waren!

Auch Imma freut sich über den Sonnenschein und bleibt auf der Brücke stehen, um noch einmal über das Watt zu sehen, auf dem noch Schaumköpfe tanzen. Es ist ganz klar und sichtig, deutlich sind die Inseln in ihrer Farbigkeit zu sehen. Es gab heute eine sehr hohe Flut, und im Hafen steht das Wasser so hoch, dass die Schiffe beängstigend weit über den Deich ragen, die braunen, ausgespannten Netze schlagen heftig in dem noch immer frischen Nordwest. Der trägt auch das Tackern eines Motors zu ihr, eilends kommt ein Schiff mit vollen Segeln näher, wohl das Fährschiff, auf das auch die zahlreichen Blondköpfe zu warten scheinen, die in den Booten und am Hafenrand herumturnen. Es ist hier doch alles wie immer, denkt sie, es gibt sogar noch ebenso viele Kinder wie damals, als wir nach hier kamen. Nur ist ziemlich gebaut, das machen die Fremden, die jetzt gerne nach hier kommen.

Das sagen auch Postjanßens, zu denen sie zunächst geht, auch sie haben nach hinten ausgebaut. Imma muss alles bewundern und wird dann in die gleichfalls neue Wohnstube geführt, die der Stolz der Familie ist. Eine feuchte Kälte schlägt ihnen aus dem ziemlich großen, mit einem breiten und hohen Fenster versehenen Raum entgegen, ja, sogar das grün-rote Plüschsofa an der grau-blau getünchten Wand, in das Imma genötigt wird, scheint Kälte auszuströmen. „Nein, danke!" wehrt sie ab — „ich komme gerade vom Teetrinken!" Sie kann den Blick nicht von der jenseitigen Wand lösen, an der unter einem furchtbaren Öldruck eine Laute hängt; auf dem Vertiko an der andern Seite weidet eine mindestens zwölf Stück starke Elefantenherde aus Ebenholz in allen Größen, die wohl von Bertus stammt, der als Steuermann bei einer großen Reederei fährt. Heti, die sich aus dem hässlichen Kind zu einem derben, frischen Mädchen mit zupackenden Händen entwickelte, ist längst mit einem Hotelbesitzer auf der benachbarten Insel verheiratet. — Vor dem mit sehr steif gestärkten Gardinen verhangenen Fenster steht ein moderner Schleiflackständer mit Blattpflanzen, es ist schrecklich ordentlich und sauber hier und recht ungemütlich.

Aber die Aufnahme ist trotzdem herzlich, nein, man hat sie gar nicht mehr erwartet, das ist recht, dass sie noch eben hereinsieht. Frau Janßens große, schwere Hände lassen dabei das Strickzeug nicht fahren, und auch Vater Janßen kommt hinzu und schüttelt ihr die Hand, dass der Arm weh tut, er ist sichtlich erfreut.

„Wer musiziert denn bei euch?" fragt Imma schließlich aus ihrem Staunen heraus, und zeigt auf die Laute. „Ida!" Etta Janßen zeigt auf den eben eintretenden Nachkömmling, der Likör und kleine Kuchen bringt, man kann einen Gast doch nicht gehen lassen, ohne ihm etwas anzubieten.

„Zu, bedien' dich! — Ja, die hat Unterricht beim Lehrer. Das ist auch Kunst!" — Das will sie Imma doch mal hören lassen, sie soll sich nur nicht einbilden, dass sie das alleine kann. „Zu, Ida, spiel uns eben was vor!"

Aber die ziert sich und setzt sich dann zu ihnen, sie gleicht Heti aufs Haar. Sie sagt nichts, lässt aber Imma nicht aus den Augen — ob der Hut nun wohl die neueste

Mode ist? — sie mag ja viel lieber einen mit viel Schleifen leiden, und an ihrem neuen Mantel ist auch viel mehr Pelz.

„Deine Mutter kann man nicht gegen's Alleinsein!" Postjanßen, ein schwerer blonder Mann mit dickem Seehundschnurrbart, legt die Hände auf die Knie und sieht Imma treuherzig an: „Dein Vater hätte noch was hierbleiben müssen. — Son Muster der Menschheit, als das war", und Imma ist ihm sehr dankbar für das Wort. „Ja, du kannst deine Arbeit auch ja nicht deshalb zugeben. Anners — 'nen Mann hast da doch auch nicht gefunden." — Etta denkt an den Amerikaner, wer hätte das nun wohl von Imma gedacht, dass sie sich mit solchem Kerl aufhielt, aber sie hat ihm ja zum Glück den Laufpass gegeben, wie erzählt wird.

„Man die Herma, was?" Sie hält Imma beim Hinausgehen beim Ärmel fest: „Erbt ihr Mann nun doch so furchtbar viel Geld? Ich wollt's ja nicht glauben, da ist doch man immer die Hälfte von wahr, was Tini schwatzt. Und was die hier alles erzählt hat! — Man sie sind hier kürzlich mit 'nem großartig schönen Auto gewesen, du glaubst nicht, das roch richtig nach Geld. — Und aufspielen! — Nein, oh nein, da wurdest so rein übel von. — Wenn man nicht wüsst, wie schlecht das Beckers früher ging, wollt ihnen keiner mehr Brot borgen. — Aber wenn der Mensch man Glück hat, das sieht man wieder so recht."

Glück — Imma bleibt wieder auf der Brücke stehen; wie durchsichtig klar ist jetzt die Luft, nur das Toben der erregten See klingt überdeutlich zu ihr. — Glück — ja, das haben sich weder Herma noch Heinz mit dem Geld erkaufen können, denn das kommt nicht von draußen, es muss von innen heraus wachsen. — Ist sie selbst glücklich?

Ein Lächeln stolzer Freude fliegt über ihre beweglichen und noch immer jugendlichen Züge — ja! — sie ist so glücklich, so frisch und frei wie nie zuvor in ihrem Leben. Durch eigene Kraft hat sie sich ihre Stellung in der Welt errungen, ihre Selbständigkeit, und jetzt wird sie ein eigenes Heim haben, so schön, wie sie es sich nie erträumte. Ein Selbstvertrauen ist in ihr wach geworden, das ihr früher gänzlich fehlte und wodurch viele ihrer Schwierigkeiten verursacht wurden, denn die Fähigkeiten, die sie jetzt entwickelt, sind ihr doch nicht im Schlaf gekommen, sondern haben immer in ihr gelegen. Sie wurde vor Aufgaben gestellt, und siehe, sie löste sie auch!

„So, soll's wieder gehen?" sagt auch Antje Smid, die noch immer wegen Ihno eine kleine Abneigung gegen die unschuldige Imma hat. Auch hier wird sie in die gute Stube genötigt, in der es gleichfalls feucht und kühl ist, aber die guten altmodischen Möbel und die vielen blühenden Blumen machen den niedrigen Raum mit den Schiffsbildern doch wohnlich.

„Hübsch habt Ihr es hier!" sagt Imma aus ehrlicher Überzeugung.

„So?" Die alte Frau sieht misstrauisch auf ihren Gast, fast hätte sie den Likör verschüttet, den Imma auf keinen Fall ablehnen darf, rasch fängt sie noch einen Tropfen auf. „So? — unsere Kinder schelten immer auf den alten Kram, da wollen sie mal niks von haben, sagen sie. — Man Vater will da niks von wissen."

Imma begrüßt auch noch den Alten, er sitzt vorm Küchenherd und hält die Beine in den Bratofen. Er ist sehr stark gealtert und lebt meist in der Vergangenheit. „Dass Ihno doch auch geblieben ist! — Was, mein Deern? — ihr wär't doch solch feines Paar gewesen!"

„Was doch'n Elend mit Vater!" Antje laufen die Tränen über das runde, rotbackige Gesicht. „Und ist, doch noch gar nicht alt, wird nächste Woche erst achtzig!" sie schneuzt sich heimlich in die Schürze.

Fräulein Heeren sitzt in ihrem sehr sauberen Wohnzimmer mit den vielen Schutzdecken und Topfblumen. Sie hat zwei Westen an und noch ein Tuch darüber, die Feuerkieke unter den Füßen: „Ich mag hier nun einmal am liebsten sitzen, hier sieht man doch noch was vom Verkehr!" — Das sind im Augenblick zwei ungezogene Jungen, die durch den dicksten Dreck stampfen, und sonst vergehen manchmal Stunden, dass jemand vorübergeht. — „Soll ich dir auch 'ne Kieke holen? — heizen kann man doch noch nicht!"

Sie macht rasch Tee, und auch sie stellt kleine Kuchen auf: „Ich kann mich doch so freuen, dass du jetzt soweit bist!" — Sie ist die einzige, die wirklich Anteil an Immas Leben nimmt. „Das weiß ich, wie schwer das ist, bis man soweit kommt! — Die andern sehen bloß immer den Erfolg, aber was dazwischen liegt, daran denkt keiner." Sie schenkt nochmals ein: „Ich tausch ja mit keinem, brauch heute niemand nach den Augen sehen. — Geh mir bloß weg mit den Männern! — puh! — mag ich ja nicht von hören! — Was man in so 'ner Pension alles so hört — du glaubst es nicht. — Bloß nicht heiraten, sag ich immer; die Mädchen wissen ja nicht, wie dumm sie sind. — Na, du denkst heute doch sicher im Traum nicht mehr daran. — Da wollt ich dich auch drin verdenken!"

*

Und nun sitzt sie in ihrem neuen Heim. Es sind so viele Anforderungen an sie herangetreten, dass die Tage in der Heimat rasch versinken; in der Erinnerung haben sie immer etwas von der Unwirklichkeit eines Märchens, so wenig Berührungspunkte gibt es zwischen jenem und ihrem jetzigen Leben.

Das Einrichten der Wohnung, in dem die schönen alten Möbel ganz anders zur Geltung kommen als in dem alten engen Heim, die Verlegung der Werkstätte, das alles hat nicht nur viel Arbeit und Kopfzerbrechen, sondern auch weit mehr Geld gekostet, als sie veranschlagt hatte. Alle Rücklagen, die sie in den letzten Jahren durch äußerste

Sparsamkeit hat machen können, sind dabei eingeschmolzen. Sie hat noch wohl allerlei Gelder ausstehen, aber sie kommen so unregelmäßig ein, dass sie nicht damit rechnen kann, und Verluste sind auch stets dabei. Aber wer nicht wagt, der nicht gewinnt, wenn sie nichts hineinsteckt, bleibt sie ewig zweitrangig.

Dazu lähmt eine drückende Wirtschaftskrise augenblicklich Handel und Wandel. Wer kauft schon Dinge, die nicht unbedingt nötig sind?

Auch Herr Hellenberg hat ernstliche Sorgen. Eines Tages kommt er zu Imma: „Onken — Ihre Lampenschirme müssen uns retten. Es ist etwas ganz Neues, da sind trotz der schlechten Zeiten noch Möglichkeiten. — Wissen Sie was? Geben Sie mir den ganzen Vertrieb an die Hand, es wird bestimmt Ihr Schaden nicht sein!" — Es ist für ihn ein Extrageschäft, das ihn und seine Familie einstweilen über Wasser halten kann, wenn es glückt, Risiko ist für ihn nicht dabei.

Imma hat dem überbürdeten Mann, dem sie ihren eigentlichen Aufstieg verdankt, gern das Versprechen gegeben und ist gut dabei gefahren. Er hat Verbindungen, an die sie nie herankommen würde, und so helfen sie sich gegenseitig, die schwere Zeit zu überwinden. Aber es kann ihr nicht daran gelegen sein, eine Fabrik im kleinen zu haben, die alles Persönliche in ihrer Arbeit totschlagen würde. Nur dadurch, dass sie immer Neues ersinnt, bleibt sie auf der Höhe, kann sie auch Preise fordern, die Dutzendware nie erzielen würde.

Klar sieht sie ein, dass ihr Erfolg vielleicht einer Modelaune entspringt, die — es ist sehr gut möglich — bald von anderen Dingen überholt sein kann. So hat sie ihre anderen Fähigkeiten nicht ganz vernachlässigt, und sie zeigt in ihrer Schau auch von ihren anderen Arbeiten. Auch etwas anderes gutes Kunstgewerbe hat sie hinzugenommen, es reizt doch zum Kaufen, und die gutgekleidete und gut aussehende Herrscherin über all diese Herrlichkeiten hat es gelernt, mit lächelnder Miene ihren meist sehr anspruchsvollen und schwierigen Kundenkreis zu bedienen.

Wie herrlich ist doch ein Sonntag! Wohlig dehnt Imma sich noch ein wenig im Bett — heute wird sie es aber einmal auskosten und ganz ihrem Vergnügen leben. Draußen jagen die Flocken am Fenster vorbei, sie wird keinen Schritt aus dem Hause gehen, sie denkt nicht daran. — Wohin auch? — Theater, Konzert? — Dazu ist sie viel zu müde. Oder zu Herma und Heinz — deren unerquickliches Nebeneinanderleben ist auch nicht gerade verlockend, obwohl sie die einzigen Menschen sind, mit denen sie näher verkehrt. Bekannte — oh, gewiss, sie könnte so viel Verkehr haben, wie sie Lust hat. Aber es ist nicht ein Mensch darunter, mit dem sie wirklich Freundschaft schließen, dem sie sich einmal anvertrauen könnte.

Das Radio hat heute morgen doch auch solch langweilige Musik, und das Buch — sie klappt es heftig zu. Wie übel! — zynisch, würde Mutter es wohl nennen. — Das kommt, wenn man nicht selber aussucht, Heinz, der sie manchmal versorgt, sollte ihren Geschmack doch auch besser kennen, das wird sie ihm auch nächstens sagen. — So etwas verbittet sie sich!

Energisch springt sie aus dem Bett — ach, der Kaffee ist kalt geworden, es ist heute auch alles verkehrt. — Hoffentlich hat Erna, ihre Hausgehilfin ordentlich eingeholt und vorgekocht, sonst hat sie nicht einmal etwas zu essen, wie sonst auch schon sonntags. Sie hat sich gestern nicht darum kümmern können, es war solche Hetzjagd.

Langsam, unlustig macht sie sich fertig. Das Badezimmer ist kalt, mit diesem Wind wird es nie warm; es scheint überhaupt nicht gut geheizt heute, das ist immer, wenn sonntags der Ersatzmann da ist. — Das Schlafzimmer müsste so nötig gründlich gemacht werden, denkt sie, als sie das Bett ablegt, wie sehen die Gardinen nur aus. — Aber Erna ist solches Schaf, ich kann ihr das unmöglich anvertrauen, und wie soll ich Zeit für diese Dinge finden?

Es ist noch etwas Gemüse von gestern da, etwas kaltes Fleisch und einige kalte Kartoffeln, die wird sie braten. — Unlustig verzehrt sie ihr einsames Mahl, räumt dann die Küche auf. Sonntags findet sich doch immer etwas, worüber man sich ärgern muss, nun kann sie heute tatsächlich den Spülstein gründlich scheuern. Wie sieht der nur aus!

Sie sieht ihren Bücherschrank durch — natürlich, da kennt sie jedes Buch so ziemlich auswendig. Und der Rundfunk hat heute ein so sonderbares Programm, nicht ein Sender, der etwas Schönes bringt. — Das beste ist, sie räumt die Schubladen auf, das wollte sie doch längst.

Doch schon bei der ersten, die sie öffnet, sinken ihr die Hände — das sind ja Mutters Sachen! — Das ist unmöglich, das kann sie heute einfach nicht. — Im letzten Sommer ist sie unerwartet eingeschlafen, Fräulein Heeren hat Imma erst Nachricht geben können, als schon alles vorbei war.

Es war für sie ein doppelt herber Schmerz, denn mit der Mutter hat sie zugleich auch die Heimat verloren, deren Dasein ihr stets ein heimlicher Trost war. — Da die Erbschaft Martins wegen, von dem kaum Nachricht kommt, nicht so schnell geregelt werden konnte, musste sie das Haus vermieten, die Wohnung war gleich für den neuen Pächter geräumt worden. So blieb es ihr nicht erspart, den Haushalt aufzulösen bei dem an jedem Stück Erinnerung hängt. Einiges hat sie verschenkt, die besten Sachen untergestellt. — Das Ganze ist ihr monatelang nachgegangen: es ist nur gut, dass ihre Arbeit ihr keine Zeit zum Grübeln lässt, man darf eben nicht nachdenken.

Mit energischem Ruck zieht sie den Vorhang vor das Fenster, hinter dem noch immer Flocken tanzen, und macht

Licht. Traulich liegt der behagliche Raum im Schein ihrer Lieblingslampe, die sie sich selbst zu Weihnachten schenkte, und jetzt wird es auch wärmer.

„Nun hab ich alles so schön, wie ich es mir nur wünschen kann," sagt sie laut vor sich hin, „aber eine Heimat ist es nicht!"

Mit hängenden Armen starrt sie auf die gegenüberliegende Wand. Eine Heimat ist nur dort, wo ein lieber Mensch Freud und Leid mit dir teilt. —

Kein Buch, kein Radio kann je den Gedankenaustausch von Mensch zu Mensch ersetzen, die persönliche Gegenwart des andern, der dir irgendwie nahe steht, der wirklich Anteil an dir und deinem Erleben nimmt. — Einsam, einsam! —

„Man muss eben alles teuer bezahlen!" Wie erwachend streicht sie über die Augenlider. — Seit die Sorge ums tägliche Brot nicht mehr all ihre Gedanken in Anspruch nimmt, kommt ihr manchmal zum Bewusstsein, wie ungelebt ihr Leben ist, wie ihm die Wärme mangelt, die sie im innersten Herzen so nötig hat, die Sorge für andere.

Aber heiraten? — womöglich ihre Arbeit aufgeben oder gar einen Mann damit ernähren? — das kommt ja gar nicht in Frage. — Und sonst? — Wie viele der Frauen, die sie kennt, haben einen Freund. — Aber was würde dann aus ihrer Arbeit werden?

„Blödsinn! — wie komm ich nur darauf! — ich muss bald etwas für meine Nerven tun!"

Sie geht in die Werkstatt und holt ihre Geschäftsbücher. Es ist Mitternacht, als sie sich nachdenklich zur Ruhe begibt. — Zur nächsten Saison kommt das neue Modell heraus, das jetzt im Werden ist — ob es einschlagen wird? Das Geschäft ist in der letzten Zeit bedenklich still. — Mit den Gedanken vollkommen bei der Arbeit, ist sie plötzlich fest eingeschlafen.

*

„ — ich würde Ihnen raten, sich die neuesten Lampenschirme selbst in der Werkstatt anzusehen. Das wäre etwas für Sie. — Die Frau versteht tatsächlich was! — sie ist heute führend in dem Artikel. Ich habe sie in den Anfängen gekannt, wir arbeiten viel zusammen!" Herr Hellenberg spricht in seiner lebhaften Art auf den etwas fremdländisch aussehenden Herrn ein, den er bis zu seinem Wagen begleitete und der andächtig nach den beiden Jungens sieht, die sich in den gegenüberliegenden Anlagen in einer Pfütze katzbalgen. „Soo!?"

„Ach, das können Sie natürlich nicht wissen, in der kurzen Zeit werden Sie sich kaum eingelebt haben. — Sie wollen sich Ihr Haus doch wieder einrichten? — Wie gesagt, ich würde mich mit Imma Onken in Verbindung setzen —"

„Wie? — was sagten Sie?" Der Herr am Steuer schnellt plötzlich herum. — „Imma Onken? — Wie war die Adresse gleich?" Er kurbelt den Motor an. „Kleiststraße 7." „Danke!" Schon braust der Wagen ab, dem Herr Hellenberg ganz verblüfft nachsieht. — Der ist noch verrückter wiedergekommen, als er früher war. — Aber es verspricht ein gutes Geschäft zu werden. — Eiligst flüchtet er vor einem unerwarteten Regenschauer in die eleganten Geschäftsräume zurück.

Imma ist gerade im Verkaufsraum beschäftigt, als ein neuer Kunde eintritt. Sie bittet ihn liebenswürdig, einstweilen Platz zu nehmen, gleich steht sie zu seiner Verfügung. — Mit innerem Seufzen steht sie der gewichtigen Dame Rede und Antwort, die nun schon stundenlang sucht, ohne zu einem Entschluss zu kommen; man merkt, dass Zeit für sie keineswegs Geld bedeutet. — Wie viel entschlossener im Einkauf sind die meisten berufstätigen Frauen! — Sie hat Herma und Heinz versprochen, heute Abend zu einer kleinen Festlichkeit zu kommen und trägt deshalb schon das gute rehbraune Kleid aus einer neuartigen Stoffart, das ihr so gut steht, die lange Kette aus Türkismatrix macht sich besonders schön dazu, auch der grüngoldene Ring von Frau Eysoldt harmoniert gut damit. Sie muss unbedingt vorher noch zu den Werkstätten, die heute Mittag anweckten, da fehlt natürlich die Zeit zum nochmaligen Umziehen.

Ein wenig ärgerlich sieht sie, wie der neue Besucher alles genau in Augenschein nimmt, hier einen Gegenstand aufhebt, dort einen anderen mit Kennermiene gegen das Licht hält. — Es wird doch niemand von der Konkurrenz sein? — Sie hat da schon allerhand unangenehme Erfahrungen gemacht. —

Gott sei Dank, endlich schiebt die Dame ab, sie hat ein Väschen mitgenommen, das billigste, was sie finden konnte. — Imma schafft rasch mit einigen gewandten Griffen Ordnung: „Womit kann ich Ihnen dienen?" Der liebenswürdige Ton verrät ihren Unwillen nicht — unglaublich, da hat der Herr doch den Schirm von dem Fuß genommen, sie duldet es sonst nie, dass jemand anders als sie selbst sich damit zu schaffen macht.

Der dreht sich jäh um: „Guten Tag, Fräulein vom See!" — Eine schlanke Hand streckt sich ihr entgegen, scharfe Brillengläser funkeln sie an, auf einem hohen Schädel sträuben sich einige grau gewordene Haare: „Steiner!" Eine warme, herzliche Freude steigt in ihr hoch: „Das ist aber nett, dass Sie den Weg zu mir fanden!"

„Diesmal bekommt der arme Fremdling doch wenigstens keine kalte Dusche!" Er hält ihre Hand mit herzlichem Druck fest. „Übrigens: alle Hochachtung! — Ich nehme alles zurück, was ich je gegen ihren Lappenkram gesagt habe, — ordentlich sind Ihre Sachen, wirklich, sehr ordentlich!"

Immas Herz geht in lauten, harten Schlägen, das Blut tritt ihr ins Gesicht und lässt sie ganz jung und mädchenhaft erscheinen: „Das freut mich!", sagt sie ehrlich, denn kein Lob hat sie je so beglückt wie dies von Steiner, der immer so kritisch ist. — Er würde es niemals gesagt haben, wenn er es nicht so meinte, und deshalb wiegt es schwerer, als alle billige Verhimmelei.

„Das meine ich wirklich so!" Er hält noch immer ihre Hand fest, die sie ruhig fortnimmt, sie kennt Steiner gut genug, der sich bei diesen Dingen nicht das geringste denkt. „Aber nun erzählen Sie mir, wie sich das alles so entwickelt hat!"

„Erzählen Sie mir lieber, wo Sie plötzlich hergeschneit kommen!" Imma wirft einen Blick auf ihre Armbanduhr, sie kann noch nicht aus dem Geschäft fort: „Kommen Sie doch etwas zu mir herein, wenn Ihre Zeit reicht. — Drinnen plaudert es sich ungestörter!"

Sie geht ihm voran in das anschließende Wohnzimmer, in dem sie häufig solch halb private, halb geschäftliche Besuche empfängt und in dem sie schon manches Geschäft hat abschließen können.

„Gern! — Wenn Sie erlauben!" Er folgt ihr auf dem Fuß. „Merkwürdig! — immer, wenn ich mit diesen Dingen zu tun hatte, wie es meine Arbeit nun einmal mit sich bringt, habe ich an Sie denken müssen."

„Ich auch!" schwebt es Imma auf der Zunge, aber sie verschluckt es, er möchte es vielleicht falsch deuten. — „Aber machen Sie es sich gemütlich!"

Steiner lässt sich gleich häuslich in Immas geliebten Ohrensessel nieder und sieht sich ungeniert in dem Raum um, es entgeht ihm nichts. „Sie sind doch eigentlich ein großartiger Kerl, Imma! — wagt so eine moderne Frau in ganz altmodischen Sachen zu wohnen, und es passt zu ihr! — und kein Stück Tinnef dabei!" Schon steht er vor der Vitrine, in der sie die Erinnerungsstücke von daheim verwahrt, das alte englische Geschirr, das Großvater mitbrachte, die winzigen Teetassen mit Bauernrosen, die alten Silbersachen — das eine Riechdöschen hat die eine Großmutter zur Verlobung bekommen — und die Filigranzuckerzange ist bestimmt schon einige hundert Jahre alt. „Gewiss Erbstücke? — Die Leute dort hatten einen selten guten Geschmack."

Wie es ihm ergangen ist? — Ach, er ist ordentlich herumgekommen. Eins hat das andere nach sich geholt, wie es zu gehen pflegt. Solange hat er auch gar nicht fortbleiben wollen. — Und weshalb im Ausland leben, wenn die Heimat Arbeit und Brot bietet? — Es ist zum Glück hier alles wieder im Fluss, es hat ihn nun draußen nicht mehr gehalten. — „Ich will mich jetzt sesshaft machen!" schließt er.

„Soo!?" — Sie müssen beide lachen, denn er ist schon wieder aufgesprungen und rennt mit lebhaften Bewegungen, die nicht verbergen können, dass er merklich gealtert ist, im Zimmer umher. „Wirklich, ich mein es so!" sagt er dann ernster. „Man bekommt das Herumzigeunern zuletzt so entsetzlich satt!"

Sie haben sich sehr viel zu erzählen, und Imma springt erschrocken auf, als sie es halb sieben schlagen hört. „Ich muss fort, sonst treffe ich Herrn Hellenberg nicht mehr. — Entschuldigen Sie, aber Geschäft geht vor Vergnügen, das wissen Sie!"

„Zu Hellenberg wollen Sie? — ach, der hat mich ja auf Sie aufmerksam gemacht, da bringe ich Sie rasch eben hin. — Ich habe nämlich ein großes Geschäft für Sie in Aussicht, wir können gleich unterwegs das Nötigste besprechen. — Oder wollen Sie nicht mit mir fahren, weil Sie mir noch böse von damals sind? — und sind Sie noch immer so brav?" — Er kann das Necken nicht lassen, und sieht nun wieder aus wie ein großer Junge, der er im Grunde seines Herzens auch noch ist.

„Vielleicht?" — Auch Imma lächelt, man kann ihm

nicht böse sein. Der muss verbraucht werden, wie er ist!

Während der nicht langen Fahrt führen sie ein ernstes Geschäftsgespräch, das sich in der kurzen Zeit und der um diese Zeit doppelt belebten Innenstadt, die alle Aufmerksamkeit des Fahrers beansprucht, nicht so schnell erledigen lässt. „Ich komme mit herein." — Steiner hilft Imma aus dem Wagen — „dann können wir gleich mit Hellenberg das Weitere besprechen."

„Sie kennen sich?!" Herr Hellenberg ist sehr überrascht, aber wirklich, ganz außerordentlich, das hat er nicht geahnt. — Die Verhandlung zieht sich lange hin, es sind zähe Partner. In Geldsachen hört nun einmal die Freundschaft auf, auch einer anziehenden Frau gegenüber, wenngleich das nicht immer leicht fällt. — Immas Züge werden hart und streng bei der vollkommen sachlichen Beratung, in denen die Meinungen hart gegen hart stehen, aber sie setzt ihren Willen durch.

„Ich hätte niemals gedacht, dass Sie solch gerissene Geschäftsfrau würden!" sagt Steiner zu Imma, die erschöpfter, als sie zeigen will, neben ihm im Wagen sitzt. „Wo darf ich Sie hinbringen? — Ach, das wird noch eine hübsche Spazierfahrt, das freut mich. — Wenn Sie nicht schon eingeladen wären, hätte ich Sie gebeten, mit mir irgendwo zu essen. — Wissen Sie, in Strandluft, wie damals, dann hätten Sie mir wieder beichten sollen!"

Nach dem regennassen Maitag zeigt sich die Sonne noch einmal, das junge Laub glitzert von den anhängenden Tropfen, und es duftet würzig nach erstem Grün und Erde.

„Es gibt nichts zu beichten. — Und wenn — wen ginge es etwas an?" so hart kommt es heraus, dass sie selbst fast erschrickt. „Für diese Dinge hat mir weiß Gott die Zeit gefehlt!"

Der Mann sieht sie kurz prüfend von der Seite an. „Also — sittenstreng wie nur je!" stellt er dann sachlich fest.

„Wer war das denn?" Heinz Martens, dem das von seiner Frau mit so viel Wirtschaft veranstaltete Fest ohne Imma verdorben ist und der gerade nach ihr Ausschau hält, wird Zeuge, wie der bebrillte Herr sich mit einem Handkuss von ihr verabschiedet; eine heftige Eifersucht steigt in ihm hoch.

„Wer war das denn?"

„Ach — ein Geschäftsfreund! — Ich komme soeben von einer Konferenz, deshalb wurde es auch etwas später!" Imma ärgert sich über sich selbst — was geht es Heinz denn an, mit wem sie zusammen ist? — und was muss sie zum Überfluss auch noch dabei erröten? — Mein Gott — als ob sie nicht täglich mit Männern zu tun hätte.

Herma kommt in einem pompösen, tief ausgeschnittenen Abendkleid angerauscht: „Mein Gott — wo bleibst du nur? — Ich kann doch nicht eher anrichten lassen! — Wie vornehm du aber wieder aussiehst! — Du, ich werde Staat mit dir machen!"

Es ist eine recht bunte Gesellschaft versammelt, die wenig Beziehungen zueinander hat — Geschäftsfreunde, denn Heinz ist, um wieder Arbeit zu haben, Teilhaber einer großen Buchhandlung, Bekannte aus dem Seebad, ein Arzt und seine Frau, die sie irgendwo kennen lernten — und so will keine rechte Unterhaltung aufkommen. Die Herren stehen rauchend etwas gelangweilt herum und die Damen sitzen in den Sesseln und unterhalten sich schleppend über Haushalt und Badereisen.

„Meine Kusine, die Künstlerin!" wird Imma zu ihrem Ärger vorgestellt. Dass doch Herma diese Aufschneiderei nicht lassen kann, Geschäftsfrau ist sie, weiter nichts!

Das Essen ist viel zu üppig, die Bedienung klappt trotz der extra genommenen Servierhilfe nicht recht, und das Tischgespräch schleppt sich so hin, bis der vorzügliche Wein die Zungen löst. Witzworte fliegen hin und her, Herma, die in der Aufregung viel und hastig trinkt, lacht überlaut, ihr fleischiges Gesicht ist dunkel gerötet.

Man ist wieder in die Vorderzimmer gegangen, die Herren haben sich im Geschäft gefunden und politisieren, die Damen erzählen sich intime Geschichten.

Imma sitzt abseits, ein wenig abgespannt von der Konferenz. Es gibt auch so vieles zu bedenken — sie schließt unwillkürlich die Augen und lehnt sich in den tiefen Sessel zurück — und dann noch —

„Darf ich mich zu Ihnen setzen?" — Oh, die blonde junge Frau, ihr Gegenüber, das ihr so gut gefiel, den Namen hat sie nicht verstanden. Auch diese fühlt sich etwas vereinsamt, sie sind erst vor kurzem hierher gezogen, nun sind ihr die ganzen Verhältnisse so fremd. — Sie erzählt Imma sehr lieb von ihrer Wohnung, von ihren beiden kleinen Kindern, oh, es sind solch herzige Schelme. Man hat zwar viel Arbeit damit, aber sie möchte sie nicht missen, um kein Geld in der Welt, ihre Augen strahlen von innerem Glück, das das schlichte Gesicht verschönt und verklärt. — Und sie hat solch guten Mann, es ist ihre Jugendliebe, sieben Jahre waren sie verlobt, ehe sie ans Heiraten denken konnten — sie nickt diesem, der gerade zu ihr herüber sieht, strahlend zu.

Welch beneidenswertes, selbstverständliches Menschenglück, fährt es Imma durch den Sinn, wie müsste es schön sein, auch so zu leben. — Aber ihre Gedanken gleiten immer wieder ab, es wird ihr schwer, dem lieben Geplauder zu folgen, das macht wohl auch der ungewohnte Wein. — Dass Steiner wieder da ist! — Sein Lob hat sie innerlich so beschwingt, ihr ist, als sei ihre Arbeit erst jetzt vollwertig. — Wie ein Prickeln geht es durch ihre Adern, in einem Zug leert sie ihr Sektglas, das Heinz ihr gleich aufs neue füllt.

„Dir steht das!" Er zeigt mit den Augen auf Herma, die gerade hemmungslos lacht. Er beugt sich über Imma, sein faltiges Gesicht zuckt, als er ihr zuraunt: „Wir beiden hätten besser zueinander gepasst!"

Ernüchtert sieht sie ihm nach, wie er durchs Zimmer schiebt, die eine Schulter ein wenig vorgeschoben, vorüber geneigt, ein frühzeitig gealterter, abgelebter Mann. — Möchte sie mit Herma tauschen?

Sie sieht sich in den reichen Räumen um, denen kein persönlicher Geschmack Behagen verleiht, hört die Gäste lärmen, ohne dass wirklich Stimmung vorhanden ist, sieht Heinz ein Glas nach dem andern hinuntergießen. Das graublasse Gesicht ist gerötet, ganz gegen seine Gewohnheit erzählt er anzügliche Witze. — Hätte es wirklich in ihrer Macht gelegen, ihm über die Klippen des Reichtums hinwegzuhelfen?

Nein! — sagt etwas ganz deutlich in ihr: Nein! — Das kann nur Liebe, selbstlose, aufopfernde Liebe, und die fühlte ich nicht für ihn. Mit uns beiden wäre es auch nicht gut gegangen, so unfertig wie ich damals war. — Er muss mit seinem Leben fertig werden, ich kann ihm nicht helfen.

„Denk dir, Mutter kam heute Nachmittag, sie wollte absolut die Gesellschaft mitmachen", raunt Herma ihr beim Abschied zu. — „Was ich noch für Ärger vorher hatte! — Du glaubst es nicht! — Ich hab sie im Kinderzimmer eingeschlossen, ich denk doch nicht daran, dass ich mich mit ihr blamiere!"

Wurzellose Menschen alle beide, Mutter und Tochter. — Nachdenklich geht Imma in ihr stilles Heim zurück.

*

In der Folgezeit ist sie viel mit Steiner zusammen, der große Auftrag erfordert manche Beratung. Er plaudert auch gerne in ihrem Wohnzimmer mit ihr, und häufig sprechen sie auch von Frau Eysoldt, die er so sehr schätzte.

Wie klein die Welt doch ist! Da saß er doch eines Tages in Rotterdam in einem Restaurant und kommt mit einem

Herrn ins Gespräch, es ist ein Deutscher, unverkennbar ein Seemann. — Sie haben sich sehr anregend unterhalten, ein kluger, interessierter Mensch; sie kommen auf alles Mögliche, der Name dieser Stadt fällt — und was stellt sich heraus, mit wem er es zu tun hat? — Kapitän Fernau, der Neffe von Frau Eysoldt, von dem er erst von deren Ableben erfahren hat. „Wir haben auch von Ihnen gesprochen! — War er nicht hier?"

Nein, das war er nicht, aber sie hat gerne an ihn zurückgedacht und so erfährt Steiner den ganzen Zusammenhang wodurch eine gute Freundschaft zwischen ihnen entsteht. Imma sind die Plauderstunden mit dem klugen, weitgereisten Mann eine Wohltat geworden, die sie recht entbehrt, wenn er, was häufig vorkommt, verreist ist. — Er hat sein am Stadtrand gelegenes Haus ausgebaut, es wurde, wie er ihr immer wieder erzählt, sehr hübsch, sie muss bald kommen und es sich ansehen. Er will doch, wie er gerne betont, jetzt ganz sesshaft werden, und so hat sie ihm auch auf seine Anfrage eine Haushälterin aus ihrer Heimat besorgt, die hier schon lange in Stellung ist und nach Selbständigkeit verlangt.

Als sie aber Diertje Peters vorbeugend andeutet, dass Herr Steiner wohl nicht immer pünktlich zum Essen kommen wird und sie darauf Rücksicht nehmen muss, wirft das große knochige Mädchen mit den derben Zügen den Kopf zurück, dass der feste fahlblonde Knoten ins Wanken gerät: „So!? — Da soll er mir man nicht mit kommen! — ich will ihn schon kriegen!" Zu ihrem unsagbaren Vergnügen kann Imma schon bald feststellen, wie er sich unter ihr straffes Regiment beugt; er sieht jetzt auch immer viel ordentlicher aus. — Bei einer Besprechung fährt er plötzlich auf: „Ich muss schleunigst nach Hause! — Meine Diertje macht mir sonst ein böses Gesicht und lässt mich womöglich hungern!"

Es ist nicht zu leugnen, er wird älter und bequemer, und auch in Geldsachen ist er nicht mehr so leichtherzig. Früher konnte es trotz seiner hohen Einnahmen vorkommen, dass er manchmal kein Geld hatte, um das Benzin bezahlen zu können, wenn er tankte. — Wie er Imma erzählt, hat er in den letzten Jahren gut verdient, auch jetzt ist er sehr beschäftigt.

Aber was geht das sie viel an? — Sie hört etwas gelangweilt zu, natürlich freut es sie, wenn es ihm gut geht. Aber dass er immer so lange bei ihr herum sitzt, auch, wenn alles erledigt ist — das führt denn doch zu weit. Sie hat wirklich keine Zeit für diese Dinge, man merkt, dass der Mann keine Familie hat. „Nun müssen Sie aber gehen!" drängt sie dann wohl: „Es ist schon spät, und ich habe noch zu tun!"

„Haben Sie noch immer Angst, dass ich Sie ins Gerede bringe?" neckt er.

„Über die Jahre sind wir doch wohl hinaus!" sagt sie streng. — „Aber nun gehen sie auch endlich!"

Wie lange er jetzt nicht da war! — Sie zählt nach: vier — nein, fünf Tage! — Ihr kommt vor, als sei es viel länger. Wie man sich doch an einen Menschen gewöhnt! Wo er wohl hin ist? — Er hat gar nicht gesagt, was er vor hat. — Nun, was geht es sie an, er ist ihr ja keine Rechenschaft schuldig.

Unwillkürlich horcht sie immer nach der Tür, sieht jedes mal selber nach, wenn ein Kunde kommt. — Merkwürdig, dass er sich gar nicht hören lässt! — Ah was, sie benimmt sich ja wie ein Backfisch! — Ihre jungen Mädchen begreifen gar nicht, weshalb Fräulein Onken so ungeduldig mit ihnen ist, so kennen sie die doch sonst gar nicht.

Imma hat es sich in ihrem Sessel bequem gemacht, nach der Wärme des Tages hat sie jetzt ein leichtes helles Hauskleid übergeworfen. Es ist ein wunderbarer Sommerabend, ganz oben in dem Baum vor ihrem Fenster ruft eine Drossel, es duftet nach reifem Korn und Blumen, und das Radio spielt: „Du sollst der Kaiser meines Herzens sein!"

„So ein abscheulicher Blödsinn! — widerlich!" sie steht ungehalten auf, um abzuschalten, als es draußen heftig schellt. Wer mag das nur sein? — Elli ist nicht da, so muss sie selbst nachsehen, es könnte noch Geschäftsbesuch sein, das kommt häufiger vor.

Es pocht schon ungeduldig an der Tür, als sie hinkommt. — Steiner! „Kommen Sie, Imma! — Wir fahren noch ins Freie! — Ah was, nichts von Umziehen! — Der Mantel, das genügt!"

So fahren sie durch den herrlichen Abend, überall in der Vorstadt stehen die Menschen vor den Türen oder arbeiten noch in ihren Gärten, und junge Pärchen gehen Hand in Hand.

Ganz gegen seine Gewohnheit ist Steiner sehr schweigsam. Ob er auf der Reise Unangenehmes hatte? — Imma sieht ihn prüfend von der Seite an — er ist richtig ein bisschen dicker geworden in Diertjes guter Pflege, denkt sie. Verärgert — nein, so sieht er gerade nicht aus. — Aber so — so abwesend, scheint ihr, als ob er an etwas anderes dächte. Sie bekommt auch kaum Antwort auf ihr Geplauder, und so schweigen sie miteinander, ohne dass ein Gefühl der Langeweile hochkommt.

Die ersten Straßenlichter brennen, als sie zurückkommen. Steiner steigt mit aus und bringt Imma bis vor die Tür. Er zögert ein wenig, als er sich verabschiedet, sie steckt gerade den Schlüssel ins Schloss, als er wieder umkommt und ihre Hand ergreift. Ehe sie es sich versieht, hat er ihr einen Ring an die Linke gesteckt: „So!! — und in vierzehn Tagen wird geheiratet, ich habe meine Papiere in Ordnung gebracht!"

„Steiner!!" — Imma reißt sich empört los: „Was fällt Ihnen ein! — Nein! — Nein! — brauch ich denn gar nicht gefragt werden?"

„Hab ich's nicht gewusst?" Er fasst ihre Hand mit festem, warmem Griff: „Hätte ich dich erst groß gefragt, dann hättest du natürlich nein gesagt, ich müsste dich nicht kennen. — Solche Dickköpfe wie du müssen zu ihrem Glück gezwungen werden. — Und meinst du nicht, dass wir noch sehr glücklich miteinander werden könnten?" Er zieht sie leicht an sich und küsst sie auf den Mund. Dann steigt er rasch ein: „Ich hole dich morgen zum Essen bei mir!" und schon ist der Wagen fort.

*

Imma sitzt auf dem Bettrand und starrt auf den Ring; wie sie hierher gekommen ist, vermag sie nicht zu sagen, sie ist noch immer wie betäubt. - Aber das ist ja unmöglich! — Wie kommt Steiner nur dazu? Hat sie ihm irgendwelchen Anlass gegeben, sie so zu behandeln? — Denkt er, sie ist eine heiratswütige alte Jungfer? — Einfach über sie zu verfügen! Es ist unerhört!

Sie will sich in einen heftigen Zorn hineinreden, aber es gelingt ihr nicht ganz. Seine Umarmung hat etwas in ihr geweckt, was sie längst tot glaubte — oh, sie schämt sich, sie schämt sich so sehr! — so alt und noch Liebesgedanken? — und ihre Arbeit? — Sie weiß nicht mehr, sie weiß wirklich nichts mehr, es dreht sich alles um sie.

Angekleidet wirft sie sich aufs Bett und schläft sofort ein. Als sie nach traumlosem Schlaf aufwacht, kann sie sich erst gar nicht zurechtfinden — was war nur? — weshalb ist sie in ihren Alltagskleidern? Dann sieht sie den Ring — aber das ist ausgeschlossen, was denkt sich Steiner nur! Es ist unerhört von ihm, ihre Freundschaft so zu missbrauchen, das wird sie ihm aber auch sagen, wenn er kommt.

Nebenan hantiert Elli schon, sie muss sich sehr beeilen, die Zeit langt kaum noch für eine Dusche. — Ganz zerschlagen sitzt sie bei ihrem Frühstück. Nur der Kaffee schmeckt, sie würgt an ihrem Brötchen, unlustig, ohne zu wissen, was sie isst.

Die widerstreitendsten Gedanken toben in ihr — sie kann, sie will ihre Freiheit nicht aufgeben, nein, sie denkt doch nicht daran, ihre Arbeit, alles, was sie sich so mühsam aufgebaut hat, im Stich zu lassen, ihr geliebtes Heim, in dem sie so ganz ihr eigener Herr ist. —

Und dann noch wohl mit einem Mann wie Steiner zusammenleben, der zweimal schuldig geschieden ist, mit seinem bekannt schwierigen Charakter. — Gewiss, sie würde sorgloser leben, der zermürbende Kampf um die Existenz fiele weg, das täglich sich neu einsetzen müssen. — Aber was gäbe sie auch auf! — und was würde sie dafür eintauschen?

Ganz leise sagt etwas in ihr: ein Menschenherz. —

Sie steht gedankenverloren und dreht an dem glatten Reif; sie versucht ihn abzuziehen, aber es geht nicht so leicht. — Zögernd schiebt sie den Chrysoprasring darüber, der ihn fast verdeckt.

Gegen Abend kommt Steiner, sie steht gerade fertig in dem schlicht geschnittenen blauen Seidenkleid. In leichter Verlegenheit stehen sie voreinander, Imma sieht den Mann vor ihr so scheu an, dass er erschrickt: „Es ist doch alles gut?" Er führt ihre Hand an seine Lippen, entdeckt den Ring: „Ich danke dir!" sagt er erlöst.

Diertje hat gezeigt, was sie kann und ein vorzügliches Mahl aufgetischt, der Tisch ist so tadellos gedeckt, wie es sich ein Frauenherz nur wünschen kann. — Nur mit den Blumen hat es nicht geklappt, erzählt Steiner lachend, sie hatte ein furchtbares Durcheinander in eine Vase gepfropft, die ihr wohl selber gehörte, seine fand sie wahrscheinlich zu einfach: Er hat rasch beim Gärtner andere bestellt und sie selbst geordnet, er zeigt auf den Strauß schönster Sommerblüten vor ihnen, der Imma schon die ganze Zeit erfreute.

Sie haben den alten kameradschaftlichen Ton wieder gefunden, es ist ein fröhliches Geplauder. Nur als Steiner ihr zutrinkt: „Auf unser Glück!" erschrickt sie, es ist, als fasse eine kalte Hand nach ihrem Herzen. Muss denn nun durchaus geheiratet werden? — ist es nicht so viel schöner? Diertje kommt abräumen, ihre großen Füße treten so vorsichtig auf, wie man es der großen hageren Person gar nicht zutraut, man merkt, dass sie in guten Häusern war. Steiner schenkt ihr ein Glas Wein ein: „So, Fräulein Diertje! — nun trinken Sie einmal auf unser Wohl! — Fräulein Onken ist nämlich meine zukünftige Frau!"

Diertje leert ihr Glas in einem Zug, ihre scharfen grauen Augen gehen prüfend von einem zum andern: „Denn man alles Gute!" Sie bekommen einen zermalmenden Händedruck. „Hab' ich mir gleich wohl gedacht. — Man denn will ich mir man bald nach was anders umsehen, die junge Frau kann's ja gut mit'n Kleinmädchen ab."

Sie geht mit ihrem Servierbrett hinaus, steil, ordentlich, jede Handbewegung spricht von Pflichterfüllung. Keine Miene verrät, wie nahe es ihr geht, dass sie diese schöne Stelle nun verlieren wird. Herr Steiner kriegt 'ne gute Frau, das eine ist sicher, und sie gönnt ihr das auch gerne, dass sie in solch schönen Kram kommt. — Aber leicht ist das man sicher nicht, immer wieder von vorn anfangen.

Die Zurückgebliebenen sehen sich an, der Punkt ist noch gar nicht zwischen ihnen erörtert: „Imma, Liebste — " Steiner nimmt über den Tisch hinweg ihre Hand: „Um Gotteswillen, mein Mädchen, ich denke doch nicht daran dir deine Arbeit wegzunehmen. — Ich brauche deine Hilfe doch auch unbedingt, du weißt, was ich noch vorhabe. — Weißt du, wir können die teure Diertje ja nur behalten, wir sind ihr doch auch beide Dank schuldig. — Sage es ihr nur gleich! — Sie hat mich wirklich fabelhaft erzogen, du ahnst ja nicht, welch gehorsamen Ehemann du an mir bekommst!"

Imma ist ein Stein vom Herzen gefallen, es ist ihr so froh und leicht zumute, und so hat sie rechte Freude an dem wunderhübschen Haus, das, nicht allzu groß, doch alles enthält was die Bequemlichkeit erfordert. „Wie schön!" entfährt es ihr — man sieht von der Veranda weit ins Freie, den Horizont schneidet ein Laubwäldchen ab.

„So würde es dir hier gefallen?"

„Ja!" es kommt aus so ehrlicher Überzeugung, dass Steiner sie beglückt an sich ziehen will. Aber Imma weicht scheu zurück, denn ein Herz, das lange Jahre einsam war, muss Liebe erst wieder lernen. —

Der Mann an ihrer Seite versteht und achtet das, aus tausend kleinen Zügen weiß er, dass sie ein warmer, liebefähiger Mensch und die zur Schau getragene Kälte wohl nur Notwehr ist.

*

Wenige Tage später fahren sie in Immas Heimat, um noch einige Papiere zu beschaffen. Es ist eine herrliche Fahrt durch das sommerliche Land — dunkler stehen schon die Wälder, aber die Wiesen und Weiden leuchten heute nach dem Regen der letzten Zeit im schönsten Grün; auf dem schweren Marschboden des Küstenlandes reift das Korn in allen Farbtönen der Ernte entgegen, wie Lanzen stechen die Weizenhalme in den seidenblauen Himmel. Überall auf den Feldern sind fleißige Menschen tätig, sogar Zigeuner sind dabei vertreten, mit funkelnden Augen und blitzenden Zähnen stehen sie dann wohl einen Augenblick am Wegrand und sehen dem Wagen nach, das lange schwarze Haar weht in dem Luftzug, den dieser verursacht.

Steiner hat in einer unweit gelegenen Ziegelei zu tun, so setzt er Imma auf der Brücke ab, wie sie es ausdrücklich wünschte. Er soll sie dann bei Fräulein Heeren abholen, sie beschreibt ihm das Haus genau: „Also, bis nachher!"

Beim Bürgermeister wird sie rasch fertig, es ist ein junger Mann da, den sie nicht kennt, und so braucht sie hier wenigstens nichts näher zu erklären. — Was Fräulein Heeren wohl sagen wird? — Sie ist hier der einzige Mensch, der wirklich Anteil an ihr nimmt.

Imma hat sich in eine gewisse Gleichgültigkeit hineingeredet. Was ist schließlich groß dabei, wenn sie heiratet? — Andere tun es ja auch. Sie macht eine sehr gute Partie und wird eine geachtete Stellung einnehmen als seine Frau, er hat einen großen Ruf. — Und Steiner — sie nennt ihn bei sich nie anders — ist doch ein feiner Mensch, sie werden wohl miteinander zurechtkommen. — Man muss sich erst an den Gedanken gewöhnen, natürlich, das wird anderen ja auch so gehen. — Trotzdem ist ihr ein wenig zumute wie dem Schwimmer, der sich vom Sprungbrett in das eiskalte Wasser stürzen soll, ein Unternehmen, bei dem man am besten die Augen schließt. Sie zittert heimlich bei dem Gedanken, dass jemand ihr diese öffnen und sie auf die ganze Gefahr aufmerksam machen wird, zu sehr schwankt die schmale Planke, auf der sie steht.

Das alte Fräulein ist womöglich noch magerer und noch weißhaariger geworden, sie freut sich sehr herzlich, als Imma so unerwartet vor ihr steht. — „Solche Neuigkeit aber auch!" — Sie will sofort Tee setzen, aber ihre Hände zittern so vor Aufregung, dass Imma rasch einspringen muss. — Wie kann's doch auch wohl angehen! — Sie hat ja eher an ihren Tod gedacht, als dass Imma sich noch verheiraten würde! „Alles Gute, mein Kind! — alles Gute!" sie küsst sie herzlich. „Was deine Mutter wohl sagen würde! Das freut mich doch so!" Trotz ihrer stets betonten Abneigung gegen die Ehe findet sie doch im Grunde darin das einzig wahre Glück für die Frau. „Denn ist man nachher doch auch nicht so allein."

Imma muss dabei alles erzählen, wie sie sich kennengelernt haben, und mit Stolz hebt sie hervor, welch angesehener Architekt ihr Zukünftiger ist, oh, er ist weit bekannt.

Es entgeht ihr dabei ganz, wie das Gesicht des alten Fräuleins länger und länger wird, als plötzlich ein bitterliches Schluchzen sie aufsehen lässt: „Den willst du heiraten? — Oh Imma!" sie weint herzzerreißend in ihr großes weißes Taschentuch, es ist schrecklich!

„Was ist denn mit ihm? — Kennst du ihn denn?" Ihr steht das Herz fast still vor plötzlicher Angst.

„Oh Gott ja! — Seine Frau hat doch bei mir gewohnt, die erste, was die mir wohl von ihm erzählt hat! — Das ist einer! — da kann ja keine Frau mit leben. — Und denn zweimal geschieden, meine Gäste haben mir oft davon erzählt, wer weiß, was da vorgefallen ist. — Oh, Kind, Kind, sieh dich vor." — Sie trocknet energisch ihre Tränen. „Was nützt mir Geld und Gut, wenn's Herz nicht gut ist. — Man das will ich dir sagen — du hast wohl keine Mutter mehr, aber nun will ich mal Mutter über dich sein. — Ankommen kann man wohl an 'nen Mann, aber wieder von abzukommen, das ist man nicht so leicht. — Das heißt denn aushalten, und nicht immer einfach gleich scheiden, wie der Kerl das in Mode hat. — Ja, ja, ja, das sind wir hier nicht gewohnt, da brauchst du uns nicht mit kommen!" Sie sieht Imma streng und fordernd an: „Das überleg dir man gut! — Das ist nun noch früh genug! Hast dein schönes Geschäft!"

Imma zittern die Knie. Das also ist der Glückwunsch den man in der Heimat für sie hat?

All ihre eigenen Zweifel und Bedenken überfallen sie aufs neue wie wilde Tiere, sie kann es drin nicht mehr aushalten. — „Ich gehe eben zum Deich!"

Mit bebenden Gliedern geht sie langsam über die Auffahrt nach der Seeseite und kauert sich dort in das frische Grün, das Gesicht in die Hände vergraben. — Hoch und klar liegen die Inseln heute vor dem lichtblauen Himmel, ihr farbiges Bild spiegelt sich deutlich in dem Gleiten der kommenden Flut. Zwei Fahrzeuge begegnen sich, ihre Schatten gehen mit ihnen, fast sieht man die Menschen an Bord sich bewegen. Weiße Dampfer lösen sich von den Landungsbrücken, kommen lautlos näher — Lerchen jubeln, Möwen schreien, ein Kiebitz ruft, es ist wie ein Traum über dem man Zeit und Raum vergisst.

Nichts von alledem dringt zu Imma durch, die jetzt wesenlos in die Weite starrt, wie ein schwerer Stein liegt ihr das Herz in der Brust. Ihre Gedanken martern sie unerträglich — wenn das alte Fräulein recht hätte? — Trog ihr eigenes Urteil, der Wunsch, doch noch verheiratet und Frau zu sein?

Mit unerbittlicher Härte geht sie all ihren Regungen nach. — Setzt sie tatsächlich leichtfertig ihre ganze Existenz aufs Spiel? Wirft sie sich weg an einen Unwürdigen?

Was kennt sie denn von Steiner und seinen näheren Verhältnissen? Nicht mehr, als was er selbst erzählte und das ist herzlich wenig, er nimmt diese Dinge nicht wichtig. — Nicht einmal seinen Vornamen kannte sie; dass er Otto heißt — wie meine Traumliebe, steigt es aus dem Unterbewusstsein hoch — hat sie erst aus seinen Papieren ersehen. — Aus welchen Verhältnissen stammt er, wer sind seine Voreltern? Das Woher fällt hier immer so schwer ins Gewicht, sie spürt erst jetzt, wie sehr auch ihre Anschauungen darin wurzeln.

Als einziges weiß sie mit Sicherheit von ihm, dass er äußerst schwierig und sprunghaft ist, dass sie sehr viel wird übersehen müssen, wenn es eine gute Ehe geben soll. — Ehe — das ist etwas anderes als die gute Kameradschaft, die sie heute halten. — Sie stöhnt laut vor sich hin — nein, sie kann, sie will nicht.

Aber meinte nicht Diertje, als sie ihr sagte, dass sie bleiben soll: „Das ist man gut. — Herr Steiner ist wohl was verdreht, aber er hat ein gutes Herz. — Dem fehlt niks als eine gute Frau, die ihn zu nehmen weiß und die was für ihn über hat."

Aber wird sie diese Liebe, diese immer neue Geduld aufbringen können? — Frau Hartmann fällt ihr ein, Mutter, die Frauen, die so viel Schweres trugen. — Würde auch sie das fertig bringen — sich so ganz ihrer selbst entäußern können?

Oh, sie weiß, im Kampf ums Dasein hat auch sie Ecken und Kanten bekommen, und in der Unerbittlichkeit des Lebens verlernt, Sanftmut und Nachsicht zu üben. — Zu lange auch war sie in jeder Weise selbständig, um sich noch unterordnen zu können. — Das kann nur aufopfernde, hingebende Liebe, die alles glaubt und hofft und duldet. — Aber das kann man nicht mehr in ihrem Alter, sie kann das nicht für ihn fühlen, sie müsste sich ja vor sich selber schämen — man schließt da höchstens noch eine Vernunftehe, bei der beide Partner genau wissen, was sie erwartet.

Die Tränen laufen ihr übers Gesicht, sie zupft und zerrt an dem Ring, er rollt in ihren Schoß eben fängt sie ihn noch, sonst wäre er ins Wasser gerollt.

„Aber Imma! — was machst du da nur?!" Steiner, dessen Schritte sie in dem weichen Gras nicht gehört hat, beugt sich erschreckt über ihr qualverzerrtes Gesicht. „Das kann doch nicht dein Ernst sein? — und weshalb denn so plötzlich?"

Er setzt sich zu ihr und legt trotz ihres Sträubens den Arm um sie. „Das kommt doch gar nicht in Frage, ich gebe einfach nicht zu, dass du so gegen dich selber wütest. — Das alte Fräulein hat mich wohl schlecht gemacht? Ja?! — dacht ich's mir doch, ich erkannte sie an ihrer Magerkeit, Wanda hat häufiger bei ihr gewohnt. — Sie sah mich an wie einen Schwerverbrecher. — Ach Kind, wenn du wüsstest, mit welchen Waffen in solchen Fällen gekämpft wird — "

er hat seinen sonstigen leichten Ton ganz verloren. Imma kann nicht sprechen, sie schluchzt leise, die Tränen laufen ihr noch immer übers Gesicht.

Steiner wischt sie ihr sanft fort: „Man muss nur Mut zum Glück haben, Liebste. — Du gehst vor lauter Bedenken noch daran vorbei. — Wenn ich auch ein alter verdrehter Kerl bin, das ist nur äußerlich. — Mir hat nur ein Mensch wie du gefehlt." Er steckt ihr den Ring wieder an: „Du kommst niemals wieder von mir los, ich lasse dich einfach nicht wieder fort. — Sowas von Eigensinn! — Du bist ja noch schlimmer als unsere Diertje!" — Er zieht sie fest an sich, Aug ruht in Auge. —

Können diese Augen lügen? — liest sie nicht alles darin, was sie je vom Leben erhoffte? — ist der Mensch hier nicht alle Opfer wert?

Fast körperlich fühlbar löst sich in seiner Umarmung ein Band nach dem andern von Immas gepeinigtem Herzen, in das eine wunderbare Zuversicht einzieht. — Hat sie nicht auch ein Anrecht auf Glück? — Ist ein opfervolles Leben zu Zweien nicht besser, als ein geruhiges in tiefinnerer Einsamkeit? —

Ein nicht aus dem Verstand, sondern aus dem Herzen geborenes Vertrauen — das ist das Geheimnis der Liebe, für die kein Mensch zu alt ist.

Sie sitzen in Gras und Blumen, ein leichter, würziger Wind umschmeichelt sie, die Flut schimmert und leuchtet, und um und in ihnen ist das klare Licht, das die See beglückend nach heftigen Stürmen schenkt.

„Das weiß ich nicht, was das für'n Paar war" — Postjanßen zeigt nach dem Auto, das gerade über die Brücke rollt. „Die saßen miteinander am Deich, haben gar nicht gemerkt, dass ich oben stand!" er schmunzelt. „Die waren doch so nett miteinander, ganz großartig, da konnt man sich wohl an freuen. Anders — so jung waren die gerade nicht mehr. — Sie gingen nachher bei Taline Heeren herein" — er steckt nachdenklich einen Priem in den Mund: „Das hätt' Imma wohl sein können." —

„So?!!" Etta Janßen wäscht gerade die Fenster, sie schleudert mit großer Geschicklichkeit das Wasser gegen die scheiben, kein Tropfen geht daneben. — „Zu, Ida! — wo bleibst du! — nu mach doch auch 'n bisschen. — Das sollen ja wohl von Talines alten Gästen gewesen sein, wo sie immer so groß von hat. — Na, ich wollt nachher doch wegen Kohlpflanzen bei ihr vor, da werd ich's wohl gewahr. — Was bist du doch auch dumm, Jda! — nun pass doch besser auf, gießt den ganzen Eimer um? — wirst's noch wohl früh genug gewahr. — Man Imma, sagst du? Mannsleute, was die wohl immer meinen! — So verrückt ist die doch woll's Gott nicht mehr, dass die noch ans Freien denkt. — Die ist doch wahrhaftig nicht mehr neu! Betti Meier, die mit ihr in der Klasse ging, ist schon zweimal Großmutter!"

                Ende.